朱自清 著

朱自清散文名篇

影匆匆，荷塘依旧

时代文艺出版社
SHIDAI WENYI CHUBANSHE

图书在版编目（CIP）数据

背影匆匆，荷塘依旧：朱自清散文名篇 / 朱自清著.
长春：时代文艺出版社，2025. 7. -- ISBN 978-7-5387-
7784-0

Ⅰ. I266

中国国家版本馆CIP数据核字第2025W6T023号

背影匆匆，荷塘依旧：朱自清散文名篇

BEIYING CONGCONG, HETANG YIJIU: ZHU ZIQING SANWEN MINGPIAN

朱自清　著

出 品 人：吴　刚
产品总监：郝秋月
责任编辑：卢宏博
装帧设计：陈　阳
排版制作：隋淑凤

出版发行：时代文艺出版社
地　　址：长春市福祉大路5788号　龙腾国际大厦A座15层（130118）
电　　话：0431-81629751（总编办）　0431-81629758（营销部）
官方微博：weibo.com/tlapress
开　　本：880mm×1230mm　1/32
印　　张：8
字　　数：180千字
印　　刷：长春市华远印务有限公司
版　　次：2025年7月第1版
印　　次：2025年7月第1次印刷
书　　号：ISBN 978-7-5387-7784-0
定　　价：49.80元

图书如有印装错误　请与印厂联系调换　（电话：0431-85678957）

目 录

/ 朱自清散文名篇 /

匆　　匆

　　燕子去了，有再来的时候；杨柳枯了，有再青的时候；桃花谢了，有再开的时候。但是，聪明的，你告诉我，我们的日子为什么一去不复返呢？——是有人偷了他们罢：那是谁？又藏在何处呢？是他们自己逃走了罢：现在又到了哪里呢？

　　我不知道他们给了我多少日子；但我的手确乎是渐渐空虚了。在默默里算着，八千多日子已经从我手中溜去；像针尖上一滴水滴在大海里，我的日子滴在时间的流里，没有声音，也没有影子。我不禁头涔涔而泪潸潸了。

　　去的尽管去了，来的尽管来着；去来的中间，又怎样地匆匆呢？早上我起来的时候，小屋里射进两三方斜斜的太阳。太阳他有脚啊，轻轻悄悄地挪移了；我也茫茫然跟着旋转。于是——洗手的时候，日子从水盆里过去；吃饭的时候，日子从饭碗里过去；默默时，便从凝然的双眼前过去。我觉察他去的匆匆了，伸出手遮挽时，他又从遮挽着的手边过去，天黑时，我躺在床上，他便伶伶俐俐地从我身上跨过，从我脚边飞去了。等我睁开眼和太阳再见，这算又溜走了一日。我掩着面叹息。但是新来的日子的影儿又开始在叹息里闪过了。

在逃去如飞的日子里，在千门万户的世界里的我能做些什么呢？只有徘徊罢了，只有匆匆罢了；在八千多日的匆匆里，除徘徊外，又剩些什么呢？过去的日子如轻烟，被微风吹散了，如薄雾，被初阳蒸融了；我留着些什么痕迹呢？我何曾留着像游丝样的痕迹呢？我赤裸裸来到这世界，转眼间也将赤裸裸的回去罢？但不能平的，为什么偏要白白走这一遭啊？

你聪明的，告诉我，我们的日子为什么一去不复返呢？

1922 年 3 月 28 日

歌　声

昨晚中西音乐歌舞大会里"中西丝竹和唱"的三曲清歌，真令我神迷心醉了。

仿佛一个暮春的早晨，霏霏的毛雨默然洒在我脸上，引起润泽，轻松的感觉。新鲜的微风吹动我的衣袂，像爱人的鼻息吹着我的手一样。我立的一条白矾石的甬道上，经了那细雨，正如涂了一层薄薄的乳油；踏着只觉越发滑腻可爱了。

这是在花园里。群花都还做她们的清梦。那微雨偷偷洗去她们的尘垢，她们的甜软的光泽便自焕发了。在那被洗去的浮艳下，我能看到她们在有日光时所深藏着的恬静的红，冷落的紫，和苦笑的白与绿。以前锦绣般在我眼前的，现在都带了黯淡的颜色。——是愁着芳春的销歇么？是感着芳春的困倦么？

大约也因那濛濛的雨，园里没了浓郁的香气。涓涓的东风只吹来一缕缕饿了似的花香；夹带着些潮湿的草丛的气息和泥土的滋味。园外田亩和沼泽里，又时时送过些新插的秧，少壮的麦，和成荫的柳树的清新的蒸气。这些虽非甜美，却能强烈地刺激我的鼻观，使我有愉快的倦怠之感。

　　看啊，那都是歌中所有的：我用耳，也用眼，鼻，舌，身，听着；也用心唱着。我终于被一种健康的麻痹袭取了，于是为歌所有。此后只由歌独自唱着，听着；世界上便只有歌声了。

1921 年 11 月 3 日　上海

桨声灯影里的秦淮河

　　一九二三年八月的一晚，我和平伯同游秦淮河；平伯是初泛，我是重来了。我们雇了一只"七板子"，在夕阳已去，皎月方来的时候，便下了船。于是桨声汨——汨，我们开始领略那晃荡着蔷薇色的历史的秦淮河的滋味了。

　　秦淮河里的船，比北京万牲园，颐和园的船好，比西湖的船好，比扬州瘦西湖的船也好。这几处的船不是觉着笨，就是觉着简陋、局促；都不能引起乘客们的情韵，如秦淮河的船一样。秦淮河的船约略可分为两种：一是大船；一是小船，就是所谓"七板子"。大船舱口阔大，可容二三十人。里面陈设着字画和光洁的红木家具，桌上一律嵌着冰凉的大理石面。窗格雕镂颇细，使人起柔腻之感。窗格里映着红色蓝色的玻璃；玻璃上有精致的花纹，也颇悦人目。"七板子"规模虽不及大船，但那淡蓝色的栏杆，空敞的舱，也足系人情思。而最出色处却在它的舱前。舱前是甲板上的一部，上面有弧形的顶，两边用疏疏的栏杆支着。里面通常放着两张藤的躺椅。躺下，可以谈天，可以望远，可以顾盼两岸的河房。大船上也有这个，但在小船上更觉清隽罢了。舱前的顶下，一律悬着灯彩；灯的多少，明暗，彩苏的精粗，艳晦，是不一的，但好歹总还你一个灯彩。这灯彩实在是最能钩人的东西。夜幕垂垂地下来时，大小船上都点起灯火。从两重玻璃里映出那辐射着的黄黄的散光，反晕出一片朦胧的烟霭；透过这烟霭，在黯黯的水波里，又逗起缕缕的明漪。在这薄霭和微漪里，听着那悠然的间歇的桨声，谁能不被引入他的美梦去呢？只愁梦太多了，这些大小船儿如何载得起呀？我们这时模模糊糊的谈着明末的秦淮河的艳迹，如《桃花扇》及《板桥杂记》里所载的。我们真神往了。我们仿佛亲见那时华灯映水，画舫凌波的光景了。于是我们的船便成了历史的重载了。我们终于恍然秦淮河的船所以雅丽过于他处，而又有奇异的吸引力的，实在是许多历史的影像使然了。

　　秦淮河的水是碧阴阴的；看起来厚而不腻，或者是六朝金粉所凝么？我们初上船的时候，天色还未断黑，那漾漾的柔波是这样的恬静，委婉，使我们一面有水阔天空之想，一面又憧憬着纸醉金迷之境了。等到灯火明时，阴阴的变为沉沉了：黯淡的水光，像梦一般；那偶然闪烁着的光芒，就是梦的眼睛了。我们坐在舱前，因了那隆起的顶棚，仿佛总是昂着首向前走着似的；于是飘飘然如御风而行的我们，看着那些自在的湾泊着的船，船里走马灯般的人物，便像是下界一般，迢迢的远了，又像在雾里看花，尽朦朦胧胧的。这时我们已过了利涉桥，望见东关头了。沿路听见断续的歌声：有从沿河的妓楼飘来的，有从河上船里渡来的。

我们明知那些歌声，只是些因袭的言词，从生涩的歌喉里机械的发出来的；但它们经了夏夜的微风的吹漾和水波的摇拂，袅娜着到我们耳边的时候，已经不单是她们的歌声，而混着微风和河水的密语了。于是我们不得不被牵惹着，震撼着，相与浮沉于这歌声里了。从东关头转湾，不久就到大中桥。大中桥共有三个桥拱，都很阔大，俨然是三座门儿；使我们觉得我们的船和船里的我们，在桥下过去时，真是太无颜色了。桥砖是深褐色，表明它的历史的长久；但都完好无缺，令人太息于古昔工程的坚美。桥上两旁都是木壁的房子，中间应该有街路？这些房子都破旧了，多年烟熏的迹，遮没了当年的美丽。我想象秦淮河的极盛时，在这样宏阔的桥上，特地盖了房子，必然是髹漆得富富丽丽的；晚间必然是灯火通明的。现在却只剩下一片黑沉沉！但是桥上造着房子，毕竟使我们多少可以想见往日的繁华；这也慰情聊胜无了。过了大中桥，便到了灯月交辉，笙歌彻夜的秦淮河；这才是秦淮河的真面目哩。

　　大中桥外，顿然空阔，和桥内两岸排着密密的人家的大异了。一眼望去，疏疏的林，淡淡的月，衬着蓝蔚的天，颇像荒江野渡光景；那边呢，郁葱葱的，阴森森的，又似乎藏着无边的黑暗：令人几乎不信那是繁华的秦淮河了。但是河中眩晕着的灯光，纵横着的画舫，悠扬着的笛韵，夹着那吱吱的胡琴声，终于使我们认识绿如茵陈酒的秦淮水了。此地天裸露着的多些，故觉夜来的独迟些；从清清的水影里，我们感到的只是薄薄的夜——这正是秦淮河的夜。大中桥外，本来还有一座复成桥，是船夫口中的我们的游踪尽处，或也是秦淮河繁华的尽处了。我的脚曾踏过复成桥的脊，在十三四岁的时候。但是两次游秦淮河，却都不曾见着复成桥的面；明知总在前途的，却常觉得有些虚无缥缈似的。我想，不见倒也好。这时正是盛夏。我们下船后，借着新生的晚凉和河上的微风，暑气已渐渐消散；到了此地，豁然开朗，身子顿然轻了——习习的清风荏苒在面上，手上，衣上，这便又感到了一缕新凉了。南京的日光，大概没有杭州猛烈；西湖的夏夜老是热蓬蓬的，水像沸着一般，秦淮河的水却尽是这样冷冷地绿着。任你人影的憧憧，歌声的扰扰，总像隔着一层薄薄的绿纱面幂似的；它尽是这样静静的，冷冷的绿着。我们出了大中桥，走不上半里路，船夫便将船划到一旁，停了桨由它宕着。他以为那里正是繁华的极点，再过去就是荒凉了；所以让我们多多赏鉴一会儿。他自己却静静的蹲着。他是看惯这光景的了，大约只是一个无可无不可。这无可无不可，无论是升的沉的，总之，都比我们高了。

那时河里闹热极了；船大半泊着，小半在水上穿梭似的来往。停泊着的都在近市的那一边，我们的船自然也夹在其中。因为这边略略的挤，便觉得那边十分的疏了。在每一只船从那边过去时，我们能画出它的轻轻的影和曲曲的波，在我们的心上；这显着是空，且显着是静了。那时处处都是歌声和凄厉的胡琴声，圆润的喉咙，确乎是很少的。但那生涩的，尖脆的调子能使人有少年的，粗率不拘的感觉，也正可快我们的意。况且多少隔开些儿听着，因为想象与渴慕的做美，总觉更有滋味；而竞发的喧嚣，抑扬的不齐，远近的杂沓，和乐器的嘈嘈切切，合成另一意味的谐音，也使我们无所适从，如随着大风而走。这实在因为我们的心枯涩久了，变为脆弱；故偶然润泽一下，便疯狂似的不能自主了。但秦淮河确也腻人。即如船里的人面，无论是和我们一堆儿泊着的，无论是从我们眼前过去的，总是模模糊糊的，甚至渺渺茫茫的；任你张圆了眼睛，揩净了眦垢，也是枉然。这真够人想呢。在我们停泊的地方，灯光原是纷然的；不过这些灯光都是黄而有晕的。黄已经不能明了，再加上了晕，便更不成了。灯愈多，晕就愈甚；在繁星般的黄的交错里，秦淮河仿佛笼上了一团光雾。光芒与雾气腾腾的晕着，什么都只剩了轮廓了；所以人面的详细的曲线，便消失于我们的眼底了。但灯光究竟夺不了那边的月色；灯光是浑的，月色是清的。在浑沌的灯光里，渗入了一派清辉，却真是奇迹！那晚月儿已瘦削了两三分。她晚妆才罢，盈盈的上了柳梢头。天是蓝得可爱，仿佛一汪水似的；月儿便更出落得精神了。岸上原有三株两株的垂杨树，淡淡的影子，在水里摇曳着。它们那柔细的枝条浴着月光，就像一只只美人的臂膊，交互的缠着，挽着；又像是月儿披着的发。而月儿偶然也从它们的交叉处偷偷窥看我们，大有小姑娘怕羞的样子。岸上另有几株不知名的老树，光光的立着；在月光里照起来，却又俨然是精神矍铄的老人。远处——快到天际线了，才有一两片白云，亮得现出异彩，像美丽的贝壳一般。白云下便是黑黑的一带轮廓；是一条随意画的不规则的曲线。这一段光景，和河中的风味大异了。但灯与月竟能并存着，交融着，使月成了缠绵的月，灯射着渺渺的灵辉；这正是天之所以厚秦淮河，也正是天之所以厚我们了。

这时却遇着了难解的纠纷。秦淮河上原有一种歌妓，是以歌为业的。从前都在茶舫上，唱些大曲之类。每日午后一时起；什么时候止，却忘记了。晚上照样也有一回，也在黄晕的灯光里。我从前过南京时，曾随着朋友去听过两次。因为茶舫里的人脸太多了，觉得不大适意，终于听不出所以然。前年听说歌妓被取缔了，不知怎的，颇设想了几次——却想不出什么。这次到南京，先到茶舫上去看看，觉得颇是寂寥，令我无端的怅怅了。不料她们却仍在秦淮河里挣扎着，不料她们竟会纠缠到我们，我于是很张皇了。她们也乘着"七板子"，她们总是坐在舱前的。舱前点着石油汽灯，光亮炫人眼目：坐在下面的，自然是纤毫毕见了——引诱客人们的力量，也便在此了。舱里躲着乐工等人，映着汽灯的余辉蠕动着；他们是永远不被注意的。每船的歌妓大约都是二人；天色一黑，她们的船就在大中桥外往来不息的兜生意。无论行着的船，泊着的船，都要来兜揽的。这都是我后来推想出来的。那晚不知怎样，忽然轮着我们的船了。我们的船好好的停着，一只歌舫划向我们来的；渐渐和我们的船并着了。铄铄的灯光逼得我们皱起了眉头；我们的风尘色全给它托出来了，这使我踟蹰不安了。那时一个伙计跨过船来，拿着摊开的歌折，就近塞向我的手里，说，"点几出吧！"他跨过来的时候，我们船上似乎有许多眼光跟着。同时相近的别的船上也似乎有许多眼睛炯炯的向我们船上看着。我真窘了！我也装出大方的样子，向歌妓们瞥了一眼，但究竟是不成的！我勉强将那歌折翻了一翻，却不曾看清了几个字；便赶紧递还那伙计，一面不好意思地说，"不要，我们……不要。"他便塞给平伯。平伯掉转头去，摇手说，"不要！"那人还腻着不走。平伯又回过脸来，摇着头道，"不要！"于是那人重到我处。我窘着再拒绝了他。他这才有所不屑似的走了。我的心立刻放下，如释了重负一般。我们就开始自白了。

我说我受了道德律的压迫，拒绝了她们；心里似乎很抱歉的。这所谓抱歉，一面对于她们，一面对于我自己。她们于我们虽然没有很奢的希望；但总有些希望的。我们拒绝了她们，无论理由如何充足，却使她们的希望受了伤；这总有几分不做美了。这是我觉得很怅怅的。至于我自己，更有一种不足之感。我这时被四面的歌声诱惑了，降服了；但是远远的，远远的歌声总仿佛隔着重衣搔痒似的，越搔越搔不着痒处。我于是憧憬着贴耳的妙音了。在歌舫划来时，我的憧憬，变为盼望；我固执的盼望着，有如饥渴。虽然从浅薄的经验里，也能够推知，那贴耳的歌声，将剥去了一切的美妙；但一个平常的人像我的，谁愿凭了理性之力去丑化未来呢？我宁愿自己骗着了。不过我的社会感性是很敏锐的；我的思力能拆穿道德律的西洋镜，而我的感情却终于被它压服着，我于是有所顾忌了，尤其是在众目昭彰的时候。道德律的力，本来是民众赋予的；在民众的面前，自然更显出它的威严了。我这时一面盼望，一面却感到了两重的禁制：一，在通俗的意义上，接近妓者总算一种不正当的行为；二，妓是一种不健全的职业，我们对于她们，应有哀矜勿喜之心，不应赏玩的去听她们的歌。在众目睽睽之下，这两种思想在我心里最为旺盛。她们暂时压倒了我的听歌的盼望，这便成就了我的灰色的拒绝。那时的心实在异常状态中，觉得颇是昏乱。歌舫去了，暂时宁靖之后，我的思绪又如潮涌了。两个相反的意思在我心头往复：卖歌和卖淫不同，听歌和狎妓不同，又干道德甚事？——但是，但是，她们既被逼的以歌为业，她们的歌必无艺术味的；况她们的身世，我们究竟该同情的。所以拒绝倒也是正办。但这些意思终于不曾撇开我的听歌的盼望。它力量异常坚强；它总想将别的思绪踏在脚下。从这重重的争斗里，我感到了浓厚的不足之感。这不足之感使我的心盘旋不安，起坐都不安宁了。唉！我承认我是一个自私的人！平伯呢，却与我不同。他引周启明先生的诗，"因为我有妻子，所以我爱一切的女人，因为我有子女，所以我爱一切的孩子。"他的意思可以见了。他因为推及的同情，爱着那些歌妓，并且尊重着她们，所以拒绝了她们。在这种情形下，他自然以为听歌是对于她们的一种侮辱。但他也是想听歌的，虽然不和我一样，所以在他的心中，当然也有一番小小的争斗；争斗的结果，是同情胜了。至于道德律，在他是没有什么的；因为他很有蔑视一切的倾向，民众的力量在他是不大觉着的。这时他的心意的活动比较简单，又比较松弱，故事后还怡然自若；我却不能了。这里平伯又比我高了。

在我们谈话中间，又来了两只歌舫。伙计照前一样的请我们点戏，我们照前一样的拒绝了。我受了三次窘，心里的不安更甚了。清艳的夜景也为之减色。船夫大约因为要赶第二趟生意，催着我们回去；我们无可无不可的答应了。我们渐渐和那些晕黄的灯光远了，只有些月色冷清清的随着我们的归舟。我们的船竟没个伴儿，秦淮河的夜正长哩！到大中桥近处，才遇着一只来船。这是一只载妓的板船，黑漆漆的没有一点光。船头上坐着一个妓女；暗里看出，白地小花的衫子，黑的下衣。她手里拉着胡琴，口里唱着青衫的调子。她唱得响亮而圆转；当她的船箭一般驶过去时，余音还袅袅的在我们耳际，使我们倾听而向往。想不到在弩末的游踪里，还能领略到这样的清歌！这时船过大中桥了，森森的水影，如黑暗张着巨口，要将我们的船吞了下去。我们回顾那渺渺的黄光，不胜依恋之情；我们感到了寂寞了！这一段地方夜色甚浓，又有两头的灯火招邀着；桥外的灯火不用说了，过了桥另有东关头疏疏的灯火。我们忽然仰头看见依人的素月，不觉深悔归来之早了！走过东关头，有一两只大船湾泊着，又有几只船向我们来着。嚣嚣的一阵歌声人语，仿佛笑我们无伴的孤舟哩。东关头转湾，河上的夜色更浓了；临水的妓楼上，时时从帘缝里射出一线一线的灯光；仿佛黑暗从酣睡里眨了一眨眼。我们默然的对着，静听那泪——汩的桨声，几乎要入睡了；朦胧里却温寻着适才的繁华的余味。我那不安的心在静里愈显活跃了！这时我们都有了不足之感，而我的更其浓厚。我们却又不愿回去，于是只能由懊悔而怅惘了。船里便满载着怅惘了。直到利涉桥下，微微嘈杂的人声，才使我豁然一惊；那光景却又不同。右岸的河房里，都大开了窗户，里面亮着晃晃的电灯，电灯的光射到水上，蜿蜒曲折，闪闪不息，正如跳舞着的仙女的臂膊。我们的船已在她的臂膊里了；如睡在摇篮里一样，倦了的我们便又入梦了。那电灯下的人物，只觉像蚂蚁一般，更不去萦念。这是最后的梦；

可惜是最短的梦！黑暗重复落在我们面前，我们看见傍岸的空船上一星两星的，枯燥无力又摇摇不定的灯光。我们的梦醒了，我们知道就要上岸了；我们心里充满了幻灭的情思。

1923 年 10 月 11 日作完　于温州

温州的踪迹

一 "月朦胧，鸟朦胧，帘卷海棠红"

这是一张尺多宽的小小的横幅，马孟容君画的。上方的左角，斜着一卷绿色的帘子，稀疏而长；当纸的直处三分之一，横处三分之二。帘子中央，着一黄色的，茶壶嘴似的钩儿——就是所谓软金钩么？"钩弯"垂着双穗，石青色；丝缕微乱，若小曳于轻风中。纸右一圆月，淡淡的青光遍满纸上；月的纯净，柔软与平和，如一张睡美人的脸。从帘的上端向右斜伸而下，是一枝交缠的海棠花。花叶扶疏，上下错落着，共有五丛；或散或密，都玲珑有致。叶嫩绿色，仿佛掐得出水似的；在月光中掩映着。微微有浅深之别。花正盛开，红艳欲流；黄色的雄蕊历历的，闪闪的。衬托在丛绿之间，格外觉着妖娆了。枝欹斜而腾挪，如少女的一只臂膊。枝上歇着一对黑色的八哥，背着月光，向着帘里。一只歇得高些，小小的眼儿半睁半闭的，似乎在入梦之前，还有所留恋似的。那低些的一只别过脸来对着这一只，已缩着颈儿睡了。

帘下是空空的，不着一些痕迹。

试想在圆月朦胧之夜，海棠是这样的妩媚而嫣润；枝头的好鸟为什么却双栖而各梦呢？在这夜深人静的当儿，那高踞着的一只八哥儿，又为何尽撑着眼皮儿不肯睡去呢？他到底等什么来着？舍不得那淡淡的月儿么？舍不得那疏疏的帘儿么？不，不，不，您得到帘下去找，您得向帘中去找——您该找着那卷帘人了？他的情韵风怀，原是这样这样的哟！朦胧的岂独月呢；岂独鸟呢？但是，咫尺天涯，教我如何耐得？我拼着千呼万唤：你能够出来么？

这页画布局那样经济，设色那样柔活，故精彩足以动人。虽是区区尺幅，而情韵之厚，已足沦肌浃髓而有余。我看了这画，瞿然而惊：留恋之怀，不能自已。故将所感受的印象细细写出，以志这一段因缘。但我于中西的画都是门外汉，所说的话不免为内行所笑。——那也只好由他了。

1924 年 2 月 1 日　温州作

二　绿

我第二次到仙岩的时候，我惊诧于梅雨潭的绿了。

梅雨潭是一个瀑布潭。仙岩有三个瀑布，梅雨瀑最低。走到山边，便听见哗哗哗哗的声音；抬起头，镶在两条湿湿的黑边儿里的，一带白而发亮的水便呈现于眼前了。我们先到梅雨亭。梅雨亭正对着那条瀑布；坐在亭边，不必仰头，便可见它的全体了。

亭下深深的便是梅雨潭。这个亭踞在突出的一角的岩石上，上下都空空儿的；仿佛一只苍鹰展着翼翅浮在天宇中一般。三面都是山，像半个环儿拥着；人如在井底了。这是一个秋季的薄阴的天气。微微的云在我们顶上流着；岩面与草丛都从润湿中透出几分油油的绿意。而瀑布也似乎分外的响了。那瀑布从上面冲下，仿佛已被扯成大小的几绺；不复是一幅整齐而平滑的布。岩上有许多棱角；瀑流经过时，作急剧的撞击，便飞花碎玉般乱溅着了。那溅着的水花，晶莹而多芒；远望去，像一朵朵小小的白梅。微雨似的纷纷落着。据说，这就是梅雨潭之所以得名了。但我觉得像杨花，格外确切些。轻风起来时，点点随风飘散，那更是杨花了。——这时偶然有几点送入我们温暖的怀里，便倏的钻了进去，再也寻它不着。

梅雨潭闪闪的绿色招引着我们；我们开始追捉她那离合的神光了。揪着草，攀着乱石，小心探身下去，又鞠躬过了一个石穹门，便到了汪汪一碧的潭边了。瀑布的襟袖之间；但我的心中已没有瀑布了。我的心随潭水的绿而摇荡。那醉人的绿呀！仿佛一张极大极大的荷叶铺着，满是奇异的绿呀。我想张开两臂抱住她；但这是怎样一个妄想呀。——站在水边，望到那面，居然觉着有些远呢！这平铺着，厚积着的绿，着实可爱。她松松的皱缬着，像少妇拖着的裙幅；她轻轻的摆弄着，像跳动的初恋的处女的心；她滑滑的明亮着，像涂了"明油"一般，有鸡蛋清那样软，那样嫩，令人想着所曾触过的最嫩的皮肤；她又不杂些儿尘滓，宛然一块温润的碧玉，只清清的一色——但你却看不透她！我曾见过北京什刹海拂地的绿杨，脱不了鹅黄的底子，似乎太淡了。我又曾见过杭州虎跑寺近旁高峻而深密的"绿壁"，丛叠着无穷的碧草与绿叶的，那又似乎太浓了。其余呢，西湖的波太明了，秦淮河的也太暗了。可爱的，我将什么来比拟你呢？我怎么比拟得出呢？大约潭是很深的，故能蕴蓄着这样奇异的绿；仿佛蔚蓝的天融了一块在里面似的，这才这般的鲜润呀。——那醉人的绿呀！我若能裁你以为带，我将赠给那轻盈的舞女；她必能临风飘举了。我若能挹你以为眼，我将赠给那善歌的盲妹；她必明眸善睐了。我舍不得你；我怎舍得你呢？我用手拍着你，抚摩着你，如同一个十二三岁的小姑娘。我又掬你入口，便是吻着她了。我送你一个名字，我从此叫你"女儿绿"，好么？

我第二次到仙岩的时候，我不禁惊诧于梅雨潭的绿了。

2月8日　温州作

三　白水漈

几个朋友伴我游白水漈。

这也是个瀑布；但是太薄了，又太细了。有时闪着些许的白光；等你定睛看去，却又没有——只剩一片飞烟而已。从前有所谓"雾縠"，大概就是这样了。所以如此。全由于岩石中间突然空了一段；水到那里，无可凭依，凌虚飞下，便扯得又薄又细了。当那空处，最是奇迹。白光嬗为飞烟，已是影子，有时却连影子也不见。有时微风过来，用纤手挽着那影子，它便袅袅的成了一

018

个软弧；但她的手才松，它又像橡皮带儿似的，立刻伏伏帖帖的缩回来了。我所以猜疑，或者另有双不可知的巧手，要将这些影子织成一个幻网。——微风想夺了她的，她怎么肯呢？

幻网里也许织着诱惑；我的依恋便是个老大的证据。

3 月 16 日　宁波作

四　生命的价格——七毛钱

生命本来不应该有价格的；而竟有了价格！人贩子，老鸨，以至近来的绑票土匪，都就他们的所有物，标上参差的价格，出卖于人；我想将来许还有公开的人市场呢！在种种"人货"里，价格最高的，自然是土匪们的票了，少则成千，多则成万；大约是有历史以来，"人货"的最高的行情了。其次是老鸨们所有的妓女，由数百元到数千元，是常常听到的。最贱的要算是人贩子的货色！他们所有的，只是些男女小孩，只是些"生货"，所以便卖不起价钱了。

人贩子只是"仲买人"，他们还得取给于"厂家"，便是出卖孩子们的人家。"厂家"的价格才真是道地呢！《青光》里曾有一段记载，说三块钱买了一个丫头；那是移让过来的，但价格之低，也就够令人惊诧了！"厂家"的价格，却还有更低的！三百钱，五百钱买一个孩子，在灾荒时不算难事！但我不曾见过。我亲眼看见的一条最贱的生命，是七毛钱买来的！这是一个五岁的女孩子。一个五岁的"女孩子"卖七毛钱，也许不能算是最贱；但请您细看：将一条生命的自由和七枚小银元各放在天平的一个盘里，您将发现，正如九头牛与一根牛毛一样，两个盘儿的重量相差实在太远了！

我见这个女孩，是在房东家里。那时我正和孩子们吃饭；妻走来叫我看一件奇事，七毛钱买来的孩子！孩子端端正正的坐在条凳上；面孔黄黑色，但还丰润；衣帽也还整洁可看。我看了几眼，觉得和我们的孩子也没有什么差异；我看不出她的低贱的生命的符记——如我们看低贱的货色时所容易发见的符记。我回到自己的饭桌上，看看阿九和阿菜，始终觉得和那个女孩没有什么不同！但是，我毕竟发见真理了！我们的孩子所以高贵，正因为我们不曾出卖他们，而那个女孩所以低贱，正因为她是被出卖的；这就是她只值七毛钱的缘故了！呀，聪明的真理！

妻告诉我这孩子没有父母，她哥嫂将她卖给房东家姑爷开的银匠店里的伙计，便是带着她吃饭的那个人。他似乎没有老婆，手头很窘的，而且喜欢喝酒，是一个糊涂的人！我想这孩子父母若还在世，或者还舍不得卖她，至少也要迟几年卖她；因为她究竟是可怜可怜的小羔羊。到了哥嫂的手里，情形便不同了！家里总不宽裕，多一张嘴吃饭，多费些布做衣，是显而易见的。将来人大了，由哥嫂卖出，究竟是为难的；说不定还得找补些儿，才能送出去。这可多么冤呀！不如趁小的时候，谁也不注意，做个人情，送了干净！您想，温州不算十分穷苦的地方，也没碰着大荒年，干什么得了七个小毛钱，就心甘情愿的将自己的小妹子捧给人家呢？说等钱用？谁也不信！七毛钱了得什么急事！温州又不是没人买的！大约买卖两方本来相知；那边恰要个孩子玩儿，这边也乐得出脱，便半送半卖的含糊定了交易。我猜想那时伙计向袋里一摸一股脑儿掏了出来，只有七毛钱！哥哥原也不指望着这笔钱用，也就大大方方收了完事。于是财货两交，那女孩便归伙计管业了！

　　这一笔交易的将来，自然是在运命手里；女儿本姓"碰"，由她去碰罢了！但可知的，运命决不加惠于她！第一幕的戏已启示于我们了！照妻所说，那伙计必无这样耐心，抚养她成人长大！他将像豢养小猪一样，等到相当的肥壮的时候，便卖给屠户，任他宰割去；这其间他得了赚头，是理所当然的！但屠户是谁呢？在她卖做丫头的时候，便是主人！"仁慈的"主人只宰割她相当的劳力，如养羊而剪它的毛一样。到了相当的年纪，便将她配人。能够这样，她虽然被撤在丫头坯里，却还算不幸中之幸哩！但在目下这钱世界里，如此大方的人究竟是少的；我们所见的，十有六七是刻薄人！她若卖到这种人手里，他们必搀榨她过量的劳力。供不应求时，便骂也来了，打也来了！等她成熟时，却又好转卖给人家作妾，平常搀榨的不够，这儿又找补一个尾子！偏生这孩子模样儿又不好：入门不能得丈夫的欢心，容易遭大妇的凌虐，又是显然的！她的一生，将消磨于眼泪中了！也有些主人自己收婢作妾的；但红颜白发，也只空断送了她的一生！和前例相较，只是五十步与百步而已。——更可危的，她若被那伙计卖在妓院里，老鸨才真是个令人肉颤的屠户呢！我们可以想到：她怎样逼她学弹学唱，怎样驱遣她去做粗活！怎样用藤筋打她，用针刺她！怎样督责她承欢卖笑！她怎样吃残羹冷饭！怎样打熬着不得睡觉！怎样终于生了一身毒疮！她的相貌使她只能做下等妓女；她的沦落风尘是终生的！她的悲剧也是终生的！——唉！七毛钱竟买了你的全生命——你的血肉之躯竟抵不上区区七个小银元么！生命真太贱了！生命真太贱了！

因此想到自己的孩子的运命，真有些胆寒！钱世界里的生命市场存在一日，都是我们孩子的危险！都是我们孩子的侮辱！您有孩子的人呀，想想看，这是谁之罪呢？这是谁之责呢？

4月9日　宁波作

航船中的文明

第一次乘夜航船，从绍兴府桥到西兴渡口。

绍兴到西兴本有汽油船。我因急于来杭，又因年来逐逐于火车轮船之中，也想"回到"航船里，领略先代生活的异样的趣味；所以不顾亲戚们的坚留和劝说（他们说航船里是很苦的），毅然决然的于下午六时左右下了船。有了"物质文明"的汽油船，却又有"精神文明"的航船，使我们徘徊其间，左右顾而乐之，真是二十世纪中国人的幸福了！

航船中的乘客大都是小商人；两个军弁是例外。满船没有一个士大夫；我区区或者可充个数儿，——因为我曾读过几年书，又忝为大夫之后——但也是例外之例外！真的，那班士大夫到哪里去了呢？这不消说得，都到了轮船里去了！士大夫虽也擎着大旗拥护精神文明，但千虑不免一失，竟为那物质文明的孙儿，满身洋油气的小玩意儿骗得定定的，忍心害理的撇了那老相好。于是航船虽然照常行驶，而光彩已减少许多！这确是一件可以慨叹的事；而"国粹将亡"的呼声，似也不是徒然的了。呜呼，是谁之咎欤？

　　既然来到这"精神文明"的航船里，正可将船里的精神文明考察一番，才不虚此一行。但从哪里下手呢？这可有些为难。踌躇之间，恰好来了一个女人。——我说"来了"，仿佛亲眼看见，而孰知不然；我知道她"来了"，是在听见她尖锐的语音的时候。至于她的面貌，我至今还没有看见呢。这第一要怪我的近视眼，第二要怪那袭人的暮色，第三要怪——哼——要怪那"男女分坐"的精神文明了。女人坐在前面，男人坐在后面；那女人离我至少有两丈远，所以便不可见其脸了。且慢，这样左怪右怪，"其词若有憾焉"，你们或者猜想那女人怎样美呢。而孰知又大大的不然！我也曾"约略的"看来，都是乡下的黄面婆而已。至于尖锐的语音，那是少年的妇女所常有的，倒也不足为奇。然而这一次，那来了的女人的尖锐的语音竟致劳动区区的执笔者，却又另有缘故。在那语音里，表示出对于航船里精神文明的抗议；她说，"男人女人都是人！"她要坐到后面来，（因前面太挤，实无他故，合并声明，）而航船里的"规矩"是不许的。船家拦住她。她仗着她不是姑娘了，便老了脸皮，大着胆子，慢慢的说了那句话。她随即坐在原处，而"批评家"的议论繁然了。一个船家在船沿上走着，随便的说，"男人女人都是人，是的，不错。做秤钩的也是铁，做秤锤的也是铁，做铁锚的也是铁，都是铁呀！"这一段批评大约十分巧妙，说出诸位"批评家"所要说的，于是众喙都息，这便成了定论。至于那女人，事实上早已坐下了；"孤掌难鸣"，或者她饱饫了诸位"批评家"的宏论，也不要鸣了罢。"是非之心"，虽然"人皆有之",而撑船经商者流,对于名教之大防,竟能剖辨得这样"详明",也着实亏他们了。中国毕竟是礼义之邦,文明之古国呀!——我悔不该乱怪那"男女分坐"的精神文明了!

"祸不单行",凑巧又来了一个女人。她是带着男人来的。——呀,带着男人!正是;所以才"祸不单行"呀!——说得满口好绍兴的杭州话,在黑暗里隐隐露着一张白脸;带着五六分城市气。船家照他们的"规矩",要将这一对儿生刺刺的分开;男人不好意思做声,女的却抢着说,"我们是'一堆生'①的!"太亲热的字眼,竟在"规规矩矩的"航船里说了!于是船家命令的嚷道:"我们有我们的规矩,不管你'一堆生'不'一堆生'的!"大家都微笑了。有的沉吟的说:"一堆生的?"有的惊奇的说:"一'堆'生的!"有的嘲讽的说:"哼,一堆生的!"在这四面楚歌里,凭你怎样伶牙俐齿,也只得服从了!"妇者,服也",这原是她的本行呀。只看她毫不置辩,毫不懊恼,还是若无其事的和人攀谈,便知她确乎是"服也"了。这不能不感谢船家和乘客诸公"卫道"之功;而论功行赏,船家尤当首屈一指。呜呼,可以风矣!

在黑暗里征服了两个女人,这正是我们的光荣;而航船中的精神文明,也粲然可见了——于是乎书。

1924 年 5 月 3 日

---

① 原注:"一块儿"也。

《背影》序

胡适之先生在一九二二年三月，写了一篇《五十年来中国之文学》；篇末论到白话文学的成绩，第三项说：

> 白话散文很进步了。长篇议论文的进步，那是显而易见的，可以不论。这几年来，散文方面最可注意的发展，乃是周作人等提倡的"小品散文"。这一类的小品，用平淡的谈话，包藏着深刻的意味；有时很像笨拙，其实却是滑稽。这一类作品的成功，就可彻底打破那"美文不能用白话"的迷信了。

胡先生共举了四项。第一项白话诗，他说"可以算是上了成功的路了"；第二项短篇小说，他说"也渐渐的成立了"；第四项戏剧与长篇小说，他说"成绩最坏"。他没有说那一种成绩最好；但从语气上看，小品散文的至少不比白话诗和短篇小说的坏。现在是六年以后了，情形已是不同：白话诗虽也有多少的进展，如采用西洋诗的格律，但是太需缓了；文坛上对于它，已迥非先前的热闹可比。胡先生那时预言，"十年之内的中国诗界，定有大放光明的一个时期"；现在看看，似乎丝毫没有把握。短篇小说的情形，比前为好，长篇差不多和从前一样。戏剧的演作两面，却已有可注意的成绩，这令人高兴。最发达的，要算是小品散文。三四年来风起云涌的种种刊物，都有意或无意地发表了许多散文，近一年这种刊物更多。各书店出的散文集也不少。《东方杂志》从二十二卷（一九二五）起，增辟"新语林"一栏，也载有许多小品散文。夏丏尊，刘薰宇两先生编的《文章作法》，于记事文，叙事文，说明文，议论文而外，有小品文的专章。去年《小说月报》的"创作号"（七号），也特辟小品一栏。小品散文，于是乎极一时之盛。东亚病夫在今年三月"复胡适的信"（《真美善》一卷十二号）里，论这几年文学的成绩说："第一是小品文字，含讽刺的，析心理的，写自然的，往往着墨不多，而余味曲包。第二是短篇小说。……第三是诗。……"这个观察大致不错。

但有举出"懒惰"与"欲速"，说是小品文和短篇小说发达的原因，那却是不够的。现在姑且丢开短篇小说而论小品文：所谓"懒惰"与"欲速"，只是它的本质的原因之一面；它的历史的原因，其实更来得重要些。我们知道，中国文学向来大抵以散文学为正宗；散文的发达，正是顺势。而小品散文的体制，旧来的散文学里也尽有；只精神面目，颇不相同罢了。试以姚鼐的十三类为准，如序跋，书牍，赠序，传状，碑志，杂记，哀祭七类中，都有许多小品文字；陈天定选的《古今小品》，甚至还将诏令，箴铭列入，那就未免太广泛了。我说历史的原因，只是历史的背景之意，并非指出现代散文的源头所在。胡先生说，周先生等提倡的小品散文，"可以打破'美文不能用白话'的迷信"。他说的那种"迷信"的正面，自然是"美文只能用文言了"；这也就是说，美文古已有之，只周先生等才提倡用白话去做罢了。周先生自己在《杂拌儿》序里说：

......明代的文艺美术比较地稍有活气，文学上颇有革新的气象，公安派的人能够无视古文的正统，以抒情的态度作一切的文章，虽然后代批评家贬斥它为浅率空疏，实际却是真实的个性的表现，其价值在竟陵派之上。以前的文人对于著作的态度，可以说是二元的，而他们则是一元的，在这一点上与现代写文章的人正是一致，......以前的人以为文是"以载道"的东西，但此外另有一种文章却是可以写了来消遣的；现在则又把它统一了，去写或读可以说是本于消遣，但同时也就传了道了，或是闻了道。......这也可以说是与明代的新文学家的意思相差不远的。在这个情形之下，现代的文学——现在只就散文说——与明代的有些相像，正是不足怪的，虽然并没有去模仿，或者也还很少有人去读明文，又因时代的关系在文字上很有欧化的地方，思想上也自然要比四百年前有了明显的改变。

这一节话论现代散文的历史背景，颇为扼要，且极明通。明朝那些名士派的文章，在旧来的散文学里，确是最与现代散文相近的。但我们得知道，现代散文所受的直接的影响，还是外国的影响；这一层周先生不曾明说。我们看，周先生自己的书，如《泽泻集》等，里面的文章，无论从思想说，从表现说，岂是那些名士派的文章里找得出的？——至多"情趣"有一些相似罢了。我宁可说，他所受的"外国的影响"比中国的多。而其余的作家，外国的影响有时还要多些，像鲁迅先生，徐志摩先生。历史的背景只指给我们一个趋势，详细节目，原要由各人自定；所以说了外国的影响，历史的背景并不因此抹杀的。但你要问，散文既有那样历史的优势，为什么新文学的初期，倒是诗，短篇小说和戏剧盛行呢？我想那也许是一种反动。这反动原是好的，但历史的力量究竟太大了，你看，它们支持了几年终于懈弛下来，让散文恢复了原有的位置。这种现象却又是不健全的；要明白此层，就要说到本质的原因了。

分别文学的体制，而论其价值的高下，例如亚里士多德在《诗学》里所做的，那是一件批评的大业，包孕着种种议论和冲突；浅学的我，不敢赞一辞。我只觉得体制的分别有时虽然很难确定，但从一般见地说，各体实在有着个别的特性；这种特性有着不同的价值。抒情的散文和纯文学的诗，小说，戏剧相比，便可见出这种分别。我们可以说，前者是自由些，后者是谨严些：诗的字句，音节，小说的描写，结构，戏剧的剪裁与对话，都有种种规律（广义的，不限于古典派的），必须精心结撰，方能有成。散文就不同了，选材与表现，比较可随便些；所谓"闲话"，在一种意义里，便是它的很好的诠释。它不能算作纯艺术品，与诗，小说，戏剧，有高下之别。但对于"懒惰"与"欲速"的人，它确是一种较为相宜的体制。这便是它的发达的另一原因了。我以为真正的文学发展，还当从纯文学下手，单有散文学是不够的；所以说，现在的现象是不健全的。——希望这只是暂时的过渡期，不久纯文学便会重新发展起来，至少和散文学一样！但就散文论散文，这三四年的发展，确是绚烂极了：有种种的样式，种种的流派，表现着，批评着，解释着人生的各面，迁流曼衍，日新月异：有中国名士风，有外国绅士风，有隐士，有叛徒，在思想上是如此。或描写，或讽刺，或委曲，或缜密，或劲健，或绮丽，或洗炼，或流动，或含蓄，在表现上是如此。

　　我是大时代中一名小卒，是个平凡不过的人。才力的单薄是不用说的，所以一向写不出什么好东西。我写过诗，写过小说，写过散文。二十五岁以前，喜欢写诗；近几年诗情枯竭，搁笔已久。前年一个朋友看了我偶然写下的《战争》，说我不能做抒情诗，只能做史诗；这其实就是说我不能做诗。我自己也有些觉得如此，便越发懒怠起来。短篇小说是写过两篇。现在翻出来看，《笑的历史》只是庸俗主义的东西，材料的拥挤，像一个大肚皮的掌柜；《别》的用字造句，那样扭扭捏捏的，像半身不遂的病人，读着真怪不好受的。我觉得小说非常地难写；不用说长篇，就是短篇，那种经济的，严密的结构，我一辈子也学不来！我不知道怎样处置我的材料，使它们各得其所。至于戏剧，我更是始终不敢染指。我所写的大抵还是散文多。既不能运用纯文学的那些规律，而又不免有话要说，便只好随便一点说着；凭你说"懒惰"也罢，"欲速"也罢，我是自然而然采用了这种体制。这本小书里，便是四年来所写的散文。其中有两篇，也许有些像小说；但你最好只当作散文看，那是彼此有益的。至于分作两辑，是因为两辑的文字，风格有些不同；怎样不同，我想看了便会知道。关于这两类文章，我的朋友们有相反的意见。郢看过《旅行杂记》，来信说，他不大喜欢我做这种文章，因为是在模仿着什么人；而模仿是要不得的。这其实有些冤枉，我实在没有一点意思要模仿什么人。他后来看了《飘零》，又来信说，这与《背影》是我的另一面，他是喜欢的。但《火》就不如此。他看完《踪迹》，说只喜欢《航船中的文明》一篇；那正是《旅行杂记》一类的东西。这是一个很有趣的对照。我自己是没有什么定见的，只当时觉着要怎样写，便怎样写了。我意在表现自己，尽了自己的力便行；仁智之见，是在读者。

1928 年 7 月 31 日　北平清华园

女　人

　　白水是个老实人，又是个有趣的人。他能在谈天的时候，滔滔不绝地发出长篇大论。这回听勉子说，日本某杂志上有《女?》一文，是几个文人以"女"为题的桌话的纪录。他说，"这倒有趣，我们何不也来一下？"我们说，"你先来！"他搔了搔头发道："好！就是我先来；你们可别临阵脱逃才好。"我们知道他照例是开口不能自休的。果然，一番话费了这多时候，以致别人只有补充的工夫，没有自叙的余裕。那时我被指定为临时书记，曾将桌上所说，拉杂写下。现在整理出来，便是以下一文。因为十之八是白水的意见，便用了第一人称，作为他自述的模样；我想，白水大概不至于不承认吧？

　　老实说，我是个欢喜女人的人；从国民学校时代直到现在，我总一贯地欢喜着女人。虽然不曾受着什么"女难"，而女人的力量，我确是常常领略到的。女人就是磁石，我就是一块软铁；为了一个虚构的或实际的女人，呆呆的想了一两点钟，乃至想了一两个星期，真有不知肉味光景——这种事是屡屡有的。在路上走，远远的有女人来了，我的眼睛便像蜜蜂们嗅着花香一般，直攒过去。但是我很知足，普通的女人，大概看一两眼也就够了，至多再掉一回头。像我的一位同学那样，遇见了异性，就立正——向左或向右转，仔细用他那两只近视眼，从眼镜下面紧紧追出去半日半日，然后看不见，然后开步走——我是用不着的。我们地方有句土话说："乖子望一眼，呆子望到晚。"我大约总在"乖子"一边了。我到无论什么地方，第一总是用我的眼睛去寻找女人。在火车里，我必走遍几辆车去发见女人；在轮船里，我必走遍全船去发见女人。我若找不到女人时，我便逛游戏场去，赶庙会去，——我大胆地加一句——参观女学校去；这些都是女人多的地方。于是我的眼睛更忙了！我拖着两只脚跟着她们走，往往直到疲倦为止。

我所追寻的女人是什么呢？我所发见的女人是什么呢？这是艺术的女人。从前人将女人比做花，比做鸟，比做羔羊；他们只是说，女人是自然手里创造出来的艺术，使人们欢喜赞叹——正如艺术的儿童是自然的创作，使人们欢喜赞叹一样。不独男人欢喜赞叹，女人也欢喜赞叹；而"妒"便是欢喜赞叹的另一面，正如"爱"是欢喜赞叹的一面一样。受欢喜赞叹的，又不独是女人，男人也有。"此柳风流可爱，似张绪当年，"便是好例；而"美丰仪"一语，尤为"史不绝书"。但男人的艺术气氛，似乎总要少些；贾宝玉说得好：男人的骨头是泥做的，女人的骨头是水做的。这是天命呢？还是人事呢？我现在还不得而知；只觉得事实是如此罢了。——你看，目下学绘画的"人体习作"的时候，谁不用了女人做他的模特儿呢？这不是因为女人的曲线更为可爱么？我们说，自有历史以来，女人是比男人更其艺术的；这句话总该不会错吧？所以我说，艺术的女人。所谓艺术的女人，有三种意思：是女人中最为艺术的，是女人的艺术的一面，是我们以艺术的眼去看女人。我说女人比男人更其艺术的，是一般的说法；说女人中最为艺术的，是个别的说法。——而"艺术"一词，我用它的狭义，专指眼睛的艺术而言，与绘画，雕刻，跳舞同其范类。艺术的女人便是有着美好的颜色和轮廓和动作的女人，便是她的容貌，身材，姿态，使我们看了感到"自己圆满"的女人。这里有一块天然的界碑，我所说的只是处女，少妇，中年妇人，那些老太太们，为她们的年岁所侵蚀，已上了凋零与枯萎的路途，在这一件上，已是落伍者了。女人的圆满相，只是她的"人的诸相"之一；她可以有大才能，大智慧，大仁慈，大勇毅，大贞洁等等，但都无碍于这一相。诸相可以帮助这一相，使其更臻于充实；这一相也可帮助诸相，分其圆满于它们，有时更能遮盖它们的缺处。我们之看女人，若被她的圆满相所吸引，便会不顾自己，不顾她的一切，而只陶醉于其中；这个陶醉是刹那的，无关心的，而且在沉默之中的。

我们之看女人，是欢喜而决不是恋爱。恋爱是全般的，欢喜是部分的。恋爱是整个"自我"与整个"自我"的融合，故坚深而久长；欢喜是"自我"间断片的融合，故轻浅而飘忽。这两者都是生命的趣味，生命的姿态。但恋爱是对人的，欢喜却兼人与物而言。——此外本还有"仁爱"，便是"民胞物与"之怀；再进一步，"天地与我并生，万物与我为一"，便是"神爱'，"大爱"了。这种无分物我的爱，非我所要论；但在此又须立一界碑，凡伟大庄严之像，无论属人属物，足以吸引人心者，必为这种爱；而优美艳丽的光景则始在"欢喜"的阈中。至于恋爱，以人格的吸引为骨子，有极强的占有性，又与二者不同。Y君以人与物平分恋爱与欢喜，以为"喜"仅属物，"爱"乃属人；若对人言"喜"，便是蔑视他的人格了。现在有许多人也以为将女人比花，比鸟，比羔羊，便是侮辱女人；赞颂女人的体态，也是侮辱女人。所以者何？便是蔑视她们的人格了！但我觉得我们若不能将"体态的美"排斥于人格之外，我们便要慢慢的说这句话！而美若是一种价值，人格若是建筑于价值的基石上，我们又何能排斥那"体态的美"呢？所以我以为只须将女人的艺术的一面作为艺术而鉴赏它，与鉴赏其他优美的自然一样；艺术与自然是"非人格"的，当然便说不上"蔑视"与否。在这样的立场上，将人比物，欢喜赞叹，自与因袭的玩弄的态度相差十万八千里，当可告无罪于天下。——只有将女人看作"玩物"，才真是蔑视呢；即使是在所谓的"恋爱"之中。艺术的女人，是的，艺术的女人！我们要用惊异的眼去看她，那是一种奇迹！

　　我之看女人，十六年于兹了，我发见了一件事，就是将女人作为艺术而鉴赏时，切不可使她知道；无论是生疏的，是较熟悉的。因为这要引起她性的自卫的羞耻心或他种嫌恶心，她的艺术味便要变稀薄了；而我们因她的羞耻或嫌恶而关心，也就不能静观自得了。所以我们只好秘密地鉴赏；艺术原来是秘密的呀，自然的创作原来是秘密的呀。但是我所欢喜的艺术的女人，究竟是怎样的呢？您得问了。让我告诉您：我见过西洋女人，日本女人，江南江北两个女人，城内的女人，名闻浙东西的女人；但我的眼光究竟太狭了，我只见过不到半打的艺术的女人！而且其中只有一个西洋人，没有一个日本人！那西洋的处女是在Y城里一条僻巷的拐角上遇着的，惊鸿一瞥似地便过去了。其余有两个是在两次火车里遇着的，一个看了半天，一个看了两天；还有一个是在乡村里遇着的，足足看了三个月。——我以为艺术的女人第一是有她的温柔的空气；使人如听着箫管的悠扬，如嗅着玫瑰花的芬芳，如躺着在天鹅绒的厚毯上。她是如水的密，如烟的轻，笼罩着我们；我们怎能不欢喜赞叹呢？这是由她的动作而来的；她的一举步，一伸腰，一掠鬓，一转眼，一低头，乃至衣袂的微扬，裙幅的轻舞，都如蜜的流，风的微漾；我们怎能不欢喜赞叹呢？最可爱的是那软软的腰儿；从前人说临风的垂柳，《红楼梦》里说晴雯的"水蛇腰儿"，都是说腰肢的细软的；但我所欢喜的腰呀，简直和苏州的牛皮糖一样，使我满舌头的甜，满牙齿的软呀。腰是这般软了，手足自也有飘逸不凡之概。你瞧她的足胫多么丰满呢！从膝关节以下，渐渐的隆起，像新蒸的面包一样；后来又渐渐渐渐地缓下去了。这足胫上正罩着丝袜，淡青的？或者白的？拉得紧紧的，一些儿皱纹没有，更将那丰满的曲线显得丰满了；而那闪闪的鲜嫩的光，简直可以照出人的影子。你再往上瞧，她的两肩又多么亭匀呢！像双生的小羊似的，又像两座玉峰似的；正是秋山那般瘦，秋水那般平呀。肩以上，便到了一般人讴歌颂赞所集的"面目"了。我最不能忘记的，是她那双鸽子般的眼睛。伶俐到像要立刻和人说话。在惺忪微倦的时候，尤其可喜，因为正像一对睡了的褐色小鸽子。和那润泽而微红的双颊，苹果般照耀着的，恰如曙色之与夕阳，巧妙的相映衬着。再加上那覆额的，稠密而蓬松的发，像天空的乱云一般，点缀得更有情趣了。而她那甜蜜的微笑也是可爱的东西；微笑是半开的花朵，里面流溢着诗与画与无声的音乐。是的，我说的已多了，我不必将我所见的，一个人一个人分别说给你，我只将她们融合成一个 Sketch^① 给你看——这就是我的惊异的型，就是我所谓艺术的女子的型。但我的眼光究竟太狭了！我的眼光究竟太狭了！

在女人的聚会里，有时也有一种温柔的空气；但只是笼统的空气，没有详细的节目。所以这是要由远观而鉴赏的，与个别的看法不同；若近观时，那笼统的空气也许会消失了的。说起这艺术的"女人的聚会"，我却想着数年前的事了，云烟一般，好惹人怅惘的。在 P 城一个礼拜日的早晨，我到一所宏大的教堂里去做礼拜；听说那边女人多，我是礼拜女人去的。那教堂是男女分坐的。我去的时候，女坐还空着，似乎颇遥遥的；我的遐想便去充满了每个空坐里。忽然眼睛有些花了，在薄薄的香泽当中，一群白上衣，黑背心，黑裙子的女人，默默的，远远的走进来了。我现在不曾看见上帝，却看见了带着翼子的这些安琪儿了！另一回在傍晚的湖上，暮霭四合的时候，一只插着小红花的游艇里，坐

---

① 英文，意为素描。

着八九个雪白雪白的白衣的姑娘；湖风舞弄着她们的衣裳，便成一片浑然的白。我想她们是湖之女神，以游戏三昧，展现色相于人间的呢！第三回在湖中的一座桥上，淡月微云之下，倚着十来个，也是姑娘，朦朦胧胧的与月一齐白着。在抖荡的歌喉里，我又遇着月姊儿的化身了！——这些是我所发见的又一型。

是的，艺术的女人，那是一种奇迹！

1925 年 2 月 15 日　白马湖

背　影

　　我与父亲不相见已二年余了，我最不能忘记的是他的背影。那年冬天，祖母死了，父亲的差使也交卸了，正是祸不单行的日子，我从北京到徐州，打算跟着父亲奔丧回家。到徐州见着父亲，看见满院狼藉的东西，又想起祖母，不禁簌簌地流下眼泪。父亲说，"事已如此，不必难过，好在天无绝人之路！"

　　回家变卖典质，父亲还了亏空；又借钱办了丧事。这些日子，家中光景很是惨淡，一半为了丧事，一半为了父亲赋闲。丧事完毕，父亲要到南京谋事，我也要回北京念书，我们便同行。

　　到南京时，有朋友约去游逛，勾留了一日；第二日上午便须渡江到浦口，下午上车北去。父亲因为事忙，本已说定不送我，叫旅馆里一个熟识的茶房陪我同去。他再三嘱咐茶房，甚是仔细。但他终于不放心，怕茶房不妥帖；颇踌躇了一会。其实我那年已二十岁，北京已来往过两三次，是没有什么要紧的了。他踌躇了一会，终于决定还是自己送我去。我两三回劝他不必去；他只说，"不要紧，他们去不好！"

我们过了江，进了车站。我买票，他忙着照看行李。行李太多了，得向脚夫行些小费，才可过去。他便又忙着和他们讲价钱。我那时真是聪明过分，总觉他说话不大漂亮，非自己插嘴不可。但他终于讲定了价钱；就送我上车。他给我拣定了靠车门的一张椅子；我将他给我做的紫毛大衣铺好坐位。他嘱我路上小心，夜里要警醒些，不要受凉。又嘱托茶房好好照应我。我心里暗笑他的迂，他们只认得钱，托他们真是白托！而且我这样大年纪的人，难道还不能料理自己么？唉，我现在想想，那时真是太聪明了！

我说道，"爸爸，你走吧。"他望车外看了看，说，"我买几个橘子去。你就在此地，不要走动。"我看那边月台的栅栏外有几个卖东西的等着顾客。走到那边月台，须穿过铁道，须跳下去又爬上去。父亲是一个胖子，走过去自然要费事些。我本来要去的，他不肯，只好让他去。我看见他戴着黑布小帽，穿着黑布大马褂，深青布棉袍，蹒跚地走到铁道边，慢慢探身下去，尚不大难。可是他穿过铁道，要爬上那边月台，就不容易了。他用两手攀着上面，两脚再向上缩；他肥胖的身子向左微倾，显出努力的样子。这时我看见他的背影，我的泪很快地流下来了。我赶紧拭干了泪，怕他看见，也怕别人看见。我再向外看时，他已抱了朱红的橘子望回走了。过铁道时，他先将橘子散放在地上，自己慢慢爬下，再抱起橘子走。到这边时，我赶紧去搀他。他和我走到车上，将橘子一股脑儿放在我的皮大衣上。于是扑扑衣上的泥土，心里很轻松似的，过一会说："我走了；到那边来信！"我望着他走出去。他走了几步，回过头看见我，说，"进去吧，里边没人。"等他的背影混入来来往往的人里，再找不着了，我便进来坐下，我的眼泪又来了。

近几年来，父亲和我都是东奔西走，家中光景是一日不如一日。他少年出外谋生，独力支持，做了许多大事。那知老境却如此颓唐！他触目伤怀，自然情不能自已。情郁于中，自然要发之于外；家庭琐屑便往往触他之怒。他待我渐渐不同往日。但最近两年的不见，他终于忘却我的不好，只是惦记着我，惦记着我的儿子。我北来后，他写了一信给我，信中说道，"我身体平安，惟膀子疼痛利害，举箸提笔，诸多不便，大约大去之期不远矣。"我读到此处，在晶莹的泪光中，又看见那肥胖的，青布棉袍，黑布马褂的背影。唉！我不知何时再能与他相见！

1925 年 10 月在北京

阿　河

　　我这一回寒假，因为养病，住到一家亲戚的别墅里去。那别墅是在乡下。前面偏左的地方，是一片淡蓝的湖水，对岸环拥着不尽的青山。山的影子倒映在水里，越显得清清朗朗的。水面常如镜子一般。风起时，微有皱痕；像少女们皱她们的眉头，过一会子就好了。湖的余势束成一条小港，缓缓地不声不响地流过别墅的门前。门前有一条小石桥，桥那边尽是田亩。这边沿岸一带，相间地栽着桃树和柳树，春来当有一番热闹的梦。别墅外面缭绕着短短的竹篱，篱外是小小的路。里边一座向南的楼，背后便倚着山。西边是三间平屋，我便住在这里。院子里有两块草地，上面随便放着两三块石头。另外的隙地上，或罗列着盆栽，或种莳着花草。篱边还有几株枝干蟠曲的大树，有一株几乎要伸到水里去了。

　　我的亲戚韦君只有夫妇二人和一个女儿。她在外边念书，这时也刚回到家里。她邀来三位同学，同到她家过这个寒假；两位是亲戚，一位是朋友。她们住着楼上的两间屋子。韦君夫妇也住在楼上。楼下正中是客厅，常是闲着，西间是吃饭的地方；东间便是韦君的书房，我们谈天，喝茶，看报，都在这里。我吃了饭，便是一个人，也要到这里来闲坐一回。我来的第二天，韦小姐告诉我，她母亲要给她们找一个好好的女用人；长工阿齐说有一个表妹，母亲叫他明天就带来做做看呢。她似乎很高兴的样子，我只是不经意地答应。

平屋与楼屋之间，是一个小小的厨房。我住的是东面的屋子，从窗子里可以看见厨房里人的来往。这一天午饭前，我偶然向外看看，见一个面生的女用人，两手提着两把白铁壶，正往厨房里走；韦家的李妈在她前面领着，不知在和她说甚么话。她的头发乱蓬蓬的，像冬天的枯草一样。身上穿着镶边的黑布棉袄和夹裤，黑里已泛出黄色；棉袄长与膝齐，夹裤也直拖到脚背上。脚倒是双天足，穿着尖头的黑布鞋，后跟还带着两片同色的"叶拔儿"。想这就是阿齐带来的女用人了；想完了就坐下看书。晚饭后，韦小姐告诉我，女用人来了，她的名字叫"阿河"。我说，"名字很好，只是人土些；还能做么？"她说，"别看她土，很聪明呢。"我说，"哦。"便接着看手中的报了。

以后每天早上，中上，晚上，我常常看见阿河挈着水壶来往；她的眼似乎总是望前看的。两个礼拜匆匆地过去了。韦小姐忽然和我说，你别看阿河土，她的志气很好，她是个可怜的人。我和娘说，把我前年在家穿的那身棉袄裤给了她吧。我嫌那两件衣服太花，给了她正好。娘先不肯，说她来了没有几天；后来也肯了。今天拿出来让她穿，正合式呢。我们教给她打绒绳鞋，她真聪明，一学就会了。她说拿到工钱，也要打一双穿呢。我等几天再和娘说去。

"她这样爱好！怪不得头发光得多了，原来都是你们教她的。好！你们尽教她讲究，她将来怕不愿回家去呢。"大家都笑了。

旧新年是过去了。因为江浙的兵事，我们的学校一时还不能开学。我们大家都乐得在别墅里多住些日子。这时阿河如换了一个人。她穿着宝蓝色挑着小花儿的布棉袄裤；脚下是嫩蓝色毛绳鞋，鞋口还缀着两个半蓝半白的小绒球儿。我想这一定是她的小姐们给帮忙的。古语说得好，"人要衣裳马要鞍"，阿河这一打扮，真有些楚楚可怜了。她的头发早已是刷得光光的，覆额的刘海也梳得十分伏贴。一张小小的圆脸，如正开的桃李花；脸上并没有笑，却隐隐地含着春日的光辉，像花房里充了蜜一般。这在我几乎是一个奇迹；我现在是常站在窗前看她了。我觉得在深山里发见了一粒猫儿眼；这样精纯的猫儿眼，是我生平所仅见！我觉得我们相识已太长久，极愿和她说一句话——极平淡的话，一句也好。但我怎好平白地和她攀谈呢？这样郁郁了一礼拜。

这是元宵节的前一晚上。我吃了饭，在屋里坐了一会，觉得有些无聊，便信步走到那书房里。拿起报来，想再细看一回。忽然门钮一响，阿河进来了。她手里拿着三四支颜色铅笔；出乎意料地走近了我。她站在我面前了，静静地微笑着说："白先生，你知道铅笔刨在那里？"一面将拿着的铅笔给我看。我不自主地立起来，匆忙地应道，"在这里；"我用手指着南边柱子。但我立刻觉得这是不够的。我领她走近了柱子。这时我像闪电似地踌躇了一下，便说，"我……我……"她一声不响地已将一支铅笔交给我。我放进刨子里刨给她看。刨了两下，便想交给她；但终于刨完了一支。交还了她。她接了笔略看一看，仍仰着脸向我。我窘极了。刹那间念头转了好几个圈子；到底硬着头皮搭讪着说，"就这样刨好了。"我赶紧向门外一瞥，就走回原处看报去。但我的头刚低下，我的眼已抬起来了。于是远远地从容地问道，"你会么？"她不曾掉过头来，只"嗳"了一声，也不说话。我看了她背影一会。觉得应该低下头了。等我再抬起头来时，她已默默地向外走了。她似乎总是望前看的；我想再问她一句话，但终于不曾出口。我撇下了报，站起来走了一会，便回到自己屋里。我一直想着些什么，但什么也没有想出。

　　第二天早上看见她往厨房里走时，我发愿我的眼将老跟着她的影子！她的影子真好。她那几步路走得又敏捷，又匀称，又苗条，正如一只可爱的小猫。她两手各提着一只水壶，又令我想到在一条细细的索儿上抖擞精神走着的女子。这全由于她的腰；她的腰真太软了，用白水的话说，真是软到使我如吃苏州的牛皮糖一样。不止她的腰，我的日记里说得好："她有一套和云霞比美，水月争灵的曲线，织成大大的一张迷惑的网！"而那两颊的曲线，尤其甜蜜可人。她两颊是白中透着微红，润泽如玉。她的皮肤，嫩得可以掐出水来；我的日记里说，"我很想去掐她一下呀！她的眼像一双小燕子，老是在激滟的春水上打着圈儿。她的笑最使我记住，像一朵花漂浮在我的脑海里。我不是说过，她的小圆脸像正开的桃花么？那么，她微笑的时候，便是盛开的时候了：花房里充满了蜜，真如要流出来的样子。她的发不甚厚，但黑而有光，柔软而滑，如纯丝一般。只可惜我不曾闻着一些儿香。唉！从前我在窗前看她好多次，所得的真太少了；若不是昨晚一见，——虽只几分钟——我真太对不起这样一个人儿了。

午饭后，韦君照例地睡午觉去了，只有我，韦小姐和其他三位小姐在书房里。我有意无意地谈起阿河的事。我说，

"你们怎知道她的志气好呢？"

"那天我们教给她打绒绳鞋；"一位蔡小姐便答道，"看她很聪明。就问她为甚么不念书？她被我们一问，就伤心起来了。……"

"是的，"韦小姐笑着抢了说，"后来还哭了呢；还有一位傻子陪她淌眼泪呢。"

那边黄小姐可急了，走过来推了她一下。蔡小姐忙拦住道，"人家说正经话，你们尽闹着玩儿！让我说完了呀——"

"我代你说啵，"韦小姐仍抢着说，"——她说她只有一个爹，没有娘。嫁了一个男人，倒有三十多岁，土头土脑的，脸上满是疱！他是李妈的邻舍，我还看见过呢。……"

"好了，底下我说吧。"蔡小姐接着道，"她男人又不要好，尽爱赌钱；她一气，就住到娘家来，有一年多不回去了。"

"她今年几岁？"我问。

"十七不知十八？前年出嫁的，几个月就回家了，"蔡小姐说。

"不，十八，我知道，"韦小姐改正道。

"哦。你们可曾劝她离婚？"

"怎么不劝，"韦小姐应道，"她说十八回去吃她表哥的喜酒，

要和她的爹去说呢。"

"你们教她的好事，该当何罪！"我笑了。

她们也都笑了。

十九的早上，我正在屋里看书，听见外面有嚷嚷的声音；这是从来没有的。我立刻走出来看；只见门外有两个乡下人要走进来，却给阿齐拦住。他们只是央告，阿齐只是不肯。这时韦君已走出院中，向他们道：

"你们回去吧。人在我这里，不要紧的。快回去，不要瞎吵！"

两个人面面相觑，说不出一句话；俄延了一会，只好走了。我问韦君什么事？他说：

"阿河罗！还不是瞎吵一回子。"

我想他于男女的事向来是懒得说的，还是回头问他小姐的好；我们便谈到别的事情上去。

吃了饭，我赶紧问韦小姐，她说：

"她是告诉娘的，你问娘去。"

我想这件事有些尴尬，便到西间里问韦太太；她正看着李妈收拾碗碟呢。她见我问，便笑着说：

"你要问这些事做什么？她昨天回去，原是借了阿桂的衣裳穿了去的，打扮得娇滴滴的，也难怪，被她男人看见了，便约了些不相干的人，将她抢回去过了一夜。今天早上，她骗她男人，说要到此地来拿行李。她男人就会信她，派了两个人跟着。哪知她到了这里，便叫阿齐拦着那跟来的人；她自己便跪在我面前哭诉，说死也不愿回她男人家去。你说我有什么法子。只好让那跟来的人先回去再说。好在没有几天，她们要上学了，我将来交给她的爹吧。唉，现在的人，心眼儿真是越过越大了；一个乡下女人，也会闹出这样惊天动地的事了！"

"可不是，"李妈在旁插嘴道，"太太你不知道；我家三叔前儿来，我还听他说呢。我本不该说的，阿弥陀佛！太太，你想她不愿意回婆家，老愿意住在娘家，是什么道理？家里只有一个单身的老子；你想那该死的老畜生！他舍不得放她回去呀！"

"低些，真的么？"韦太太惊诧地问。

"他们说得千真万确的。我早就想告诉太太了，总有些疑心；今天看她的样子，真有几分对呢。太太，你想现在还成什么世界！"

"这该不至于吧。"我淡淡地插了一句。

"少爷，你哪里知道！"韦太太叹了一口气，"——好在没有几天了，让她快些走吧；别将我们的运气带坏了。她的事，我们以后也别谈吧。"

开学的通告来了，我定在二十八走。二十六的晚上，阿河忽然不到厨房里挈水了。韦小姐跑来低低地告诉我，"娘叫阿齐将阿河送回去了；我在楼上，都不知道呢。"我应了一声，一句话也没有说。正如每日有三顿饱饭吃的人，忽然绝了粮；却又不能告诉一个人！而且我觉得她的前面是黑洞洞的，此去不定有什么好歹！那一夜我是没有好好地睡，只翻来覆去地做梦，醒来却又一例茫然。这样昏昏沉沉地到了二十八早上，懒懒地向韦君夫妇和韦小姐告别而行，韦君夫妇坚约春假再来住，我只得含糊答应着。

出门时，我很想回望厨房几眼；但许多人都站在门口送我，我怎好回头呢？

到校一打听，老友陆已来了。我不及料理行李，便找着他，将阿河的事一五一十告诉他。他本是个好事的人；听我说时，时而皱眉，时而叹气，时而擦掌。听到她只十八岁时，他突然将舌头一伸，跳起来道：

"可惜我早有了我那太太！要不然，我准得想法子娶她！"

"你娶她就好了；现在不知鹿死谁手呢？"

我俩默默相对了一会，陆忽然拍着桌子道：

"有了，老汪不是去年失了恋么？他现在还没有主儿，何不给他俩撮合一下。"

我正要答说，他已出去了。过了一会子，他和汪来了；进门就嚷着说：

"我和他说，他不信；要问你呢！"

"事是有的，人呢，也真不错。只是人家的事，我们凭什么去管！"我说。

"想法子呀！"陆嚷着。

"什么法子？你说！"

"好，你们尽和我开玩笑，我才不理会你们呢！"汪笑了。

我们几乎每天都要谈到阿河，但谁也不曾认真去"想法子"。

一转眼已到了春假。我再到韦君别墅的时候，水是绿绿的，桃腮柳眼，着意引人。我却只惦着阿河，不知她怎么样了。那时韦小姐已回来两天。我背地里问她，她说：

"奇得很！阿齐告诉我，说她二月间来求娘来了。她说她男人已死了心，不想她回去；只不肯白白地放掉她。他教她的爹拿出八十块钱来，人就是她的爹的了；他自己也好另娶一房人。可是阿河说她的爹哪有这些钱？她求娘可怜可怜她！娘的脾气你知道。她是个古板的人；她数说了阿河一顿，一个钱也不给！我现在和阿齐说，让他上镇去时，带个信儿给她，我可以给她五块钱。我想你也可以帮她些，我教阿齐一块儿告诉她吧。只可惜她未必肯再上我们这儿来罗！"

"我拿十块钱吧，你告诉阿齐就是。"

我看阿齐空闲了，便又去问阿河的事。他说：

"她的爹正给她东找西找地找主儿呢。只怕难吧，八十块大洋呢！

我忽然觉得不自在起来，不愿再问下去。

过了两天，阿齐从镇上回来，说：

"今天见着阿河了。娘的，齐整起来了。穿起了裙子，做老板娘娘了！据说是自己拣中的；这种年头！"

我立刻觉得，这一来全完了！只怔怔地看着阿齐，似乎想在他脸上找出阿河的影子。咳，我说什么好呢？愿运命之神长远庇护着她吧！

第二天我便托故离开了那别墅；我不愿再见那湖光山色，更不愿再见那间小小的厨房！

1926 年 1 月 11 日

哀韦杰三君

韦杰三君是一个可爱的人；我第一回见他面时就这样想。这一天我正坐在房里，忽然有敲门的声音；进来的是一位温雅的少年。我问他"贵姓"的时候，他将他的姓名写在纸上给我看；说是苏甲荣先生介绍他来的。苏先生是我的同学，他的同乡，他说前一晚已来找过我了，我不在家；所以这回又特地来的。我们闲谈了一会，他说怕耽误我的时间，就告辞走了。是的，我们只谈了一会儿，而且并没有什么重要的话；——我现在已全忘记——但我觉得已懂得他了，我相信他是一个可爱的人。

第二回来访，是在几天之后。那时新生甄别试验刚完，他的国文课是被分在钱子泉先生的班上。他来和我说，要转到我的班上。我和他说，钱先生的学问，是我素来佩服的；在他班上比在我班上一定好。而且已定的局面，因一个人而变动，也不大方便。他应了几声，也没有什么，就走了。从此他就不曾到我这里来。有一回，在三院第一排屋的后门口遇见他，他微笑着向我点头；他本是捧了书及墨盒去上课的，这时却站住了向我说："常想到先生那里，只是功课太忙了，总想去的。"我说："你闲时可以到我这里谈谈。"我们就点首作别。三院离我住的古月堂似乎很远，有时想起来，几乎和前门一样。所以半年以来，我只在上课前，下课后几分钟里，偶然遇着他三四次；除上述一次外，都只匆匆地点头走过，不曾说一句话。但我常是这样想：他是一个可爱的人。

他的同乡苏先生，我还是来京时见过一回，半年来不曾再见。我不曾能和他谈韦君；我也不曾和别人谈韦君，除了钱子泉先生。钱先生有一日告诉我，说韦君总想转到我班上；钱先生又说："他知道不能转时，也很安心的用功了，笔记做得很详细的。"我说，自然还是在钱先生班上好。以后这件事还谈起一两次。直到三月十九日早，有人误报了韦君的死信；钱先生站在我屋外的台阶上惋惜地说："他寒假中来和我谈。我因他常是忧郁的样子，便问他为何这样；是为了我么？他说：'不是，你先生很好的；我是因家境不宽，老是愁烦着。'他说他家里还有一个年老的父亲和未成年的弟弟；他说他弟弟因为家中无钱，已失学了。他又说他历年在外读书的钱，一小半是自己休了学去做教员弄来的，一大半是向人告贷来的。他又说，下半年的学费还没有着落呢。"但他却不愿平白地受人家的钱；我们只看他给大学部学生会起草的请改奖金制为借贷制与工读制的信，便知道他年纪虽轻，做人却有骨气的。

我最后见他，是在三月十八日早上，天安门下电车时。也照平常一样，微笑着向我点头。他的微笑显示他纯洁的心，告诉人，他愿意亲近一切；我是不会忘记的。还有他的静默，我也不会忘记。据陈云豹先生的《行述》，韦君很能说话；但这半年来，我们听见的，却只有他的静默而已。他的静默里含有忧郁，悲苦，坚忍，温雅等等，是最足以引人深长之思和切至之情的。他病中，据陈云豹君在本校追悼会里报告，虽也有一时期，很是躁急，但他终于在离开我们之前，写了那样平静的两句话给校长；他那两句话包蕴着无穷的悲哀，这是静默的悲哀！所以我现在又想，他毕竟是一个可爱的人。

三月十八日晚上，我知道他已危险；第二天早上，听见他死了，叹息而已！但走去看学生会的布告时，知他还在人世，觉得被鼓励似的，忙着将这消息告诉别人。有不信的，我立刻举出学生会布告为证。我二十日进城，到协和医院想去看看他；但不知道医院的规则，去迟了一点钟，不得进去。我很怅惘地在门外徘徊了一会，试问门役道："你知道清华学校有一个韦杰三，死了没有？"他的回答，我原也知道的，是"不知道"三字！那天傍晚回来；二十一日早上，便得着他死的信息——这回他真死了！他死在二十一日上午一时四十八分，就是二十日的夜里，我二十日若早去一点钟，还可见他一面呢。这真是十分遗憾的！二十三日同人及同学入城迎灵，我在城里十二点才见报，已赶不及了。下午回来，在校门外看见杠房里的人，知道柩已来了。我到古月堂一问，知道柩安放在旧礼堂里。我去的时候，正在重殓，韦君已穿好了殓衣在照相了。据说还光着身子照了一张相，是照伤口的。我没有看见他的伤口；但是这种情景，不看见也罢了。照相毕，入殓，我走到柩旁：韦君的脸已变了样子，我几乎不认识了！他的两颧突出，颊肉瘪下，掀唇露齿，那里还像我初见时的温雅呢？这必是他几日间的痛苦所致的。唉，我们可以想见了！我正在乱想，棺盖已经盖上；唉，韦君，这真是最后一面了！我们从此真无再见之期了！死生之理，我不能懂得，但不能再见是事实，韦君，我们失掉了你，更将从何处觅你呢？

韦君现在一个人睡在刚秉庙的一间破屋里，等着他迢迢千里的老父，天气又这样坏；韦君，你的魂也彷徨着吧！

1926 年 4 月 2 日

飘　零

　　一个秋夜，我和 P 坐在他的小书房里，在晕黄的电灯光下，谈到 W 的小说。

　　"他还在河南吧？ C 大学那边很好吧？"我随便问着。

　　"不，他上美国去了。"

　　"美国？做什么去？"

　　"你觉得很奇怪吧？ ——波定谟约翰郝勃金医院打电报约他做助手去。"

　　"哦！就是他研究心理学的地方！他在那边成绩总很好？ ——这回去他很愿意吧？"

　　"不见得愿意。他动身前到北京来过，我请他在启新吃饭；他很不高兴的样子。"

　　"这又为什么呢？"

　　"他觉得中国没有他做事的地方。"

　　"他回来才一年呢。C 大学那边没有钱吧？"

　　"不但没有钱；他们说他是疯子！"

"疯子!"

我们默然相对，暂时无话可说。

我想起第一回认识 W 的名字，是在《新生》杂志上。那时我在 P 大学读书，W 也在那里。我在《新生》上看见的是他的小说；但一个朋友告诉我，他心理学的书读得真多；P 大学图书馆里所有的，他都读了。文学书他也读得不少。他说他是无一刻不读书的。我第一次见他的面，是在 P 大学宿舍的走道上；他正和朋友走着。有人告诉我，这就是 W 了。微曲的背，小而黑的脸，长头发和近视眼，这就是 W 了。以后我常常看他的文字，记起他这样一个人。有一回我拿一篇心理学的译文，托一个朋友请他看看。他逐一给我改正了好几十条，不曾放松一个字。永远的惭愧和感谢留在我心里。

我又想到杭州那一晚上。他突然来看我了。他说和 P 游了三日，明早就要到上海去。他原是山东人；这回来上海，是要上美国去的。我问起哥仑比亚大学的《心理学，哲学，与科学方法》杂志，我知道那是有名的杂志。但他说里面往往一年没有一篇好文章，没有什么意思。他说近来各心理学家在英国开了一个会，有几个人的话有味。他又用铅笔随便的在桌上一本簿子的后面，写了《哲学的科学》一个书名与其出版处，说是新书，可以看看。他说要走了。我送他到旅馆里。见他床上摊着一本《人生与地理》，随便拿过来翻着。他说这本小书很著名，很好的。我们在晕黄的电灯光下，默然相对了一会，又问答了几句简单的话；我就走了。直到现在，还不曾见过他。

他到美国去后，初时还写了些文字，后来就没有了。他的名字，在一般人心里，已如远处的云烟了。我倒还记着他。两三年以后，才又在《文学日报》上见到他一篇诗，是写一种清趣的。我只念过他这一篇诗。他的小说我却念过不少；最使我不能忘记的是那篇《雨夜》，是写北京人力车夫的生活的。

W 是学科学的人，应该很冷静，但他的小说却又很热很热的。

这就是 W 了。

P 也上美国去，但不久就回来了。他在波定谟住了些日子，W 是常常见着的。他回国后，有一个热天，和我在南京清凉山上谈起 W 的事。他说 W 在研究行为派的心理学。他几乎终日在实验室里；他解剖过许多老鼠，研究它们的行为。P 说自己本来也愿意学心理学的；但看了老鼠临终的颤动，他执刀的手便战战的放不下去了。因此只好改行。而 W 是"奏刀酕然"，"踌躇满志"，P 觉得那是不可及的。P 又说 W 研究动物行为既久，看明它们所有的生活，只是那几种生理的欲望，如食欲，性欲，所玩的把戏，毫无什么大道理存乎其间。因而推想人的生活，也未必别有何种高贵的动机；我们第一要承认我们是动物，这便是真人。W 的确是如此做人的。P 说他也相信 W 的话；真的，P 回国后的态度是大大的不同了。W 只管做他自己的人，却得着 P 这样一个信徒，他自己也未必料得着的。

P 又告诉我 W 恋爱的故事。是的，恋爱的故事！P 说这是一个日本人，和 W 一同研究的，但后来走了，这件事也就完了。P 说得如此冷淡，毫不像我们所想的恋爱的故事！P 又曾指出《来日》上 W 的一篇《月光》给我看。这是一篇小说，叙述一对男女趁着月光在河边一只空船里密谈。那女的是个有夫之妇。这时四无人迹，他俩谈得亲热极了。但 P 说 W 的胆子太小了，所以这一回密谈之后，便撒了手。这篇文字是 W 自己写的，虽没有如火如荼的热闹，但却别有一种意思。科学与文学，科学与恋爱，这就是 W 了。

"疯子！"我这时忽然似乎彻悟了说，"也许是的吧？我想。一个人冷而又热，是会变疯子的。"

"唔"，P 点头。

"他其实大可以不必管什么中国不中国了；偏偏又恋恋不舍的！"

"是罗。W 这回真不高兴。K 在美国借了他的钱。这回他到北京，特地老远的跑去和 K 要钱。K 的没钱，他也知道；他也并不指望这笔钱用。只想借此去骂他一顿罢了，据说拍了桌子大骂呢！"

"这与他的写小说一样的道理呀！唉，这就是 W 了。"

P 无语，我却想起一件事：

"W 到美国后有信来么？"

"长远了，没有信。"

我们于是都又默然。

1926 年 7 月 20 日　白马湖

白　采

　　盛暑中写《白采的诗》一文，刚满一页，便因病搁下。这时候薰宇来了一封信，说白采死了，死在香港到上海的船中。他只有一个人；他的遗物暂存在立达学园里。有文稿，旧体诗词稿，笔记稿，有朋友和女人的通信，还有四包女人的头发！我将薰宇的信念了好几遍，茫然若失了一会；觉得白采虽于生死无所容心，但这样的死在将到吴淞口了的船中，也未免太残酷了些——这是我们后死者所难堪的。

　　白采是一个不可捉摸的人。他的历史，他的性格，现在虽从遗物中略知梗概，但在他生前，是绝少人知道的；他也绝口不向人说，你问他他只支吾而已。他赋性既这样遗世绝俗，自然是落落寡合了；但我们却能够看出他是一个好朋友，他是一个有真心的人。

　　"不打不成相识，"我是这样的知道了白采的。这是为学生李芳诗集的事。李芳将他的诗集交我删改，并嘱我作序。那时我在温州，他在上海。我因事忙，一搁就是半年；而李芳已因不知名的急病死在上海。我很懊悔我的徐缓，赶紧抽了空给他工作。正在这时，平伯转来白采的信，短短的两行，催我设法将李芳的诗出版；又附了登在《觉悟》上的小说《作诗的儿子》，让我看看——里面颇有讥讽我的话。我当时觉得不应得这种讥讽，便写了一封近两千字的长信，详述事件首尾，向他辩解。信去了便等回信；但是杳无消息。等到我已不希望了，他才来了一张明信片；在我看来，只是几句半冷半热的话而已。我只能以"岂能尽如人意？但求无愧我心！"自解，听之而已。

但平伯因转信的关系，却和他常通函札。平伯来信，屡屡说起他，说是一个有趣的人。有一回平伯到白马湖看我。我和他同往宁波的时候，他在火车中将白采的诗稿《赢疾者的爱》给我看。我在车身不住的动摇中，读了一遍。觉得大有意思。我于是承认平伯的话，他是一个有趣的人。我又和平伯说，他这篇诗似乎是受了尼采的影响。后来平伯来信，说已将此语函告白采，他颇以为然。我当时还和平伯说，关于这篇诗，我想写一篇评论；平伯大约也告诉了他。有一回他突然来信说起此事；他盼望早些见着我的文字，让他知道在我眼中的他的诗究竟是怎样的。我回信答应他，就要做的。以后我们常常通信，他常常提及此事。但现在是三年以后了，我才算将此文完篇；他却已经死了，看不见了！他暑假前最后给我的信还说起他的盼望。天啊！我怎样对得起这样一个朋友，我怎样挽回我的过错呢？

平伯和我都不曾见过白采，大家觉得是一件缺憾。有一回我到上海，和平伯到西门林荫路新正兴里五号去访他：这是按着他给我们的通信地址去的。但不幸得很，他已经搬到附近什么地方去了；我们只好嗒然而归。新正兴里五号是朋友延陵君住过的：有一次谈起白采，他说他姓童，在美术专门学校念书；他的夫人和延陵夫人是朋友，延陵夫妇曾借住他们所赁的一间亭子间。那是我看延陵时去过的，床和桌椅都是白漆的；是一间虽小而极洁净的房子，几乎使我忘记了是在上海的西门地方。现在他存着的摄影里，据我看，有好几张是在那间房里照的。又从他的遗札里，推想他那时还未离婚；他离开新正兴里五号，或是正为离婚的缘故，也未可知。这却使我们事后追想，多少感着些悲剧味了。但平伯终于未见着白采，我竟得和他见了一面。那是在立达学园我预备上火车去上海前的五分钟。这一天，学园的朋友说白采要搬来了；我从早上等了好久，还没有音信。正预备上车站，白采从门口进来了。他说着江西话，似乎很老成了，是饱经世变的样子。我因上海还有约会，只匆匆一谈，便握手作别。他后来有信给平伯说我"短小精悍"，却是一句有趣的话。这是我们最初的一面，但谁知也就是最后的一面呢！

去年年底，我在北京时，他要去集美作教；他听说我有南归之意，因不能等我一面，便寄了一张小影给我。这是他立在露台上远望的背影，他说是聊寄伫盼之意。我得此小影，反复把玩而不忍释，觉得他真是一个好朋友。这回来到立达学园，偶然翻阅《白采的小说》，《作诗的儿子》一篇中讥讽我的话，已经删改；而薰宇告我，我最初给他的那封长信，他还留在箱子里。这使我惭愧从前的猜想，我真是小器的人哪！但是他现在死了，我又能怎样呢？我只相信，如爱墨生的话，他在许多朋友的心里是不死的！

上海　江湾　立达学园

荷 塘 月 色

　　这几天心里颇不宁静。今晚在院子里坐着乘凉，忽然想起日日走过的荷塘，在这满月的光里，总该另有一番样子吧，月亮渐渐地升高了，墙外马路上孩子们的欢笑，已经听不见了；妻在屋里拍着闰儿，迷迷糊糊地哼着眠歌。我悄悄地披了大衫，带上门出去。

　　沿着荷塘，是一条曲折的小煤屑路。这是一条幽僻的路；白天也少人走，夜晚更加寂寞。荷塘四面，长着许多树，蓊蓊郁郁的。路的一旁，是些杨柳，和一些不知道名字的树。没有月光的晚上，这路上阴森森的，有些怕人。今晚却很好，虽然月光也还是淡淡的。

　　路上只我一个人，背着手踱着。这一片天地好像是我的；我也像超出了平常的自己，到了另一世界里。我爱热闹，也爱冷静；爱群居，也爱独处。像今晚上，一个人在这苍茫的月下，什么都可以想，什么都可以不想，便觉是个自由的人。白天里一定要做的事，一定要说的话，现在都可不理。这是独处的妙处，我且受用这无边的荷香月色好了。

曲曲折折的荷塘上面，弥望的是田田的叶子。叶子出水很高，像亭亭的舞女的裙。层层的叶子中间，零星地点缀着些白花，有袅娜地开着的，有羞涩地打着朵儿的；正如一粒粒的明珠，又如碧天里的星星，又如刚出浴的美人。微风过处，送来缕缕清香，仿佛远处高楼上渺茫的歌声似的。这时候叶子与花也有一丝的颤动，像闪电般，霎时传过荷塘的那边去了。叶子本是肩并肩密密地挨着，这便宛然有了一道凝碧的波痕。叶子底下是脉脉的流水，遮住了，不能见一些颜色；而叶子却更见风致了。

　　月光如流水一般，静静地泻在这一片叶子和花上。薄薄的青雾浮起在荷塘里。叶子和花仿佛在牛乳中洗过一样；又像笼着轻纱的梦。虽然是满月，天上却有一层淡淡的云，所以不能朗照；但我以为这恰是到了好处——酣眠固不可少，小睡也别有风味的。月光是隔了树照过来的，高处丛生的灌木，落下参差的斑驳的黑影，峭楞楞如鬼一般；弯弯的杨柳的稀疏的倩影，却又像是画在荷叶上。塘中的月色并不均匀；但光与影有着和谐的旋律，如梵婀玲上奏着的名曲。

　　荷塘的四面，远远近近，高高低低都是树，而杨柳最多。这些树将一片荷塘重重围住；只在小路一旁，漏着几段空隙，像是特为月光留下的。树色一例是阴阴的，乍看像一团烟雾；但杨柳的丰姿，便在烟雾里也辨得出。树梢上隐隐约约的是一带远山，只有些大意罢了。树缝里也漏着一两点路灯光，没精打采的，是渴睡人的眼。这时候最热闹的，要数树上的蝉声与水里的蛙声；但热闹是它们的，我什么也没有。

忽然想起采莲的事情来了。采莲是江南的旧俗，似乎很早就有，而六朝时为盛；从诗歌里可以约略知道。采莲的是少年的女子，她们是荡着小船，唱着艳歌去的。采莲人不用说很多，还有看采莲的人。那是一个热闹的季节，也是一个风流的季节。梁元帝《采莲赋》里说得好：

> 于是妖童媛女，荡舟心许；鹢首徐回，兼传羽杯；棹将移而藻挂，船欲动而萍开。尔其纤腰束素，迁延顾步；夏始春余，叶嫩花初，恐沾裳而浅笑，畏倾船而敛裾。

可见当时嬉游的光景了。这真是有趣的事，可惜我们现在早已无福消受了。

于是又记起《西洲曲》里的句子：

> 采莲南塘秋，莲花过人头；低头弄莲子，莲子清如水。

今晚若有采莲人，这儿的莲花也算得"过人头"了；只不见一些流水的影子，是不行的。这令我到底惦着江南了。——这样想着，猛一抬头，不觉已是自己的门前；轻轻地推门进去，什么声息也没有，妻已睡熟好久了。

1927 年 7 月　北京清华园

一　封　信

在北京住了两年多了，一切平平常常地过去。要说福气，这也是福气了。因为平平常常，正像"糊涂"一样"难得"，特别是在"这年头"。但不知怎的，总不时想着在那儿过了五六年转徙无常的生活的南方。转徙无常，诚然算不得好日子；但要说到人生味，怕倒比平平常常时候容易深切地感着。现在终日看见一样的脸板板的天，灰蓬蓬的地；大柳高槐，只是大柳高槐而已。于是木木然，心上什么也没有；有的只是自己，自己的家。我想着我的渺小，有些战栗起来；清福究竟也不容易享的。

这几天似乎有些异样。像一叶扁舟在无边的大海上，像一个猎人在无尽的森林里。走路，说话，都要费很大的力气；还不能如意。心里是一团乱麻，也可说是一团火。似乎在挣扎着，要明白些什么，但似乎什么也没有明白。"一部《十七史》，从何处说起，"正可借来作近日的我的注脚。昨天忽然有人提起《我的南方》的诗。这是两年前初到北京，在一个村店里，喝了两杯"莲花白"以后，信笔涂出来的。于今想起那情景，似乎有些渺茫；

至于诗中所说的，那更是遥遥乎远哉了，但是事情是这样凑巧：今天吃了午饭，偶然抽一本旧杂志来消遣，却翻着了三年前给S的一封信。信里说着台州，在上海，杭州，宁波之南的台州。这真是"我的南方"了。我正苦于想不出，这却指引我一条路，虽然只是"一条"路而已。

我不忘记台州的山水，台州的紫藤花，台州的春日，我也不能忘记S。他从前欢喜喝酒，欢喜骂人；但他是个有天真的人。他待朋友真不错。L从湖南到宁波去找他，不名一文；他陪他喝了半年酒才分手。他去年结了婚。为结婚的事烦恼了几个整年的他，这算是叶落归根了；但他也与我一样，已快上那"中年"的线了吧。结婚后我们见过一次，匆匆的一次。我想，他也和一切人一样，结了婚终于是结了婚的样子吧。但我老只是记着他那喝醉了酒，很妩媚的骂人的意态；这在他或已懊悔着了。

南方这一年的变动，是人的意想所赶不上的。我起初还知道他的踪迹；这半年是什么也不知道了。他到底是怎样地过着这狂风似的日子呢？我所沉吟的正在此。我说过大海，他正是大海上的一个小浪；我说过森林，他正是森林里的一只小鸟。恕我，恕我，我向那里去找你？

这封信曾印在台州师范学校的《绿丝》上。我现在重印在这里；这是我眼前一个很好的自慰的法子。

S兄：

　…………

　　我对于台州，永远不能忘记！我第一日到六师校时，系由埠头坐了轿子去的。轿子走的都是僻路；使我诧异，为什么堂堂一个府城，竟会这样冷静！那时正是春天，而因天气的薄阴和道路的幽寂，使我宛然如入了秋之国土。约莫到了卖冲桥边，我看见那清绿的北固山，下面点缀着几带朴实的洋房子，心胸顿然开朗，仿佛微微的风拂过我的面孔似的。到了校里，登楼一望，见远山之上，都幂着白云。四面全无人声，也无人影；天上的鸟也无一只。只背后山上谡谡的松风略略可听而已。那时我真脱却人间烟火气而飘飘欲仙了！后来我虽然发见了那座楼实在太坏了：柱子如鸡骨，地板如鸡皮！但自然的宽大使我忘记了那房屋的狭窄。我于是曾好几次爬到北固山的顶上，去领略那飕飕的高风，看那低低的，小小的，绿绿的田亩。这是我最高兴的。

　　来信说起紫藤花，我真爱那紫藤花！在那样朴陋——现在大概不那样朴陋了吧——的房子里，庭院中，竟有那样雄伟，那样繁华的紫藤花，真令我十二分惊诧！它的雄伟与繁华遮住了那朴陋，使人一对照，反觉朴陋倒是不可少似的，使人幻想"美好的昔日"！我也曾几度在花下徘徊；那时学生都上课去了，只剩我一人。暖和的晴日，鲜艳的花色，嗡嗡的蜜蜂，酝酿着一庭的春意。我自己如浮在茫茫的春之海里，不知怎么是好！那花真好看：苍老虬劲的枝干，这么粗这么粗的枝干，宛转腾挪而上；谁知她的纤指会那样嫩，那样艳丽呢？

那花真好看：一缕缕垂垂的细丝，将她们悬在那皴裂的臂上，临风婀娜，真像嘻嘻哈哈的小姑娘，真像凝妆的少妇，像两颊又像双臂，像胭脂又像粉……我在他们下课的时候，又曾几度在楼头眺望：那丰姿更是撩人：云哟，霞哟，仙女哟！我离开台州以后，永远没见过那样好的紫藤花，我真惦记她，我真妒羡你们！

此外，南山殿望江楼上看浮桥（现在早已没有了），看憧憧的人在长长的桥上往来着；东湖水阁上，九折桥上看柳色和水光，看钓鱼的人；府后山沿路看田野，看天；南门外看梨花——再回到北固山，冬天在医院前看山上的雪；都是我喜欢的。说来可笑，我还记得我从前住过的旧仓头杨姓的房子里的一张画桌；那是一张红漆的，一丈光景长而狭的画桌，我放它在我楼上的窗前，在上面读书，和人谈话，过了我半年的生活。现在想已搁起来无人用了吧？唉！

台州一般的人真是和自然一样朴实；我一年里只见过三个上海装束的流氓！学生中我颇有记得的。前些时有位 P 君写信给我，我虽未有工夫作复，但心中很感谢！乘此机会请你为我转告一句。

我写的已多了；这些胡乱的话，不知可附载在《绿丝》的末尾，使它和我的旧友见见面么？

弟　自清

1927 年 9 月 27 日

《梅花》后记

　　这一卷诗稿的运气真坏！我为它碰过好几回壁，几乎已经绝望。现在承开明书店主人的好意，答应将它印行，让我尽了对于亡友的责任，真是感激不尽！

　　偶然翻阅卷前的序，后面记着一九二四年二月；算来已是四年前的事了。而无隅的死更在前一年。这篇序写成后，曾载在《时事新报》的《文学旬刊》上。那时即使有人看过，现在也该早已忘怀了吧？无隅的棺木听说还停在上海某处；但日月去的这样快，五年来人事代谢，即在无隅的亲友，他的名字也已有点模糊了吧？想到此，颇有些莫名的寂寞了。

　　我与无隅末次聚会，是在上海西门三德里的一个楼上。那时他在美术专门学校学西洋画，住着万年桥附近小衖堂里一个亭子间。我是先到了那里，再和他同去三德里的。那一暑假，我从温州到上海来玩儿；因为他春间交给我的这诗稿还未改好，所以一面访问，一面也给他个信。见面时，他那瘦黑的，微笑的脸，还和春间一样；从我认识他时，他的脸就是这样。我怎么也想不到，隔了不久的日子，他会突然离我们而去！——但我在温州得信很晚，记得仿佛已在他死后一两个月；那时我还忙着改这诗稿，打算寄给他呢。

他似乎没有什么亲戚朋友，至少在上海是如此。他的病情和死期，没人能说得清楚，我至今也还有些茫然；只知道病来得极猛，而又没钱好好医治而已。后事据说是几个同乡的学生凑了钱办的。他们大抵也没钱，想来只能草草收殓罢了。棺木是寄在某处。他家里想运回去，苦于没有这笔钱——虽然不过几十元。他父亲与他朋友林醒民君都指望这诗稿能卖得一点钱。不幸碰了四回壁，还留在我手里；四个年头已飞也似地过去了。自然，这其间我也得负多少因循的责任。直到现在，卖是卖了，想起无隅的那薄薄的棺木，在南方的潮湿里，在数年的尘封里，还不知是什么样子！其实呢，一堆腐骨，原无足惜；但人究竟是人，明知是迷执，打破却也不易的。

无隅的父亲到温州找过我，那大约是一九二二年的春天吧。一望而知，这是一个老实的内地人。他很愁苦地说，为了无隅读书，家里已用了不少钱。谁知道会这样呢？他说，现在无隅还有一房家眷要养活，运棺木的费，实在想不出法。听说他有什么稿子，请可怜可怜，给他想想法吧！我当时答应下来；谁知道一耽搁就是这些年头！后来他还转托了一位与我不相识的人写信问我。我那时已离开温州，因事情尚无头绪，一时忘了作复，从此也就没有音信。现在想来，实在是很不安的。

我在序里略略提过林醒民君，他真是个值得敬爱的朋友！最热心无隔的事的是他；四年中不断地督促我的是他。我在温州的时候，他特地为了无隔的事，从家乡玉环来看我。又将我删改过的这诗稿，端端正正的抄了一通，给编了目录，就是现在付印的稿本了。我去温州，他也到汉口宁波各地做事；常有信给我，信里总殷殷问起这诗稿。去年他到南洋去，临行还特地来信催我。他说无隔死了好几年了，仅存的一卷诗稿，还未能付印，真是一件难以放下的心事；请再给向什么地方试试，怎样？他到南洋后，至今尚无消息，海天远隔，我也不知他在何处。现在想寄信由他家里转，让他知道这诗稿已能付印；他定非常高兴的。古语说，"一死一生，乃见交情"；他之于无隔，这五年以来，有如一日，真是人所难能的！

关心这诗稿的，还有白采与周了因两位先生。白先生有一篇小说，叫《作诗的儿子》，是纪念无隔的，里面说到这诗稿。那时我还在温州。他将这篇小说由平伯转寄给我，附了一信，催促我设法付印。他和平伯，和我，都不相识；因这一来，便与平伯常常通信，后来与我也常通信了。这也算很巧的一段因缘。我又告诉醒民，醒民也和他写了几回信。据醒民说，他曾经一度打算出资印这诗稿；后来因印自己的诗，力量来不及，只好罢了。可惜这诗稿现在行将付印，而他已死了三年，竟不能见着了！周了因先生，据醒民说，也是无隔的好友。醒民说他要给这诗稿写一篇序，又要写一篇无隔的传。但又说他老是东西飘泊着，没有准儿；只要有机会将这诗稿付印，也就不必等他的文章了。我知道他现在也在南洋什么地方；路是这般远，我也只好不等他了。

春余夏始，是北京最好的日子。我重翻这诗稿，温寻着旧梦，心上倒像有几分秋意似的。

1928 年 5 月　国耻纪念日

怀魏握青君

两年前差不多也是这些日子吧，我邀了几个熟朋友，在雪香斋给握青送行。雪香斋以绍酒著名。这几个人多半是浙江人，握青也是的，而又有一两个是酒徒，所以便拣了这地方。说到酒，莲花白太腻，白干太烈；一是北方的佳人，一是关西的大汉，都不宜于浅斟低酌。只有黄酒，如温旧书，如对故友，真是醇醇有味。只可惜雪香斋的酒还上了色；若是"竹叶青"，那就更妙了。握青是到美国留学去，要住上三年；这么远的路，这么多的日子，大家确有些惜别，所以那晚酒都喝得不少。出门分手，握青又要我去中天看电影。我坐下直觉头晕。握青说电影如何如何，我只糊糊涂涂听着；几回想张眼看，却什么也看不出。终于支持不住，出其不意，哇地吐出来了。观众都吃一惊，附近的人全堵上了鼻子；这真有些惶恐。握青扶我回到旅馆，他也吐了。但我们心里都觉得这一晚很痛快。我想握青该还记得那种狼狈的光景吧？

我与握青相识，是在东南大学。那时正是暑假，中华教育改进社借那儿开会。我与方光焘君去旁听，偶然遇着握青；方君是他的同乡，一向认识，便给我们介绍了。那时我只知道他很活动，会交际而已。匆匆一面，便未再见。三年前，我北来作教，恰好与他同事。我初到，许多事都不知怎样做好；他给了我许多帮助。我们同住在一个院子里，吃饭也在一处。因此常和他谈论。我渐渐知道他不只是很活动，会交际；他有他的真心，他有他的锐眼，他也有他的傻样子。许多朋友都以为他是个傻小子，大家都叫他老魏，连听差背地里也是这样叫他；这个太亲昵的称呼，只有他有。

但他决不如我们所想的那么"傻"，他是个玩世不恭的人——至少我在北京见着他是如此。那时他已一度受过人生的戒，从前所有多或少的严肃气分，暂时都隐藏起来了；剩下的只是那冷然的玩弄一切的态度。我们知道这种剑锋般的态度，若赤裸裸地露出，便是自己矛盾，所以总得用了什么法子盖藏着。他用的是一副傻子的面具。我有时要揭开他这副面具，他便说我是《语丝》派。但他知道我，并不比我知道他少。他能由我一个短语，知道全篇的故事。他对于别人，也能知道；但只默喻着，不大肯说出。他的玩世，在有些事情上，也许太随便些。但以或种意义说，他要复仇；人总是人，又有什么办法呢？至少我是原谅他的。

以上其实也只说得他的一面；他有时也能为人尽心竭力。他曾为我决定一件极为难的事。我们沿着墙根，走了不知多少趟；他源源本本，条分缕析地将形势剖解给我听。你想，这岂是傻子所能做的？幸亏有这一面，他还能高高兴兴过日子；不然，没有笑，没有泪，只有冷脸，只有"鬼脸"，岂不郁郁地闷煞人！

我最不能忘的，是他动身前不多时的一个月夜。电灯灭后，月光照了满院，柏树森森地竦立着。屋内人都睡了；我们站在月光里，柏树旁，看着自己的影子。他轻轻地诉说他生平冒险的故事。说一会，静默一会。这是一个幽奇的境界。他叙述时，脸上隐约浮着微笑，就是他心地平静时常浮在他脸上的微笑；一面偏着头，老像发问似的。这种月光，这种院子，这种柏树，这种谈话，都很可珍贵；就由握青自己再来一次，怕也不一样的。

　　他走之前，很愿我做些文字送他；但又用玩世的态度说，"怕不肯吧？我晓得，你不肯的。"我说，"一定做，而且一定写成一幅横披——只是字不行些。"但是我惭愧我的懒，那"一定"早已几乎变成"不肯"了！而且他来了两封信，我竟未复只字。这叫我怎样说好呢？我实在有种坏脾气，觉得路太遥远，竟有些渺茫一般，什么便都因循下来了。好在他的成绩很好，我是知道的；只此就很够了。别的，反正他明年就回来，我们再好好地谈几次，这是要紧的。——我想，握青也许不那么玩世了吧。

1928 年 5 月 25 日夜

儿　女

　　我现在已是五个儿女的父亲了。想起圣陶喜欢用的"蜗牛背了壳"的比喻，便觉得不自在。新近一位亲戚嘲笑我说，"要剥层皮呢！"更有些悚然了。十年前刚结婚的时候，在胡适之先生的《藏晖室札记》里，见过一条，说世界上有许多伟大的人物是不结婚的；文中并引培根的话，"有妻子者，其命定矣。"当时确吃了一惊，仿佛梦醒一般；但是家里已是不由分说给娶了媳妇，又有什么可说？现在是一个媳妇，跟着来了五个孩子；两个肩头上，加上这么重一副担子，真不知怎样走才好。"命定"是不用说了；从孩子们那一面说，他们该怎样长大，也正是可以忧虑的事。我是个彻头彻尾自私的人，做丈夫已是勉强，做父亲更是不成。自然，"子孙崇拜"，"儿童本位"的哲理或伦理，我也有些知道；既做着父亲，闭了眼抹杀孩子们的权利，知道是不行的。可惜这只是理论，实际上我是仍旧按照古老的传统，在野蛮地对付着，和普通的父亲一样。近来差不多是中年的人了，才渐渐觉得自己的残酷；想着孩子们受过的体罚和叱责，始终不能辩解——像抚摩着旧创痕那样，我的心酸溜溜的。有一回，读了有岛武郎《与幼小者》的译文，对了那种伟大的，沉挚的态度，我竟流下泪来了。去年父亲来信，问起阿九，那时阿九还在白马湖呢；信上说，"我没有耽误你，你也不要耽误他才好。"我为这句话哭了一场；我为什么不像父亲的仁慈？我不该忘记，父亲怎样待我们来着！人性许真是二元的，我是这样地矛盾；我的心像钟摆似的来去。

你读过鲁迅先生的《幸福的家庭》么？我的便是那一类的"幸福的家庭"！每天午饭和晚饭，就如两次潮水一般。先是孩子们你来他去地在厨房与饭间里查看，一面催我或妻发"开饭"的命令。急促繁碎的脚步，夹着笑和嚷，一阵阵袭来，直到命令发出为止。他们一递一个地跑着喊着，将命令传给厨房里佣人；便立刻抢着回来搬凳子。于是这个说，"我坐这儿！"那个说，"大哥不让我！"大哥却说，"小妹打我！"我给他们调解，说好话。但是他们有时候很固执，我有时候也不耐烦，这便用着叱责了；叱责还不行，不由自主地，我的沉重的手掌便到他们身上了。于是哭的哭，坐的坐，局面才算定了。接着可又你要大碗，他要小碗，你说红筷子好，他说黑筷子好；这个要干饭，那个要稀饭，要茶要汤，要鱼要肉，要豆腐，要萝卜；你说他菜多，他说你菜好。妻是照例安慰着他们，但这显然是太迂缓了。我是个暴躁的人，怎么等得及？不用说，用老法子将他们立刻征服了；虽然有哭的，不久也就抹着泪捧起碗了。吃完了，纷纷爬下凳子，桌上是饭粒呀，汤汁呀，骨头呀，渣滓呀，加上纵横的筷子，欹斜的匙子，就如一块花花绿绿的地图模型。吃饭而外，他们的大事便是游戏，游戏时，大的有大主意，小的有小主意，各自坚持不下，于是争执起来；或者大的欺负了小的，或者小的竟欺负了大的，被欺负的哭着嚷着，到我或妻的面前诉苦；我大抵仍旧要用老法子来判断的，但不理的时候也有。最为难的，是争夺玩具的时候：这一个的与那一个的是同样的东西，却偏要那一个的；而那一个便偏不答应。在这种情形之下，不论如何，终于是非哭了不可的。这些事件自然不至于天天全有，但大致总有好些起。我若坐在家里看书或写什么东西，管保一点钟里要分几回心，或站起来一两次的。若是雨天或礼拜日，孩子们在家的多，那么，摊开书竟看不下一行，提起笔也写不出一个字的事，也有过的。我常和妻说，"我们家真是成日的千军万马呀！"有时是不但"成日"，连夜里也有兵马在进行着，在有吃乳或生病的孩子的时候！

我结婚那一年，才十九岁。二十一岁，有了阿九；二十三岁，又有了阿菜。那时我正像一匹野马，那能容忍这些累赘的鞍鞯，辔头，和缰绳？摆脱也知是不行的，但不自觉地时时在摆脱着。现在回想起来，那些日子，真苦了这两个孩子；真是难以宽宥的种种暴行呢！阿九才两岁半的样子，我们住在杭州的学校里。不知怎地，这孩子特别爱哭，又特别怕生人。一不见了母亲，或来了客，就哇哇地哭起来了。学校里住着许多人，我不能让他扰着他们，而客人也总是常有的；我懊恼极了，有一回，特地骗出了妻，关了门，将他按在地下打了一顿。这件事，妻到现在说起来，还觉得有些不忍；她说我的手太辣了，到底还是两岁半的孩子！我近年常想着那时的光景，也觉黯然。阿菜在台州，那是更小了；才过了周岁，还不大会走路。也是为了缠着母亲的缘故吧，我将她紧紧地按在墙角里，直哭喊了三四分钟；因此生了好几天病。妻说，那时真寒心呢！但我的苦痛也是真的。我曾给圣陶写信，说孩子们的折磨，实在无法奈何；有时竟觉着还是自杀的好。这虽是气愤的话，但这样的心情，确也有过的。后来孩子是多起来了，磨折也磨折得久了，少年的锋棱渐渐地钝起来了；加以增长的年岁增长了理性的裁制力，我能够忍耐了——觉得从前真是一个"不成材的父亲"，如我给另一个朋友信里所说。但我的孩子们在幼小时，确比别人的特别不安静，我至今还觉如此。我想这大约还是由于我们抚育不得法；从前只一味地责备孩子，让他们代我们负起责任，却未免是可耻的残酷了！

正面意义的"幸福"，其实也未尝没有。正如谁所说，小的总是可爱，孩子们的小模样，小心眼儿，确有些教人舍不得的。阿毛现在五个月了，你用手指去拨弄她的下巴，或向她做趣脸，她便会张开没牙的嘴格格地笑，笑得像一朵正开的花。她不愿在屋里待着；待久了，便大声儿嚷。妻常说，"姑娘又要出去溜达了。"她说她像鸟儿般，每天总得到外面溜一些时候。闰儿上个月刚过了三岁，笨得很，话还没有学好呢。他只能说三四个字的短语或句子，文法错误，发音模糊，又得费气力说出；我们老是要笑他的。他说"好"字，总变成"小"字；问他"好不好?"他便说"小"，或"不小"。我们常常逗着他说这个字玩儿，他似乎有些觉得，近来偶然也能说出正确的"好"字了——特别在我们故意说成"小"字的时候。他有一只搪瓷碗，是一毛来钱买的；买来时，老妈子教给他，"这是一毛钱。"他便记住"一毛"两个字，管那只碗叫"一毛"，有时竟省称为"毛"。这在新来的老妈子，是必需翻译了才懂的。他不好意思，或见着生客时，便咧着嘴痴笑；我们常用了土话，叫他做"呆瓜"。他是个小胖子，短短的腿，走起路来，蹒跚可笑；若快走或跑，便更"好看"了。他有时学我，将两手叠在背后，一摇一摆的；那是他自己和我们都要乐的。他的大姊便是阿菜，已是七岁多了，在小学校里念着书。在饭桌上，一定得啰啰唆唆地报告些同学或他们父母的事情；气喘喘地说着，不管你爱听不爱听。说完了总问我："爸爸认识么？""爸爸知道么？"妻常禁止她吃饭时说话，所以她总是问我。她的问题真多：看电影便问电影里的是不是人？是不是真人？怎么不说话？看照相也一样。不知谁告诉她，兵是要打人的。她回来便问，兵是人么？为什么打人？近来大约听了先生的话，回来又问张作霖的兵是帮谁的？蒋介石的兵是不是帮我们的？诸如此类的问题，每天短不了，常常闹得我不知怎样答才行。她和闰儿在一处玩儿，一大一小，不很合式，老是吵着哭着。但合式的时候也有：譬如这个往床底下躲，那个便钻进去追着；这个钻出来，那个也跟着——从这个床到那个床，只听见笑着，嚷着，喘着，真如妻所说，像小狗似的。现在在京的，便只有这三个孩子；阿九和转儿是去年北来时，让母亲暂时带回扬州去了。

阿九是喜欢书的孩子。他爱看《水浒》，《西游记》，《三侠五义》，《小朋友》等；没有事便捧着书坐着或躺着看。只不欢喜《红楼梦》，说是没有味儿。是的，《红楼梦》的味儿，一个十岁的孩子，哪里能领略呢？去年我们事实上只能带两个孩子来；因为他大些，而转儿是一直跟着祖母的，便在上海将他俩丢下。我清清楚楚记得那分别的一个早上。我领着阿九从二洋泾桥的旅馆出来，送他到母亲和转儿住着的亲戚家去。妻嘱咐说，"买点吃的给他们吧。"我们走过四马路，至一家茶食铺里。阿九说要熏鱼，我给买了；又买了饼干，是给转儿的。便乘电车到海宁路。下车时，看着他的害怕与累赘，很觉恻然。到亲戚家，因为就要回旅馆收拾上船，只说了一两句话便出来；转儿望望我，没说什么，阿九是和祖母说什么去了。我回头看了他们一眼，硬着头皮走了。后来妻告诉我，阿九背地里向她说："我知道爸爸欢喜小妹，不带我上北京去。"其实这是冤枉的。他又曾和我们说，"暑假时一定来接我啊！"我们当时答应着；但现在已是第二个暑假了，他们还在迢迢的扬州待着。他们是恨着我们呢？还是恬着我们呢？妻是一年来老放不下这两个，常常独自暗中流泪；但我有什么法子呢！想到"只为家贫成聚散"一句无名的诗，不禁有些凄然。转儿与我较生疏些。但去年离开白马湖时，她也曾用了生硬的扬州话（那时她还没有到过扬州呢），和那特别尖的小嗓子向着我："我要到北京去。"她晓得什么北京，只跟着大孩子们说罢了；但当时听着，现在想着的我，却真是抱歉呢。这兄妹俩离开我，原是常事，离开母亲，虽也有过一回，这回可是太长了；小小的心儿，知道是怎样忍耐那寂寞来着！

我的朋友大概都是爱孩子的。少谷有一回写信责备我，说儿女的吵闹，也是很有趣的，何至可厌到如我所说的；他说他真不解。子恺为他家华瞻写的文章，真是"蔼然仁者之言"。圣陶也常常为孩子操心：小学毕业了，到什么中学好呢？——这样的话，他和我说过两三回了。我对他们只有惭愧！可是近来我也渐渐觉着自己的责任。我想，第一该将孩子们团聚起来，其次便该给他们些力量。我亲眼见过一个爱儿女的人，因为不曾好好地教育他们，便将他们荒废了。他并不是溺爱，只是没有耐心去料理他们，他们便不能成材了。我想我若照现在这样下去，孩子们也便危险了。我得计划着，让他们渐渐知道怎样去做人才行。但是要不要他们像我自己呢？这一层，我在白马湖教初中学生时，也曾从师生的立场上问过丐尊，他毫不踌躇地说，"自然啰。"近来与平伯谈起教子，他却答得妙，"总不希望比自己坏啰。"是的，只要不"比自己坏"就行，"像"不"像"倒是不在乎的。职业，人生观等，还是由他们自己去定的好；自己顶可贵，只要指导，帮助他们去发展自己，便是极贤明的办法。

予同说，"我们得让子女在大学毕了业，才算尽了责任。"SK说，"不然，要看我们的经济，他们的材质与志愿；若是中学毕了业，不能或不愿升学，便去做别的事，譬如做工人吧，那也并非不行。"自然，人的好坏与成败，也不尽靠学校教育；说是非大学毕业不可，也许只是我们的偏见。在这件事上，我现在毫不能有一定的主意；特别是这个变动不居的时代，知道将来怎样？好在孩子们还小，将来的事且等将来吧。目前所能做的，只是培养他们基本的力量——胸襟与眼光；孩子们还是孩子们，自然说不上高的远的，慢慢从近处小处下手便了。这自然也只能先按照我自己的样子："神而明之，存乎其人，"光辉也罢，倒楣也罢，平凡也罢，让他们各尽各的力去。我只希望如我所想的，从此好好地做一回父亲，便自称心满意。——想到那"狂人""救救孩子"的呼声，我怎敢不悚然自勉呢？

1928 年 6 月 24 日晚写毕　北京清华园

说　梦

伪《列子》里有一段梦话，说得甚好：

> 周之尹氏大治产，其下趣役者，侵晨昏而不息。有老役夫筋力竭矣，而使之弥勤。昼则呻呼而即事，夜则昏惫而熟寐。精神荒散，昔昔梦为国君：居人民之上，总一国之事；游燕宫观，恣意所欲，其乐无比。觉则复役人。……尹氏心营世事，虑钟家业，心形俱疲，夜亦昏惫而寐。昔昔梦为人仆：趋走作役，无不为也；数骂杖挞，无不至也。眠中啽呓呻呼，彻旦息焉。……

此文原意是要说出"苦逸之复，数之常也；若欲觉梦兼之，岂可得邪？"这其间大有玄味，我是领略不着的；我只是断章取义地赏识这件故事的自身，所以才老远地引了来。我只觉得梦不是一件坏东西。即真如这件故事所说，也还是很有意思的。因为人生有限，我们若能夜夜有这样清楚的梦，则过了一日，足抵两日，过了五十岁，足抵一百岁；如此便宜的事，真是落得的。至于梦中的"苦乐"，则照我素人的见解，毕竟是"梦中的"苦乐，不必斤斤计较的。若必欲斤斤计较，我要大胆地说一句：他和那些在墙上贴红纸条儿，写着"夜梦不祥，书破大吉"的，同样地不懂得梦！

但庄子说道，"至人无梦"。伪《列子》里也说道，"古之真人，其觉自忘，其寝不梦。"——张湛注曰，"真人无往不忘，乃当不眠，何梦之有？"可知我们这几位先哲不甚以做梦为然，至少也总以为梦是不大高明的东西。但孔子就与他们不同，他深以"不复梦见周公"为憾；他自然是爱做梦的，至少也是不反对做梦的。——殆所谓时乎做梦则做梦者欤？我觉得"至人"，"真人"，毕竟没有我们的份儿，我们大可不必妄想；只看"乃当不眠"一个条件，你我能做到么？唉，你若主张或实行"八小时睡眠"，就别想做"至人"，"真人"了！但是，也不用担心，还有为我们捐木梢的：我们知道，愚人也无梦！他们是一枕黑甜，哼呵到晓，一些儿梦的影子也找不着！我们徼幸还会做几个梦，虽因此失了"至人"，"真人"的资格，却也因此而得免于愚人，未尝不是运气。至于"至人"，"真人"之无梦和愚人之无梦，究竟有何分别？却是一个难题。我想偷懒，还是摭拾上文说过的话来答吧："真人……乃当不眠，……"而愚人是"一枕黑甜，哼呵到晓"的！再加一句，此即孔子所谓"上智与下愚不移"也。说到孔子，孔子不反对做梦，难道也做不了"至人"，"真人"？我说，"唯唯，否否！"孔子是"圣人"，自有他的特殊的地位，用不着再来争"至人","真人"的名号了。但得知道，做梦而能梦周公，才能成其所以为圣人；我们也还是够不上格儿的。

　　我们终于只能做第二流人物。但这中间也还有个高低。高的如我的朋友 P 君：他梦见花，梦见诗，梦见绮丽的衣裳，……真可算得有梦皆甜了。低的如我：我在江南时，本忝在愚人之列，照例是漆黑一团地睡到天光；不过得声明，哼呵是没有的。北来以后，不知怎样，陡然聪明起来，夜夜有梦，而且不一其梦。但我究竟是新升格的，梦尽管做，却做不着一个清清楚楚的梦！成夜地乱梦颠倒，醒来不知所云，恍然若失。最难堪的是每早将醒未醒之际，残梦依人，腻腻不去；忽然双眼一睁，如坠深谷，万象寂然——只有一角日光在墙上痴痴地等着！我此时决不起来，必凝神细想，欲追回梦中滋味于万一；但照例是想不出，只惘惘然茫茫然似乎怀念着些什么而已。虽然如此，有一点是知道的：梦中的天地是自由的，任你徜徉，任你翱翔；一睁眼却就给密密的麻绳绑上了，就大大地不同了！我现在确乎有些精神恍惚，这里所写的就够教你知道。但我不因此诅咒梦；我只怪我做梦的艺术不佳，做不着清楚的梦。若做着清楚的梦，若夜夜做着清楚的梦，我想精神恍惚也无妨的。照现在这样一大串儿糊里糊涂的梦，直是要将这个"我"化成漆黑一团，却有些儿不便。是的，我得学些本事，今夜做他几个好好的梦。我是彻头彻尾赞美梦的，因为我是素人，而且将永远是素人。

1925 年 10 月

海 行 杂 记

　　这回从北京南归，在天津搭了通州轮船，便是去年曾被盗劫的。盗劫的事，似乎已很渺茫；所怕者船上的肮脏，实在令人不堪耳。这是英国公司的船；这样的肮脏似乎尽够玷污了英国国旗的颜色。但英国人说：这有什么呢？船原是给中国人乘的，肮脏是中国人的自由，英国人管得着！英国人要乘船，会去坐在大菜间里，那边看看是什么样子？那边，官舱以下的中国客人是不许上去的，所以就好了。是的，这不怪同船的几个朋友要骂这只船是"帝国主义"的船了。"帝国主义的船"！我们到底受了些什么"压迫"呢？有的，有的！

　　我现在且说茶房吧。

　　我若有常常恨着的人，那一定是宁波的茶房了。他们的地盘，一是轮船，二是旅馆。他们的团结，是宗法社会而兼梁山泊式的；所以未可轻侮，正和别的"宁波帮"一样。他们的职务本是照料旅客；但事实正好相反，旅客从他们得着的只是侮辱，恫吓，与欺骗罢了。中国原有"行路难"之叹，那是因交通不便的缘故；

但在现在便利的交通之下，即老于行旅的人，也还时时发出这种叹声，这又为什么呢？茶房与码头工人之艰于应付，我想比仅仅的交通不便，有时更显其"难"吧！所以从前的"行路难"是唯物的；现在的却是唯心的。这固然与社会的一般秩序及道德观念有多少关系，不能全由当事人负责任；但当事人的"性格恶"实也占着一个重要的地位的。

我是乘船既多，受侮不少，所以姑说轮船里的茶房。你去定舱位的时候，若遇着乘客不多，茶房也许会冷脸相迎；若乘客拥挤，你可就倒楣了。他们或者别转脸，不来理你；或者用一两句比刀子还尖的话，打发你走路——譬如说："等下趟吧。"他说得如此轻松，凭你急死了也不管。大约行旅的人总有些异常，脸上总有一副着急的神气。他们是以逸待劳的，乐得和你开开玩笑，所以一切反应总是懒懒的，冷冷的；你愈急，他们便愈乐了。他们于你也并无仇恨，只想玩弄玩弄，寻寻开心罢了，正和太太们玩弄叭儿狗一样。所以你记着：上船定舱位的时候，千万别先高声呼唤茶房。你不是急于要找他们说话么？但是他们先得训你一顿，虽然只是低低的自言自语："啥事体啦？哇啦哇啦的！"接着才响声说，"噢，来哉，啥事体啦？"你还得记着：你的话说得愈慢愈好，愈低愈好；不要太客气，也不要太不客气。这样你便是门槛里的人，便是内行；他们固然不见得欢迎你，但也不会玩弄你了。——只冷脸和你简单说话，要知道这已算承蒙青眼，应该受宠若惊的了。

定好了舱位，你下船是愈迟愈好；自然，不能过了开船的时候。最好开船前两小时或一小时到船上，那便显得你是一个有"涵养工夫"的，非急莘莘的"阿木林"可比了。而且茶房也得上岸去办他自己的事，去早了倒绊住了他；他虽然可托同伴代为招呼，但总之麻烦了。为了客人而麻烦，在他们是不值得，在客人是不必要；所以客人便只好受"阿木林"的待遇了。有时船于明早十时开行，你今晚十点上去，以为晚上总该合式了；但也不然。晚上他们要打牌，你去了足以扰乱他们的清兴；他们必也恨恨不平的。这其间有一种"分"，一种默喻的"规矩"，有一种"门槛经"，你得先做若干次"阿木林"，才能应付得"恰到好处"呢。

开船以后，你以为茶房闲了，不妨多呼唤几回。你若真这样做时，又该受教训了。茶房日里要谈天，料理私货；晚上要抽大烟，打牌，那有闲工夫来伺候你！他们早上给你舀一盆脸水，日里给你开饭，饭后给你拧手巾；还有上船时给你摊开铺盖，下船时给你打起铺盖：好了，这已经多了，这已经够了。此外若有特别的事要他们做时，那只算是额外效劳。你得自己走出舱门，慢慢地叫着茶房，慢慢地和他说，他也会照你所说的做，而不加损害于你。最好是预先打听了两个茶房的名字，到这时候悠然叫着，那是更其有效的。但要叫得大方，仿佛很熟悉的样子，不可有一点讷讷。叫名字所以更其有效者，被叫者觉得你有意和他亲近（结果酒资不会少给），而别的茶房或竟以为你与这被叫者本是熟悉的，因而有了相当的敬意；所以你第二次第三次叫时，别人往往会帮着你叫的。但你也只能偶尔叫他们；若常常麻烦，他们将发见，你到底是"阿木林"而冒充内行，他们将立刻改变对你的态度了。至于有些人睡在铺上高声朗诵的叫着"茶房"的，那确似乎搭足了架子；在茶房眼中，其为"阿"字号无疑了。他们于是忿然的答应："啥事体啦？哇啦啦！"但走来倒也会走来的。你若再多叫两声，他们又会说："啥事体啦？茶房当山歌唱！"除非你真麻木，或真生了气，你大概总不愿再叫他们了吧。

"子入太庙，每事问"，至今传为美谈。但你入轮船，最好每事不必问。茶房之怕麻烦，之懒惰，是他们的特征；你问他们，他们或说不晓得，或故意和你开开玩笑，好在他们对客人们，除行李外，一切是不负责任的。大概客人们最普遍的问题，"明天可以到吧？""下午可以到吧？"一类。他们或随便答复，或说，"慢慢来好啰，总会到的。"或简单的说，"早呢！"总是不得要领的居多。他们的话常常变化，使你不能确信；不确信自然不问了。他们所要的正是耳根清净呀。

茶房在轮船里，总是盘踞在所谓"大菜间"的吃饭间里。他们常常围着桌子闲谈，客人也可插进一两个去。但客人若是坐满了，使他们无处可坐，他们便恨恨了；若在晚上，他们老实不客气将电灯灭了，让你们暗中摸索去吧。所以这吃饭间里的桌子竟像他们专利的。当他们围桌而坐，有几个固然有话可谈；有几个却连话也没有，只默默坐着，或者在打牌。我似乎为他们觉着无聊，但他们也就这样过去了。他们的脸上充满了倦怠，嘲讽，麻木的气分，仿佛下工夫练就了似的。最可怕的就是这满脸："所谓"施施然拒人于千里之外"者，便是这种脸了。晚上映着电灯光，多少遮过了那灰滞的颜色；他们也开始有了些生气。他们搭了铺抽大烟，或者拖开桌子打牌。他们抽了大烟，渐有笑语；他们打牌，往往通宵达旦——牌声，争论声充满那小小的"大菜间"里。客人们，尤其是抱了病，可睡不着了；但于他们有甚么相干呢？活该你们洗耳恭听呀！他们也有不抽大烟，不打牌的，便搬出香烟画片来一张张细细赏玩：这却是"雅人深致"了。

我说过茶房的团结是宗法社会而兼梁山泊式的，但他们中间仍不免时有战氛。浓郁的战氛在船里是见不着的；船里所见，只是轻微淡远的罢了。"唯口出好兴戎"，茶房的口，似乎很值得注意。他们的口，一例是练得极其尖刻的；一面自然也是地方性使然。他们大约是"宁可输在腿上，不肯输在嘴上"。所以即使是同伴之间，往往因为一句有意的或无意的，不相干的话，动了真气，抢眉竖目的恨恨半天而不已。这时脸上全失了平时冷静的颜色，而换上热烈的狰狞了。但也终于只是口头"恨恨"而已，真个拔拳来打，举脚来踢的，倒也似乎没有。语云，"君子动口，小人动手"；茶房们虽有所争乎，殆仍不失为君子之道也。有人说，"这正是南方人之所以为南方人"，我想，这话也有理。茶房之于客人，虽也"不肯输在嘴上"，但全是玩弄的态度，动真气的似乎很少；而且你愈动真气，他倒愈可以玩弄你。这大约因为对于客人，是以他们的团体为靠山的；客人总是孤单的多，他们"倚众欺"起来，不怕你不就范的：所以用不着动真气。而且万一吃了客人的亏，那也必是许多同伴陪着他同吃的，不是一个人失了面子：又何必动真气呢？尅实说来，客人要他们动真气，还不够资格哪！至于他们同伴间的争执，那才是切身的利害，而且单枪匹马做去，毫无可恃的现成的力量；所以便是小题，也不得不大做了。

茶房若有向客人微笑的时候，那必是收酒资的几分钟了。酒资的数目照理虽无一定，但却有不成文的谱。你按着谱斟酌给与，虽也不能得着一声"谢谢"，但言语的压迫是不会来的了。你若给得太少，离谱太远，他们会始而嘲你，继而骂你，你还得加钱给他们；其实既受了骂，大可以不加的了，但事实上大多数受骂的客人，慑于他们的威势，总是加给他们的。加了以后，还得听许多唠叨才罢。有一回，和我同船的一个学生，本该给一元钱的酒资的，他只给了小洋四角。茶房狠狠力争，终不得要领，于是说："你好带回去做车钱吧！"将钱向铺上一撂，忿然而去。那学生后来终于添了一些钱重交给他；他这才默然拿走，面孔仍是板板的，若有所不屑然。——付了酒资，便该打铺盖了；这时仍是要慢慢来的，一急还是要受教训，虽然你已给过酒资了。铺盖打好以后，茶房的压迫才算是完了，你再预备受码头工人和旅馆茶房的压迫吧。

我原是声明了叙述通州轮船中事的，但却做了一首"诅茶房文"；在这里，我似乎有些自己矛盾。不，"天下老鸦一般黑"，我们若很谨慎的将这句话只用在各轮船里的宁波茶房身上，我想是不会悖谬的。所以我虽就一般立说，通州轮船的茶房却已包括在内；特别指明与否，是无关重要的。

1926 年 7 月　白马湖

扬州的夏日

　　扬州从隋炀帝以来，是诗人文士所称道的地方；称道的多了，称道得久了，一般人便也随声附和起来。直到现在，你若向人提起扬州这个名字，他会点头或摇头说："好地方！好地方！"特别是没去过扬州而念过些唐诗的人，在他心里，扬州真像蜃楼海市一般美丽；他若念过《扬州画舫录》一类书，那更了不得了。但在一个久住扬州像我的人，他却没有那么多美丽的幻想，他的憎恶也许掩住了他的爱好；他也许离开了三四年并不去想它。若是想呢，——你说他想什么？女人；不错，这似乎也有名，但怕不是现在的女人吧？——他也只会想着扬州的夏日，虽然与女人仍然不无关系的。

　　北方和南方一个大不同，在我看，就是北方无水而南方有。诚然，北方今年大雨，永定河，大清河甚至决了堤防，但这并不能算是有水；北平的三海和颐和园虽然有点儿水，但太平衍了，一览而尽，船又那么笨头笨脑的。有水的仍然是南方。扬州的夏日，好处大半便在水上——有人称为"瘦西湖"，这个名字真是太

携手并肩　共筑未来
合力谱写关心下一代慈善事业新华章

中国下一代教育基金会

在十届全国人大常委会副委员长、中国关心下一代工作委员会主任顾秀莲同志的高度重视、亲切关怀下，在教育部、民政部、中国关工委领导指导下，在各级关工委和社会各界鼎力支持下，中国下一代教育基金会（以下简称"基金会"）自2010年成立以来，坚持以习近平新时代中国特色社会主义思想为指导，深入贯彻落实党的二十大和二十届二中、三中全会精神，深入学习习近平总书记关于教育、慈善、关心下一代和社会组织工作的重要论述，严格遵循《慈善法》，紧紧围绕党和国家工作大局，将推动新时代基金会工作和事业高质量发展作为核心任务，积极践行"大仁爱、大慈善"公益理念，在学前教育、校外教育、家庭教育三大领域持续深耕，扎实开展一系列助力下一代健康成长、全面发展的慈善项目及活动，各项工作取得显著成效。截至2024年底，基金会累计募集款物达15.5亿元，慈善项目覆盖31个省区市和新疆生产建设兵团，直接受益人数近3000万。

一直以来，基金会与各级关工委紧密携手，在教育帮扶、抗震救灾、学前教育、家庭教育、科学教育等多个领域开展丰富多样的慈善项目及活动。

各级关工委充分发挥独特的政治优势、工作优势和人才优势，利用广泛的基层网络和深厚的群众基础开展项目调研，通过实地走访学校、家庭，深入了解受益地区师生、家长的实际需求，精准对接服务对象。基金会与各级关工委建立定期沟通机制，从项目筹备阶段的共同规划，到项目实施过程中的及时交流，再到项目结项的验收评估，形成了稳定有效、优势互补的合作模式，确保慈善项目稳步推进、全面落地。多年来，基金会与各级关工委协同发力，在推动关心下一代工作中取得丰硕成果。

一

精准协作帮扶，推动教育公平

响应党中央脱贫攻坚号召，2017 年基金会启动实施"爱起航公益项目"，积极动员和聚合社会资源，与各级关工委持续合作，重点向边远地区、民族地区、革命老区、受灾地区的学校捐赠鞋服、电脑、图书、热水器、玩/教具、厨房设备等学习生活用品，捐建创客教室、篮/足球一体化运动场，开展师资培训，组织学生研学等活动，投入款物合计 2.7 亿元，为内蒙古、贵州、云南、四川、甘肃等 20 个省区市 4200 余所学校 122 万名师生提供实实在在的帮助，有效促进优质教育资源的共享。

二

应急赈灾救助，传递爱心力量

甘肃省积石山县、青海省民和县、西藏自治区定日县等地发生严重的地震灾害，顾秀莲主任亲自部署，中国关工委与基金会立即行动，充分发挥自身的应急组织与协调能力，携手爱心企业，联合受灾地区关工委，迅速开展赈灾救助工作，向灾区师生捐赠应急物资共计 3338 万余元，帮助受灾地区师生摆脱困境，让他们在艰难时刻感受到党和政府以及社会各界的温暖与关爱。

三

聚焦学前教育，点亮启蒙之光

2012 年，在中国关工委指导下，基金会启动"关爱启蒙者—流动课堂"公益项目，先后与河北、内蒙古、甘肃、四川等 13 个省区市关工委紧密携手，深入边远地区、民族地区、革命老区，开展幼儿园园长及骨干教师培训，为当地学前教育事业注入新的活力。2019 年基金会首次依托直播平台，以一个主会场、多个分会场的形式，开展线上线下同步教学，培训学员由原来的每期 200~300 人提升至每期 1000~2000 人，扩大了项目覆盖面。流动课堂项目自启动以来，已举办 27 期培训班，直接培训超 3.4 万人，线上辐射培训超 30 万人。顾秀莲主任多次亲临培训现场，悉心指导项目开展、亲切慰问培训学员，给予了项目极大的关怀与鼓励。该项目荣获第十届"中华慈善奖"，成为公益慈善领域备受认可的品牌项目。

四

深耕家庭教育，助力素养提升

2015 年基金会与中国关工委事业发展中心共同启动规范化家长学校实践活动，得到各级关工委的积极响应。基金会组建家庭教育讲师团，提供专业课程和专家指导，各级关工委组织家长参与培训，通过线上线下广泛传播科学的家庭教育理念和方法，指导服务家长切实担负起家庭教育主责，促进青少年健康成长、全面发展。活动自 2016 年开展以来，在 17 个省区市创建 272 个实践区，覆盖 2 万多所中小学幼儿园，联系 50 余万名家长学校专兼职教师，惠及 1.5 万多户家庭，2300 余万人受益，在家长学校课程教材建设和施教路径建设等方面做出了创新探索，取得了显著成效，成为家庭教育优质公益品牌，为推动新时代家庭教育高质量发展积累了经验、做出了贡献。

五

促进科学教育，培育创新人才

在中国关工委有力指导下，各级关工委的积极响应和全力支持，"少年硅谷"公益项目于 2017 年全面启动，通过"政府采购 + 企业配捐"的形式，累计投入 1.22 亿元，在 19 个省区市及新疆生产建设兵团 208 个县市区捐建 1064 个创客教室和创客中心，培训师资 3000 余人次，180 余万名学生受益。该项目开展以来，顾秀莲主任多次亲临受益地区考察指导，极大地激励了项目团队和广大师生。该项目荣获第十一届"中华慈善奖"。为给更多青少年提供展示科学教育成果的平台，经教育部批准，在中国关工委、教育部关工委指导下，在 14 个省级关工委、教育系统关工委大力支持下，基金会成功举办四届全国青少年科技教育成果展示大赛。2025 年开展的第五届全国青少年科技教育成果展示大赛以"科技强国·未来有我"为主题，以坚持立德树人根本任务，培养具有家国情怀、崇尚科学的新时代好少年为目标，联合各地关工委、教育系统关工委共同主办、承办省级区域赛。各地关工委切实将竞赛工作与关工委工作有机结合，广泛动员师生参赛、精心组织赛事活动、严格规范赛事监管。在大家共同努力下，全国青科赛累计投入 2660 余万元，来自 29 个省区市的 24 万余名师生积极参与，极大地激发青少年的科学追求，点燃青少年的科学梦想。

六

搭建多元平台，凝聚工作合力

为助力关心下一代工作创新发展，基金会充分发挥全国性具有公开募捐资格的慈善组织的平台优势，积极为各级关工委突破募资的地域限制、有效整合各方资源提供服务。教育部关工委、北京市教育关工委、呼和浩特市关工委通过基金会搭建平台，开展"教育关爱行动""北京市教育关爱行动""呼和浩特关爱计划"等慈善项目，累计募集资金 1320 余万元。围绕课题研究、主题教育、教育帮扶、科普实践等工作，开展课题评审、思政调研、老校长助教、助学金发放等项目活动，为关心下一代工作高质量发展注入持久动能。

回望征程，基金会工作紧扣时代脉搏、呼应下一代教育需求，得到社会各界广泛赞誉，赢得学校、老师、学生和家长的一致认可。这些成绩的取得，离不开顾秀莲主任的亲切关怀，离不开中国关工委的有力指导，离不开各级关工委的全力支持，更离不开广大"五老"队伍的无私奉献。2025年是基金会成立十五周年，基金会将以此为契机，秉持初心、深化合作，与各级关工委紧密携手，切实为关心下一代工作做好全方位、多层次的优质服务，为关心下一代事业的蓬勃发展贡献更多力量。

推进基金会创新发展　服务青少年健康成长

四川省关心下一代基金会　————————————————

　　近年来，在四川省委、省政府和中国关工委的高度重视、关心支持下，在省关工委、省民政厅的指导管理下，四川省省、市（州）、县（市、区）关心下一代基金会深入学习贯彻习近平总书记关于关心下一代工作的重要指示批示精神，紧紧围绕"立德树人、助弱帮困、固本强基"公益活动主线，广泛凝聚社会力量，扎实实施关爱项目，服务青少年健康成长，取得了一定成效。2010年省关工委筹建四川省关心下一代基金会后，省关工委领导积极倡导各市（州）关工委建立关心下一代基金会，省政府授权省关工委作为全省关心下一代基金会的业务主管单位。截至2024年12月，全省共建立关心下一代基金会25家。其中，省级1家、市级20家、县级4家。全省关心下一代基金会累计募集资金约7.83亿元，累计支出资金约5.6亿元。省关心下一代基金会连续两年荣获省政府授予的"四川慈善奖——最具影响力慈善组织"称号，成都市、眉山市、乐山市、泸州市等市（州）关心下一代基金会多次受到省关工委、省文明办和当地政府的表彰。省关心下一代基金会主要开展了以下工作。

　　一是参与办好万名青少年夏令营。立德树人，对青少年进行思想道德教育是关心下一代工作的永恒主题。省关工委和省关心下一代基金会会同省级相关部门开展了 13 届主题夏令营活动，全省上下联动，分级开展符合当地文化传统和地域特色的分营活动，惠及青少年 33 万余人次，极大地丰富了营员的暑期生活，促进他们德智体美劳全面发展。其中，省关工委、省关心下一代基金会连续 7 年举办"航天科技体育助成长特色夏令营"，分别在西昌和北京设立分营，选送品学兼优的贫困家庭学生与澳门学生联欢，组织营员参观航天发射中心、中国科技馆、清华大学、北京大学、北京体育大学和训练馆等，得到参营学生、家长和社会各界的好评，成为全省夏令营活动的一个特色品牌。

二是开展农村贫困家庭青年就业技能培训。省关工委与省关心下一代基金会启动"农村贫困家庭青年就业技能培训工程"，免费为贫困家庭青年开展挖掘机、叉车、装载机驾驶、工程机械维修、焊接等专业培训，在其考取资格证书后协助推荐就业。在省关工委的带动下，绵阳、遂宁、宜宾、广安等地关工委也相继开展了汽车驾驶、厨师、缝纫等职业技术培训。通过培训，帮助贫困地区农村青年转变就业观念、提高就业技能并实现就业，达到"培训一人，脱贫一家"的公益目标。项目实施 3 年，全省共有农村贫困家庭青年 6000 余人次参加了培训。

三是开展"金秋助学·圆梦行动"。阿坝、甘孜、凉山州集革命老区、民族地区、深度贫困地区于一体。为进一步助力巩固拓展脱贫攻坚成果，服务乡村全面振兴，省关心下一代基金会在四川民族学院、阿坝师范学院、西昌学院各选取了 100 名 2023 年入学的生活困难大学生，每人每学年发放3000 元助学金，一直到其大学毕业。近年来，每年出资 40 万元，承办省关工委主办的"金秋助学·圆梦行动"启动仪式，现场资助当地困境学生 80名。2024 年，通过"金秋助学·圆梦行动"，各级关工委共筹集资金 7400余万元，资助困境家庭学生 5.5 万余名。

四是开展"老少牵手·温暖童心"暖冬行动。省关工委、省关心下一代基金会连续 9 年开展全省"老少牵手·温暖童心"暖冬行动，省总工会、团省委、省妇联等部门予以积极支持，用实际行动号召和带动社会爱心力量为贫困地区的孩子们献爱心、送温暖。2024 年底，全省各级关工委、关心下一代基金会共筹集资金（物资）4338 万余元，开展暖冬活动 5100 余次，1.5 万余名"五老"参与走访慰问，为 11.36 万余名困难青少年送上御寒衣物、学习生活用品及慰问金等。

五是开展民族地区幼儿园园长及骨干教师培训。在中国下一代教育基金会的大力支持下，省关工委、省关心下一代基金会联合阿坝、甘孜、凉山州关工委、教体局共举办了 8 期幼儿园园长及骨干教师培训班，邀请北京和省内的学前教育专家，培训三州幼儿园园长、骨干教师 950 余名，为民族地区学前教育事业发展作出积极贡献。

六是开展"弘扬科学精神　播撒科学种子"科普演讲进校园活动。邀请中国科学院老科学家科普演讲团赴成都、自贡、攀枝花、泸州、雅安、凉山等地开展科普演讲活动 1300 余场，30 余万名在校学生聆听讲座。老科学家们的宣讲涵盖地质与地球物理、航空航天与卫星遥感、人工智能与自动化等领域，以朴实无华、实事求是的风格，分享精益求精、永不言弃的科学精神，在青少年心中播撒科学种子、点燃科学梦想。

上述关爱工程的实施，共惠及青少年达 100 多万人次。与此同时，基金会的发展仍然面临一些挑战，资金募集渠道比较有限，专业人才较为缺乏，公益品牌影响力还需提升。下一步，基金会将始终坚持党的领导，健全党建工作机制，加强内部治理规范，探索公益慈善新路子，挖掘公益活动新典型，讲好关爱事业新故事，为关工委工作高质量发展、为青少年健康成长保驾护航作出新的贡献。

优化青少年健康成长社会环境篇

发挥"五老"优势作用
探索推动"五老助双减"工作落地见效

北京市关心下一代工作委员会

北京教育系统关心下一代工作委员会

2021 年 7 月，中办、国办印发《关于进一步减轻义务教育阶段学生作业负担和校外培训负担的意见》，正式启动"双减"工作。北京教育系统关工委认真贯彻落实教育部关工委工作部署，在市委教育工委、市教委的大力支持下，自 2022 年以来，按照"先试点、后推广"思路，开展"五老助双减"工作，发挥"五老"在"双减"工作中的独特优势和作用，助力校内教育提质增效，用心用情呵护青少年健康成长，切实为中心工作助力添彩。现将有关工作情况汇报如下。

一

坚持需求导向，加强顶层设计和整体推进

首先，摸清底数，了解需求。为启动试点工作，在全市 16 个区和市教委相关处室开展调研，广泛征求意见建议，重点了解三个方面的需求：一是年轻教师特别是新任教师对打造高效高质课堂的需求，二是课后服务对高水平

校外师资的需求，三是学生、家长对高水平家庭教育指导服务的需求。通过调研沟通，摸清底数，就试点工作启动达成共识。

其次，顶层设计，制定方案。结合需求，找准关工委助力"双减"的结合点和着力点，进行顶层设计，主动争取北京市教委主要领导和相关处室的大力支持，经市教委主任办公会研究通过，印发了《"五老助双减"工作试点实施方案》（以下简称《方案》），明确了工作目标、内容形式、计划步骤和保障举措等，并确定16区及燕山67所一般校作为试点校。

最后，部署培训，全力推动。2022年9月，召开"五老助双减"工作部署暨培训会，邀请教育部基础教育司领导作"双减"政策辅导，邀请教育专家作新课标解读，为各区和试点校工作开展提供指导。根据需求，推动各区各试点校建立了"五老助双减"工作队伍。

二

强化工作协同，完善体制机制和条件保障

一是加强组织领导。各区教育系统关工委主动争取区教工委教委支持和有关部门协同，分别成立了领导小组和工作小组，形成工作合力，促进工作协同。领导小组组长、副组长一般由区教工委教委领导、关工委领导担任，成员单位包括区两委相关科室等。各试点学校成立工作小组，组长主要由学校党政正职担任，成员包括学校主管负责人、关工小组人员和"五老"等。

二是加强队伍建设。市、区、校均建立了由学科带头人、特级教师、骨干教师等组成的"五老"人才库，组建"五老助双减"工作队伍。如西城区从退休名师教育督导团中遴选工作队伍，房山区参与的"五老"达87人，朝阳区有近70人，东城区有43人，大兴、密云、平谷等区也都组建了30多人的工作队伍。

三是加强制度建设。各区各校依据市级《方案》，分别制定本区本校实施方案，细化了落实举措，建立了制度机制。如东城区建立委员与试点校联系制度，为每所试点校分别指定一名关工委委员作为联系人；朝阳区建立定

期沟通交流机制，以片组为单位每月召开一次工作推进会；延庆区建立考核评价机制，对"五老"的工作进行定期考核和评价；西城、顺义等区建立了培训制度，定期组织培训，提升"五老"人员的业务水平和服务能力。

四是加强调查研究。"五老助双减"工作是老同志发挥作用的新平台，助什么，怎么助，没有现成的经验可供借鉴。为此，工作启动前，先深入调研，以期为更好地推进工作精准助力。深入16个区和各试点校调研走访，了解推进情况和存在的困难，把脉问诊，帮助解决难点问题。各区也都加强了对试点校的调研指导。2023年11月，在深入调研的基础上召开了阶段性工作推进会，总结成绩，找准问题，部署下一步工作，进一步指导和推动了"五老助双减"工作走深走实。

五是加强工作保障。市区教育工委、教委明确将"五老助双减"工作经费纳入基础教育公用经费支出项目，并按相应标准给予"五老"工作补助，各试点校均为"五老"提供了办公场所和设备等。比如，门头沟区2023年为试点学校专门追加经费，2024年申请预算经费26万余元；延庆区财政收入在各区排名靠后，但仍为此项工作提供了经费保障；怀柔区与"五老"签订安全协议书，为"五老"购买意外保险等。

三

抓实关键环节，助力校内教育教学提质增效

截至2024年底，各区已将试点校从原来的67所拓展到130多所，共有500余名"五老"走进中小学，通过参与指导教研教学、学校课后服务、家庭教育指导、督导把脉问诊等，开展工作3800余次，指导老师3200余人次，服务学生8.7万余人次，为推动学校教育教学提质增效贡献了力量。

一是助力教研教学活动，帮助青年教师成长。积极组织"五老"参与学校教研、教学指导，发挥"传帮带"作用。如石景山、门头沟、密云等区"五老"根据学校要求，每周固定时间入校，与青年教师一起开展备课、作业研究、教学质量分析等活动，并参与课堂教学；海淀、昌平等区的"五老"

指导青年教师参加基本功大赛、学科竞赛等，取得了多个奖项；朝阳、燕山等区"五老"与青年教师共同开发校本课程，编撰校本教材；顺义、昌平、怀柔等区的学校还建立了师徒结对机制。

二是参与学校课后服务，丰富课后活动内容。积极组织老教师参与学校课后服务，满足学生多样化和专业化的课后服务需求。如东城、朝阳、丰台、通州等区的"五老"重点围绕传承红色基因、弘扬传统文化、艺术教育、劳动教育等主题开展课后服务；房山、平谷、燕山等区"五老"在课后组织带领学生走出课堂，开展教育实践体验活动；延庆区的"五老"对学业困难学生进行一对一的帮扶和引导，对近 400 名农村留守儿童、离异家庭的学生给予持续的关爱和帮扶。

三是开展家庭教育指导，助力协同育人。以家校社共育咨询室为阵地，开展了丰富的家庭教育指导咨询、讲座等活动，帮助解决学生和家长遇到的难题，促进校家社协同育人。如西城、海淀、丰台、石景山、门头沟、大兴、怀柔、密云、延庆、燕山等区"五老"提供一对一的家庭教育指导服务；东城、朝阳、顺义等区整理编写了家庭教育指导手册和咨询案例；昌平、房山区组织"五老"参加"家长课堂""家长开放日"等，为学生家长提供现场咨询指导；平谷区大兴庄中心小学与属地共建共享咨询室，"五老"们走进村庄、社区授课；通州区中仓街道将校家社共育融入基层治理工作，聘请教育学、法学、心理学等领域专家帮助和指导家长融洽亲子关系等。

四

聚力科学教育，在"双减"中做好科学教育加法

把开展科普教育作为推动"双减"工作、助力青少年健康成长的重要内容，在做好"科学教育加法"上下功夫，助力巩固"双减"工作成果。

一是找准助力科普教育的着力点，提出了科普教育"双百"活动思路，即开展"百校中小学生科普教育高校行"及"百场科普教育讲座"活动，推动高校优质科教资源与中小学校科学教育需求有效结合。

二是研究制定关工委助力开展青少年科普教育工作方案，推动各区教育关工委结合实际制定实施方案，形成"全市统筹推进、各区各有特色"的推进格局。

三是整合科普教育资源，在 24 所高校建立了 38 个科普教育基地，征集遴选了 79 名科普教育专家，印发《青少年科普教育基地名录》和《青少年科普教育讲座专家推荐名录》，实现科普资源"按需点单"，精准配送。

四是北京市教委将高校科普教育资源纳入"北京市中小学社会大课堂"项目，给予持续的财政资金保障，并按照"市、区、校三级协同管理体系"协同推进"双百"活动开展。

各区各校通过多种形式积极组织活动开展，并将开展科普"双百"活动与弘扬科学家精神结合起来，如朝阳区组织学生走进 12 个院校基地开展学习实践活动，房山区同时邀请 9 名老专家走进 18 所中小学开展矩阵式科普讲座，怀柔区借助中国科学院大学资源全覆盖为中小学派驻科技副校长等。截至 2024 年底，一年多来各区百余所中小学校开展活动 280 余场次，受益中小学生 9.5 万余人次，取得良好的成效。

五

持续巩固成果，谱写"五老"助力新篇章

近年来，北京教育系统关工委"五老助双减"工作取得了显著成效，但仍存在不足，如"五老"队伍力量需要壮大，自身能力和水平需要进一步提升；市区两级领导及统筹指导还需要进一步加强；"五老助双减"工作常态化、精准化推进还需要进一步巩固等。

"双减"工作具有长期性、复杂性、艰巨性。开展好"五老助双减"工作是教育的政治属性、人民属性、战略属性的充分体现，是贯彻 2024 年 9 月全国教育大会精神和《教育强国建设规划纲要（2024—2035 年）》精神的重要举措，是落实关工委"急党政所急、想青少年所需、尽关工委所能"工作方针的必然要求，也是广大"五老"老有所为、发光发热的重要渠道。下

一步，将按照教育部关工委部署和卫红主任讲话精神，持续推进"五老助双减"工作深入开展，立德树人，探索创新，力争取得更好成效。

一是进一步加强"五老助双减"工作统筹。继续争取市区教育工委和教委领导的支持，充分发挥领导小组和工作小组及关工委的统筹作用，通过建立联动，整合资源，形成合力，加强调研与沟通，与学校建立密切联系，切实将"五老"的政治优势、威望优势、经验优势、专业优势转化为"双减"育人实效，构建多元协同的"双减"育人新格局。

二是进一步优化"五老助双减"队伍。近期，通过开展摸底调研了解到，近五年16个区退休的校长、书记以及骨干教师已达1.5万余名，可为"五老助双减"工作持续开展提供坚实的支撑。为此，将进一步扩大"五老"队伍，吸收更多新退休的市区学科带头人、骨干教师等加入工作队伍，根据需求优化队伍结构，同时加强培训指导，并将参与教研指导的"五老"纳入全市中小学干部教师全员培训范围，提升其能力和水平。

三是进一步打造"五老助双减"特色品牌。结合区和学校实际，聚焦"双减"关键环节和重点任务，打造更多具有本区本校特色的品牌活动，形成"一校一品"，推动品牌活动做出新特色、新亮点，不断增强"五老助双减"工作的时代性、针对性和实效性。

四是进一步完善"五老助双减"保障机制。建立完善的经费保障机制，统筹用好市、区财政资金，确保为"五老助双减"工作提供充足的经费支持。建立完善的协作机制，加强与相关部门科室及学校的沟通与联系，协作推进工作开展。建立完善的宣传机制，针对各区各校工作的特色亮点、做法经验、成果成效和"五老"先进典型等加大宣传力度。

青少年心理健康教育工作的实践探索

吉林省长春市关心下一代工作委员会

青少年心理健康是关乎国家未来和民族希望的战略工程，是落实立德树人根本任务、培养德智体美劳全面发展的社会主义建设者和接班人的重要保障。长春市关工委深入贯彻落实习近平总书记关于"加强社会心理服务体系建设"的重要指示精神，针对青少年心理健康问题愈发严峻的现实，按照中国关工委部署要求，系统谋划、多措并举，于 2025 年 2 月创新性地成立了长春市首家青少年心理健康指导中心，全面推进青少年心理健康服务体系建设，为新时代青少年心理健康教育工作提供理论参考与实践路径。

一

青少年心理健康教育的战略定位与理论基础

心理健康是青少年健康的重要组成部分。随着经济社会快速发展和竞争的日益激烈，青少年成长环境不断变化，心理健康问题日益凸显，已成为全社会关注的焦点。根据《中国国民心理健康发展报告（2023—2024）》，我国青少年抑郁检出率达 24.6%，焦虑症状比例 31.2%，心理问题导致的休学、辍学率年均增长 15%。世界卫生组织的《2021 年世界儿童状况》显示，心理问题已成为全球 10~19 岁青少年致残的首要因素。2023 年，长春市教育局对心理教师在开展心理健康教育工作时遇到的困扰进行了调查，《中小学心理健康教育工作现状的调研报告——以长春市中小学心理健康教育教师为对象》显示，心理教师感受到的困扰依次是心理咨询水平不高（44.51%）、缺少心理测量工具（41.65%）、心理课的内容难教（37.39%）、缺乏家长的支持（33.18%）、心理辅导室建设不到位（29.93%）。2024 年以来，长春市关工委通过调研发现，随着社会压力增大和生活节奏加快，青少年各种烦躁、焦虑、抑郁、行为改变、学习困难、自我认知偏差等问题较为普遍。更为值得注意的是，青少年心理健康问题呈现低龄化趋势，一些严重的心理问题更呈增加的态势，极端事件屡有发生。

党中央高度重视青少年心理健康工作，党的十八大以来，习近平总书记针对学生心理健康问题多次发表重要讲话和指示，强调要树立健康第一的教育理念，不仅要关注学生的身体健康状况，还要关注他们的心理健康和社会适应能力的发展。党和国家出台了一系列关于青少年心理健康工作的文件。2023 年 4 月，教育部、国家卫健委、中国关工委等 17 个部门联合印发了《全面加强和改进新时代学生心理健康工作专项行动计划（2023—2025 年）》。2024 年，国家卫健委在医政司新设置了心理健康与精神卫生处，加强了专业规划协调指导职能。中国关工委在 2024 年"中国关心下一代蓝皮书"中，专门对青少年心理健康情况进行了研究报告。这些都标志着加强青少年心理健康工作已上升为国家战略。

关工委是党领导下的群团组织，培养德智体美劳全面发展的社会主义建设者和接班人是党赋予我们的神圣使命，我们有责任、更有义务做好青少年心理健康工作，这不仅关乎青少年健康成长和健康社会心态的培育，也是对新时代"培养什么人、如何培养人、为谁培养人"这个教育根本问题的重要回答。因此，深入贯彻落实党委政府关于青少年心理健康工作的重要部署，加强青少年心理健康教育，培养积极向上心态，已成为长春市关工委当前和今后一个时期刻不容缓的重要任务。

二

创新构建"四个一 +N"服务体系

经过充分的研究及准备，长春市关工委于 2025 年 2 月末成立了长春市首家青少年心理健康指导中心，创新构建了"四个一 +N"的立体化服务体系，即一部心理咨询热线（0431-89685333）、一个青少年心理特需门诊、一个青少年心理专属疗区、一支青少年心理健康专业服务队伍。在此基础上，创新延伸"N"个服务触角，将工作阵地向学校、企业、社区、家庭等基层单元下沉，形成"中心辐射、多点联动"的服务网络。

这一系列举措旨在整合资源、搭建平台，更好地发挥关工委组织的优势和作用，利用好"五老"专家和精神心理卫生专家资源，通过专家诊疗服务、心理健康科普宣传、心理咨询和心理治疗等多种方式，参与和指导青少年心理健康服务工作，帮助青少年应对焦虑、抑郁等心理困扰，提供情感支持，增强心理韧性和抗压能力，培养良好心理品质和优良品格，形成多部门协同、全社会共同参与的青少年心理健康关爱工作体系，促进全市青少年和青年职工身心健康与全面和谐发展。中心成立至今，已接待青少年心理咨询热线近400 个，开展深入系统、单位讲座 10 场，学校讲座 14 场，社区讲座 20 余次；面向省孤儿学校等单位开展咨询 10 余次。主要做了以下几个方面工作。

（一）加强顶层设计

市关工委会同卫健委、教育局等相关部门启动实施了青少年心理健康教育行动计划，制定下发了《关于推进青少年心理健康教育工作的若干措施》，推动建设为全市青少年和青年职工心理健康教育服务的"一个中心、两个基地"，即依托市第六人民医院人才技术资源优势，建设"长春市青少年心理健康指导中心"，针对青少年学生心理健康服务；依托市总工会服务全市青年职工的优势，建设"长春市青年职工心理健康教育基地"，由市第六人民医院输出技术诊疗咨询服务，解决青年职工心理干预和心理疏导的问题；依托长春医高专建设"长春市青少年生命科学教育基地"，定期组织各类生命教育实践活动，帮助青少年了解生命的起源、发展及价值，逐步普及理生命科学知识，提升自我保护意识及技能，学会尊重生命、珍惜生命。

（二）推进心理健康教育普及

"一个中心、两个基地"被纳入学校心理健康教育课程体系，开展一系列心理健康教育和科普活动，并安排中小学生定期到基地开展实践课程，让学生在专业环境中提升心理素质。此外，还邀请中心专家为学校心理健康教师提供教学指导，共同开发适合不同年龄段学生的心理健康教育课程，丰富教学内容形式。同时，市关工委配合教育部门发挥课堂教学作用，结合大中小学生发展需要，关注学生个体差异，分层分类开展心理健康科普，扎实推进心理健康教育普及，向学校和家长提供学生常见心理问题操作指南与心理"服务包"，并依托"全国大学生心理健康日"、中考、高考等重要活动和时间节点，多渠道多形式开展心理健康疏导活动。

（三）完善心理预警干预

市关工委联合相关部门推动建立学生心理危机预防与干预体系，全力做好学生心理危机预防、干预与转介工作。试点推进各级教育及卫健部门组织各城区中小学开展心理健康测评，指导学校规范运用测评结果，建立"一生一册"心理健康档案。同时，发挥精神卫生机构、妇幼保健机构、宣传教育中心的作用，指导学校与家庭共同开展心理健康宣传教育，加强群防、技防建设，及早发现学生严重心理健康问题，畅通预防转介干预就医通道，及时转介、诊断、治疗。

（四）建立专家队伍

市关工委联合相关单位，聘请全市青少年心理健康领域有威望、有情怀、有责任的专家，成立了全市青少年心理健康专家服务团，发挥他们"讲课、宣传、咨询、疏导"的作用，为青少年心理健康工作服务，并请他们就如何改进和加强青少年心理健康工作提出意见建议。各学校、各县（市）区、开发区、市直部门及相关单位关工委也充分挖掘各方资源，积极争取支持，广泛吸纳青少年心理健康领域的专业力量，将具有相关专业资质的人员或从事过青少年心理健康工作的人员充实到关工委队伍中来。有条件的还通过公益合作等形式，邀请专业能力强、工作积极性高、具备国家心理咨询师资质的志愿者加入，打造"专家＋'五老'＋专业志愿者"的青少年心理健康工作队伍新模式。

三

保障体系完善与长效机制建设

长春市青少年心理健康工作取得了阶段性成果。下一步，市关工委将不断完善青少年心理健康工作的保障体系和长效机制，推动青少年心理健康工作高质量发展。

一是加强部门协调联动。进一步建立健全与教育、卫健、工会、国资委、共青团、妇联等部门的信息沟通、联席会议等工作体系，做好线索移送、协作配合等相关工作，整合学生心理健康测评数据、就诊记录、家庭档案等信息，实现动态监测与精准干预，提高协作效能。

二是加强师资队伍建设。与相关部门合作，通过专业培训提升教师心理健康教育能力，进一步加强学校心理辅导室建设，提高使用率和利用率，健全心理咨询值班、预约、面谈、转介、追踪反馈等制度。同时，推广"心理急救员"培训，为从事青少年心理教育工作者提供标准化心理急救技能培训，提升基层应急处置能力。

三是加强家庭源头遏制。依托"五老"工作室开设"家长心理课堂"，进一步加强家庭教育指导，重点针对留守、单亲等特殊家庭提供定制化服务，通过构建良好家庭环境、普及家庭教育理念、关注关爱重点家庭等方式方法，探索家校社结对共建，提升家校社共育实效。

四是加强工作督导总结。定期开展检查和评估，总结形成先进经验和典型做法，适时委托高校或科研机构发布长春市青少年心理健康白皮书，不断推动青少年心理健康教育工作创新发展。

积极助力构建学校家庭社会协同育人新格局

黑龙江省哈尔滨市关心下一代工作委员会 ————————

近年来，哈尔滨市关工委认真学习贯彻习近平总书记关于家庭教育的重要指示精神，认真落实《中华人民共和国家庭教育促进法》《教育部等十三部门关于健全学校家庭社会协同育人机制的意见》《哈尔滨市关于指导推进家庭教育的五年规划 (2021—2025 年)》，充分发挥关工组织和"五老"的优势作用，积极助力构建家庭学校社会协同育人新格局。

一

积极构建家庭教育指导服务网络

加强组织领导和统筹协调，哈尔滨市关工委助力建立纵横交织、多维立体的家庭教育工作网络，建立有效沟通机制。其中，家庭教育指导服务专业队伍纵向有 2 条战线：一是教育局体系中中小学家长学校 900 余所；二是社区教育体系学校、教学点 700 余所。家庭教育指导服务专业队伍横向有 5 条战线：一是构建由教育部门牵头，妇联主抓，民政、关工委等多部门协同的行政管理队伍；二是由高校、教育学会、科研机构等单位组成的专家队伍；三是依托社区教育体系建成的家庭教育指导服务实施队伍；四是由社会企业、"五老"人员及家长组成的志愿服务队伍；五是由文明办、文旅局、宣传部等部门组成的宣传推广队伍。共同努力开展家庭教育协同育人工作。

二

加强家庭教育专业队伍建设

一是建立家庭教育专家智库。2022 年、2023 年连续两年组织家庭教育智库专家推荐工作，共遴选专家 171 人，作为全市家庭教育资源建设、师资培训、课程培训的专业人才储备。二是加强职业培训。2022~2023 年，全市共开展就业重点群体托育类人才培训 2770 人次，2023 年聘请东北师大家庭教育研究院特聘研究员开展哈尔滨市中小学教师家校共育师资培训，进一步提升中小学家长学校的教师素养；2024 年，聘请山东智慧家长专业教育培训机构开展线上师资培训，各区县（市）1.3 万名教师和 6000 余名管理人员参与学习。三是重视家长教育。通过家庭教育宣传周公益讲座，对不同年龄段孩子家长开展线上培训，累计参与 13 万人次。

三

关心关爱弱势群体

全市各级关工委对 5.7 万余名困境儿童、特殊群体青少年的建档立卡情况进行全面复查，强化动态管理，持续对弱势和特殊群体青少年实行"精准化 + 全覆盖"关爱帮助。全市 1.4 万余名事实无人抚养儿童、孤儿和特殊群体青少年帮扶关爱措施全部落实到位。市妇联将家庭教育指导服务与慰问帮扶等有机结合，组建各类"冰城妈妈"志愿服务队伍，"爱心妈妈""伴读妈妈"等通过生活救助、陪伴阅读、心理疏导等方式，开展一对一结对服务，帮助困境儿童健康成长。市民政局、市教育局等四部门印发《关于进一步加强困境儿童心理健康关爱服务工作的实施方案》，进一步强化困境儿童心理健康关爱服务十项措施，提升关爱服务水平，更好地促进困境儿童身心健康成长；联合 14 部门开展留守儿童和困境儿童关爱服务质量提升三年行动，实施"冰城育童"精神素养提升行动，有针对性地为困境儿童提供阅读指导、精神陪伴等服务，丰富精神文化生活。市检察院组织涉罪未成年人及其监护人共同参加各种形式的社会公益活动或者家庭团体沙盘游戏，通过活动和游戏增进涉罪未成年人与监护人的沟通和交流，拉近亲子关系；针对特殊群体，给予更多关注。市文明办在社区开辟建立未成年人专属或共享活动场所，配备图书、体育、科技等文体娱乐设备设施，安排专人负责未成年人思想道德建设工作，组建包含社区工作者、志愿者、"五老"人员等来源多样、专兼结合的未成年人教育工作队伍，在放学后和节假日面向未成年人免费开放。

四
加强阵地建设

市关工委通过共建共享，积极争取社会资源和资金支持等，推动阵地建设取得良好成效。全市有尚志烈士陵园暨尚志碑林、侵华日军第七三一部队罪证陈列馆作为两个全国关心下一代党史国史教育基地，有满洲省委机关旧址等 16 个全省关心下一代教育基地。2022 年以来，五常市革命烈士陵园、中共满洲省委机关旧址纪念馆、延寿县烈士陵园、方正抗联英烈纪念地 4 家基地被省关工委命名为全省关心下一代教育基地。全市现有综合科技馆 2 个、专业科技馆 18 个、多功能科普展馆 5 个、流动科普展厅 2 个、科普教育基地 130 个、青少年科普活动站 74 个、新时代文明实践中心科普活动室 35 个、科普大篷车 2 台。推动科技资源科普化，哈工大空间环境地面模拟装置、机器人及智能制造规划中心等 111 家单位被命名为科普教育基地，举办 500 余场科普体验行活动，向青少年和家长提供沉浸式免费科普服务。初步构建起"多点开花、各具特色、覆盖城乡"的科普场馆体系，为深化科普资源供给侧改革、加快构建新时代科普生态、推进社会有效支持服务全面育人、提升全民科学素质提供有力支撑。

五

开展教育实践活动

市关工委以开展各类主题教育实践活动为契机，弘扬以伟大建党精神为核心的党的精神谱系为重点，在全市中小学生中广泛开展阅读"红色书籍"、诵读"红色家书"、传唱"红色歌曲"、观看"红色电影"等内容丰富、形式多样的党史学习教育主题实践活动。通过指导各级关工委和广大"五老"从本地实际出发，挖掘用好身边红色史实资源，组织带动中小学生走进党史馆、纪念馆、烈士纪念设施等红色阵地参观学习受教育。市妇联组织社区家长学校将家庭教育指导服务与思想引领等有机结合，连续多年开展"书香冰城"家庭亲子阅读、"童心向党致敬百年"等活动，引领广大未成年人听党话、感党恩、跟党走。市文旅局不断加大公共文化服务保障力度，对现有的288个街道（乡镇）综合文化站进行定级评估，为家庭教育创造优越条件。目前，全市共有66家研学实践教育基地（国家级、省级61家，市级5家），涉及银色冰雪文化、蓝色高新科技、绿色生态文明、金色现代农业、红色基因传承等多个领域，各基地结合自身研学内容，不断丰富课程内容，优化课程设置，通过线上预约、减免费用等方式为中小学生开展活动提供便利。2023年全市共组织学生研学活动540余次，14万余人次参与。

六

净化社会育人环境

市关工委加强同公安、文化等部门横向沟通，针对校园周边环境开展安全检查及整治行动，为青少年学生创造安全、健康的学习环境。市关工委协调市委政法委、市教育局等成员单位为1173名法治副校长（由公安、检察、法院、司法部门人员兼职）履职提供必要的工作条件，建立有效沟通联络机制和日常工作协调机制，及时与法治副校长沟通，支持、配合其开展工作。市检察院开展"检教同行、共护成长"检察开放日活动，邀请市关工委、市教育局等6家单位法治教育负责人和部分人大代表、政协委员及学校师生一起实地参观市检察院青少年法治教育基地，通过VR校园欺凌视频展示，在进一步增强学生们的法治观念同时，进一步促进防控校园欺凌工作各部门的沟通与配合。市教育局印发《关于加强中小学生课外读物进校园管理工作的通知》，指导各中小学校成立课外读物进校园专项工作领导小组，落实领导责任制，明确分管责任；印发《哈尔滨市中小学课外读物排查表》，规范课外读物的检查流程、检查内容、检查结果和处理方式，形成图书目录、清查清单、自查清单、负面清单，规范管理。严格要求各学校按照省教育厅公布的省中小学教辅材料评议公告目录，明确征订范围，指导学校成立专项排查工作小组，开展校内教辅材料使用情况排查，严格执行"一教一辅"制度。加强网络安全教育和手机管理，教育引导学生正确使用网络，自觉抵制不良网络信息、影视节目、网络游戏等的侵蚀影响。

七

企业助力协同育人

十余年来，市关工委坚持与民营企业李锦记集团合作开展李锦记"希望厨师"培训公益项目，截至2024年8月累计投入640余万元，培训全市农村特困家庭学生209人；2023年10月，李锦记（中国）销售有限公司被省关工委授予首批全省关心下一代爱心企业。全国优秀党务工作者、全省"五老为家庭教育做榜样"先进个人、哈经开区企业党群服务中心关工委主任韩波把党建工作与家庭教育紧密结合，通过党建带关建工作室，以赓续中华文脉、传承红色基因为核心内容，在党员教育、党建工作开展、企业文化建设等方面大力推进"五老"家庭教育，努力弘扬好家教、好家风，"党建带关建"。区域内43个社区形成了多家企业、社会组织、新就业群体与包保对子，把家庭教育与企业生产经营和文化建设相结合，形成关于家庭教育的良好认知，促进企业高质量发展。2022 年 10 月，"韩波党建带关建工作室"被黑龙江省关心下一代工作委员会命名为全省首家"省党建带关建模范工作室"。

八
营造协同育人氛围

聚焦协同育人的先进人物、典型经验的好做法，营造协同育人环境。市关工委利用开展"关爱明天、普法先行"青少年法治宣传教育活动的契机，把学习宣传家庭教育促进法作为重点任务，组织法治宣讲团深入校园、企业、社区、乡村开展巡讲。市教育局年均组织家庭教育暨家庭教育公益讲座 30 余场，普及家庭教育法律、政策和心理健康教育知识，促进家校合作；每年开展"家庭教育宣传周"活动，携手全国优秀家庭教育教师开设家庭教育指导课程，大力宣传《家庭教育促进法》、"双减"政策、六项管理① 和教育部会同全国妇联组织编写的家长"应知应会"宣传语，传播家庭教育法律、政策和知识，推进家校合作。

---

① 六项管理是指加强中小学生作业、睡眠、手机、读物、体质和考试管理。

"三堂教'长'"赋能未成年人健康成长

——南京市建邺区关工委探索有效的家庭教育育人载体

江苏省南京市关心下一代工作委员会 ——————————————

南京市建邺区关心下一代工作委员会在区委、区政府领导和市关工委指导下，全面落实国家及省市关于未成年人保护工作的重大决策部署，以《中华人民共和国家庭教育促进法》为指导，创新打造的以妈妈学堂、爸爸课堂、祖辈讲堂为载体的"三堂教'长'"品牌，已发展成为建邺区"五老"助力未成年人健康成长的育人平台。

一

实践与探索

"三堂教'长'"起源于 2022 年建邺区关工委开展的"构建和谐幸福家庭，助力未成年人健康成长"心理健康知识宣传活动。随着活动的深入开展，一些家长反映家庭教育中存在观念偏差、父教缺位、代际冲突等问题，区关工委高度重视家长们的意见，及时组织区教育系统关工委等研究调整讲座形式和内容，形成"妈妈学堂"传递温暖与关爱、"爸爸课堂"培

210

养责任与担当、"祖辈讲堂"传承智慧与经验，构建有效的家庭教育育人体系。

（一）构建三维支撑体系，强化立体保障

一是推行组织架构的科学化。建立"1+3"工作专班，由区关工委统筹教育系统关工委、家长学校总校及相关部门负责人，制定《"三堂教'长'"年度计划》，建立定期研讨会商制度，确保机制有序运转。二是形成政策支撑的体系化。出台《建邺区新时代学校家庭社会协同育人三年行动方案（2023—2025）》，将"三堂教'长'"作为为民办实事家庭教育公益项目，纳入全区教育督导评估体系，配套制定家庭教育公益项目管理办法，建立学校教育平台和社区网格群"双线发布"机制，及时推送课程信息，实现全区中小学、社区全覆盖。三是实现经费保障的多元化。建立"基金托底＋专项补充"模式，区儿童青少年身心健康发展慈善基金设立专项账户，区教育局、关工委给予专项经费支持，建立项目绩效评估机制，保障"三堂教'长'"工作的可持续发展。

（二）整合优质教育资源，建强师资队伍

一是构建分层分类师资库。组建一支由全区 17 位退休名师名校长组成的"三堂教'长'"辅导骨干队伍，并与市教科所、南师大家庭教育学院等高校院所合作，聘请一批理论功底深厚、实操经验丰富的家庭教育专家，为"三堂教'长'"提供专业师资力量，形成"退休＋在职""区内＋区外"的名师辅导专家库，现有成员 38 名。二是创新教研支撑体系。在区家长学校总校成立教研室，根据未成年人身心健康发展规律，制定"三堂教'长'"课程体系，分层、分类、分学龄段对家长进行家庭教育应用能力辅导。区教育系统关工委常务副主任、区家长学校总校副校长唐德海，对未成年人健康成长饱含深情与热爱，精心组织名师专家编写《〈家长必读〉教学建议》（七册 7 个学龄段），为"三堂教'长'"和全区家长学校教学辅导提供重要参考。

（三）实施精准辅导工程，提升服务效能

一是问题导向精准施教。建立"需求采集—分析研判—课程开发"闭环机制，针对家庭教育痛点问题，分别开发"给孩子刚刚好的母爱""父亲的力量""隔代教育的智慧"等特色品牌课程，形成课程包。二是关键节点重点突破。建立成长护航机制，围绕三年级学习转型、初二青春期、中高考冲刺等关键期，举办"迈过三年级那道坎""初二青春期孩子的家庭教育策略""你的中考，我们的中考——考前心理辅导""如何做一名成功的高三家长"等专题讲座，通过案例分析、情景教学等鲜活的教学方法，向家长传授家庭沟通方法和技巧，让"热锅上的家庭"静下来。三是个性服务有效覆盖。聚焦家庭教育个案，构建"课堂互动＋专家咨询＋陪护指导"服务体系，及时为家长释疑解惑 270 余例。还将"进万户"专项调研中家长关切的 100 余条个案问题及困惑和建议进行分类，咨询类的由"三堂教'长'"辅导团队名师专家负责解答。

（四）创新教育服务模式，扩大覆盖范围

一是线下辅导。送"三堂教'长'"进学校、进社区，通过现场辅导、面对面交流互动，让家长认识到家庭教育的重要性，掌握未成年人身心健康必备知识和沟通方法，并将辅导地址选择在交通便捷的学校和社区，辅导时间安排在周末或节假日，把方便留给家长，提高家长的参与率。二是线上直播。依托南京报业集团家教周报社专业演播室、区教师发展中心网络教育平台开设线上直播课堂，推动"三堂教'长'"优质辅导资源向社会公众传播，惠及更多家长。三是网站传播。将所有讲座录制视频上传至区教育局网站、区关工委、区教育系统关工委微信公众号，方便家长随时可学、处处能学。

（五）广泛凝聚各方共识，增强辐射效应

一是推进纵向贯通。建立区关工委统筹主抓，街道、社区、系统关工委做好服务的"三堂教'长'"推进机制，按照"三堂教'长'"年度计划，上下齐心协力服务"三堂教'长'"进学校、进社区。二是实现横向联动。加强与党政部门、社会团体以及学校等相关单位的协调，采取"三堂教'长'"共办联办协办等多种形式，充分利用区宣传、教育、妇联、民政、各学校等单位未成年人关爱保护平台，加强"三堂教'长'"信息宣传报道，动员家长、激发家长、吸引家长广泛参与，"三堂教'长'"知名度和覆盖率不断提高。

二
收获及体会

经过三年精耕细作，"三堂教'长'"工作取得显著成效，已举办线下线上讲座 53 场次，惠及家长及未成年人 20 万余人次，形成"理念提升—能力进阶—关系重塑—队伍发展"的良性循环。

（一）破冰认知困局，重塑科学育人观

经调查，76.3% 的家长存在"唯分数论"认知偏差，认为孩子的成长过程就是学习和考试的过程，只要把学习搞好了，就一好百好，忽略了孩子的感恩心态、劳动意识、兴趣爱好、个性特点和心理健康等。"三堂教'长'"就"'双减'背景下的家长教育智慧"等专题培训，结合科学教育的成功案例、专家观点、家庭教育理念解读等内容，推动参训家长树立"五育融合"教育观，为家长提供了科学的家庭教育理念。一位妈妈坦言，"原以为考高分就是成功，现在明白培养孩子的抗挫力和创造力更重要"。还有一位母亲在课后分享中动情说道："过去把补习班排满孩子日程，现在懂得留白时间培养兴趣爱好的重要性。就像专家说的，教育不是填满水桶，而是点燃火焰。"

（二）筑基能力体系，解码家教方法论

父辈祖辈都是未成年人成长道路上的重要陪伴者、引导者、教育者。为进一步引导家长担起家庭教育主体责任，把《家庭教育促进法》宣传与"三堂教'长'"课程相结合，邀请相关专家解读《家庭教育促进法》主要内容，并通过列举大量生动鲜活的案例，详细阐述家庭教育的重要性、家长在家庭教育中的责任和义务，以及如何运用科学的方法教育未成年人。这种"法理浸润＋技能淬炼"双轮驱动模式，提升了家长的实操代入感。金中实小张同学的父亲感慨："做一名好父亲太重要了，过去总用命令式口吻和孩子交流，现在学会'观察—倾听—反馈'沟通三部曲，家庭教育父亲不能缺席，我要与孩子的妈妈共同努力，改进我们的教育方法，为孩子健康成长营造温馨和谐的家庭环境。"

（三）融通代际鸿沟，构建协同育人圈

在家庭中，妈妈与爸爸、父辈与祖辈在未成年人教育上，常常会出现各种各样的矛盾和偏差，引发家庭不和谐。通过"三堂教'长'"辅导培训后，家长认知得到提升，问题意见得到统一，家长与未成年人的沟通也更加顺畅，亲子关系更加融洽，家庭氛围更加温馨和谐，形成"理念共频、方法共研、情感共鸣"的校家社协同育人生态。一位父亲反馈："'父亲的力量'课程让我理解青春期孩子的心理需求，现在沟通不再是'鸡同鸭讲'"。有一位爷爷家长给授课专家反馈说："听了讲座后，我们陈旧的教育观念和方法得到了改变，还是你讲的方法管用，减少了家庭教育的误会和矛盾，现在全家的意见比较统一，孙子也愿意和我们一家人分享日常点滴，今后我们还会参加关工委举办的培训学习。"

（四）激活银发力量，织密关爱守护网

连续三年将"三堂教'长'"引入"五老"助力未成年人心理健康能力提升培训班，通过突出应知应会、隔代教育、实操技能等培训内容，结合情景式、互动式、案例式教学，累计集中培训"五老"核心骨干成员230余人，形成强大的关爱合力。如教育系统关工委组织54名老教师结对关爱56名困难家庭未成年人，通过上门走访、开通24小时电话热线等方式，为结对家庭提供个性化关爱帮扶；江心洲街道关工委组织17名"五老"结对关爱陪伴一名特殊困境未成年人，用祖辈之爱助力未成年人走出"心灵困境"；建邺公安分局关工委依托辖区医院精神科医师，在关爱工作站创设"校—警—医"

联动工作室，为未成年人和家长提供关爱咨询服务等，用"银发智慧"构筑起坚实的成长防护墙。

家庭不仅是人们身体的住处，更是孩子心灵的港湾。家庭的生活依托不可替代，家庭的社会功能不可替代，家庭的文明作用不可替代。父母作为孩子最直接的老师，无论是父母亲自培养，还是祖辈参与的"隔代"教育，都需要以科学的家庭教育理念为指导，加强对未成年人身心健康的关注。"三堂教'长'"着力点就是围绕家、聚焦"长"，"家长好好学习，孩子天天向上"，帮助家长树立科学的育儿观念，掌握基本的心理健康知识。

下一步，南京市关工委将深刻领会习近平总书记关于关心下一代工作的重要指示精神和校家社协同育人的有关论述，进一步加强"五老"队伍建设，充分发挥"五老"优势，不断创新实践，推进"三堂教'长'"走深走实，为未成年人健康成长提供更优质的关工保障。

浙江省青少年心理健康素质提升探讨

浙江省关心下一代工作委员会 ——————————————————

为认真贯彻落实习近平总书记关于关心下一代工作的重要指示批示精神，扎实推进"浙里关爱"工程，浙江省关工委就青少年心理健康问题进行了系统分析，研究关工委在提升青少年心理素质方面的优势所在和应对方式。

一 课题背景

（一）形势背景

世界卫生组织提出，心理健康问题逐步成为社会难题，自杀是致使全世界青年人殒命的第二大原因。随着我国社会经济快速发展，青少年焦虑、自伤等心理问题频发，抑郁症检出率呈现低龄化趋势。中国青少年研究中心、共青团中央国际联络部 2023 年 3 月发布的《中国青年发展报告》显示，全国 17 岁以下青少年中，约 3000 万人受到各种情绪障碍和行为问题困扰。从社会关注度来看，青少年心理健康问题已成为党和国家关心、人民群众关切、社会关注的重大议题，具有重大的现实紧迫性和长远必要性。

（二）政策背景

2022年，省委办公厅、省政府办公厅《关于加强新时代关心下一代工作委员会工作的实施意见》中明确将提供心理干预、帮助解决心理失衡问题等列入关工委工作的主要任务。2023年，省委教育工作领导小组《关于全面加强和保障青少年心理健康工作的若干意见》明确包括关工委在内的群团组织在青少年心理健康方面的工作职责。因此，青少年心理健康问题不仅是摆在关心下一代工作面前的时代命题，也是省关工委义不容辞的职责所在。

（三）调研背景

省关工委联合心理健康专家，成立专项调研组，围绕不同年龄段心理健康状况、心理素质发展因素、家校社协同等重点，赴市县蹲点调研，发放调查问卷，与基层工作人员、"五老"和青少年、家长面对面座谈交流，并走访省教育厅、省卫健委等成员单位，了解青少年心理健康工作中的职责分工、施政情况和具体举措，对浙江省青少年心理健康问题作研究分析。

二

青少年心理健康水平与问题分析

结合问卷分析和个案访谈，发现中小学生心理健康水平与学校心理健康教育的基本情况如下。

青少年对心理关爱服务的需求呈现多样性。小学生需求倾向于情感依赖、问题咨询，初中生需求倾向于情感宣泄、自我调节，职高生对家庭关注度、社会认可度和择业就业等方面的指导服务需求较多，高中生对考试减压、挫折激励等需求较多。随着年龄增长，青少年专业心理求助态度逐渐消极，导致心理健康问题凸显。

家长对青少年心理问题的态度存在模糊性。家长们对家庭教育和青少年心理健康之间的相关性，已有了一定认知，但家长们专业知识水平有待提升，把孩子寻求心理帮助混同于青春叛逆，或因"病耻感"而采取漠视等消极态度。

学校工作与青少年心理健康教育要求存在差距。师资水平与专业化要求不匹配，心理教师忙于日常教学和行政事务，工作精力不足；班主任承担了大量的心理辅导工作，均认为工作难度大、责任重。投入与青少年需求不匹配，很多学校没有专项资金，课程和活动开设不多；心理辅导场所设施陈旧，"家长学校"建设效果不明显，参与度不高。心理筛查结果与实际情况不匹配，缺乏科学智能的筛查体系，难以精准摸排防控重点、及时采取预警干预手段。

三

影响青少年心理健康素质的系统因素

结合调研问卷和访谈情况，分析了影响青少年心理健康发展的环境因素。

微观系统影响青少年心理健康的因素。微观环境是指个体活动和交往的直接环境，包括家庭、学校和同伴关系。调查发现，父母心理状况、与孩子交流情况、掌握的育儿知识会直接影响孩子的学习、社会交往和心理健康；祖辈抚养可能会对青少年心理健康存在一定消极效应；随着年龄的增长，微观环境对青少年的影响力不断增强，决定着其心理健康、幸福感和价值观的确立。

中系统影响青少年心理健康的因素。中系统是指微观系统之间的相互联系，反映在青少年成长领域，最常见的就是家校互动。调查发现，如家长参与学校活动程度越高，青少年焦虑水平越低，社会参与度越高，心理健康水平也越高。

外系统影响青少年心理健康的因素。外系统是指青少年未直接参与，却对他们产生影响的系统，比如家长工作状况、村社居住环境等。值得关注的是，留守儿童、新居民子女等群体的心理认同感较低，获得的家庭和社会支持相对不足；帮困助学对象更容易出现抑郁或焦虑等负面情绪。调查发现，青少年如能常态化参加公益课堂、实践教育、心理关爱等活动，可以减少心理问题的产生。

宏观系统影响青少年心理健康的因素。宏观系统是指微观系统、中系统和外系统嵌套于其中的文化环境，比如社会主义核心价值观、文明风尚等。调查发现，社会主义核心价值观可以内化为青少年道德标准、外化为行动准则，帮助其有效应对生活事件、适应环境变化、树立人生目标；网络社交媒体成瘾、电子产品过度依赖、网络舆论压迫等现象，对青少年心理健康造成了严重的负面影响。

四

关工委在促进青少年心理素质发展上的作用

关工委要充分发挥队伍优势和组织优势，进一步助力构建家庭、学校、政府、社会、个人"五位一体"常态化立体式防范工作新格局。

着力涵养宏观系统，培育青少年社会主义核心价值观。深化实施"红船领航"工程，一年一主题地开展系列化、多元化教育实践活动。组织各级"五老"报告团、宣讲团等，依托万场红色报告会等载体，以青少年听得懂、听得进的方式讲述习近平新时代中国特色社会主义思想，用真理的火种驱散心理迷雾，转化为引领成长、感恩奋进的指路明灯。以"五老"好用、青少年实用为原则，集成打造整体智治、高效协同的"浙里关心下一代"多跨场景，在更多平台、更高层级唱响"五老"好声音。

着力改造外系统，助力"一老一小"服务场景走深走实。整合各方资源，建立"五老"心理专家库，培育一批"五老"关爱工作室、心理健康护航团等，带动有专业特长的社会志愿者，帮助青少年和家长就近、就地、就便获取心理关爱服务。依托基层文化空间开办"假日学校"，帮助解决留守儿童、新居民子女等群体的心理失落、行为养成、安全看护等问题，丰富课余假期的精神文化生活。发挥关心下一代基金会公益平台的作用，动员社会爱心资源，扶持一批青少年心理关爱创投项目，打造一批心理关爱基地，推出一批心理健康实践成果。

着力联接中系统，推动家、校、社协同关爱网络建设。深化"五老"思政辅导员、成长导师等校外队伍建设，联动制定帮扶方案，助力消除信息壁垒和平台障碍。针对留守儿童、困境儿童等，在帮困助学的过程中，组织"五老"摸排心理状况，跟踪开展思想引导、兴趣指导、心理疏导、行为指导。针对失足失范青少年，搭建"阳光驿站"等关爱平台，联合心理协会、爱心企业等社会力量，开展心理辅导和行为矫治；特别是政法系统关工委要依托专业优势，建设青少年法治体验、心理关爱等教育基地，帮助涉罪青少年改善行为偏差、心理异常、亲子关系紧张等问题。

着力提升微观系统，加大青少年心理健康知识普及力度。广大"五老"具有丰富的阅历，是家庭教育最生动、最感人、最鲜活的教材。要深化"'五老'弘扬好家风好家教"活动，组织"五老"报告团、老校长工作室等参与"家长学校"建设，协同开展讲家风故事、话家教传统、心理健康知识讲座等活动。关工委在祖辈教育方面有天然优势，祖辈教育的对象正是"五老"，由他们进行家庭教育培训，更容易产生共鸣。要动员老专家、老教师等开展祖辈教育研究，宣传科学育儿知识，帮助老年人从思想上实现"看孙子"向"育孙子"、只养不教向养教结合、重智轻德向全面发展等转变。

儿童青少年心理健康促进工作初探与思考

——以武汉市关心下一代工作实践为例

湖北省武汉市关心下一代工作委员会

2019 年 3 月 18 日，习近平总书记在学校思想政治理论课教师座谈会上就加强儿童青少年心理健康做出重要批示并指出，青少年阶段是人生的"拔节孕穗期"，最需要精心引导和栽培。儿童青少年处于潜伏期向青春期过渡的年龄阶段，是心智状态逐步成熟或变化的关键时期，可塑性强、变化大，打牢心理健康的基石至关重要。做好儿童青少年心理健康工作是关工委履行《中华人民共和国未成年人保护法》《中华人民共和国家庭教育促进法》《全面加强和改进新时代学生心理健康工作专项行动计划（2023—2025 年）》等赋予其的职责任务的重要组成部分。近年来，武汉市关心下一代工作委员会（以下简称"市关工委"）立足工作特点和青少年实际，联合相关部门在加强儿童青少年心理健康促进方面进行了初步的探索和思考。

一

儿童青少年心理健康促进工作的现状

青少年心理健康问题不仅是家长们关心的重要问题，也是每年两会期间代表、委员们建言献策的热点问题。2024 年 1~12 月武汉市心理医院门诊数据显示，全院精神心理科门诊共就诊 42.9 万余人次，其中心理治疗门诊就诊 2.9 万余人次。18 岁以下儿童青少年患者门诊共就诊 7.9 万余人次，占比 18.4%，同比增长 29.3%，多为学业压力、亲子关系、焦虑、抑郁等引发的儿童青少年行为与情绪障碍。2024 年武汉市心语心理热线接听 25942 例，其中 18 岁以下未成年人来电 2882 例，占13%；18~28 岁来电者 8064 例，占 36%。团市委 12355 青少年服务台的 4 条线路提供 7x24 小时人工服务，2023 年热线接听话务量 8603通（同比增长 147%），其中心理服务电话占比 40%，家长咨询占有一定比例。

二

不断探索儿童青少年心理健康教育工作的新路径

（一）注重专业性，建立心理健康教育工作人才资源库

市关工委明确一名副主任主抓青少年心理健康教育工作，发挥组织、统筹、引领、指导作用；聘请湖北省高校、医院等 30 余名行业顶流专家教授组建青少年心理健康教育专家团，发挥引领、示范、培训、督导的作用；组建了百余名的青少年心理健康教育咨询师志愿者队伍，主要发挥讲课、宣传、咨询、疏导的作用。2024 年 12 月，出台《关于成立武汉市关工委青少年心理健康关爱团等事项的通知》，明确人才队伍、职责使命等要求。至此，三个梯队的人才库基本建成，为开展青少年心理健康教育工作提供了坚实的人才保障。

（二）加强针对性，切实提高心理健康教育服务水平

经过一段时间的实践，我们开展的青少年心理健康教育重点聚焦在"一增两减三教育"上，切实解决当前青少年心理健康问题。

"一增"，即增阳光。针对孩子们在学校课外活动较少的情况，我们积极倡导让孩子有一个美好童年，中小学校园里在开展阳光运动1小时的基础上，做到自由活动10分钟，沟通交流1刻钟，让阳光驱散学生心中的阴霾。

"两减"：一是减压力。青少年的成长压力很大程度来自学业。中高考前夕，市关工委联合团市委开展2023年市政府民生实事——12355关注成长青少年公益活动，邀请专家团成员为即将参加中高考的学生和家长开展减压心理团辅，寒暑假期间开展青少年心理健康公益课进社区活动，收到良好的成效。二是减戾气。市关工委以东西湖区为试点，发挥"五老"的优势和作用，打造"弘扬好家教 传习家风美"工作品牌，让好家风好家教深入每个家庭，从家庭的源头上遏制青少年身上的戾气；联合市文明办等单位开展新时代好少年、最美家庭评选活动，以榜样的力量引领青少年；通过开展网吧监督和智能手机使用指引，引导青少年合理正确使用网络，并联合江汉区关工委拍摄预防青少年网瘾视频，得到广泛好评。

"三教育"：一是珍爱生命教育，引导青少年尊重生命、珍惜生命价值，培养对生命的敬畏感与责任感。二是认知调整教育，帮助青少年建立理性思维模式，修正非理性认知偏差。三是抗挫化解教育，提升青少年应对挫折的能力，学会将压力转化为成长动力。近年来，全市各级关工委和"五老"走近青少年群体，开展丰富多彩的活动，帮助青少年心向阳光、健康成长。

（三）注重有效性，完善心理健康教育三进机制

一是进学校。全市中小学校全部配备专业心理老师，开设心理健康课，优化班级管理，发挥课堂教学作用，关注学生个体差异，帮助学生掌握心理健康知识和技能；充分发挥家长学校的作用，办好家长讲堂，引导家长及青

少年科学对待"双减"，不盲目跟风、攀比，减少教育焦虑；市关工委联合团市委开展中高考减压行动，邀请专家团成员为即将参加中高考的学生和家长开展减压心理赋能指导，举办"如何实现高效能持久学习""怎样当好大考前的家长""高三师生轻松备考"等心理健康讲座。

二是进社区。坚持社区的主阵地作用。近年来，市关工委一方面深入全市寒暑假托管班送心理健康公益课，扎实构建学生开心、家长称心、社会放心的快乐大课堂，惠及近 10 万名中小学生；另一方面，在汉阳区彩虹计划心理健康辅导站、东西湖区关工委家庭教育研究中心等重点社区，打造关爱青少年心理健康样板，一批社会心理服务机构也就近就便参与社区工作。

三是进家庭。充分发挥妇联家庭教育主阵地的作用，与市妇联联合，把开展家风家教主题活动纳入文明家庭创建、寻找"最美家庭"活动，将青少年心理健康教育纳入家庭教育公益大讲堂的课程内容；同时，开展市关工委金晖关爱行动、市妇联家庭教育指导等活动，走进贫困、留守、五失、病残等困境青少年家庭，给予生活帮扶，补给心理能量。

三

青少年心理健康教育工作取得新成效

（一）达成心理健康教育工作的广泛共识

首先，市关工委主任班子自上而下统一思想、明确方向，形成了以心育人、用情护航的共识；其次，由关工委牵头，召集 9 家未成年人保护工作领导小组成员单位，专题研究"五老"参与未成年人保护的举措，联合市教育局、市卫健委、团市委、市妇联开展心理健康教育工作座谈会，联合出台《武汉市青少年心理健康促进行动方案（2023—2025）》，联合团市委共同打造心语护航心理专家工作指导站；最后，在工作推进过程中，区、街相关单位、社会心理工作机构等积极参与，大家心往一处想、劲往一处使，达成广泛共识，初步形成了关工委牵头、相关单位部门各司其职、全社会广泛参与的青少年心理健康教育工作矩阵。

（二）明确心理健康教育工作的目标行动

加强青少年心理健康教育工作是一项长期的系统工程。我们明确了一套3357目标行动：一是注重三个结合，形成家、校、社三方的联动、协商、培训机制；二是实施"三步走"战略，即一年打基础，抓思想统一、抓队伍培训、抓阵地建设；两年上台阶，抓典型树立、抓示范引路、抓人才带动；三年出成果，抓经验总结、抓成果推广、抓表彰激励，通过三年的时间逐步建立起具有武汉特色的青少年心理健康教育工作新格局；三是实施"五个一工程"，从创新、强基、示范、联动、关爱五个方面逐步开展青少年心理健康教育工作；四是打造七个品牌，即打造一批青少年心理健康教育示范学校，一批青少年心理健康教育示范社区，一批社会心理建设机构，一批青少年心理健康服务平台（如心理咨询热线、心理健康教育讲堂等），一批心理建设专业库（专家库、课题库、课件库），一批优秀心理咨询专家、咨询师及其工作室（含"五老"工作室），一批生动有效的心理健康教育成果。

（三）关爱青少年心理健康的社会效应初显

经过一段时间的探索实践证明，青少年心理健康需求很大，我们开展青少年心理健康教育的方向是对的、成效是明显的。在中高考减压行动中，专家的辅导授课受到家长和孩子们的欢迎，也得到了学校领导的支持和认可。青山区钢都中学的校长在高考成绩公布后特别致电报喜，孩子们接受考前减压辅导后，总体成绩明显好于往年；武汉中学的家长考前心理辅导结束后，家长们纷纷表示课程非常及时、非常解渴，专家在回程路上被家长们紧追咨询；在青少年心理健康公益课进社区活动中，通过团辅＋个案相结合，成功帮助黄陂区一位单亲妈妈化解了紧张亲子关系，挽救了家庭。在各项活动中，"学习强国"、《湖北日报》、《长江日报》等多家媒体争相报道相关情况，青少年心理健康工作不仅受到关注，而且进一步向着做深做实的方向迈进。

"双减"背景下关工委参与社区教育的实践与认识

湖南省教育厅关心下一代工作委员会 ————————————

2021 年 7 月，中共中央办公厅、国务院办公厅印发《关于进一步减轻义务教育阶段学生作业负担和校外培训负担的意见》（以下简称"双减"），校外教育，特别是社区教育进一步受到重视，成为学校教育、家校社协同育人的强力补充，同时也为关工委参与社区教育增添了新的内容、提出了新的任务。2023 年 3~5 月，湖南省教育厅关工委组织有关人员就"双减"背景下湖南省教育系统关工委参与社区教育的现状、路径、成效等情况前往长沙市雨花区、常德市武陵区等区县的教育部门和有关学校进行了实地调研，在长沙召开了中小学校长座谈会，并对全省 14 个市州教育（体）局关工委参与社区教育情况进行了专题调研，收集意见和建议 8461 条。

一

关工委参与社区教育稳步推进

从对 468 个教育部门关工委和 888 所中小学的问卷调研数据来看，在

"双减"背景下，教育部门和学校关工委主动参与社区教育的占 88.68%，社区组织"五老"参与社区教育的占 66.24%，关工委参与社区教育工作稳步推进。

一是组织形式日益健全。全省教育部门和学校关工委按照中办、国办《关于加强新时代关心下一代工作委员会工作的意见》和《中共教育部党组关于加强新时代全国教育系统关心下一代工作委员会工作的意见》精神，对参与社区教育明确了相应职责，配置了专门人员。长沙市砂子塘魅力之城小学发起并成立了由街道、社区、"五老"、志愿者和学校领导、教师组成的长沙市首个社区少工委——幸福里社区少工委，探索关工委参与社区教育有效形式。

二是参与主题日益拓展。全省各市州教育（体）局关工委就落实"双减"政策、关工委参与社区教育内容进行了调研，收集各类意见建议 370 多条。怀化市教育局关工委对市直 36 所中小学校重点就"双减"背景下做好中小学生的"五项管理"，即作业管理、读物管理、睡眠管理、手机管理、体质管理逐校进行了专题调研，结果显示，关工委参与的社区教育主题不断拓展。

三是品牌项目日益涌现。从调研情况看，全省教育部门和学校关工委将主题教育引入社区，充实社区教育内容，做到六个结合，即活动与理论学习相结合、活动与中心工作相结合、活动线上线下相结合、活动与家庭教育相结合、活动与学校德育工作相结合、活动与班主任工作相结合。学校和"五老"认为将主题教育作为关工委参与社区教育主要形式之一的占比分别为 62.59% 和 87.73%。78.38% 的教育部门和学校关工委与"五老"认为，主题教育向社区有效延伸能促进学生"人人参与、个个提高、生生受益"。

四是课后服务日益固化。"双减"政策实施后，课后服务成为学校教育与社区教育结合的重要形式。调研显示，学校与社区合作开展课后教育服务的比例已达 87.73%，其中，与社区合作开办"三点半（四点）学校"比例为 53.04%。娄底市教育局关工委针对小学生下午 4 点钟放学后出现的"管理真空期"问题，组织有体艺专长的"五老"，配合学校提供课后服务。全市参与中小学生免费"课后服务课堂"的"五老"达 2000 多人。

五是宣讲活动日益常态。调研表明，关工委参与社区教育以开展宣讲活动为主要形式的占 93.8%。在各类宣讲活动中，举办家庭教育讲座、组织家长学习（读书）沙龙的占 48.93%，讲红色故事、安全教育、家长培训、心理健康教育等的占 46%。长沙市教育局关工委近两年组织"五老"进社区开展各类宣讲 1200 多场次。各地各校关工委还注重线上社区教育，学校运用网络平台与社区合作的比例为 37.27%，每年向社区推送线上教育资源 4 次以上的占比为 39.74%。

六是社会实践日益丰富。在对教育部门和学校的问卷中，认为组织开展社会实践活动是关工委参与社区教育的重要形式的占比 78.6%。株洲市教育局关工委要求中小学校要以社会实践活动为主体，带领学生走出校园，关爱他人、回报社会。各类学校关工委组织青少年走进养老院、孤儿院，送孝心送温暖；走进企业社区，开展社会调查；走进农村田地，体验劳动快乐。

七是艺体课程日益开设。在家长问卷中，认为社区教育要加强青少年兴趣培训的占 76.84%；认为所在学校与社区合作，利用课后与寒暑假等时段开展摄影、书法、音乐等课程和活动的占 74.56%。

八是帮扶活动日益展开。据调研，全省教育部门和学校关工委联合社区开展志愿服务活动，帮助弱势群体、帮扶困难户的占 72.41%，开展"老少共话""老少结对"等关爱青少年活动的占 69.42%。在留守儿童占比达 30% 的平江县，教育系统关工委联合社区开展"蓝信封"留守儿童书信陪伴活动，建立留守儿童与"五老"一对一的通信陪伴关系，约定每个月通信 1~2 次，每年至少通信 8~10 封。全县有 30 所学校 1988 名学生参加，累计来往通信 26092 封。

二

关工委参与社区教育成效明显

一是关工委参与社区教育深受各界欢迎，形成广泛共识。调研显示，97.23% 的关工委人员和"五老"认为关工委参与社区教育很有必要，

95.39% 的家长认为关工委参与社区教育可以使"双减"政策得到更好的贯彻实施，88.13% 的教育部门、街道、社区工作人员对关工委参与社区教育表示支持，学校管理工作者和教师认为关工委参与社区教育对青少年教育有较大帮助的比例分别为 82.32% 和 76.45%。

二是关工委参与社区教育组织模式多样，形成输出矩阵。调研显示，全省教育部门和学校关工委在参与社区教育实践中创建了 8 种组织模式，包括政府部门统筹组织、社区所在学校为主组织、教育系统关工委组织、学校与社区联合组织、街道办事处或社区居委会为主组织、楼栋小区（城市）或村组（农村）为主组织、运用高校资源输出组织、"五老"自发组织，形成了多样化的参与社区教育组织模式。

三是关工委参与社区教育精品活动频出，形成工作品牌。83.64% 的受访者认为，以具有较大影响的优质品牌推进关工委参与社区教育，具有非常重要的引领作用。认为自己所在单位、学校、社区已具有较大影响的优质品牌的占 63.64%。同时，全省教育部门和学校关工委参与社区教育并创建一批优质品牌，如郴州市教育系统关工委创建的助力推动研学教育与文旅产业深度融合活动品牌；中南大学关工委构建"三三制"支撑体系，参与社区教育品牌；长沙市雨花区砂子塘吉联小学"大自然小农夫""小小志愿者进社区"系列活动品牌等。

四是关工委参与社区教育协同机制完善，形成互补格局。调研显示，全省中小学校教育与社区教育双向参与、互动的比例达 69.03%；有寻求与社区建立紧密联系与合作的中小学比例达 93.58%。其中，湘潭市中小学的"学校放假，社区开学"假期教育模式极具代表性。一方面，运用学校"五老"资源，老教师"学校退休，社区报到"，任社区辅导员。另一方面，社区"五老"人员、大学生和其他志愿者积极参与，展现"社区、学校全心投入，'五老'热心参与，家庭真心支持"的格局，家校社协同育人机制不断完善。

五是关工委参与社区教育推动老有所为，形成育人阵地。各地各校都在推动"五老"参与社区教育，由学校组织"五老"参与社区教育的比例为

55.8%，社区组织的为 66.24%，教育系统关工委组织的为 88.68%。其中，进社区宣讲是"五老"参与社区教育的主要平台，占比达 93.8%。

三

关工委参与社区教育存在的主要问题及其原因分析

一是理解不全面，认识不深刻。调研显示，约 10% 的政府部门、街道和社区工作人员认为关工委参与社区教育的必要性不大，其中对关工委工作表示略有了解的占 32.37%；5.35% 的社区居民不知道什么是社区教育；在家长问卷中，对关工委参与社区教育表示"不需要"和"无所谓"的比例分别占 6.62% 和 17.62%；学校认为与社区的教育理念存在差距的占 35.47%，原因主要有两方面，一是各地各校对关工委参与社区教育，甚至对社区教育本身的宣传推介力度不够。社区居民对通过海报、宣传栏等形式了解"双减"政策和社区教育的占比为 83.45%，家长认为缺乏宣传的占比为 23.36%。二是从事社区教育和关工委工作的人员对于参与社区教育缺乏足够的积极性，认为学校想参与、社区不主动、没提供机会的占 9.46%；在教育系统关工委问卷中，在回答所在社区是否举办家庭教育、主题教育等时，表示仅"偶尔开展"的占比达 29.49%。

二是合作不主动，协同不顺畅。对于学校与社区合作开展社区教育，学校表示与社区没有合作的占 15.09%。反映社区教育活动开展及关工委参与教育渠道不够顺畅、管理不够规范、统筹难度较大的比例分别为 26.6%、24.82% 和 19.8%。这些问题关键是管理体制上因隶属关系不够顺畅而导致的。社区教育管理涉及教育、人事、劳动、民政等多个部门，比较容易出现交叉管理、部门分割、政出多门现象。没有当地政府的统筹，无论是教育行政部门还是学校，包括教育系统关工委参与社区教育，只能依靠自觉、自发和自愿以及与社区的关系来进行。

三是队伍不健全，合力不充分。调研中，反映社区教育专业人员与志愿者缺乏的，政府部门、街道、社区占比为 44.88%，家长占比为 22.84%，学校占比为 32.28%，主要原因是大多数从事社区教育的管理人员和教师是临时聘请或兼职的，不少人缺乏对社区教育的正确认识和从事社区教育的专业技能，而学校教师则没有余力参与社区教育，同时对其他资源运用较少。反映动员高等学校、社会各界力量参与社区教育的占比仅分别为 16.24%、8.58%。政府、街道、社区工作人员中有 21.58% 的明确表示，外部支持条件不够。

四是保障不充足，资源不整合。政府部门、街道、社区工作人员认为活动场地有限的占 53.24%，认为资金不足的占 55.04%。家长认为缺少资金支持的占 27.93%。学校认为资源（包括经费）有限的占 68.69%，认为社区条件不够完善的占 29.84%，主要原因有两方面，一是投入问题，湖南社区教育的经费主要来源于政府，场所建设、师资配备等都离不开经费支持。但政府支持经费是有限的，调研显示，由政府直接拨款的占 18.71%，由社群组织向政府争取活动经费的占 11.51%，其他来源占 55.76%。二是整合问题，社区教育需要利用社会资源，特别是要运用社区内学校教学与场地资源，才能实现教学场地的利用率提高和教育物力人力等资源共享。

五是活动不丰富，参与不全面。社区教育的对象是庞大且极具差异性和个性化的群体，因而社区教育活动的内容与形式需要多层次、多样性。调研中，反映教育活动内容缺乏吸引力的占 10.79%，认为社区教育形式比较单一的占 14.58%，要求丰富活动内容与形式的占 36.33%。这说明，一方面各地社区教育人、财、物资源比较缺乏，特别是在基层单位和农村中小学这种现象更为普遍。基础条件的短板制约了教育活动的丰富。另一方面，社区教育在利用人、财、物等资源上也显不足，54.55% 的家长建议动员社会组织参与社区教育活动。

四
对关工委参与社区教育的几点建议

第一，加强顶层设计，完善制度供给，推动落实落地。《中共教育部党组关于加强新时代全国教育系统关心下一代工作委员会工作的意见》提出，教育系统关工委要进军三个战场，促进和助力家校社协同共育。为把这个非常符合实际也极具前瞻性的指导意见落实落地，建议教育部和省关工委出台相关配套文件，进一步将关工委参与社区教育的措施具体化。

第二，坚持政府统筹，加强合作沟通，完善协同机制。建议在地方党委领导下，坚持地方政府的主导地位，加强沟通协作，明确教育行政部门对社区教育的业务指导作用与责任，打破行政隶属关系制约，改变"政出多门""多头管理"状况，教育系统关工委要加强与地方关工委的交流合作，共同推进社区教育持续发展。

第三，强化支持保障，建立联络平台，构建运行中枢。教育部门和中小学要积极争取地方党委和政府的支持，为关工委参与社区教育提供保障。要建立长效机制，成立专门工作专班，设置社区教育联系点，专人联系负责。同时，要充分发挥教育部门、中小学家长学校和关工委家庭教育指导中心的作用。

第四，建立激励机制，整合教育资源，提升教育质量。要有效地将社区教育有形资源和无形资源整合起来，推进社区教育多元化、综合化。建议地方政府出台相关政策，整合社区内所辖的科、教、文、体、卫等社会资源，包括各类可提供教育服务的单位和组织，为社区教育提供人才、场地、专业技能等方面的资源。要运用各级各类学校优势，建立社区教育专家库，盘活社区教育资源、提升社区教育质量。

第五，丰富活动形式，创建工作品牌，创新参与路径。要紧密结合实际，进一步丰富教育活动的内容与形式，加大品牌建设力度，发挥学校和教育系统关工委优势，开展参与社区教育的新途径、新方法，总结经验，创建教育部门、学校关工委参与社区教育的特色品牌。

第六，加强宣传推介，凝聚广泛共识，营造教育生态。要综合运用现代传媒手段构成常规、立体宣传态势，加大教育关工委参与社区教育工作的宣传力度，以增强社会知晓度和扩大影响力。

关于健全学校家庭社会协同育人机制的实践与思考

重庆市关心下一代工作委员会

2023 年 1 月，教育部、中国关工委等十三部门联合印发《关于健全学校家庭社会协同育人机制的意见》，提出到 2035 年，形成定位清晰、机制健全、联动紧密、科学高效的学校家庭社会协同育人机制。为认真贯彻落实《中华人民共和国家庭教育促进法》《关于健全学校家庭社会协同育人机制的意见》等赋予关工委的职责任务，推动新时代关心下一代工作各项任务落细落实，重庆市关工委积极探索实践，深入有关区县、部门实地调研，开展线上问卷调查，对全市学校家庭社会协同育人现状、问题等进行全面梳理、认真分析、系统研究，提出对策建议。

一 现状分析

2023 年 3 月，重庆市关工委会同北京"三宽"教育科学研究院（以下简称"三宽"教科院）开展"重庆市城乡家庭教育现状及需求"问卷调查。按照小学、初中 2 个学段和城市、乡村 2 个维度组织部分家长参与问卷调查，并组织专家对收回的 23.15 万余份问卷进行深入分析。

（一）家庭层面

一是家庭教育以父母教育为主。以父母教育为主的家庭占 66.84%，父母和隔代教育并重的家庭占 19.33%（见图 1），反映出当下家长越来越认同父母自己带小孩对孩子成长的重要性。

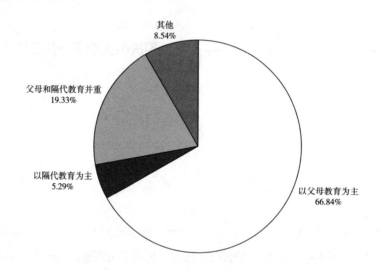

其他
8.54%

父母和隔代教育并重
19.33%

以隔代教育为主
5.29%

以父母教育为主
66.84%

图 1　家庭的主要教育方式："您家庭的主要教育方式是哪一种？"

二是家长的关注重点有所转变。在家长最关心孩子的事项中，对身心健康和道德品质的培养占绝大部分，其中，39.78% 的家长关注孩子的心理健康（见图 2），这与过去认为家长只关心孩子学习成绩有所不同，说明家长的教育观念有所转变。

三是家长对家庭教育的学习意愿强烈。家长在家庭教育中的困惑比较多样，认为缺乏专业指导的占 21.82%（见图 3），家长的学习需求较大，希望得到学校、专业机构的指导，学校、社区或工作单位能够组织形式多样的家庭教育和亲子活动。

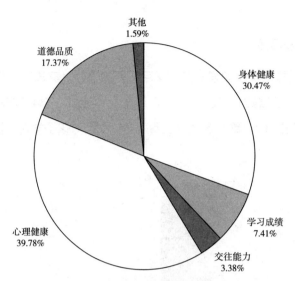

图2 "您认为在孩子教育中最重要的是什么？"

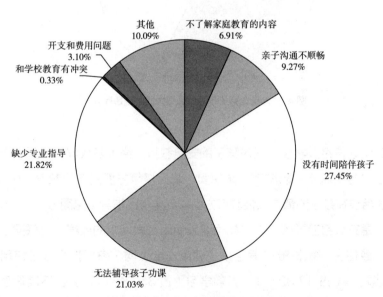

图3 "您在家庭教育中遇到的最大的难题是什么？"

（二）学校层面

一是家长希望学校加强对孩子学习习惯的培养。家长认为孩子在学习方面的主要问题是注意力不集中（占42.19%）、粗心（占34.37%）、磨蹭（占13.89%）（见图4），绝大多数家长希望学校加强对孩子学习习惯的培养。

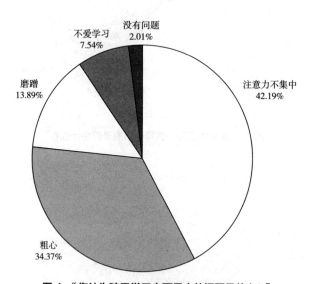

图4 "您认为孩子学习方面最大的问题是什么？"

二是家长希望学校加强对孩子的安全教育。绝大多数家长希望学校加强对学生进行防溺水、防欺凌、防拐卖、防性侵等方面的安全教育，96.35%的家长希望在孩子的情感和性教育方面得到学校的指导（见图5）。

三是家长希望学校开设"如何健康使用互联网"的课程。互联网发展非常快，致使有些家长难以指导孩子健康安全上网，家长担心孩子使用手机会沉迷网络（占42.32%）、影响学习（占35.24%）、接收不良信息（占15.65%）等（见图6），绝大多数家长认为学校有必要开设学生"如何健康使用互联网"的课程。

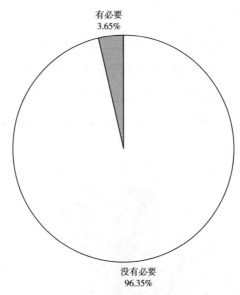

图 5 "在孩子的情感和性教育方面您是否希望得到学校的指导？"

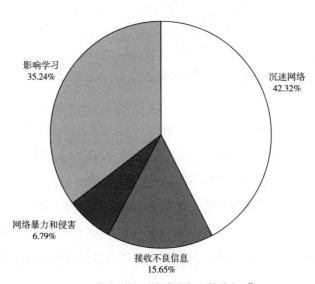

图 6 "孩子使用手机您最担心的什么？"

（三）社会层面

一是需要加大对《中华人民共和国家庭教育促进法》和社会主义核心价值观的宣传力度。45.67% 的家长完全不了解或不太了解《家庭教育促进法》中赋予家庭的责任（见图 7），63.09% 的家长仅仅听过，不太了解社会主义核心价值观的内容（见图 8），说明宣传力度还需进一步加强。

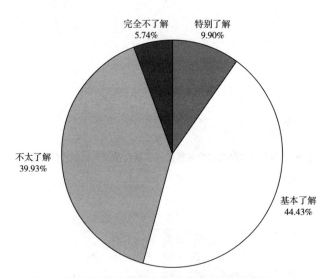

完全不了解
5.74%

特别了解
9.90%

不太了解
39.93%

基本了解
44.43%

图 7　您是否了解《家庭教育促进法》中家庭责任的内容？

二是孩子的课余运动时间普遍偏少。39.29% 的小学生、42.57% 的中学生课余时间运动不足 1 小时，特别是有 10.97% 的小学生、18.46% 的中学生课余时间不运动，需要引起重视（见图 9、图 10）。

三是在社会公益教育方面还需更多的倡导和鼓励。绝大多数家长认为乐于付出、帮助他人有助于孩子的健康成长，但还有 34.01% 的中学生从没参加过公益活动（见图 11），反映出在社会公益教育方面还需要进一步加强。

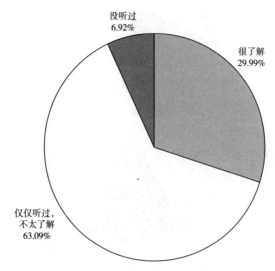

图 8　是否了解社会主义核心价值观的内容？

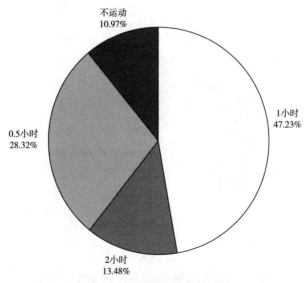

图 9　小学生每天课余运动时间

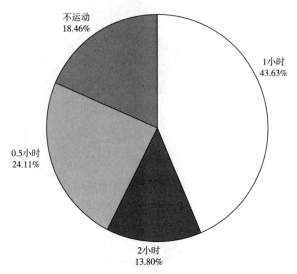

图 10　中学生每天课余运动时间

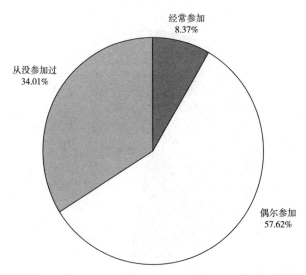

图 11　您的孩子是否参加过社会公益活动（中学）

二

初步成效

2020年以来，市关工委认真学习贯彻习近平总书记关于注重家庭、注重家教、注重家风系列重要论述和对关心下一代工作的重要指示批示精神，积极落实《中华人民共和国家庭教育促进法》《关于健全学校家庭社会协同育人机制的意见》等赋予关工委的工作职责，在中国关工委事业发展中心的指导下，依托"三宽"教科院，联合市文明办、市教委、市卫生健康委、市妇联，积极探索提高家校社共育和家庭教育的实效性，在全市开展了"家校社共育暨家庭教育实践校建设"活动。通过多年的有力推进，此项活动为家庭教育注入动力，家长素养普遍提高、家庭关系得到改善、家校关系更加融洽，全市初步建立市级、区级、校级、班级四级"三宽"家长学校管理与课程学习"云平台"网络，授牌106所"家庭教育实践校"，呈现出党政高度重视、学校积极主导、家庭主动尽责、社会有效支持、活动成效凸显的良好局面。

（一）注重顶层设计，活动高位推进

一是党政高度重视。市委、市政府领导十分重视家庭教育工作，多次提出要求和希望。市关工委、市文明办、市教委、市卫生健康委、市妇联5家主办单位联合下发《关于开展"家校社共育暨家庭教育实践校建设"活动的通知》，充分发挥各职能部门的优势，把"家校社共育"建设纳入日常工作的重要内容。活动开展以来，中国关工委领导多次出席启动仪式及培训会，深入学校、社区调研指导。二是各级联动发力。建立"关工委牵头、五部门携手、各区县联动、实践校示范、促全员覆盖"联动机制，成立活动组委会，定期召开会议，对活动中出现的新情况和新需求研究措施、加以改进，注重加强对边远地区和教育资源薄弱、少数民族聚集区县的倾斜与支持，全市各区县初步形成从党委政府到学校、社区、家庭广泛重视家庭教育的良好氛围。目前，全市39个区县全面启动此项活动，有1000余所中小学、幼儿园、社区参加活动。三是坚持培训提能。市关工委牵头举办 3 次"家校社共育暨家庭教育实践校建设"培训会，邀请教育部关工委、中国教育学会、东北师范大学、中国教科院、"三宽"教科院等单位的知名教育专家来渝授课，已培训 1300 余人。"三宽"教科院组织开展提高教师"家庭教育指导能力"的主题培训，举办暑假教师线上直播培训。各区县也举办专题培训班，加强师资队伍建设，切实提升基层教师的家庭教育能力。

（二）注重多措并举，活动深入开展

一是用好公益课程。2020 年以来，在中国关工委事业发展中心的主导下，"三宽"教科院以公益捐赠方式向部分学校、社区捐赠 3 批"云平台"课程。2023 年 5 月，召开全市"家校社共育暨家庭教育实践校建设"捐赠仪式，市关工委从工作经费中支出 100 万元用于对"家庭教育实践校"捐赠网上课程。其课程分为幼儿园、小学、初中、高中、社区 5 个版本，每个版本各 50 节课程，按照不同年段设计成不同模块。比如，幼儿园板块包括爱的启蒙、习惯初成、智力发展等，小学板块包括规则与习惯、劳动与生活、心理教育与成长等，具有较强的针对性、时效性和可借鉴性。二是组建工作团队。市关工委组建心理成长关爱工作团，优选充实家庭教育、心理辅导专家加入工作团，组织工作团成员赴基层宣讲《家庭教育促进法》、红色家风故事等；联合西南大学、市人口计生研究院成立"重庆市青少年心理成长关爱中心"，聚焦青少年心理健康问题，开展专家义诊服务、公益性心理咨询 80 余人次。各区县关工委组织"五老"工作团进校园、进社区，开展家庭教育宣讲活动近 2000 场，受教育师生、家长近 100 万人次。三是丰富活动内容。通过举办"三代共话好家风"优秀故事征集活动、召开渝西片区"家校社共育"主题联席会、开展"候鸟"亲子夏令营、组织家庭教育工作者 50 余人参加第五届和第六届中国家长大会等方式，不断丰富活动内容、提升吸引力。特别是 2023 年 5 月，联合市妇联等单位举办重庆市"全国家庭教育宣传周"活动，并将"家校社共育暨家庭教育实践校建设"纳入"八个一"活动，活动影响力、知名度进一步提升。

（三）注重联系实际，活动取得实效

一是科研课题引领。市关工委指导实践校参与"十三五"国家社科基金重大重点课题"家校合作的国际经验和本土化实践研究"之子课题《家校合作的政府职能与对策研究》，在课题主持单位的支持下，每月通过视频会议的形式开展课题交流，分别针对疫情防控常态化背景下家校共育的新特点、新问题和教育教学模式的新改变、新思路进行课题研讨，充分发挥教科研发现问题、解决问题的作用。重庆市李婵、林静2人荣获年度优秀科研工作者奖。二是学习触手可及。"家校社共育"项目让优质家庭教育课程常态化、便捷化，让大量在外打工的留守儿童、流动儿童家长可通过手机、电脑、平板等连接"三宽"平台，随时随地收看优质家庭教育课程，促进全市中小学、幼儿园的"三宽"家长学校建设走向专业化、智能化，切实增强教师的教育力、家长的学习力、校家社的合作力。三年来，组织18万余名家长、教师自主参加家庭教育网上课程学习近3000万人次，撰写学习笔记4.5万余篇。三是获得充分肯定。市"家校社共育"工作得到中国关工委的充分肯定，市关工委副主任高沙飞在第五届、第六届中国家长大会上作交流发言；市关工委副主任韩国涛等8人荣获家校社共育"金推手个人奖"；市关工委、北碚区关工委、江津区关工委3个单位荣获家校社共育"金推手"集体奖；重庆市第七中学等29所学校荣获"三宽"家长学校优秀实践校奖；沙坪坝区关工委、九龙坡区关工委、长寿区教委3个单位荣获"三宽"家长学校优秀组织奖；王达超家庭和孙茂琴家庭2个家庭荣获"最美家风"奖。

三

存在的问题

面向2035年的教育现代化，离不开校家社协同育人的现代化，虽然市关工委近年来做了一些实践探索，但还存在一些制约校家社协同育人共同体高质量发展的问题。

宏观政策与配套举措不匹配。国家提出构建学校家庭社会协同育人机制，但目前区县一级缺乏有效的制度机制予以保障，区县党委政府对区域内校家社协同育人机制建设的指导、规划和兜底支持还不到位，开展校家社协同育人的人、财、物保障存在差距。

主体协同育人意识不够强。学校、家庭和社会在协同育人过程中的合作意识还比较薄弱，过于依赖学校的主体地位情况，家庭、社会发挥作用不明显。

人才队伍建设问题亟须解决。对校家社协同育人的"种子教师"、讲师、咨询指导老师、志愿者团队等的培养应加强，切实为校家社协同育人建设提供人才保障。

社会协同育人氛围比较缺乏。社会各界在"校家社协同育人"中的责任意识没有明确，重庆虽然实现关工委、教委、文明办、卫生健康委、妇联等五部门联动，但基础还比较薄弱，有关部门的积极性还没有被充分激发，工作提升空间较大。

政策宣传力度还需加大。广大群众对《家庭教育促进法》和社会主义核心价值观等的不够了解，特别是家长的价值观对孩子影响很大，而且家长群体是人数最多的社会群体，需要进一步加大宣传力度，促进校家社协同育人机制建设。

四
对策建议

建立健全学校家庭社会协同育人机制，建设人人有责、人人尽责、人人享有的学校、家庭、社会协同育人共同体，是落实立德树人、铸魂育人任务的必然要求。

注重发挥政府的主导作用，为校家社协同育人提供保障。一是健全工作机制。向全国校家社共育先进城市学习，将"校家社协同育人机制建设"与城市发展战略、人才发展战略结合起来，制定发展规划，完善工作机制，促进"校家社协同育人"事业良性、有序、持续、有效发展。二是完善服务体系。完善家长学校专业化建设城乡全覆盖体系；建立学校、社区、家庭教育指导服务站点的全覆盖体系；建立校家社共育师资队伍（如"种子教师"、讲师、咨询指导师、志愿者等）建设体系；建立区县、学校、班级、家长（教师）四级考评体系。三是深入调查研究。直面家庭教育中的难点、堵点问题，如留守儿童、流动儿童、困境家庭儿童和未成年人犯罪家庭的家庭教育问题，针对性设计课程和服务内容，做到家庭教育、校家社共育无遗漏、零死角。

注重发挥家长的主体作用，为校家社协同育人筑牢基础。一是突出家庭建设。在校家社协同育人实践中，注重家庭建设指导，引导家庭成员正确处理夫妻关系、亲子关系、婆媳关系，开好"家庭会"，建立子女教育"第一责任人"制度，形成良好家风。二是突出亲子陪伴。引领家长了解父母"陪伴成长"的意义，支持更多父母自己带孩子，并学会理性陪伴、有效陪伴、科学陪伴；指导在外地务工的家长通过多种形式，弥补陪伴缺憾，让亲情得以连接，让教育回归理性，让沟通行之有效。三是突出能力提升。突出提升家长的"三个能力"，即读懂孩子成长规律和个性差异的能力，指导孩子有效学习和健康成长的能力，理性、科学参与家校沟通、家校合作的能力。

注重发挥学校的引领作用，为校家社协同育人注入动力。一是强化家教指导。加大家长学校的专业化建设力度，力争实现家庭教育课程服务全覆盖；在部分学校设立家庭教育指导服务站点、心理咨询服务站点，零距离帮助家长解决家庭教育中的急难愁盼问题。二是强化家校合作。努力改善家校关系，建立健全家校合作机制，结合中小学、幼儿园、职业学校等家校合作的实际，启动新型家委会建设试点，在总结经验基础上进行推广。三是强化校社协作。引领学校积极整合社会力量参与校家社协作，积极发挥学校对社区家长学校建设和家庭教育指导服务站点建设的指导和辐射作用，逐步形成校家社协同育人网格。

注重发挥社会的支持作用，为校家社协同育人增添力量。一是充分整合资源。在党委政府领导下，积极整合文明办、教委、卫生健康委、民政、检察院、关工委等资源，由各区县创建"'五老'社区家庭教育指导中心"，满足不同年段、不同层次、不同困惑的家长对家庭教育指导服务的需求。二是健全沟通平台。建立健全区县层级的"校家社协同育人"沟通平台，通过调研、座谈、现场会、联席会议等方式，及时发现和交流新情况、新问题、新信息、新经验、新动态，促进工作持续有效推进。三是充实社会力量。在现有部门联动的基础上，进一步充实工会、共青团、工商联、社会团体、高校等力量，凝聚全社会共识，形成全社会关注青少年健康成长的磅礴力量。

注重发挥媒体的宣传作用，为校家社协同育人营造氛围。一是加强政策宣传。通过举办家长教育论坛、公益直播活动等，广泛宣传习近平总书记关于"注重家庭、注重家风、注重家教"的重要论述、《家庭教育促进法》等法律法规，让广大群众充分认识到校家社协同育人的重要性。二是加强方式创新。打开工作思路，创新开展一系列宣传报道活动，以喜闻乐见的方式，吸引更多资源、动员更多力量参与到校家社协同育人的实践中来。三是加强典型示范。在"校家社协同育人"的实践中注意培养典型、发现典型，大力宣传全国"校家社共育实践区"推出的优秀实践区、实践校、"金推手奖"、"最美家风奖"、"优秀家长"等，发挥典型示范引领作用，促进学校、家庭、社会协同育人机制健全。

关于做好新时代青少年心理健康教育的探索与思考

重庆市关心下一代工作委员会

为认真贯彻落实习近平总书记关于加强学生心理健康工作的重要指示批示精神，按照教育部、中国关工委等部门关于学生心理健康教育工作的相关要求，重庆市关工委坚持立德树人根本任务，聚焦青少年心理健康教育痛点难点，积极整合社会资源，充分发挥"五老"作用，将"大力推进青少年心理成长关爱工程"列入年度重点任务清单，围绕"健心强人"工作目标开展系列青少年心理健康教育工作。2024 年以来，市关工委办公室针对青少年焦虑、抑郁等心理健康问题进行调研，总结关心下一代工作的好经验、好做法，深入挖掘新时代青少年心理健康教育中的重点问题，提出对策建议，形成调研报告。

一

新时代青少年心理健康教育实践探索

市关工委联合市教委等十八部门印发《重庆市全面加强和改进新时代学

生心理健康工作专项行动计划（2023—2025年）实施方案》，扎实开展"三个1+N"系列行动，多领域、深层次开展新时代青少年心理健康教育实践，为青少年健康成长保驾护航。

一是建好一支队伍+N个团体。市关工委持续发挥工作团示范带动作用，组建心理成长关爱工作团，组织以重庆市精神卫生中心原副主任罗捷为核心，生理、心理方面医师，高等院校心理学教授，教育科研骨干为成员的专家团队，年均深入学校、社区开展心理关爱讲座100余场，参与座谈50余次，一对一"网上书信"心理疏导，促进"家校社共育"建设常态化长效化。同时，指导各级关工委组建"五老"心理关爱工作团、心理成长关爱队700余个，永川、大足、城口等区县已形成"心悦伴成长""美丽心灵""同心相伴"等工作品牌，共同筑牢未成年人心理防线。

二是用活一个中心+N个阵地。联合西南大学、市人口计生研究院成立"重庆市关工委青少年心理成长关爱中心"，组织20余名心理专家利用每周六休息时间针对青少年抑郁症、焦虑症等问题开展面对面的公益心理辅导、心理咨询、科普教育年均280余人次，线上心理咨询或心理解惑350例次，开展随访服务92例，干预阻止轻生、自伤自杀企图的青少年13例，中国关工委主任顾秀莲亲临中心调研指导，市关工委相关领导多次进行实地调研，均给予高度评价。充分用好"渝润心田"微信公众号线上平台，及时推送热点难点问题，分析典型案例；指导区县、高校建立青少年心理健康中心、心理咨询服务站点，参与建设校外教育基地、校外辅导站，受教育青少年58万人次，不断完善组织结构，充分发挥多领域阵地的协同作用。

三是开展一场论坛+N个培训。持续开展"重庆市青少年心理健康教育论坛""重庆市家庭教育论坛"，邀请北京、云南、四川等地专家学者来渝作专题讲座，10余万名教师、家长通过线上线下方式参加论坛，进一步发挥家长的主体作用、学校的引领作用、社会的支持作用，助力孩子身心健康发展。常态化举办关工委系统干部培训班、专题会，组织各区县、相关单位、高校、企业等骨干进行集中学习研讨，围绕重要会议精神、青少年心理健康、家庭教育等专题开展讨论研究；组织全市超 400 余万名家长、教师参与 "三宽"
网络课程学习，分享心理健康教育心得体会。

二
新时代青少年心理健康现状分析

重庆市关工委办公室联合市关工委青少年心理成长关爱中心、心理成长
关爱工作团，通过查阅档案资料、走访学校社区、亲子问卷调查等多种方式
对九龙坡、渝北、永川等 9 个区县 5000 余名重庆市小学至高中学段青少年
心理健康教育情况进行了监测和调研。

一是心理问题较为突出。在接受调查的青少年中，抑郁检出 1380 人（占
比 27.6%），焦虑检出 1910 人（占比 38.2%），女性明显高于男性，性格
内向个体检出率明显高于外向；睡眠不足高达 3670 人（占比 73.4%），入
睡困难 1750 人（占比 35.0%），服用安眠药 370 人（占比 7.4%），并随
学习阶段增长，睡眠问题占比呈现迅速升高情况。因学业压力、家庭关系、
人际交往等方面影响，不少学生还面临性格问题（1080 人）、人际冲突（835
人）、霸凌行为（285 人）、网络沉迷（425 人）、厌学叛逆（355 人）等。

二是教育体系尚需完善。部分学校对于青少年心理健康教育的认识仍处
于教学的辅助性地位，系统性和全面性不足，心理健康教育相关投入不足，
缺乏有效的管理办法、规范的教育课程、专业的心理教师，与相关部门、机
构联动不够，没有形成监测预警和危机干预机制，对特殊群体关注度不够，
部分情况处置措施存在问题，导致青少年心理问题识别率低，且处理不当。

三是家庭教育重视不够。结果显示，父母与孩子之间的亲密度、父母的
教养方式、家庭经济等都会影响青少年心理健康，但社会对青少年心理健康
教育的关注度相对较低，大部分家长和教育机构更关注青少年的学习成绩，
尚未意识到家庭教育在其中所起到的重要作用。

四是关工委工作仍有短板。当前社会环境愈加复杂，青少年心理健康教
育工作更具挑战，关工委系统则缺乏技术、资金、平台、场地等方面的有力

支持，专家学者数量存在较大缺口，开展心理健康教育缺乏规范性、经常性、针对性、有效性。

三
关于新时代青少年心理健康教育的思考与建议

青少年心理问题涉及多个领域，把这项工作纳入社会服务体系、公共卫生服务体系和社会保障体系当中共同发力十分必要，家庭、学校、社会及医院有责任共同维护青少年心理健康。

一是加强心理健康教育制度化。深入贯彻落实各级相关文件要求，充分运用关工委组织覆盖部门、学校、社区优势，建立健全信息共享平台，形成多方合力，实现信息互通，全面掌握异常青少年情况并适时提供心理危机干预，共同执行好青少年心理健康教育体系，确保青少年心理健康能够得到全阶段重视、全过程跟踪、全方面帮助。指导相关部门和高校切实推进将心理健康教育课程纳入教育计划，确保每名青少年接受必要的心理健康教育，组织运用好专家学者资源，开发系统全面的心理健康教育课程，编写青少年心理成长通俗读本读物、常见心理问题识别指南或心理调节等心理健康"服务包"，涵盖不同年龄段、不同心理状况应对策略，制定校园心理健康教育活动标准流程和评价体系，进一步规范校园心理健康教育活动，保障活动专业性、有效性。

二是加强心理健康教育专业化。持续提升教师、家长以及相关系统干部骨干在心育方面的能力水平，充分运用好工作团专家资源，常态化开展巡回报告会、专题讲座报告，依托中心采用"2+1"工作模式（群体心理筛查、个别专业测评结合精神科医生临床检查），深入学校、社区对青少年进行心理健康评估、监测工作，建立"心理援助热线"，确保专业人员24小时值班，及时发现和干预心理问题，科学设置青少年四级（红橙黄绿）档案管理，根据不同情况采用针对性的干预方式。引导广大"五老"与时俱进，探索在网络信息时代教育引导青少年的新模式，提升关工委教育工作的时效性和亲和力，力争打造一支多行业、多领域、有深度的专家型队伍。

三是加强心理健康教育多元化。不断加强心理健康宣传，持续开展好"与心理学大咖面对面——心理健康咨询公益活动"，组织好"三宽"网络课程、专题论坛讲座等活动，运用好微信公众号、门户网站等媒体传播心理健康知识，帮助全社会进一步树立"身心同健康"意识，掌握应对心理行为问题的方法和途径。采用多种适应新时代下青少年特点的教育方式，如游戏化教育、艺术表达等，使心理健康教育更有趣味性和互动性。不断加强劳动教育，以志愿服务、生产作业、生活实习、校园清洁等丰富形式，让青少年具备生活自理、适应社会发展的能力，减轻焦虑、抑郁的发生。积极联合高校、科研机构广泛开展青少年心理健康问题及教育方面研究，不断增加全社会对于青少年心理健康教育的关注度和参与度，共同助力青少年健康成长。

四川省关工委助力新时代校家社协同育人工作调研报告

四川省关心下一代工作委员会 ——————————

学校家庭社会协同育人是促进儿童和青少年全面发展、健康成长的必然要求，是落实新时代教育发展改革新要求的必然选择。近年来，为深入贯彻习近平总书记关于注重家庭、注重家教、注重家风的重要指示精神和党的二十大关于健全学校家庭社会育人机制的重要部署，四川省关工委始终坚持服务青少年的正确方向，坚持立德树人根本任务，坚持实践和理论相结合，积极助力校家社协同育人高质量发展。

一

校家社协同育人的显著成绩

全省各级关工委认真贯彻中共中央办公厅、国务院办公厅《关于加强新时代关心下一代工作委员会工作的意见》，充分发挥自身优势，主动作为，紧密配合学校、家庭和有关部门，对推进校家社协同育人的工作机制和实现路径与举措进行了积极探索，校家社协同育人工作逐步向好发展取得明显成效。

2024年，四川省关工委针对协同育人工作开展深入调研，根据调研情况形成《对〈四川省未成年人保护条例〉（修订草案）的立法建议》并提交四川省人大法制委员会和省人大常委会法工委，建议被充分吸纳进《四川省未成年人保护条例（修订草案）》地方性法规规定。

一是强化机制建设，推动协同育人制度化。党的二十大报告提出的健全学校家庭社会育人机制，体现了新时代育人工作的新理念、新格局，进一步明确了学校、家庭、社会在我国教育体系中的重要地位。校家社协同育人，"育人"是目标，"协同"是关键，"机制"是保障。充分发挥党委统筹协调作用，推动形成党委领导、政府主导、部门负责、学校家庭主体、全社会参与的工作大格局，省妇联、关工委等11部门联合下发《四川省关于指导推进家庭教育的五年规划（2021—2025年）》，全省各市（州）对标制定五年规划，指导工作有力有序开展。成都市武侯区、青羊区，遂宁市大英县，眉山市、攀枝花市等市、县（区）推动校家社协同育人工作制度化、规范化建设，被教育部确定为"全国学校家庭社会协同育人实验区"。

二是加强价值引领，构建立德树人"生态圈"。校家社协同育人的价值指向是落实立德树人根本任务，即培养德智体美劳全面发展的社会主义建设者和接班人。全省充分发挥关工委"五老"桥梁纽带作用，依托项目载体，深化立德树人教育，营造共育"生态圈"。大力推进"五老"宣讲团"百千万"工程，全省近万名宣讲团"五老"进校园、进社区，2024年开展主题宣讲活动1.5万场次，听讲青少年309万人次。连续开展13届四川省万名青少年主题夏令营活动，坚持党政带动、关工委主动、部门联动、家校社互动的办营机制，推动资源联用、工作联动、活动联办、品牌联创、阵地联建，促进协同育人。加强川渝联动，互邀两地青少年开展"川渝携手·关爱明天"主题夏令营活动，推动川渝关工委合作交流走深走实，更好地服务成渝地区双城经济圈建设。

三是注重区域创新，打造协同育人"特色课"。注重分类指导、支持区域创新，立足于不同地区、不同资源、不同现状，探索具有地方特色的协同育人途径，切实拓宽协同育人的内涵外延。聚焦感恩教育立德树人，南充市关工委为嘉陵区之江小学筹建感恩励志馆，编写感恩校歌、感恩教材，持续面向青少年传达宣讲习近平总书记重要回信和对青少年重要寄语精神。创新建设"家长学校"，广安市以家长学校总校为牵引，积极培育专业家庭教育师资队伍，精心打造家庭教育指导课程。泸州市关工委开设"家长夜校"，极大提升家庭教育质效。持续关爱留守儿童，眉山市青神县坚持以学校为主，不断夯实"寄宿制＋基地实践"两大载体，构建三级教育保护体系。大力弘扬中华优秀传统文化，广元、乐山、达州等地关工委广泛开展家风家教家训宣讲和传统文化进校园活动，引导青少年滋养民族心灵，坚定文化自信。

四是突出共建共享，构筑育人阵地"共同体"。校家社协同育人最大的难点是学校、社会的互联互通，省关工委发挥自身特色优势，大力推进社会教育资源开放共享，助力打造协同育人阵地"共同体"。2016年来，省关工委先后命名六批共169个四川省青少年社会实践教育基地，支持44个基地完善图书室、阅览室。各地关工委和广大"五老"紧紧依托青少年社会实践教育基地，充分发挥基地在弘扬中华优秀传统文化、加强青少年思想道德教育中的独特作用，打造成为当地校家社协同育人的主阵地。

二

校家社协同育人存在的主要问题

近年来，四川省各级关工委在助力新时代校家社协同育人工作中取得了一定成绩成效，但仍然存在发展不平衡问题，有些地方、某些环节还存在堵点、难点。一是三方共识有待强化。促进孩子健康成长是协同育人的共识，但校家社三方在各自定位上还存在缺位、越位、错位等情况。二是协同机制有待加强。在协同育人实践中，以"校"为主，"家""社"有时处于边缘，主观能动性难以发挥，不同程度存在各自为政的现象。三是场景内容有待丰富。关工委参与协同育人以宣传、宣讲、谈心交流为主，需要进一步适应新情况，满足新时代青少年的新需求。

三

校家社协同育人的对策建议

推行校家社协同育人模式总体思路是：建立完善党委政府领导，教育、妇联主管，关工委协调助力，相关部门配合，社会各界参与，学校积极主导、家庭主动尽责、社会有效支持、专家科学指导的工作机制，全力推进校家社协同育人工作高质量发展。

（一）提高认识，加强领导

要成立校家社协同育人工作专门领导小组，由党委分管教育的领导任组长、政府分管教育的领导任副组长，教育、妇联、共青团、民政、关工委等相关部门负责人为成员，负责统筹协调各方资源和落实各种保障措施，将协同育人工作纳入党委政府整体工作部署。领导小组下设办公室，由主管部门负责人兼任办公室主任，负责日常工作。教育、妇联、关工委等部门要结合各自实际，制发针对性、操作性、指导性强的实施意见，进一步细化规范相关部门履职尽责，同心协力，实现共育成果最大化。

（二）明确职责，发挥作用

依法依政策进一步明确和全面落实校家社协同育人责任，制定职责清单，分解落实到各责任单位，列入单位目标绩效考核。学校、家庭、社会教育，各具功能、各有所长，要相互学习借鉴、优势互补。学校教育层面，负责提供更加规范性、系统性、专业性教育服务。以教育改革为动力，创新教学内容与方式，着力向课堂教育要效益，全面提高教学质量；加强与家庭、社会的沟通联系，共同探讨存在的问题和解决办法；开展家长育人指导，提高家长教育理念和教育能力；积极拓展校外实践活动，鼓励学生参加社会实践。家庭教育层面，负责提供亲情性、长久性、基础性教育服务。要尊重和支持学校的教育，变学校教育的"旁观者"为"合伙人"，变孩子教育的"监工"为"伙伴"；要身教重于言教，树立良好家风家教，让孩子从家庭的"索取者"反哺为"参与者"。社会教育层面，负责提供实践性、体验性教育服务。要重视关注教育、有效支持校家社协同育人，为学生提供了解社会、参与实践、锻炼提高的机会，鼓励学生父母就近务工、注重亲子陪伴，倡导捐资助学、帮扶困难学生完成学业。主管部门要将协同育人工作纳入目标绩效考核重要内容，确保校家社协同育人落实见效。宣传、教育、妇联、关工委和政法各部门要深入宣传协同育人的相关法律法规和政策、工作成效和先进典型，广泛传播科学教育理念和正确家庭教育方法，大力营造全社会关心支持协同育人的良好氛围。

（三）发挥优势，主动作为

充分发挥关工委和"五老"在协同育人上的独特优势，积极参与、起好桥梁纽带作用，主动作为、尽其所能。组织"五老"紧密配合学校、家庭和有关部门，通过"青少年社会实践基地""家长学校""祖辈学堂"等共育平台，主动协同学校教育、指导家庭教育、带动社会教育。鼓励"五老"担任校园辅导员和多种志愿服务，为学生提供帮助和支持。建立激励机制，对在协同育人工作中表现突出的相关部门和"五老"给予表彰奖励。发挥"五老"宣讲团优势作用，开展形式多样的宣讲活动，向学生宣传宣讲，传承红色基因，增强学生的使命感和责任感；向家长、社会宣传宣讲，增进家庭对学校教育的理解；动员社会各界为学校、家庭教育提供更多的实践体验机会和外部支持，形成全社会关心参与的良好育人环境。

（四）与时俱进，高质量发展

培育新质生产力，以新标准和新时代，面向青少年的新需求，不断推进校家社协同育人高质量发展。充分利用互联网、大数据、新媒体等现代信息技术手段和平台，为学校、家庭提供教育支持，提高协同育人的工作效率和效果。密切关注新时代青少年的新需求和新特点，不断创新协同育人的工作内容和方式方法。引进先进教育理念、内容、方法，借鉴其他省份和国际先进育人经验，不断推动校家社协同育人高质量发展。

陕西省儿童青少年心理健康调研报告

陕西省关心下一代工作委员会

陕西省决策咨询委员会联合调研组

近年来，心理健康问题已成为世界各国普遍关注的社会难题。随着经济社会快速发展，儿童青少年成长环境不断变化，叠加新冠疫情影响，心理健康问题日益突出。陕西省儿童青少年心理行为问题发生率和精神障碍患病率逐年上升，并呈低龄化趋势，由此引发的极端事件时有发生。为贯彻落实《全面加强和改进新时代学生心理健康工作专项行动计划（2023—2025 年）》文件精神，按照省委、省政府主要领导的指示批示要求，联合调研组对陕西省儿童青少年心理健康工作进行了全面调研，现将有关情况报告如下。

一

调研开展情况

（一）精心组织筹备

鉴于此项工作的专业性、社会性、政策性较强，由省关工委、省决咨委牵头，从教育、卫生健康、民政、妇联、共青团、陕西师范大学等单位抽调30多名同志，成立了省委、省政府儿童青少年心理健康工作联合调研组。调研组分成综合协调组、调研组织组、政策研究组和以陕师大为主导的专家指导组，实施集中办公。在学习中央文件、法律法规及相关政策的基础上，多次召开座谈会，研究制定调研工作总体方案、省级部门及社会组织调研方案、样本县（区）调研方案。

调研组领导带领专家指导组，对调研所涉及的方案、量表、访谈提纲等做了精心准备和反复论证，针对政府领导、教育卫生等部门负责人、校长、班主任、家长、社区工作人员等不同对象，制定了结构性访谈提纲，保证了调研工作的科学性和规范性。

（二）科学实施调研

联合调研组 2023 年 8 月完成省级相关部门和社会组织调研。9 月抽调 80 多人，分成五个组，在每个地市选取一个样本县（区）进行调研。为确保工作有序推进，每个组分成学生筛查、行政访谈、典型调研 3 个小组，学生筛查组主要负责样本县（区）中小学生心理健康筛查工作及教师、家长问卷调查；行政访谈组主要对样本县（区）相关部门、学校及医疗单位等开展访谈；典型调研组主要考察收集各地先进经验。调研共深入 30 多个省级单位、7 所高校、10 个市、61 个县（区），召开了 200 多场座谈会，走访了 150 多家单位，访谈 1800 多人。学生筛查组对全省 10 个样本县区五年级至高三的 26.36 万名学生、9.73 万名家长、6951 名教师进行了问卷调查。

（三）深入分析总结

联合调研组对量表数据进行了专业统计分析，对访谈资料进行了系统梳理总结，在此基础上摸清了全省儿童青少年心理健康现状，弄清了问题的深层次原因，发现了工作中的短板弱项，找到了一些规律性的认识，明确了推动这项工作的思路方法，形成了《中共陕西省委　陕西省人民政府关于全面加强新时代儿童青少年心理健康工作的意见（代拟稿）》。

本次调研有利于普及心理健康知识，激发基层创新推动儿童青少年心理健康工作的积极性。

二

儿童青少年心理健康状况调查分析

2023 年 9 月 11 日至 9 月 22 日，专家指导组对 10 个样本区县的学生、家长和教师进行了调查，并对近年来极端事件个案进行了深度访谈。本次学生心理测评使用国内通用的《中学生心理健康量表（MSSMHS）》《主观幸福感量表》《非自杀性自伤行为评定问卷》《积极心理资本问卷（PPQ）》《手机依赖指数量表》，并结合全省实际进行了完善。共采集儿童青少年有效样本 140295 份。其中，男生占 47.42%，女生占 52.58%；独生子女占 22.02%，非独生子女占 77.98%；住校生占 30.94%，非住校生占 69.06%；农业户口占 69.5%，非农业户口占 30.50%。大学生数据来自 40 所高校的 40363 份，男生占 51.7%，女生占 48.3%。另收集 85 起极端事件的个案资料。

（一）儿童青少年心理健康状况与特点

儿童青少年心理健康风险特征检出率如图 1 所示，3.01%~16.71% 的学生在不同因子上存在不同程度的心理问题。其中在学习压力、焦虑、抑郁和情绪不平衡方面的检出率最高。轻度检出率最高的是学习压力、焦虑、抑郁和情绪不平衡；重度检出率最高的是焦虑、学习压力和抑郁，占比为 3.37%~4.91%。

从抑郁的检出率来看，参与调查的儿童青少年中存在抑郁风险的占 12.62%，重度抑郁风险群体占 3.37%，略低于《2022 年青少年心理健康状况调查报告》中的全国青少年抑郁风险水平（分别占 14.8% 和 4.0%）。

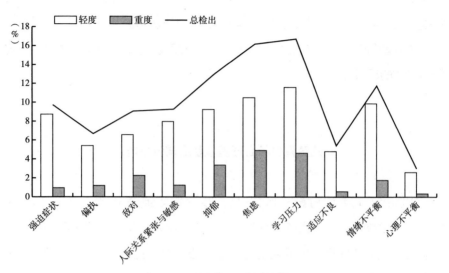

图1 心理健康问题各指标检出率

对不同学段学生的检出率分析发现，小学生（五、六年级）最严重的是焦虑（占7.94%）、抑郁（占7.28%）、学习压力（占6.68%）；初中生最严重的是学习压力（占15.83%）、焦虑（占15.17%）、抑郁（占12.61%）；普通高中生最严重的学习压力（占30.34%）、焦虑（占25.80%）、情绪不平衡（占21.58%）、抑郁（占19.55%）（见图2）。各学段学生表现出不同的心理健康问题。

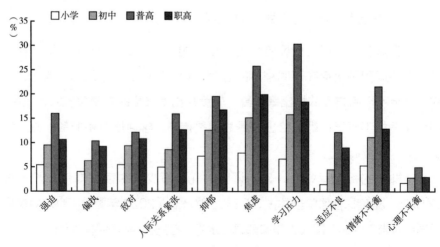

图2 各学段心理健康问题各指标检出率

另外，调研中出现心理问题倾向（即严重程度略低于症状检出标准，但已经达到轻度风险水平）的儿童青少年占比较高，其中，具有强迫倾向的占比35.94%，情绪不平衡倾向的占比29.91%，学习压力感倾向的占比28.24%，焦虑倾向的占比24.2%，人际关系紧张与敏感倾向的占比23.96%，抑郁倾向的占比23.58%，表明儿童青少年心理健康状况形势较为严峻，亟须采取超常规措施，帮助儿童青少年度过心理问题高发期，遏制极端事件发展势头。

本次调研发现陕西省儿童青少年心理健康具有以下特征。

1. 学业压力大等问题检出率高

本次调查发现，儿童青少年心理健康状况较为严重的是学习压力、焦虑、抑郁，检出率分别为16.22%、15.41%、12.62%。访谈中教师们认为，相较之前，儿童青少年心理健康现状不容乐观，更多问题出现，表现形式多样，特别是学业方面的焦虑及抑郁情绪。虽然"双减"政策在宏观层面上减轻了学业负担，但学业压力依然存在。

2. 心理健康问题随年级增长而有所增加

针对不同年级儿童青少年进行分析后发现，儿童青少年心理健康问题随年级增加而增加。通过图3、图4、图5可以看出，检出率最高的学习压力、焦虑、抑郁均表现出小学生低于初中生，初中生低于职高和高中生的特点。

从小学五年级到高中，这几项指标的总检出率和严重程度基本呈直线上升，高二达到最高；职高学生表现出不同的特征，从学习压力和焦虑来看，职高一年级学生的风险水平基本与初三学生持平，但到了职高二年级、三年级均有所下降，但抑郁的风险特征略有不同，职高学生的重度抑郁风险高于普高学生。访谈中，绝大多数老师反馈，高年级学生心理问题多且复杂，低年级学生心理问题较少。此外，学生（尤其是小学阶段的学生）出现问题多为阶段性、暂时性问题。

总体而言，高中生的各项心理健康风险特征均高于其他学段学生。最严重的是学习压力过大（检出率30.34%，重度9.04%），其次是焦虑（检出率25.80%，重度8.51%）。

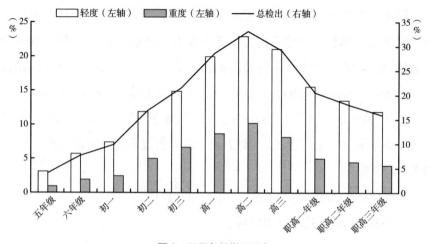

图 3　不同年级学习压力

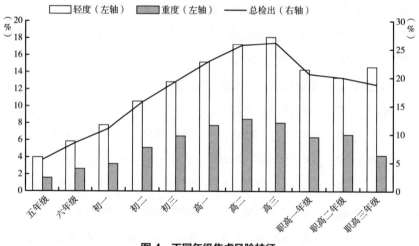

图 4　不同年级焦虑风险特征

3. 女生心理健康水平低于男生

女生在心理健康各个指标上都表现出风险高于男生的特征，见图 6、图 7、图 8，其中女生有抑郁倾向的比例为 15.4%，高出男生 5.8 个百分点，重度抑郁的比例为 4.4%，高出男生 2.1 个百分点，表现出与国民心理健康发展报告中一致的特征，但比例略低于全国平均水平。

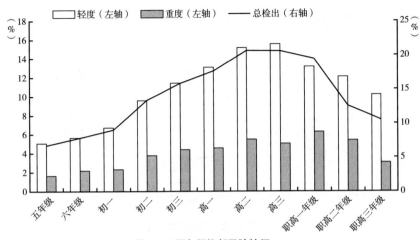

图 5　不同年级抑郁风险特征

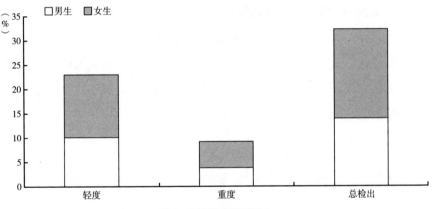

图 6　不同性别学习压力

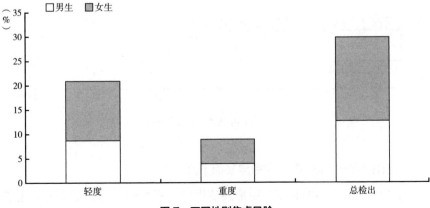

图 7　不同性别焦虑风险

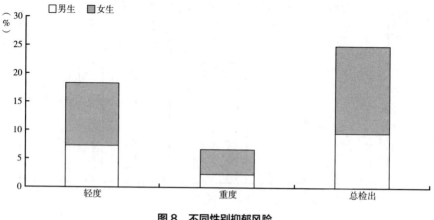

图8　不同性别抑郁风险

4. 手机成瘾风险随学段递增而增加

调查显示，儿童青少年有手机成瘾风险的占16.75%，其中有重度手机成瘾风险的占3.28%。对不同学段的分析发现，手机成瘾风险随学段增长而增加，如图9所示。普通高中和职高学生手机成瘾风险高于初中和小学，其中普高学生情况更为严重。

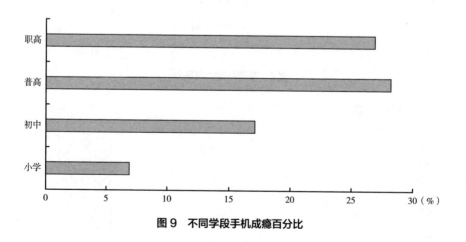

图9　不同学段手机成瘾百分比

5. 积极心理健康特征随学段增长而下降

对儿童青少年心理健康的积极特征进行分析发现，无论是主观幸福感，还是积极心理资本，都表现出随着学段的增长而下降的趋势，见图10、图11。

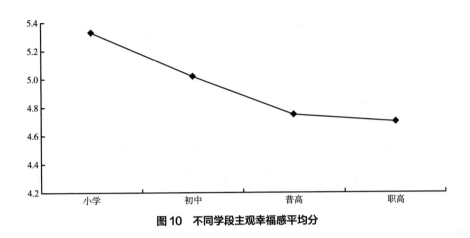

图10　不同学段主观幸福感平均分

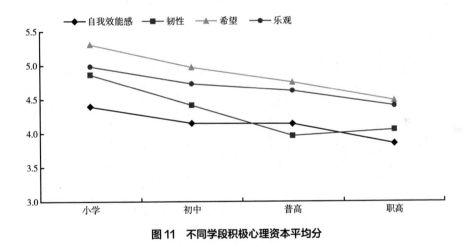

图11　不同学段积极心理资本平均分

　　主观幸福感主要是指人们对其生活质量所做的情感性和认知性的整体评价。本调查结果显示，随着儿童青少年学段的增长，其对生活质量的评价下降。积极心理资本包括四个维度，分别是自我效能、希望、乐观和韧性。自我效能感是个人对自己完成某方面工作能力的主观评估；希望是指为了成功照着预定的目标坚定不移地前进；乐观是指把积极的事件归因于内部、持久、普遍深入的原因；韧性是指当面临困难和危机时，持续保持韧劲从中迅速恢复，甚至摆脱困难走向成功。积极心理资本可以为心理健康维护提供资源，本次调查样本所体现出的特点表明，儿童青少年随着年龄的增长，可用的心理资源减少。通过图 11 可以看出，职高学生的自我效能感、希望、乐观都低于普高学生，其中自我效能感最低，可能是由中考给职高学生带来一定的学业挫折所致。

6. 大学生焦虑抑郁问题较为突出

对大学生心理症状的调查统计发现，男生 9 项心理症状（习得无助、适应不良、人际敏感、敌对冲动、进食障碍、躯体化、焦虑症状、恐怖症状、强迫症状）和 3 项心理危机（精神病性、抑郁症状、自杀倾向）显著高于女生。

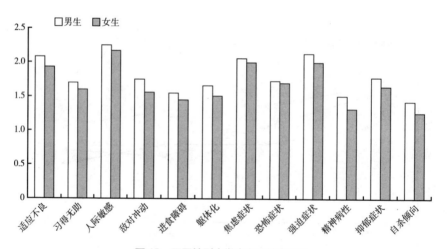

图 12　不同性别大学生心理健康特征

从年级特征来看，大一学生的习得无助、人际敏感显著高于大三和大四（p<0.01），适应不良和偏执多疑显著高于大四（p<0.01），焦虑症状和强迫症状显著高于其他年级（p<0.01）；大二学生的适应不良、人际敏感、偏执多疑、焦虑症状显著高于大四（p<0.01）；大三学生的适应不良、偏执多疑、焦虑症状显著高于大四，睡眠障碍显著高于大一（p<0.01）。

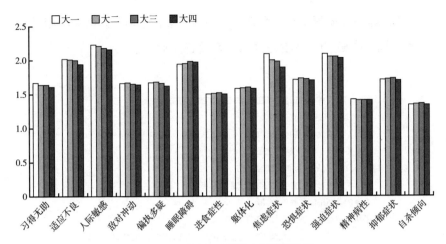

图13　不同年级大学生心理健康特征

（二）儿童青少年心理健康影响因素

1. 儿童青少年身心发展特点使其心理健康风险较高

研究显示，随着学生年级增加，心理问题检出率也上升，这与儿童青少年群体自身的心理发展特点密切相关。1979年我国著名发展心理学家朱智贤把儿童心理年龄阶段划分标准规定为：在一定的社会和教育条件下，儿童心理发展的各个不同时期的特殊矛盾或质的特点。这些特殊矛盾或质的特点主要表现在儿童的主导活动上（儿童在社会生活中所处的地位、他们的活动形式），表现在智力（或思维）水平和个性特征上，同时也表现在他们的生理发展（特别是高级神经活动发展）和言语发展水平等上。人的行为与心理发展是密不可分的，而人的心理发展与生理发展又有密切联系，儿童青少年的生理和心理都处于剧烈的变化时期，但是这种变化却并不同步，认知、社会性等心理方面的发展较之生理发展的速度来说相对缓慢，他们的身心处于非平衡状态，这种发展的不平衡性导致了儿童青少年种种矛盾心理的产生。

2. 学习压力是造成儿童青少年心理问题的主要因素

在问卷调查中，学习压力也被儿童青少年报告为自己面临的主要心理困扰（57.89%的学生将其作为自己最大的心理困扰），如图14所示。

从不同学段儿童青少年的心理健康风险来看，学习压力最大的年级是高二，他们也同时表现出更高的重度焦虑和抑郁风险。

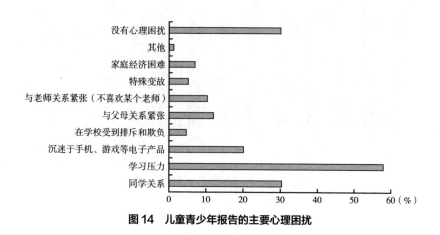

图14　儿童青少年报告的主要心理困扰

3. 体音美劳课程有利于促进儿童青少年心理健康

图15、图16、图17、图18、图19可见，随着体育课开设频率的增加，儿童青少年抑郁、焦虑、学习压力检出率都明显下降。音乐、美术课每周开设2次，劳动教育课每周开设1次均伴随心理健康风险的降低。但政治课的开设，除了"课表没有"的情况外，其他情况下青少年心理健康风险特征没有大的变化。

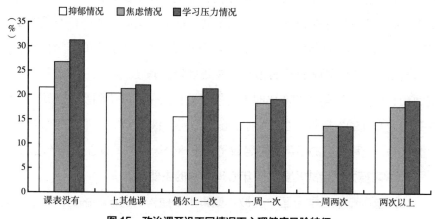

图15　政治课开设不同情况下心理健康风险特征

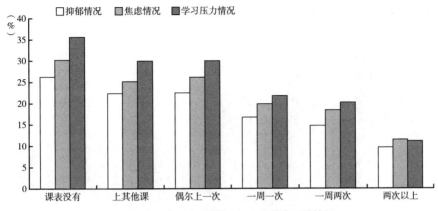

图 16　体育课开设不同情况下心理健康风险特征

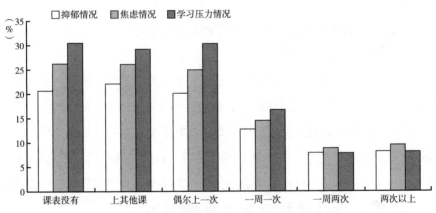

图 17　音乐课开设不同情况下心理健康风险特征

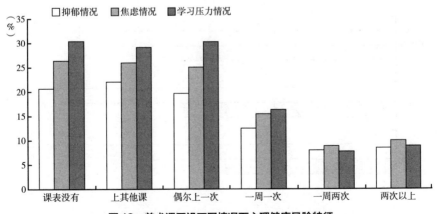

图 18　美术课开设不同情况下心理健康风险特征

269

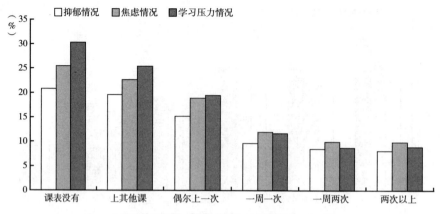

图19 劳动教育课开设不同情况下心理健康风险特征

4. 家庭情况对儿童青少年心理健康产生直接影响

（1）父母婚姻状态的影响

对不同父母婚姻状态（正常或非正常，非正常含离异、丧偶、分居）下儿童青少年进行分组检验发现存在显著差异，具体表现为，父母婚姻状态正常的儿童青少年心理健康风险低于父母婚姻状态非正常的儿童青少年。父母婚姻状态正常儿童青少年的主观幸福感更高，心理健康积极特征也更明显。这表明，父母婚姻状态所代表的家庭特征作为儿童青少年重要的社会支持资源，对儿童青少年心理健康产生着十分重要的影响。

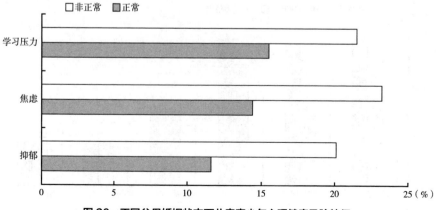

图20 不同父母婚姻状态下儿童青少年心理健康风险特征

270

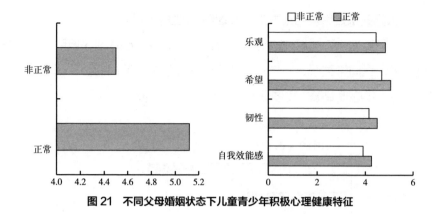

图21 不同父母婚姻状态下儿童青少年积极心理健康特征

（2）家庭经济条件的影响

除了父母婚姻状态之外，不同家庭经济条件下，儿童青少年也表现出不同的心理健康风险特征。自我报告为家庭经济困难的学生抑郁、焦虑、学习压力、手机成瘾的检出率均显著高于家庭经济不困难的学生（见图22）。

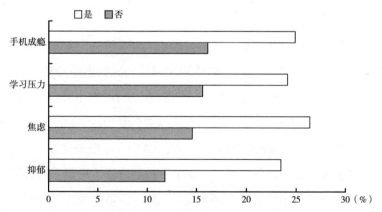

图22 不同家庭经济状况下（家庭经济是否困难）儿童青少年心理健康风险特征

此外，在前期访谈中还发现缺乏家庭支持与陪伴的儿童青少年（如留守儿童、单亲家庭儿童等）心理健康问题突出，而乡镇学校学生在学习方面的心理问题出现较少。此外，相较普通班学生，重点班学生需更多关注。许多学生由名校考到普通学校的重点班更易出现心理障碍。

5. 人际关系是影响儿童青少年心理健康的重要因素

对不同类型人际关系造成心理困扰的儿童青少年心理健康风险特征分析表明，无论是同学关系、师生关系还是亲子关系紧张造成的心理困扰都会影响儿童青少年心理健康（见图23）。

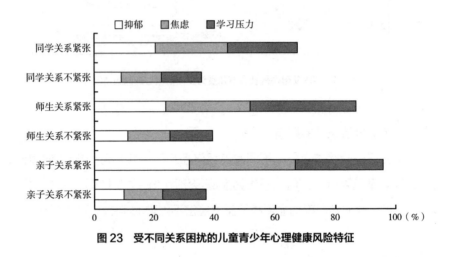

图23　受不同关系困扰的儿童青少年心理健康风险特征

其中亲子关系紧张带来最大的消极影响，将亲子关系紧张看作是主要心理困扰源的儿童青少年，抑郁、焦虑和学习压力的检出率分别是31.70%、34.80%、29.30%（无此困扰的对应百分比为10.00%、12.80%、14.40%）；其次是师生关系，师生关系对学生感受到的学习压力产生的影响更大。受困扰于师生关系紧张的同学，学习压力风险检出率达35.1%。

通过对亲子关系、师生关系、同学关系满意度评价来看，随着学段的增长，儿童青少年对这三类关系的满意度都下降，但整体而言，与班主任关系的满意度最低，而且下降最快，见图24。

6. 手机和网络依赖易导致儿童青少年出现多方面问题

本次调查显示，儿童青少年有手机成瘾风险的占16.75%，数据分析表明，手机成瘾与心理问题检出存在高度相关，提示了手机过度使用对儿童青少年心理健康可能产生影响。

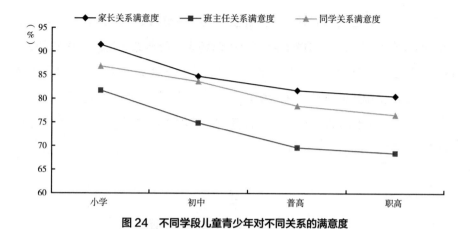

图24　不同学段儿童青少年对不同关系的满意度

2022 年中国互联网络信息中心的调查显示，当前我国未成年人网民规模达到 1.91 亿，其中手机使用的比例高达 96.8%。尽管智能手机给人们提供了高效便利的服务，但频繁使用手机也容易导致儿童青少年沉迷于虚拟空间，进而造成学业荒废、行为失范、价值观混乱等心理社会问题。

手机和网络依赖使儿童青少年容易出现多方面的问题。长时间使用电子屏幕，会导致儿童青少年生理功能障碍、内分泌失调、神经系统失调，以及近视、脊柱老化等问题。儿童长时间使用手机和电脑，更可能会影响到神经系统的正常发育；对认知的影响表现为注意力易于分散；对情绪的影响主要表现为易受网络负面信息影响。另外，沉迷于手机和网络还会影响到现实中的社会关系。

7. 新冠疫情对儿童青少年心理健康影响深远

2020~2023 年，受新冠疫情影响，大众心理健康受到冲击。中国科学院院士、北京大学第六医院院长陆林团队的调查显示，儿童青少年和老年人是疫情相关精神问题的易感人群，需要特别关注。新冠疫情在心理方面的影响持续时间至少是 10 年、20 年，在这 10 年、20 年的时间中全球很多人都可能面临着焦虑、抑郁、失眠以及社会交往等问题。世界卫生组织 2022 年 3 月发布的报告显示，新冠疫情在全球大流行期间增加了各地民众的精神压力。2020 年，全球焦虑和抑郁患病率增加 25%，其中年轻人受到的影响尤其大。此外，女性受到的影响比男性更严重，患有基础病的人们更有可能出现精神健康问题，对此可能的解释是，这场大流行导致了前所未有的压力，使人们在工作、学习、寻求亲人支持以及参与社区活动方面的能力受到了限制。儿童青少年正处于社会化的重要阶段，因此，受到的影响也更深远。在调研中，老师们也反馈，有焦虑、抑郁情绪的学生群体正在扩大，他们的心理韧性、抗挫折能力令人担忧。

三
全省工作情况及存在的突出问题

省委、省政府一贯高度重视儿童青少年心理健康工作，近年来，各地各部门按照国家统一部署要求，心理健康工作持续稳步推进。

（一）工作体制机制

制度体系逐步完善。各级各部门对儿童青少年心理健康工作的重视程度不断提高，将其纳入工作议事议程，采取了一系列措施，先后出台了《关于加强学校心理健康教育教师队伍建设的意见》《全面加强和改进新时代陕西省学生心理健康工作专项行动计划》《陕西省中小学心理健康教育实施方案》《关于进一步健全农村留守儿童和困境儿童关爱服务体系的实施意见》等文件，精心安排部署，压实工作责任，为心理健康工作开展提供制度保障。充分发挥各级党委教育工作领导小组、未成年人保护工作领导小组、关心下一代工作委员会、妇女儿童工作委员会、防治重大疾病工作联席会议等机制作用，凝聚各行各业工作力量，形成党政齐抓共管，部门共同发力的工作局面。

工作落实缺乏针对性操作性。儿童青少年心理健康问题是一个复杂的社会问题，背后原因有政府、社会、学校的，也有家庭和学生的。个别部门对心理健康工作系统性认识不足，仅仅认为这是教育部门的责任，与本部门无关，缺乏工作的积极性、主动性。部分部门和单位对新时代心理健康工作的特点和规律缺乏研究，找不到开展工作的切入点，工作力度不能满足形势需要。国家每两年出台一个文件，但全省在落实过程中缺乏具体的实施细则、考核指标体系和针对性的方法措施。

（二）以教育为主责的工作体系

工作体系逐步建立。教育系统围绕心理健康教育体制机制规范化、教育教学科学化、师资队伍专业化，着力提升心理健康教育质量和水平。一是开设心理健康课程。中小学按照要求基本开设心理健康课程，很多地方和高校编写了校本教材。全省90%的高校已按照"2个学分、32~36学时"开设心理健康必修课。2021年，全省启动了首届中小学"阳光心灵 与你同行"心理健康大展演活动，7000多所中小学校的400多万名学生踊跃参与。二是建立专业工作队伍。全省85%的中小学校配备专（兼）职心理健康教育教师。高校专职辅导员7428人，师生比1:191；心理健康教育专职教师436人，师生比1:3258，两项均分别达到国家1:200、1:4000的标准要求。三是定期开展心理筛查。全省学校普遍开展学生心理健康状况测评，高校每年分上下半年召开学生严重心理危机事件研判会，定期对重点对象进行心理状态评估和谈心谈话，做好持续跟踪和建档记录，及时开展心理援助，有效安抚疏导和干预重点学生人群。四是建立健全突发公共事件心理援助体系。高校实施大学生严重心理危机事件月报制度，学校等各类机构完善了心理危机事件处置预案，监测预警干预机制得到加强，应急处置能力不断提升。

教育主阵地存在的短板弱项。部分教育单位素质教育推进滞后，对提高学生心理素质、健全人格的教育引导工作重视程度不够。全社会对教育的方向认识仍存在"唯分数""唯升学"的偏差，还没有转向注重心理健康和创新能力，导致学生学业压力过大。调查发现，57.89%的学生最大的心理困扰是学业压力。缺少儿童青少年心理健康工作研究、培训、行业管理等省级专业机构；基层学校缺少心理健康教育教师专用编制。中小学的专职心理健康教育教师严重不足，超过60%的学校没有专职心理健康教育教师。现有的中小学心理健康教育教师专业培训不足，在处理学生心理问题上大多从经验出发，缺乏专业技能。心理健康教育教师的工作缺乏督导评价机制，工作量难以量化，岗位职称晋升通道不畅，极大地影响了心理健康教育教师的工作积极性。部分学校对"五育并举"促心理健康的要求落实不到位，在本次调查中，分别有25.50%、15.89%、15.65%的学生反映学校未开设劳动教育课、美术课、音乐课或开设了却被挤占。全省学校无统一的心理健康教材和教学标准，部分学校编写的校本教材质量不高、指导性不强，近50%的学校缺少心理健康教育教材读物。由于转介复学机制不健全，学校对心理疾患学生的关爱不够，该类学生存在上学难、复学难的问题。

（三）卫生健康支撑体系

精神卫生和社会心理咨询力量加强。综合医院精神科、精神专科医院儿童青少年精神心理科的数量不断增多，诊疗条件不断改善。全省311家二级以上综合医院中203家设有心理治疗（咨询）门诊；107家精神专科医院中，88家设立心理治疗（咨询）门诊，37家设置儿童青少年心理治疗（咨询）门诊。全省10个市均开通24小时公益心理援助热线。各市县均建立精神卫生工作领导及部门协调机制，明确各部门职责，医校结合更加紧密。社会心理服务行业蓬勃发展，全省注册有关心理健康咨询的公司3500多家，注册登记的心理健康有关社会组织69家，服务能力明显增强。

医疗支撑能力还有待提升。全省精神卫生专业机构普遍未开设儿童青少年心理门诊和住院部，缺少专业的儿童青少年精神科医生。国家层面未将儿童青少年心理健康工作纳入基本公共卫生服务范围，基层公立医院对其支撑不足。缺精神心理科、缺精神卫生医护工作人员等问题突出。现有从业人员兼职多、待遇低、水平参差不齐。业绩考核评价标准不合理，职称晋升渠道不通畅，影响了基层工作队伍的稳定性，服务能力总体薄弱。全省心理咨询服务行业存在机构准入无门槛、从业人员资质杂、收费价格不透明、行业缺乏监管等问题。2017年国家心理咨询师职业资格认定取消后，缺乏权威统一的培训考核认证机构，致使公众无法清晰辨别机构及从业人员资质水平。

（四）家庭教育基础体系

家庭教育网络不断健全。省妇联联合 22 个部门建立了陕西省家庭教育工作联席会议制度。全省家庭教育指导站点建设质量不断提高，已建成省市县三级家庭教育指导服务阵地 21675 个、家庭教育指导中心服务中心示范点 114 个，实现了县区全覆盖。每年举办"三秦父母大讲堂"公益巡讲百余场，开设"秦女子家学堂""家庭教育云课堂"线上直播公益课，累计播放量 400 余万次。关工委"五老"组建家庭教育宣讲团、"五老"工作团，协同有关部门，传播家教理念、传承家风故事、传授教子经验，开展宣讲活动 1 万多场次，140 多万名学生和家长受到教育。

家长缺知识等问题依然突出。家庭教育是促进儿童青少年心理健康的重要基础。部分家长心理健康知识缺乏，将过多的自身压力传导给孩子。有的家长对儿童青少年成长规律认识不足，养育观念不科学，对子女成长预期不合理。一些家长存在"病耻感"，不愿意承认孩子有心理疾患，错失了最佳的干预和治疗时机。全省城乡社区家庭教育指导服务阵地薄弱，服务能力不足，农村家庭教育指导服务资源相对短缺，特别是对农村困境、留守、流动儿童家庭的支持力度不够，家庭教育存在很多困难。

（五）社会创造心理健康良好环境

相关部门积极探索。民政部门持续关爱困境儿童群体，全省 18 家儿童福利机构大力开展优化提质和创新转型；市级未成年人保护机构 10 家，覆盖率 100%，县以下机构覆盖率逐年提升。全省乡镇（街道）儿童督导员 1382 人，村（社区）儿童主任 20296 人，实现全覆盖；全省 1316 个乡镇（街道）实现社工站全覆盖，困境儿童关爱网络逐步健全。2023 年将孤儿最低养育标准和事实无人抚养儿童基本生活补贴每人每月提高 400 元分别达到 1800 元和 1400 元。共青团在全省组织建立校园、社区青少年心理健康工作阵地 1000 余个，覆盖相关群体约 100 万人；建立省市 12355 青少年心理热线、网络服务机制及心理问题干预"绿色通道"，年均受理个案 1.5 万例，并将省内数 10 家三甲医院、康复机构和咨询机构纳入"绿色通道"，通过购买服务等方式，与陕西省儿童心理学会建成服务闭环工作模式。全省检察机关会同公安机关、妇联等建成集取证、心理疏导、身体检查等功能于一体的未成年被害人"一站式"办案区 77 个，在涉未成年案件办理中全面推行"督促监护令"。宣传、科技、广播电视、体育、科协等结合部门职能，发挥各自优势，探索开展了形式多样的活动。利用广播、电视、网络等媒体平台和渠道，进行了儿童青少年心理健康知识和预防心理问题科普宣传教育。2022 年，省委网信办联合团省委、省妇联开展为期半年的防范青少年网络沉迷专项行动。依法依规关停网站 1227 家，取消网站许可备案 885 个，关闭账号 208 个。

相关部门培育良好环境的责任还未落实到位。相关部门提高了认识，进行了一些积极探索，但对该项工作的难点、痛点、堵点和规律性研究仍不够，措施的针对性不强。一些地方和部门本位思想严重，不能从整体考虑，工作脱节，跨部门综合协调难度大，存在"五多五少"现象。单项工作推进多，系统性的统筹谋划少；部门宣讲活动多，个性化的辅导少；关注安全教育多，用心用情关爱少；非专业化教育多，专业筛查干预少；一般关心关爱多，长远跟踪培养少。社会医疗资源有限，公立医院心理门诊供给不足，难以满足患者就诊需要。网络信息良莠不齐，易对儿童青少年的人生观、价值观形成产生不良影响，家庭对孩子沉迷使用手机，缺乏有效防治手段。全社会对这项工作的正面宣传引导不到位，公众对心理健康的核心知识知晓率较低，导致问题发现不及时、处置不科学。健康教育、监测预警、咨询服务、干预处置"四位一体"的工作体系不完善，学校、家庭、社会和相关部门"四方协同"的工作格局尚未形成。

（六）科技信息化

财政投入和科技研发得到加强。2023 年，省财政统筹资金 22.75 亿元，支持增加城镇地区学位、改善农村地区办学条件、加强中小学心理辅导室建设等。2021 年下达中央重大传染病防控项目资金 300 万元，2022 年下达 480 万元，2023 年安排 370 万元，在 7 个地市支持开展抑郁症等常见精神障碍防治和儿童青少年心理健康。省委宣传部在年度项目课题指南中列出"健全学校、家庭、社会协同育人机制研究"等选题，引导专家学者深化研究。近年来，"童年不良经历对青少年抑郁症状的影响及其干预研究"等63项与儿童青少年心理健康相关的课题获立省社科基金项目，资助经费126万元。空军军医大学开发了多质融合心理检测系统，通过眼动追踪、面部运动、脑电、自主神经等技术集成，使筛查准确率提高至95%。西北工业大学开展了面部表情线索识别、抑郁症语音识别系统、抑郁症脑功能成像模型、抑郁症的精准快速物理干预等方面的课题研究，部分成果已应用于试点单位。西安电子科技大学围绕积极心理品质培养、创造力培育主题，发表与心理健康相关的 SCI、SSCI、CSSCI 论文10余篇。主持多项国家级、省部级课题，相关教学案例、科研成果获得多项荣誉称号。

科技信息化建设等方面存在不足。各级财政对心理健康工作的投入不能满足需要。部分地区未将心理治疗纳入医保报销范围。从全省看，缺少专业的政策理论研究机构，对心理学和精神卫生学科的重视程度不够，招生名额偏少，不能满足工作需要。在科技项目中，对儿童青少年常见心理行为问题相关基础研究和应用研究支持不够。全省没有统一的儿童青少年心理健康综合性数字化服务平台，不能对心理健康教育咨询、大数据分析、家校协同等提供线上线下相结合的信息化支撑，不能采取大数据分析等手段对各级各部门青少年心理健康工作进行量化考评。学校、儿童青少年、家长和社会公众对心理健康数字化服务的认识不够。

四

有关工作建议

为深入贯彻落实《家庭教育促进法》《健康中国行动（2019—2030年）》《全面加强和改进新时代学生心理健康工作专项行动计划（2023—2025年）》等要求，结合全省实际，现提出以下工作建议。

（一）统一思想认识，加强组织领导

建议系统学习习近平总书记关于心理健康工作的重要指示批示，切实认识到儿童青少年的健康成长关系家庭幸福和社会稳定，关乎国家发展和民族未来。做好儿童青少年心理健康工作，是深入学习贯彻习近平新时代中国特色社会主义思想的重要举措，是新时代推进中国式现代化的必然要求，是全面贯彻党的教育方针的重要途径，是一件非抓不可的大事。各级党委教育工作领导小组要加强对儿童青少年心理健康工作的领导，每年至少召开两次专题会议、一次工作会议，研究儿童青少年心理健康教育工作，协调解决突出问题。研究制定工作绩效考核办法，切实将儿童青少年心理健康工作纳入对各级党委政府履行教育职责的评价，纳入学校改革发展整体规划，纳入人才培养体系和督导评估指标体系，作为各级各类学校、医疗机构等评估和领导班子年度考核重要内容。

（二）出台实施意见，夯实各方责任

儿童青少年心理健康工作是一件难事、大事，需要省委、省政府统筹部署，各部门协同参与，建议以省委、省政府名义出台关于全面加强新时代儿童青少年心理健康工作的实施意见，明确指导思想、工作思路和工作目标，按部门落实责任和任务，指导全省今后一段时期儿童青少年心理健康工作，遏制极端事件发展势头。建议教育部门采取有效措施，推进义务教育优质均衡，着力拉升底部，办好群众家门口每一所学校。要加强师资队伍和实习实训基地建设，进一步努力办好中等职业学校。要加快教育评价体系改革，由"唯分数""唯升学"转向心理健康和创新能力培养。按照全面发展、健康第一、提升能力、系统治理的基本原则，统筹教师、教材、课程、学科、专业等建设，全方位强化儿童青少年心理健康教育。健全心理问题监测预警机制，预防为主、主动干预，增强工作的科学性、针对性和有效性。健全多部门联动和学校、家庭、社会协同育人机制，加快制定考核评价指标，聚焦核心要素、关键领域和重点环节，系统强化儿童青少年心理健康工作。着力解决教育主阵地作用发挥不充分、卫生服务支撑体系不健全、家庭教育方式不科学、社会协同机制不顺畅等问题。

（三）开展抓点示范，创新体制机制

鉴于儿童青少年心理健康工作的系统性、复杂性和科学性，在当前资源有限的情况下，建议每个市选一个县（区），每个县（区）选一个街道（镇），坚持目标导向，集中整合教育、卫生等优势资源，创新工作思路，探索儿童青少年心理工作模式，形成经验复制推广。借鉴西安电子科技大学"全维度工作模式"、西北工业大学"医教结合新模式"的经验，在全省普通高校和职业院校分别选择3~5所，分类开展高校试点工作。教育和卫生健康部门要建立健全医校协同工作制度，明确医院、学校等各方责任，建立激励、监督和问责办法，畅通儿童青少年就医绿色通道。完善心理疾患学生转介复学管理制度，及时转介疑似患有严重心理或精神疾病的学生到专业机构接受诊断和治疗，帮助符合条件的学生回归学校完成学业。

（四）补齐短板弱项，解决突出问题

建议省教育厅牵头成立陕西省青少年心理健康教育专家指导委员会，研究指导全省儿童青少年心理健康教育工作和学科建设。并建立全省统一的儿童青少年心理健康综合性数字化服务平台，主要用于心理健康教育培训、学生测评咨询、大数据分析预警、问题干预处置、档案管理、家校协同等。建议省卫生健康委、省市场监管局、省民政厅、省教育厅、省人社厅，研究成立陕西省心理健康促进协会，负责全省心理服务机构的资质认定、专业培训、咨询师资格考试、执业注册及督导等工作。建议省科技厅加大省级科技计划对心理健康领域的科研支持力度，引导开展心理问题基础研究和应用研究。各地要逐步将符合规定的心理治疗项目纳入医保报销范围。

（五）全面强化保障，营造良好环境

建议各级教育、卫生健康等部门要统筹工作力量，调整设立儿童青少年心理健康保障处（科）室或中心等，强化编制保障，配足配强儿童青少年心理健康研究人员，教师、医护人员等。加大心理健康人才培养力度，畅通职称晋升渠道。建议各级财政部门安排工作经费，重点支持心理咨询室、精神心理科、心理服务热线、信息化平台等建设，专业人才培养培训，专业机构经费保障，电视专题栏目制作和播出，编印适合教师、家长、医疗人员及社会大众的心理健康科普读本。学校要将所需经费纳入预算。

新时代关工委建设篇

试论如何加强关工委适应新时代要求的能力建设

走过光荣历程的关工委正在进入一个崭新的时代，新时代赋予了关工委新的使命和责任，要求其不断提升工作能力，以更好地服务青少年的成长成才。作为各级关工委和广大"五老"要以更高的站位、更大的力度、更实的举措，以改革创新的精神状态、思维方式、思想作风、工作方法，进一步提高自身素质、增强服务青少年的能力，实现关心下一代工作高质量发展，为推进中国式现代化发挥出独特优势和重要作用。

一

加强新时代关工委工作能力建设的必要性

首先，是服务青少年全面发展的需要。青少年是国家的未来和民族的希望。关工委通过加强能力建设，能够更好地适应青少年多样化的需求，提供精准服务，助力青少年德智体美劳全面发展。其次，是适应社会发展变化的要求。随着社会的快速发展，青少年面临的环境和问题更加复杂。关工委需要不断提升自身能力，以应对新挑战，服务新需求，同时，也是落实"党建带关建"的具体要求。坚持"党建带关建"是关工委工作的根本方法和鲜明特征。通过党建引领，能够进一步完善关工委的工作机制，提升组织力和服务力。

二

新时代关工委工作能力建设的主要内容

（一）增强把握关心下一代工作正确方向的政治领悟力

关心下一代工作是党和国家事业的重要组成部分，我们要准确把握党对关工委工作的时代要求，坚持党对一切工作的领导。新时代关工委工作要以习近平新时代中国特色社会主义思想为指导，深入贯彻习近平总书记关于关心下一代工作的重要指示批示精神，以党的指导思想为行动指南，以党的中心任务为光荣使命，自觉把党的领导贯彻到关工委工作的全过程各方面，坚持以党的建设带动关工委工作建设，与党同心同德、同心同向，服从党的领导，接受党的领导，一心一意跟党走，在大是大非问题上要保持头脑清醒、态度坚决，及时校准思想之标、调正行为之舵、绷紧作风之弦，真正做到"知者行之始，行者知之成"，成为爱党、言党、忧党、为党的坚强力量，承担起引导青少年听党话、跟党走的政治任务。

（二）注重增强关工委"五老"的行动引领力

在青少年教育方面，关工委不是主渠道，但我们要积极配合有关职能部门，主动引领，甘当人梯，充分发挥"五老"在教育引导和关爱保护青少年方面的优势。一要加强对青少年在思想道德方面的引领。要教育引导广大青年牢固树立正确的世界观、人生观、价值观，做社会主义核心价值观的坚定信仰者、积极传播者、模范践行者，向英雄学习、向前辈学习、向榜样学习，争做堪当民族复兴重任的时代新人。勿忘昨天的苦难辉煌，无愧今天的使命担当，不负明天的伟大梦想。青少年是社会主义事业的接班人，我们的伟大事业要由他们来继承，如何承担得起先辈的事业，如何做一个有理想有道德的社会主义新时代的建设者，你怎么引领，孩子就会怎么成长。"理想信念之火一经点燃，就永远不会熄灭。"我们必须永远站在理想信念的高地上，用党的创新理论武装青少年，用党的初心使命感召青少年，用党的光辉旗帜指引青少年，用党的优良作风塑造青少年，帮助青少年早立志、立大志，树立宽广的胸怀，从内心深处厚植对党的信赖、对中国特色社会主义的信心、对马克思主义的信仰。讲党史离不开本地区党史，讲国史离不开本地区革命史、建设史和改革开放史。我们充分运用辽宁"红色六地"历史资源和"新时代六地"奋斗目标，用身边丰厚的红色资源编写演讲材料，通过生动的报告讲给孩子们听，深入青少年中讲好党的故事、革命的故事、根据地的故事、英雄和烈士的故事，不断增进对祖国、对人民、对民族，以及对家乡的热爱和对党的信赖，激发青少年爱国主义和投身社会主义现代化建设的热情。二要适应未成年人的特点，指导实践养成。人类社会的发展就是一个接力的过程，能够把自己一些有益的体验、经验留给下一代，让我们的后代少走弯路，是老同志应该做好的事情。实施"铸魂育人"工程，首要而又最紧迫需要解决的是如何提高青少年思想道德教育的入心率、有效性的问题。让青少年从红色故事引发思考，结合自己的所见所闻、所思所想，感受中华经典红色文化的魅力，表达对祖国的热爱、对党的崇敬，展示新时代少年的责任担当和昂扬向上的精神，教育引导青少年从党的辉煌成就、艰辛历程、历史经验、优良传统中增强爱党报国情怀。三要开展青少年心理健康研究，努力掌握关心下一代工作的规律性。必须不断研究新情况、解决新问题，注意把握青少年的心理、思想、生活、学习和工作状况，研究、了解青少年思想上的新变化、新特点，创造条件提供有针对性的服务。当代青少年中普遍或部分地存在一些思想教育的难点，但是难点不等于症结，要通过对相关问题的调查研究，把握关心下一代工作的特点和规律，了解青少年成长成才中出现的新情况新问题，从青少年对美好生活的期盼和制约关心下一代工作高质量发展的难点问题中，找准发力点和突破口，积极探索适合关工委特点的方法路径，使关心下一代工作始终充满生机活力。

（三）强化关工委组织的时代创新力

我们必须用创新的思维、创新的理论增强服务青少年的本领。破解关心下一代工作的难题，根本出路在于创新。创新的决定性因素是要有突破惯性的创新思维和打破常规的创新能力。一要善于抓准突破口、善于抓契机、善于创新创造。推动关心下一代工作高质量发展，一个至关重要的问题就是必须坚持以问题为导向，瞄着问题去、迎着问题上。保持创新的最佳状态才能获得工作的最好效果。要善于选择最能发挥带动效应的环节作为突破口、切入点。二要充分发挥品牌在创新中的引领作用，使关心下一代工作始终充满生机活力。注重发现、总结、推广先进经验，打造更多"有看头、有听头、有学头"的先进典型。沈阳市创建的英雄中队就完全符合青少年崇拜英雄的天性。巩固提升多年来开展关心下一代工作中形成的"英雄中队""五老说和团""流动红色纪念馆""红色大篷车""雷锋学校大讲堂""少年国旗班"等品牌，不断赋予品牌新内容，努力促进品牌活动在基层的普及推广，不断丰富品牌内涵、提升品牌价值，逐步用制度形式固定下来，使这些品牌在更大范围开花结果，成为持续创新基层实践、推动关心下一代工作的标杆，服务青少年成长成才。三要注意改进方式方法，创新阵地建设模式。新时代的青少年，见多识广、思想活跃，容易接受新观点、新思想和新事物，既有很强的情感依赖，又有很强的自我意识，关心下一代工作的创新根本在于我们拓展道德教育途径，构建社会化、网络化青少年思想道德教育阵地新格局。

三

强化新时代关工委工作能力建设的路径

坚持党建引领，优化组织体系。将关工委工作纳入党建工作总体部署，确保关工委工作与党委、政府的中心工作紧密结合，推动关工委工作与离退休干部党建融合发展。加强关工委组织建设。注重培养一批有爱心、有能力的"五老"骨干队伍，通过培训、交流等方式提升其专业素养。要建立健全"五老"常态化退出和补充机制。努力建设一支素质优良、人数众多、覆盖面广、结构合理、扎根基层、富有活力的"五老"队伍，特别是要选树一批卓有建树的"明星'五老'"。各级党委和政府要重视关心下一代工作，及时把新退出工作岗位、身体健康、热爱青少年工作的老同志纳入关工委组织。可以探索试行"五老"登记制度等办法，强化动态管理，实现活动联办、资源联用、协调发展。只有大力健全基层关工委组织，形成联系"五老"和青少年的长效机制，才能增强关工委的吸引力和影响力。

推动专业化发展，提升服务能力。加强对"五老"的专业培训，提升其在思想政治教育、心理健康辅导等方面的能力，打造专业化服务团队。以培育和践行社会主义核心价值观为主线，开展理想信念、思想道德、传统文化、科技素养和法治教育。

加强信息化建设，提升工作影响力。充分利用互联网技术，建设网上关工委平台，开展线上教育、咨询等活动，提升工作的时代感和吸引力。

完善激励机制，激发工作积极性。建立健全"五老"志愿者的激励机制，通过表彰、奖励等方式，激发其工作积极性。要增强关工委的影响力和向心力，必须尊重"五老"，加强对"五老"的关爱。中办、国办印发的《关于加强新时代关心下一代工作委员会工作的意见》，要求各地可结合实际，对从事关心下一代工作的"五老"给予适当经费补助、关怀帮助。但在一些基本和必要的经费与条件支持方面，仍然存在保障不足的问题，一定程度上影响了部分"五老"开展工作的动力与热情。

新时代关工委工作能力建设是一项系统工程，需要全社会的共同努力。历史的责任要求我们，发自内心地热爱这项工作，充分发挥我们"五老"的价值和优势所在，将党和人民的期望化为每个人自觉的行动，以我们的努力工作创造新的光荣，通过提升组织能力、增强服务能力、强化创新意识，关工委能够更好地适应新时代的要求，为青少年健康成长提供有力支持，为培养担当民族复兴大任的时代新人贡献力量。

坚持"群众性"做好关工委工作的思考与实践

吉林省关心下一代工作委员会 ——————————————————

近年来,我们以习近平新时代中国特色社会主义思想为指导,深入贯彻落实习近平总书记对关心下一代工作的重要指示批示和中办、国办《关于加强新时代关心下一代工作委员会工作的意见》,认真贯彻落实中国关工委工作会议精神,以立德树人为根本任务,充分发挥各级关工委和广大"五老"在教育、引导、关爱、保护青少年方面的独特优势和重要作用,坚持走好群众路线,充分相信群众、依靠群众,不断提高为基层关工委和"五老"服务的水平和质量,创新引领全省关心下一代工作高质量发展。

一是以创新品牌为引领,尊重群众首创精神。2020年,我们举办线上品牌建设大讨论,建设网上品牌博物馆,实行品牌长责任制。《加强品牌建设培养时代新人——吉林省关工委品牌建设实践报告》被中国关工委与中国社会科学院社会学研究所联合编撰出版的"中国关心下一代蓝皮书"收录。2024年,我们对全省关心下一代工作品牌进行再梳理,共有五年以上工作品牌154个,在《春风》以专辑形式刊发品牌介绍。自2024年初顾秀莲主任在工作报告中称赞吉林省关工委"微信点评"工作品牌以来,在全省各级关工委和广大"五老"的共同努力下,"微信点评"跃上新台阶。创立"工作亮点荟萃""星火集锦""导读"栏目,建立"星火点评团",从看人"点评"到我来"点评",微信群的覆盖面越来越广,参与点评的人数越来越多,点评质量越来越高。吉林省关工委微信工作群 2018 年 5 月开通至今,累计点评 5100 余条。2025 年 2 月点评 273 条,是上年同期的 5.2 倍。"微信点评"已经成为大家互相学习的大课堂、引领工作的方向标、鼓舞士气的加油站、温暖如春的大家庭。"微信点评"工作品牌的磁性和吸引力进一步提升。

二是建立五级网络系统,加大服务基层力度。在顾秀莲主任和吉林省委宣传部、省财政厅支持下,省关工委于 2015 年 6 月筹资建立了主网站和市州 12 个子网站。2020 年继续加大资金投入,先后投入专项经费 174.1 万元,完成关工委网络系统两次升级改造。运行 10 年来,吉林省网上关工委建设工作多次获得中国关工委和省委宣传部的肯定和表扬。开设学习宣传贯彻党的二十大精神、党史学习教育、筑梦小主人、优秀作品展示等专栏。办公室指派专人管理网站,编制全省管网用网责任人通讯录,对所有上网信息进行筛选把关。2024 年在省政数局的鼎力支持下,共同建设了吉林省关工委基层智能服务系统。该系统是由智慧小关 App、五级管理系统、3D 品牌博物馆、视频会议系统、关工委网站群、微信公众号、小程序、网络纠错系统等多个子系统组成的"五级关工委"联动的智能服务平台。实施新一轮网上关工委建设转型升级,将为更好地服务基层关心下一代工作、推动全省关工委工作高质量发展提供有力保障。

三是开展线上大讨论,广泛动员群众参与。2020 年至今,我们共开展"不能种了别人的地,荒了自己的田""工作品牌建设""办公室建设""我们向金春燮同志学习什么""我们一起追超凡""微信群点评""进淄赶考""让基地活起来""拜读人民英雄纪念碑碑文,转作风、写短文""在群众的鼓励声中,坚持走好群众路线""向尚桂华同志学习""携手共建更好网络家园""树立大宣传理念""企业关工委大有作为""建设高效团队""建设《学习专栏》""共享清朗的网络空间""学习雷锋好榜样"等 20 余次微信群大讨论,围绕工作经验、先进典型、人生感悟、社会热点开展研讨,交流心得体会，共同学习进步。其中新冠疫情期间开展的"我们向金春燮同志学习什么"大讨论参与人次达 7 万，优秀发言 2.7 万条，优秀文章 6881 篇，汇编语言集锦 1500 余条，不断传递正能量、凝聚队伍。讨论之热烈、效果之好，令人鼓舞、让人振奋。数场自发式的讨论，准确地诠释了吉林关工人高度的政治觉悟、崇高的责任担当，彰显了吉林关工人上下一心、团结奋斗的精神风貌和智慧，省关工委的影响力、凝聚力、号召力空前提高。

四是深入发现人才，宣传人才，依靠人才，保护人才，把人才当成第一财富。贴心为人才服务，在工作上关注，在生活上关心。尊重保护老典型，如金春燮、张超凡、冯玉华等，帮助撰写材料、订阅书籍、解决困难，编印《金春燮画册》《张超凡画册》；挖掘树立新典型，如王满昌、齐志才、郭素英、张树春、董洁、王杰、沙滨、王淳彦、曹晓华、袁伟、尚桂华等，及时总结经验、宣传推广，先后树立 22 名关工先锋，整理事迹材料编发在《春风》和微信公众号上。这些人才在开展关心下一代工作中发挥了巨大的引领示范作用。

五是问需于民，为基层关工委提供针对性服务。结合新形势，采取实地考察、座谈研讨、访谈交流、大数据分析等多种形式开展"大调研"活动，助力解决基层关工委急难愁盼问题，形成多篇调研报告，得到中国关工委和吉林省委宣传部领导的肯定。2011 年，省关工委下发《关于加强"五老"骨干教育培训的意见》，与省财政厅联合下发《关于落实县以上关心下一代工作委员会"五老"骨干培训经费的通知》，市（州）关工委每年培训经费 5 万元，县（市、区）关工委每年培训经费 2 万元。2024 年省关工委投入 6 万元举办第一期网络技能培训班，历时 40 天，共培训 1200 人，提高基层关工委及"五老"通过网络开展工作的能力。2025 年我们将继续加大网络技能培训力度。帮助市（州）关工委办公室参照公务员法管理，争取保留县区关工委办公室编制，吸引越来越多的年轻人进入关工委，2019~2024 年，全省各级关工委办公室共有 42 名优秀青年新入职。及时回应基层关工委和广大"五老"关切，每年 80% 以上的工作经费用于服务基层。交流工作经验，编印内部期刊《春风》；宣传践行"健康中国"战略，关注"五老"和青少年健康，编辑《健康文摘》；考虑到基层经费紧张等实际困难，为基层关工委采购配发学习资料。

今后，我们将继续以习近平新时代中国特色社会主义思想为指导，深入贯彻落实党的二十大和二十届三中全会精神，坚持群众至上，走好群众路线，全心全意为人民服务，推动全省关心下一代工作不断迈上新台阶。

中国式现代化语境下民企关工委工作在县域高质量发展的实践探索和思考

—— 以浙江省慈溪市为例

浙江省关心下一代工作委员会 ——————————————————

浙江作为民营经济大省和民营经济强省，一代又一代民营企业家秉持着"四千"精神，始终坚守在改革开放最前沿。慈溪市是长江三角洲南翼环杭州湾地区沪、杭、甬三大都市经济金三角的中心，也是中国国务院批准的沿海经济开放区，被称为"家电之都"。全市行政区划面积 1361 平方公里，常住人口 186.52 万人，户籍人口 106.91 万人，经济总量位居浙江 GDP 百强县前列。

本文结合中国式现代化的深刻内涵，以慈溪市民企关工委建设模式和成效为例，对新时代民企关工委建设的必要性和可行性进行分析，总结推广经验样板，以期为民企党建带关建等机制建设提供新思路、新借鉴。

一

民企关工委在中国式现代化建设中的独特作用

在新形势下，关工委发挥优势作用，服务民企高质量发展，为民营经济释放信心和支持，是党的基层组织建设的必然要求，也是新时代关心下一代工作面临的重要课题。

助力民企在推动人口高质量发展和激发超大规模市场优势中发挥重要力量。关工委能够通过动员各行各业的"五老"，发挥其在立德树人、帮扶育人、亲情暖人、法治润人等上的专业优势，增强青年职工的归属感，增强企业的凝聚力；能够发挥群团组织的"耦合作用"，整合各部门资源和社会力量，帮助民企打造公平竞争的营商环境，指引开创充足的市场空间。

助力民企在做大"蛋糕"和分好"蛋糕"中发挥重要力量。关工委能够充当桥梁纽带，组织经验丰富的老工匠、老专家、老师傅等老同志为青年职工提供技能帮扶、知识培训、职业规划，帮助解决子女无人看管等后顾之忧，并联动辖地村社、学校、社会组织等实行"校地企"与"产学研"等协同发展和实践模式，为助力人才、留住人才提供强大支持。

助力民企在创造物质财富和精神财富上发挥重要力量。通过"党建带关建、关建服务党建"，关工委能够组建劳模工匠报告团、"浙商精神"宣讲团等，开展"老专家进企业""企业家回母校"等思政教育活动，并利用微党课、微项目、快闪等灵活方式，向青少年、青年企业家、青年职工等弘扬劳动精神、改革精神、浙商精神。

助力民企在推动形成绿色低碳生产生活方式中发挥重要力量。浙江是"绿水青山就是金山银山"理念的发源地。关工委能够组织老专家等力量，深入挖掘企业历史文化和改革精神资源，推动企业大力发展绿色低碳技术，促进生产方式的绿色转型，帮助企业创设青少年教育实践基地，引导青少年在实践体验中理解"两山"理论的深刻内涵，树立科技创新、技能强国的思维意识。

助力民企在践行人类命运共同体理念中发挥重要力量。关心下一代是全人类的共同需求，也是促进企业发展的共同利益所在。通过促成关工委组织联盟，能够促进企业之间资源互通、要素共促、成果共享，积极构建企业命运共同体，抱团打造统一的产业系统和行业生态，实现风雨同舟、沧海共济。

二

慈溪市民企关工委的实践探索

全市建立民企关工委 505 家，其中，建有党组织的规上民企关工委 354 家，占比 70%，宁波市级"五好"民企 92 家，慈溪本级 125 家。

（一）"五结合"工作原则

慈溪市关工委立足"为什么要建民企关工委""做什么""怎么做"等问题，明确了民企关工委的"五结合"工作方针，即注重与企业的党建工作相结合、注重与企业的工青妇等群团活动相结合、注重与企业的文化建设相结合、注重与企业的制度建设相结合、注重与企业青工的实际需求相结合，形成"关工委关心职工、职工关心企业、企业健康发展、共享发展成果"的三赢局面。

（二）"四建四抓"工作模式

建好机制，抓引领。始终坚持"党建带关建"，推动慈溪市委、市政府做好政策引领和顶层设计。市两办先后下发《关于进一步加强新时代关心下一代工作委员会工作的实施意见》《关于完善党建带关建工作机制推动新时代关心下一代工作活起来强起来的实施意见》，市委组织部、市关工委联合下发《关于深化落实"党建带关建"工作机制和部门责任的实施意见》，明确民企党建工作中关工委政治、组织、保障、阵地、工作等"一建五带"机制，形成由市关工委牵头，相关成员单位共同参与的工作格局。在党委政府的支持下，相继成立了产业平台关工委、行业协会关工委等，为全市民企关工委工作提供了先发优势，创造了良好的发展环境。

建好架构，抓队伍。市关工委把民企团结起来，打造关工委联盟，实现组织共建、资源共筹、服务共享。在市委组织部的指导备案下，经市民政局注册审批，成立市民企关心下一代工作促进会（以下简称"促进会"），性质为以重视关心下一代事业发展的民企为主体、自愿结成的、从事非营利活动的联合性地方社会团体，吸引了148家企业的"创一代""创二代"参与。对已建有或有条件建立民企关工委的，着力建强领导班子，选择党组织负责人、高级管理层等企业核心人物担任关工委主任，企业班子成员、行政人事部门主管或威望较高的退休老师傅为常务副主任主持日常工作，企业工青妇、和谐促进会、车间主管等组成关工委骨干团队。

建好制度，抓规范。市关工委制定了《慈溪市民营企业关工委工作细则》，明确民企关工委的工作性质、宗旨、原则、内容，使民企关心下一代工作有章可循、有规可依。推动促进会成立了功能性党组织，从决策管理、执行落实、联系监管等三个层面，建立25项制度，形成了"党建＋关工＋服务"分工运行机制。还向方太、公牛、中兴、高正等20多家规模较大、运行规范、成效明显的民企关工委征集具有示范性、可操作性的优秀案例，编写《民营企业关工委工作指南》，不断推动全市民企关工委以点带面、以面促点、点面共进。

建好平台，抓载体。市关工委面向所有民企关工委，分两批举办关工委工作专题培训班，搭建学习联系平台，进一步增强成员的归属感和向心力。促进会积极筹措创设关心下一代发展基金，各会长企业和顾问企业纷纷慷慨解囊，筹集300余万元资金，并建立了资金使用管理制度，保障了关工委各项工作正常运转。市关工委还依托促进会，策划推出了"我在慈溪过大年""假日学校""幸福橘缘"等符合企业职工需求的关心下一代品牌项目，带动全市各层面"五老"队伍、社会专业力量、活动资源等注入企业，倒逼民企关工委在实践探索中，常态化、长效化开展工作。

（三）"六大工程"工作职责

1. 实施青工政治引领工程

组织企业关工委每年在青年职工中开展"党史学习月"活动，读一本书、看一部电视文献片、听一次党课、走一次红色之旅、写一篇学习体会、办一次演讲比赛或学习座谈会、开展一次主题征文、印一本优秀学习体会文集等"八个一"载体，推动理想信念教育真正走进青年企业家和青工内心深处。结合市关工委主题教育实践部署，组织劳模工匠报告团、"五老"宣讲团为青年职工集中上党课，银青共话、共学、共行。

2. 实施青工技能提升工程

每年组织"学文化、学技术、学管理""人人学楷模，争当好青工"等学习实践，以银青帮带、校企合作、现场指导等方式，开展思想、技能、作风等"三全"结对活动。市关工委每年面向企业，组织"五老"推出100多个宣讲课题，提供菜单式服务，提升劳动素养。促进会结合各企业实际，整合资源力量，送专家、送资源、送课程，协助开展入职教育、岗位培训等工作，帮助成员企业青工掌握专业技能。松乔公司银青技术创新小组研发的"快换接头"填补了国内空白，提升了"中国制造"的美誉度。

3. 实施青工文化素养提升工程

结合新员工入职、青工入团入党、重大历史纪念日等节点，市关工委联合促进会，动员"五老"、企业家等队伍走进企业，组织"浙商精神"、传统文化、家风家教等公益讲座，引导青工形成良好的行为习惯和健康的生活方式。促进会推动实施"雏鹰计划"，加强与高校的联系，举办短期学历培训班，设立"青年大讲堂""劳模工匠创新工作室"等平台，推动成员企业青工们平台共通、资源共用、导师共享，树立比学赶超的争先意识，成长为高素养劳动者。

4. 实施青工关爱服务工程

市关工委推出"幸福橘缘"青工联谊平台，每月组织一次大中型相亲活动，两年来牵手成功80余对。促进会通过心理专家授课、相亲联谊等形式，帮助青年员工成家立业，走好成长之路。不少民企关工委提供知心姐姐、知心哥哥等谈心服务，创建青工与管理层面对面交流的渠道，感召青工了解企业的发展前景、缓解职业焦虑等情绪，持续增强企业向心力、凝聚力、战斗力。

5. 实施员工子女关爱服务工程

在"双减"背景下，促进会指导成员企业，整合各方资源，创办"假日学校"，精心选聘"五老"班主任、量身定制课程内容，努力做到应收尽收，破解课余假期职工子女看管难、组织难、活动难等问题。每年为千余名"小候鸟"、新居民子女提供假期服务，不少企业服务数量均超过百人。在设立专项基金的基础上，不少民企关工委纷纷设立爱心互助平台，开展"爱心奖学金"等活动，帮助员工子女成长成才。

6. 实施银青社会志愿公益工程

市关工委还结对开展山海协作项目，为爱心企业履行社会责任牵线搭桥。促进会依托专项基金，积极推进企业青工志愿服务队建设，组织"五老"银发志愿者携手青年职工，参与扶贫济困、无偿献血、平安巡逻、文明劝导等社会志愿服务。同时，为不同企业青年职工的公益设想提供支持，开展公益市集等活动，引导青工在寻找自我价值的过程中获得社会价值。

三
几点启示

（一）组织规范化是基础

民企关工委工作要坚持"党建带关建"工作机制，除继续在规上民企建立单一关工委组织外，重点要向新兴领域的中小及小微民企倾斜，如成立民企联合关工委、商会关工委、商务楼宇关工委等。慈溪市探索成立促进会后，第一时间建立了例会、会长企业联片指导、队伍建设等制度，以组织的规范化推动民企关工委工作的长效化。同时，对照"五好"关工委标准，制定了党建引领作用好、骨干队伍建设好、"八大工程"实施好、服务对象关爱好、服务企业发展好、社会服务形象好等"六好"民企关工委建设标准，进一步夯实民企关工委组织基础。

（二）资源集成化是关键

市关工委创新成立促进会，建立统一的运行机制，搭建统一的工作平台，打造统一的关心下一代工作大联盟，带动企业实现从"要我做"到"我要做"、从"单打独斗"到"抱团共建"、从"有形覆盖"到"有效覆盖"的转变。在党建引领层面，以促进会为平台，聚合分散在不同企业的党建联络员力量，将原先"一对一"的帮扶拓展成为"一对多""多对多"的党建优势。在关工委组织建设层面，以促进会为发力点，市关工委由原先上门动员、逐点挖掘的工作方式，提升为一体部署、一体推进，将"五老"力量、政策利好、社会资源等引入企业，推动校企、地企之间的良性互动，极大地提升了民企关工委工作的执行力和建设效力。

（三）部门协同化是支撑

市关工委加强统筹指导，依托乡镇（街道）党（工）委属地管理原则，将民企关工委建设纳入党建工作整体布局。依据区位条件和企业实际，探索建立关心下一代工作联盟，形成"促进会＋区域联盟"的交叉式、扁平化的"条块结合"管理模式。市关工委还与民企关工委工作相关的单位建立联系沟通机制，每半年召开一次推进会，帮助解决问题和困难；相关镇（街道）关工委每年召开一次民企关工委工作推进会，并不定期与企业关工委、党建（关建）指导员、成员单位等协调推进村企结对、校企共建等特色项目。

（四）服务专业化是优势

市关工委发挥各行各业"五老"优势，成立"青年员工导师团"，聘请全国人大代表、"时代楷模"钱海军为青年员工引领导师，全国劳模万亚勇为团长，企业董事长、工程师、劳模等25名行业领军人才作为成员，有效缓解民企"五老"少的客观事实。促进会一方面搭建导师团与成员企业的桥梁平台，采取"五老"领办、社会专业力量联办的方式，力求精准对接、"配对"满意；另一方面，动员成员企业挖掘资源，探索成立企业"五老"工作室，在青年职工技能帮扶、权益维护等方面，提供心贴心、零距离的师傅式关爱、娘家人式呵护。

（五）体验幸福化是目标

民企关工委将"想青年职工所需"与"尽企业关工委所能"统一起来，

关注青年职工在思想上、心理上、生活上、权益上的需求，重点突出青年职工的思想道德建设、人才梯队培养、关心关爱纾困和志愿公益服务，让他们感受来自党委政府和企业的温暖。如方太集团关工委建有 18 支青年公益服务队，注册"幸福使者" 3500 余名，与 9 个单位建立长期志愿服务关系，年均开展志愿服务活动约 900 次，公益志愿服务时长超过 3 万小时，大大激发了青年职工的工作活力，树立了良好的企业形象。

新时代地方关工委能力建设研究

浙江省宁波市关心下一代工作委员会 —————————————

2015年8月25日，在纪念中国关心下一代工作委员会成立25周年暨全国关心下一代工作表彰大会上习近平总书记指出，做好关心下一代工作，关系中华民族伟大复兴。多年来的工作实践，让我们深刻体会到，市县两级地方关工委，既要贯彻落实上级关工委的重要指示精神，又肩负着对基层关工委具体指导甚至组织开展活动的职能，他们的能力建设如何，对构建关心下一代工作高质量发展全局起着至关重要的作用。

一

新时代地方关工委建设面临的机遇和挑战

我国已开启全面建设社会主义现代化国家新征程，关心下一代事业进入了高质量发展阶段，对地方关工委能力建设也有了新的要求。我们要面对年轻一代处于互联网时代的现实，提升开展网络思想道德教育工作的能力，精心引导青少年在成长的"拔节孕穗期"打牢信念的思想理论根基。我们要面对当前社会竞争日益激烈、社会节奏不断加快，广大青少年在生活、学业、情感等方面比以往面临更多"成长的烦恼"的现实，提升在青少年心理健康教育、普法维权等领域专业化关爱帮扶能力。我们要面对人口老龄化程度进一步加深的现实，更加关注老龄化社会中老年人社会参与的有利条件和不利因素以及关工委"五老"队伍构成发生的新变化，为老同志参加关心下一代工作提供更优的平台和更好的保障。

二

新时代地方关工委能力建设呈现新气象

近年来，地方关工委体制机制不断完善、组织覆盖面不断扩展，"五老"队伍不断壮大，服务青少年的领域、能力和成效不断提升，以宁波市县两级为例，一是工作机制规范化。中办、国办《关于加强新时代关心下一代工作委员会工作的意见》（以下简称《意见》）和浙江省委办公厅、省政府办公厅《关于加强新时代关心下一代工作委员会工作的实施意见》（以下简称《实施意见》）下发后，市委主要领导作出批示，市两办印发了《推动新时代关心下一代工作委员会工作高质量发展重点任务清单》，明确了 16 项重点工作任务、37 家牵头单位和协同单位；印发了《宁波市关心下一代工作委员会工作协同机制成员单位会议议事规则》，明确了 33 家成员单位组成人员名单及职责分工。市关工委建立完善了关工委工作规则和主任常务会议议事规则等 15 项制度规定。市县两级建立了关工委工作协同机制，"党建带关建"机制形成。二是组织网络健全化。全市实现了镇乡（街道）、村（社区）、13 所在甬高校、11 家市属国有集团公司和公立中小学校关工委组织"五个全覆盖"，1760 家民营企业、32 家工业社区（园区）、17 家行业协会和商会、13 家商务楼宇和楼宇社区等建立关工委组织，横向到边、纵向到底的基层关工委组织网络初步形成。三是"五老"队伍体系化。市关工委建立宣讲团、专家团、关爱团等 3 支专业志愿服务团队。各区（县、市）建立关心下一代志愿者协会，下辖 8 支工作团队；各乡镇（街道）建立分会（工作站），下辖 5 支工作团队。450多个领域类别多样的"五老"工作室遍布全市村社、学校、基地、企业。四是项目品牌多样化。市县两级关工委每年实施政府购买服务、公益创投和社会志愿服务等项目20多个，实行项目立项、运行、验收、评估等全流程管控。推动品牌服务专业化和精准化，巩固老品牌、培育新品牌，2022年命名全市首批14个关心下一代优秀工作品牌。在项目典型和品牌的示范引领下，基层关工委活力明显提升，对广大青少年的吸引力显著增强，教育引导青少年的效果越来越好。

三

新时代地方关工委能力建设薄弱环节和问题

当前，地方关工委建设在取得了较好成效的同时，也存在一些困难和问题。一是基层组织体系不够健全。区县之间、城乡之间关工委发展不平衡，少数乡镇（街道）和村（社区）关工委存在弱化、虚化问题。机关、企事业单位等关工委组织覆盖面还不够。民营企业关工委数量呈下降态势，已建的关工委存在空壳化现象。二是"五老"队伍结构性矛盾依旧存在。部分"五老"年龄偏大，而新退休群体参与关心下一代工作的意愿不强，"五老"队伍建设面临青黄不接的局面。一些"五老"的专业化能力仍需提升，特别是在心理关爱、科技帮扶、法治帮教等专业化要求较高的领域，与青少年需求不匹配。三是机制保障有待加强。中办、国办《意见》和浙江省委办公厅、省政府办公厅《实施意见》中明确"在关工委驻会及兼职的'五老'，根据其在岗实际工作时间，给予适当的工作补贴"，但实际中"五老"工作补贴缺乏上位实施细则，无法新增列支项目，难以落实。

四

几点思考

抓好地方关工委能力建设是一项在解决矛盾和问题中循序渐进的工作，必须牢牢把握其特点和规律，协调发展、稳步提升。一是在强化"党建带关建"机制的完善及其有效执行上下功夫。着力推动将关工委工作纳入重要议事日程和基层党建工作责任制。健全市县两级成员单位联席会议制度，加快建立规范的议事规则，明确职责分工，最大限度地调动各单位支持关工委工作的积极性。结合实际，逐级推进关工委组织制度化，建立市县两级主任常务会议制度和关工委工作规则等，构造职责明确、运行规范、执行有力的工作责任体系。二是在推动基层关工委组织架构的优化及其覆盖面的拓展上下功夫。完善"县—乡—村"三级网络，发挥乡镇（街道）党委（党工委）作用，动态实现关工委组织村（社区）全覆盖。立足条线整合，推动机关事业单位、民营企业、产业园区、行业商会等关工委建设，强化地方关工委与教育、政法、卫健、国资等系统关工委之间的协同联动。依托离退休干部党建工作，推动在老年大学、老干部活动中心、老科协、老体协等涉老机构建立关工委组织，探索打造关工委联合体、关心下一代大联盟等。三是在促进"五老"队伍结构的多元化及其组织能力的提升上下功夫。推动"五老"队伍体系化，市县乡村四级关工委联动，打造覆盖面广、系统性强、服务能力优，以及团、队、室等组织架构合理的"五老"队伍体系。推动"五老"队伍多元化，动员政治素质好、热心公益事业、具有奉献精神的老同志参加关工委工作，吸收更多教科文卫等领域的老同志以及退休法官、检察官、警察等专业人才。推动大关工队伍建设，结合工作任务分类打造以"五老"为主体或"领头雁"的工作团队，探索培育以"五老"协会或"五老"团队为核心，连接社会组织、公益机构、机关党员、大学生志愿者、社会工作者等的大关工队伍。四是在增强创新意识及其推广上下功夫。以政府购买服务、公益创投项目为牵引，吸引各类社会爱心力量加入，提升基层关心下一代工作的精准性、专业性和有效性。推动关工委工作全面融入现代社区、"一老一小"等基层服务场景，搭建更为广阔的服务平台。发挥典型引领作用，推广典型经验，选树一批站得住、立得住的工作品牌，确保学有榜样、干有思路、干有目标。探索推进"数智关工委"，打造市县乡三级共用的集关工委组织和"五老"数据汇总、信息发布、资源配置、公益服务、动态管理等功能于一体的关心下一代数智应用平台。

福建省"五老"工作室建设情况调研报告

福建省关心下一代工作委员会 ───────────────

近年来,福建省各级关工委认真贯彻落实中办、国办《关于加强新时代关心下一代工作委员会工作的意见》和省两办《关于加强新时代关心下一代工作委员会工作的若干措施》精神,按照中国关工委部署要求,大力推进"五老"工作室建设,取得了初步成效。本报告旨在对福建省"五老"工作室情况进行调研分析,总结经验,发现问题,提出对策,以期为"五老"工作室创新发展提供参考。

一

基本情况

截至目前,全省建立"五老"工作室1409个,近万名"五老"在工作室参与活动、发挥作用。按照作用发挥机制大致可将这些工作室分为以下三大类。

一是宣讲型"五老"工作室(722个,占比51.2%)。这些工作室依托红色教育基地、新时代文明实践点、党群服务中心、老人活动中心等场所挂牌成立,发挥当地老干部、老党员优势作用,开展青少年理想信念、思想道德、传统文化、科技素养和法治教育。比如,三明市充分利用文明实践中心资源,联合建立"五老"工作室,组建思想教育、法治教育、红色教育、关爱帮扶、心理咨询等5个关爱小组,常态化开展宣传和精神文明行为规范普及活动。南安市石井镇"五老"工作室组建"银龄宣讲队",退休老校长洪志强发挥瀛江书苑阵地作用,向孩子们讲述石井镇红色故事、革命历史等230场以上,受教育青少年3500多人次,成为孩子们喜爱的"红马甲苑长爷爷"。

二是服务型"五老"工作室(523个,占比37.1%)。这些工作室以老法官、老教师、老艺术家、老医务工作者等为工作主体,以联系服务青少年为目标,建立法律咨询、纠纷调解、维权服务、文艺活动、健康义诊等具有行业特色的工作室。比如,二级心理咨询师庄雄鹰牵头组建福清市心理咨询"五老"工作室,依托市心理咨询师协会成立心理辅导志愿服务队,为青少年提供心理咨询和辅导服务咨询1200多人次。福州大学成立阮奇教授工作室,以名师真传经验为引领,打造"青蓝工程"特色品牌,先后为2500多位高校青年教师授业解惑。

三是专业型"五老"工作室(164个,占比11.6%)。这些工作室挖掘老科技专家等银发人才资源,因地制宜建立有地域特色、青年需要的专业化工作室。比如,福建农林大学教授郭雅玲、国家一级茶艺师吴雅真、国家茶树育种专家陈荣冰等3位专家分别牵头成立"种子工程""五老"工作室,发挥传帮带作用,就地就近为"种子学员"提供技术咨询和跟踪服务。宁德市国资委牵头组建交投集团"五老"工作室,发挥交投集团老劳模老工匠示范引领作用,累计结成"老少师徒"20多对,助力年轻职工成长成才。

二

主要做法

选准"带头人",健全工作队伍。各地通过"五老"自荐、组织引荐、群众推荐等方式，按照自觉自愿、量力而行的原则，遴选1~2名政治觉悟高、有一技之长、乐于奉献的"五老"担任工作室领衔人，就近就便吸纳若干名热心青少年教育工作的"五老"或关心下一代志愿者担任工作室骨干。比如，龙岩市"五老"代表罗金钗先后获得全国"平安之星"、"福建好人"等荣誉称号，并荣登2023年第三季度"中国好人榜"。2022年市关工委推荐她担任"五老"工作室领衔人，她先后录制《罗姐说法》视频40多期，带领工作室成员进学校、进社区开展普法宣讲500多场次，受教育青少年达10万多人次。柘荣县双城镇资深调解员谢圣耀在退休后将自家小院打造成"草根和事佬"工作室，探索出辖区走一走、入户听一听、陋习说一说、纠纷劝一劝、困难帮一帮"五个一"工作方法，与志愿者一线排查化解矛盾纠纷1200多起，帮助青少年维权80多起。全国关心下一代工作先进个人郭景国牵头组建"五老"工作室，带动8名心理咨询师加入社区未成年人心理健康义务咨询中心，工作室运用专业知识免费为270多人次未成年人进行心理健康咨询。

注重统筹推进，提供基础保障。各地积极与组织、老干部、教育、老年大学等部门沟通协调，本着"科学、规范、实用"的原则，大力推进"五老"工作室建设。一是出台指导文件。进一步规范"五老"工作室建设。比如，福州市出台《关于成立"五老"关爱工作室的通知》、泉州市出台《泉州市关心下一代"五老工作室"创建和管理方案（试行）》、三明市出台《关于培育建设"五老"工作室的实施方案》等，对"五老"工作室设置、布局以及组织架构作了进一步明确，有计划、有目标、分批次推进各级"五老"工作室建设。二是落实工作保障。按照有"五老"人员、有固定办公场所和办公设施、有工作队伍、有经费保障、有工作氛围布置的要求建立"五老"工作室。比如，省关工委"种子工程"陈荣冰"五老"工作室依托于武夷山市齐唯茶业有限公司、福建独霸茶业有限公司等两家公司挂牌成立，积极发挥公司作为基地的辐射作用。厦门市创新"五老"工作室动态管理机制，每年开展一次评定，每年安排13万元专项经费，按照"以奖代补"的形式给予工作室经费补助。永春县向每个"五老"工作室拨付启动资金1万元，助力工作室落地见效。三是强化培训指导。把"五老"工作室业务骨干列入干部培训范围，加强学习指导。比如，南平市指导县市区邀请党校、教育、卫健等部门为"五老"工作室骨干讲解专业知识，提升业务水平。龙岩市举办"五老"工作室工作现场推进会，表扬十佳"五老"工作室，以会代训，交流经验，为"五老"工作室骨干赋能。武夷山市召开常委会会议，要求"由各乡（镇）、街道负责，在党政机关工作地设置一个乡（镇）、街道关工委与退休支部合署办公的'五老'工作室"，全市10个乡镇（街道）实现了"五老"工作室全覆盖。

发挥独特优势，丰富关爱内容。"五老"工作室针对不同青少年需求，就地就业、力所能及地开展青少年教育引导、关爱保护工作。一是开展主题宣讲。通过为青少年讲党史、讲时政、传思想、传精神等活动，引导"一老一少"坚定信念听党话、跟党走。比如，福州市鼓楼区林国山"五老"工作室将收藏的邮票分类整理为新中国法治建设、党的历程、长征等主题，在社区、校园和省未成年犯管教所等地结合邮品图片的时代背景、事件意义等，向青少年宣讲党的故事，并通过向青少年赠送邮票首日封的方式，加强与青少年的互动，林国山也被孩子们亲切地称为"邮票爷爷"。漳州市挖掘本土红色资源，建立以龙江风格展示馆、李林事迹陈列馆、苏静将军故居等一批红色教育基地为依托的"五老"工作室，老少携手进基地讲好红色故事，受到广泛欢迎。二是弘扬传统文化。"五老"发挥专业特长，开展文艺汇演、非遗传承等特色活动，向孩子们积极传播"中国文化"。比如，南安市诗山镇"五老"工作室积极探索"关工委＋传统文化"形式，开设凤坡跳鼓、联星"公婆拖"、山一纸扎、坊前装阁等多项非遗传承技艺公益课程。漳州市芗城区关工委"五老"工作室骨干成员洪惠君、郑炳裕等一大批老艺术家，深入学校、社区向青少年倾情演绎南词传统调、芗剧、木偶表演等节目。三是助力课后服务。积极探索"五老"工作室参与中小学生课后服务。比如，平潭综合实验区成立翰墨传承"五老"书法工作室，举办寒暑假公益书法培训班，让孩子们感受国学文化的独特魅力，丰富他们的"第二课堂"。泉州市依托青少年社会活动中心建立"五老"工作室，组织"五老"担任"临时家长""家庭老师"，为青少年辅导作业、温习功课。四是精准关爱帮扶。聚焦青少年所需所求，千方百计为青年办实事、解难事。比如，仓山区菖蒲"五老"关爱工作室建立困难青少年档案，采取"5+1"模式开展结对帮扶，多年来共资助帮扶300多人，筹集资金近35万元。将乐县退休教师"五老"工作室组建关爱服务留守儿童志愿者队伍，开展系列"爱心牵手"结对帮扶活动，帮助和服务城区4所小学的留守儿童健康成长。福安市关工委组建乡村振兴"五老"工作室，聚焦农业现代化发展，积极开展调研、建言献策，协调有关单位为青年农民排忧解难，培育800多名"双带"农村青年人才。

坚持典型带动，营造良好氛围。积极探索"发现'五老'人才"—培育领衔人—建立'五老'工作室—宣传工作室成效—提升工作室功能"的模式，做到成熟一个、建设一个、示范一个、带动一片。比如，厦门市发挥党建引领，探索推动社区"五老"工作室与老年大学教学点融合发展，积极动员政治可靠且有能力、公益心、责任心、服务时间的教学点学员通过"厦门市老年教育信息化平台"注册成为"五老"志愿者，以"第二课堂"的形式积极组织开展关心下一代实践活动。长汀县中复村的"五老"工作室选树革命烈士后代钟鸣义务讲解闽西红色故事3000多场次，受众30多万人次，充分利用电视、报纸、微信公众号等渠道，对"五老"工作室进行宣传，引导带动更多老同志加入工作室。福州市鼓楼区先行选择基础好、条件成熟的鼓东街道、温泉街道及鼓西街道西湖社区开展试点工作，通过央视新闻网、人民网、《福建日报》等媒体广泛宣传林丹、林国山、林展瑞"五老"工作室等的典型经验，以点带面，推动全区建立23个"五老"工作室。

三

经验启示

坚持党建引领是根本。"五老"工作室是党领导下发挥"五老"独特优势的有效平台，是关心下一代工作的延伸和拓展。实践证明，"五老"工作室要实现可持续发展，就必须要站稳政治立场、群众立场，坚持"急党政所急、想青少年所需、尽关工委所能"的工作方针，与党委思想同心、目标同向、工作同步，确保发展方向不偏不倚，为培育德智体美劳全面发展的社会主义建设者和接班人拾遗补阙、助力添彩。

激发参与热情是关键。"五老"工作室工作好不好关键在"五老"作用发挥。实践证明，广大"五老"具有政治、威望、经验、时空、亲情等优势，对关工委组织充分信任、热情支持，对青少年关怀备至、倾情奉献，"五老"关爱工作室的凝聚力和感召力就体现在这里，力量就源自这里。只有紧紧依靠"五老"、尊重爱护"五老"，把"五老"的正能量凝聚起来、释放出来、传递开来，才能有效激发"五老"工作室的生机活力。

建管用并举是基础。有活力就得有活动，有活动首先得有阵地。实践证明，"五老"工作室作为新时代关工委工作的一项创新，要重视坚持建管用并举，有所建树、有所作为，才能更好地赢得社会各界支持，为工作室发展提供人、财、物保障。

坚持守正创新是核心，创新是事物发展进步的动力和源泉。实践证明，"五老"工作室只有响应时代要求，结合青少年多元化需求，融入现代科技元素，不断改进教育培养青少年的手段，创新引导青少年成长成才的方式方法，才能获得不竭的发展动力。

四
存在的不足

工作指导不够有力。部分县（市、区）对"五老"工作室的建设重视不够，在整合各方资源力量上缺乏有效抓手。针对创建"五老"工作室，发挥"五老"独特优势，在思想认识、工作目标、方法措施上缺少比较规范的指导，出现"重建轻用"甚至只挂牌不使用的现象。

经费和场所较难保障。大部分"五老"工作室建立在社区小区、中心村居内，因缺乏经费和场所，工作室整体提升受阻。如开展活动购买物品、外出调研等必要的经费支出难以保障。活动场地难求，缺乏电脑等设备。

工作内容形式缺乏创新。一些"五老"工作室缺乏专业人才，尤其是掌握新媒体技术、有农技专长的"五老"难寻，造成专业型"五老"工作室占比较小。一些"五老"工作室在活动形式上缺乏创新，过于单一，难以吸引到青少年的参与，影响了工作室的影响力。

五
意见建议

坚持党建引领，探索出台"五老"工作室建设指导意见。结合实际制定"五老"工作室建设意见，明确指导思想、基本原则、工作目标、工作内容、保障机制等，在省级层面统一谋划推进，形成上下联动局面。按照"加强统筹、试点先行、合理分布、逐步推进"的原则，以"六有"（有活动场所、有"五老"人员、有配套的设施、有明显标识、有活动计划、有档案资料）为基础，建好、管好、用好"五老"工作室。积极推动"五老"工作室融入基层党建工作，把工作室建设成为"五老"服务融入党委政府中心工作、服务青少年的重要平台。

加强协作配合，形成推进"五老"工作室的整体合力。加强与老干部局、离退休干部党支部以及涉老组织的沟通，建立健全工作协作机制，通过组织联建、资源联享、活动联办，不断增强工作合力，提升工作效果。要积极寻求与学校、社区、企业等单位的合作，为青少年提供培训、实践机会等。可通过政府资助、社会捐赠等方式筹集资金，为工作室的发展提供必要的物质保障。

注重人才培养，建设善作善成、充满活力的工作队伍。"五老"工作室的建设需要一支高素质的工作队伍来支撑。注重人才培养和队伍建设，将"五老"工作室领衔人和骨干力量列入各级关工委干部培训计划，通过定期培训、交流学习等方式助力他们更新知识、储备技能，提升自身素质。同时，关心爱护在"五老"工作室开展志愿服务的老同志，为他们开展工作搭建舞台、创造条件。积极吸纳新近退休"五老"、关心下一代志愿者加入工作室，特别是一些具有历史、法律等方面专业知识、热心关心下一代事业的老同志，增强工作室的发展活力。

建立评估机制，推进"五老"工作室制度化建设。定期对"五老"工作室的工作进行评估，适时评选出一批优秀"五老"工作室。通过评估了解工作室的运行情况、活动效果以及存在的问题和不足，为下一步的工作改进指明方向。同时，可以根据评估结果对工作室工作进行调整和优化，确保工作室持续、健康发展。

聚焦作用发挥，鼓励"五老"工作室实现多元化发展。充分发挥"五老"优势，让"五老"主动参与到工作室的各项活动中来，通过讲述革命故事等方式，引导青少年树立正确的价值观和人生观。同时，结合青少年多元化需求，开展丰富多彩的活动，如讲座、展览、比赛等，提高活动的互动性和趣味性，吸引更多青少年参与到工作室的活动中来。

强化宣传推广，推动"五老"工作室扩面提质、深化拓展。认真总结基层工作经验，重点培育、建设、打造一批"品牌特色鲜明、阵地建设规范、规章制度健全、项目服务精准、活动开展经常、示范作用明显"的"五老"工作室。加强与电视、报刊、电台等主流媒体的合作，利用省关工委门户网站及《成长》刊物等平台，大力宣传"五老"工作室建设的经验做法、典型事迹、工作成效，讲好"五老"助力现代化建设的故事，营造良好氛围。

论"五老"精神的时代意义

江西省关心下一代工作委员会 ─────────────

习近平总书记强调，我们要弘扬"五老"精神，尊重"五老"，爱护"五老"，学习"五老"，重视发挥"五老"作用，推动关心下一代事业更好发展。[①] 认真学习习近平总书记关于关心下一代工作的重要论述，深刻领悟"五老"精神的时代意义，从中汲取做好关心下一代工作的智慧和力量，对于推动新时代关心下一代事业更好发展具有重大的现实意义和深远的历史意义。

一

"五老"精神是赓续共产党人精神血脉的时代精神

"五老"精神是广大老干部、老战士、老专家、老教师、老模范等离退休老同志认真贯彻落实党中央关心下一代工作决策部署和习近平总书记重要指示批示精神，在关工委组织的团结带领下，在教育、引导、关爱、保护青少

───────────────

[①] 《习近平就做好关心下一代工作作出重要指示强调 坚持服务青少年的正确方向推动关心下一代事业更好发展》，《人民日报》2015年8月26日。

年成长成才的历史过程中形成的一种时代精神，其主要内涵就是：忠诚敬业，关爱后代，务实创新，无私奉献。"五老"精神是伟大建党精神在新时代的赓续传承，是中华民族精神历久弥新的生动体现，彰显了广大"五老"为党和国家中心工作助力添彩、为培养德智体美劳全面发展的社会主义建设者和接班人贡献力量的责任担当。

（一）忠诚敬业，体现的是广大"五老"的赤诚之心，展示的是鲜明的政治品格

天下至德，莫大于忠。忠于党、忠于祖国、忠于人民，是广大"五老"的鲜明政治品格；对党的事业忠诚执着、孜孜以求，是广大"五老"的亮丽政治底色。他们曾经是推动党和人民事业不断前进的重要骨干，是中国革命、建设和改革开放的见证人和亲历者，对我们党探索中国特色社会主义道路来之不易有着切身的感受，对我们国家战胜千难万险取得今天的辉煌成就有着直接的体验，从心底里相信党、听党话、跟党走。他们作为党的事业的坚定追随者，在离退休之后毫不犹豫地投身于关心下一代工作之中，作为老有所为的最佳选择，用老而弥坚的精神诠释对建设中国特色社会主义的真心真情，用奉献余热的力量解读对培育时代新人的关心关爱，始终做到红心犹在、信念如初、余热生辉。被习近平总书记亲切称呼为"老阿姨"的百岁老人龚全珍，毕生致力于关心下一代工作，生前一直担任江西省关工委顾问，她在生命弥留之际，还惦记着帮扶的困境儿童的学习生活情况，用一个老共产党员平凡的一生谱写了对党的事业无比忠诚的感人篇章。

（二）关爱后代，体现的是广大"五老"的大爱之情，展示的是宽博的家国情怀

一批又一批"五老"怀着对孩子们的慈爱之心和舐犊情深，把竭诚为青少年服务作为工作的立足点和出发点，坚持不懈用党的创新理论铸魂育人，被赞誉为党的先进理论的"播种机""宣传队"；为帮助贫困学子重圆求学梦，倾囊相助、奔走呼号，被誉为"用爱心托起明天的太阳"；坚持不抛弃、

不放弃失足青少年，把帮教挽救工作延伸到大墙内外，群众赞誉是"挽救了一个人，幸福了一家人，教育了一代人"；主动担负起网吧义务监督工作，被赞誉为"用心血筑起安全防火墙"；积极参与"珍爱生命，防止溺水"活动，被赞誉为"用爱心编织生命保护网"。被评为全国优秀共产党员、全国关心下一代"最美五老"的江西省都昌县关工委副主任周裔开老人，不顾自己体弱多病，几十年如一日开办救助困境儿童的"太阳村"，关爱帮助全国各地1800多名困境少年儿童成长成才。

（三）务实创新，体现的是广大"五老"的成事之道，展示的是优良的工作作风

广大"五老"在党和组织的长期教育培养下，形成了求真务实和开拓创新的优良传统和工作作风。他们秉持这种好传统、好作风，遵循关心下一代工作规律，立足实际、创新工作，以特定的位置发挥配合补充作用，以特有的优势发挥拾遗补阙作用，以特殊的角色发挥牵线搭桥作用，以特别的视角发挥参谋助手作用。他们把握住党政"所急"，为中心工作助力、为全局工作添彩；找准青少年"所需"，把立德树人作为根本任务，引导青少年听党话、跟党走；发挥关工委"所能"，深入推进"五老"关爱工程，大力度推进实践育人、帮扶育人、帮教育人，为青少年诚心诚意办实事，形成新时代关心下一代工作的鲜明优势。被评为全国关心下一代"最美五老"的江西萍乡安源区关工委委员段华胜老人，创新工作方式方法，结对帮扶百余名失足青少年重新走上人间正道，许多家长和被帮扶人员称他是"天下难寻的活菩萨"。

（四）无私奉献，体现的是广大"五老"的无我之境，展示的是高尚的道德风范

讲奉献是中华民族的传统美德，更是广大老同志的重要精神特质。广大"五老"一辈子为党的事业、为国家的繁荣富强奋斗奉献，自强不息；离退休以后，他们放弃安逸的晚年生活，割舍含饴弄孙的家庭亲情，发自内心地把对党和国家的感恩转化为支持帮助青少年成长成才的奉献。他们

虽年事已高,但是理想信念不移、为人民服务宗旨不变,在关心下一代工作中只有奉献、没有索取,只有公德、没有名利,为下一代健康成长谱写动人的烛光之曲。被评为全国道德模范、中国好人的井冈山市关工委原主任毛秉华老人,以弘扬井冈山精神为己任,几十年如一日坚持义务宣讲井冈山精神。他退休后每年还要为青少年宣讲 300 多场次,在 90 多岁高龄身体无法行走的日子里,还坚持让儿孙搀扶着去宣讲,被大家称为井冈山精神宣讲第一人。

二
"五老"精神彰显广大"五老"发挥独特优势的时代价值

"五老"精神赓续着中国共产党人的精神血脉,承载着我们党关心下一代的初心使命,彰显了广大"五老"在教育、引导、关爱、保护青少年方面的独特优势和时代价值,具有深厚的理论基础、长期的实践基础和广泛的群众基础,有力推动了关心下一代事业与时俱进、不断发展。

（一）充分发挥广大"五老"教育引导青少年的独特政治优势

做好关心下一代工作,首要任务就是要打牢青少年成长成才的思想根基。"五老"长期接受党的教育和培养,听党话、跟党走,对党怀有深厚感情,对中国特色社会主义抱有坚定信念,由他们来做青少年的思想政治工作,让有信仰的人讲信仰,更易说服人、更能感染人。近年来,中国关工委在青少年中持续开展习近平新时代中国特色社会主义思想宣传教育活动,深入实施传承红色基因工程,引导青少年坚定理想信念、增强爱党报国情怀,积极投身于全面建设社会主义现代化国家的火热实践中。近些年来,江西各级关工委坚持把立德树人作为根本任务,在"五老"中广泛开展"做青少年朋友的知心人、青少年工作的热心人、青少年群众的引路人"活动,使广大青少年在广大"五老"的言传身教中进一步增强了对中国特色社会主义的道路自信、理论自信、制度自信、文化自信。

（二）充分发挥广大"五老"关爱保护青少年的独特情感优势

尊老爱幼，是中华民族的优良品德；关爱后代，是广大"五老"的情感寄托。他们积极参与实施"五老"关爱工程，主动为青少年成长成才办实事解难事，对困境青少年不仅从物质层面进行帮扶，并逐渐深入精神层面进行帮扶，帮助他们健康成长、全面发展。他们还围绕乡村振兴发挥服务和推动作用，加强农村青少年思想政治教育，优化农村青少年成长环境，助力培养有理想、懂技术、会管理、会经营的乡村新型青年人才；认真履行未成年人保护法、预防未成年人犯罪法等法律规定的法定职责，发挥其独特作用，持续开展青少年法治宣传教育活动，教育引导青少年树立法治观念、提高法治素养、坚定法治自信。近年来，江西省关工委开展以关爱特殊青少年为重点的"一对一"结对帮扶帮教活动，对超 80% 的事实无人抚养儿童、70% 的重点留守儿童进行了结对帮扶帮教，用真心真情帮助这些孩子实现人生的转变，受到社会广泛赞誉。

（三）充分发挥广大"五老"热忱服务青少年的独特威望优势

尊师敬老、崇尚英雄、见贤思齐，是中华民族的优秀传统。广大"五老"曾在不同的行业和岗位，为国家和人民作出过积极贡献，具有广泛的社会声誉和众多的人脉关系，离退休之后仍然受到大家的热爱尊崇，在不同的领域和方面还有独特影响和协调能力，这是做好关心下一代工作的有利条件和丰富资源。他们在促进青少年德智体美劳全面发展的教育培养体系、构建家庭学校社会协同育人的工作机制、加强网络环境保护等方面主动发挥作用，以独特的尊崇优势，转化为汇集各种资源、协调各方力量热忱服务青少年的工作优势，努力优化青少年健康成长的社会环境。近年来，江西省关工委开展"树家风、育新人"活动，组织广大"五老"与青少年携手同行，通过多渠道的家风征集、多形式的家风传承、多领域的家风阵地创建、大力度的家风宣讲活动，帮助广大家庭树立新时代家风，进而推动淳朴民风，促进社风。

（四）充分发挥团结带领广大"五老"关心下一代的独特组织优势

成立关工委组织，团结带领广大"五老"等离退休老同志为促进青少年健康成长发挥重要作用，是党中央从战略和全局的高度作出的重大决策。进入新时代，党中央十分重视发挥关工委的独特优势和重要作用，习近平总书记给予充分肯定，中办、国办印发了《关于加强新时代关心下一代工作委员会工作的意见》，为做好新时代的关工委工作指明了前进方向、提供了重要遵循。各级关工委切实担负职责使命，团结带领广大"五老"主动作为，奋发有为。广泛动员热心公益事业的老同志参加关工委工作，及时把新退出领导岗位的老同志充实进关工委领导班子，增强关工委工作的生机和活力；不断健全"五老"培训体系、开展调查研究、加强教育阵地建设，提升服务青少年的能力。各级关工委组织还热情关怀从事关心下一代工作的"五老"，帮助解决实际困难，表彰、选树"五老"典型，激励和引领着广大"五老"为培养担当民族复兴大任的时代新人不懈奋斗。

三

"五老"精神体现推动关心下一代事业更好发展的时代要求

"五老"精神是与时俱进的时代精神，其彰显的时代价值催人奋进，其体现的时代要求为我们做好新时代的关心下一代工作指明了方向。我们要坚持以习近平新时代中国特色社会主义思想为指导，大力弘扬"五老"精神，践行时代要求，推进关心下一代事业更好发展。

（一）践行"五老"精神的时代要求，必须进一步强化做好关心下一代工作的使命担当

各级关工委和广大老同志要真正站在确保党的事业后继有人、实现党的长期执政、实现中华民族伟大复兴中国梦的战略高度，深刻认识关心下一代工作的重大意义，进一步增强责任感和使命感。要牢牢把握做好关心下一代工作的正确方向，着力加强青少年思想道德建设。要始终坚持党对关心下一

代工作的领导，自觉把党的领导贯彻到关心下一代工作的全过程各方面。各级党委和政府要把关心下一代工作纳入重要议事日程，切实解决关工委工作中遇到的实际困难和问题，把习近平总书记关于"各级党委和政府要加强对关心下一代工作的领导"重要指示要求落在实处。

（二）践行"五老"精神的时代要求，必须进一步适应新形势关爱服务好青少年成长成才

习近平总书记强调，青年理想远大、信念坚定，是一个国家、一个民族无坚不摧的前进动力。[①]要教育引导广大青少年树立远大理想，自觉树立和践行社会主义核心价值观，当好青少年成长成才的引路人；要用真情做好关爱服务工作，深入推进"五老"关爱工程，帮助青少年解决遇到的操心事、烦心事，让他们感受到更多的获得感、幸福感，当好青少年成长成才的贴心人；要创新育人方式、保护青少年合法权益、发挥"五老"在家庭教育中的示范带动作用，努力营造良好的校园环境、社会环境和家庭环境，当好青少年成长成才的守护人。

（三）践行"五老"精神的时代要求，必须进一步推进关工委工作求真务实改革创新

关心下一代工作，是党和国家事业的重要组成部分；加强新时代关工委的工作，要坚持实事求是、开拓创新。要按照党的二十届三中全会《中共中央关于进一步全面深化改革 推进中国式现代化的决定》要求，围绕"推动理想信念教育常态化制度化""完善立德树人机制"等方面，进一步全面深化改革，不断探索适应青少年特点的工作方法和路径。要认真落实中央的要求，建立健全党委统一领导、党政齐抓共管、关工委主动作为、有关部门积极配合、社会各界广泛参与的关心下一代工作机制。要坚持守正创新，从中国共产党关心下一代工作的探索实践中汲取滋养，培育和形成一批富有新时代特色的工作品牌。

① 习近平：《论中国共产党历史》，中央文献出版社，2021。

（四）践行"五老"精神的时代要求，必须进一步激励更多老同志在关心下一代的舞台上无私奉献

各级关工委是团结带领广大"五老"的群众性工作组织，要不断加强自身建设，始终保持和增强政治性、先进性、群众性，不断提升组织力、影响力和凝聚力，努力将关工委建设成老有所为的重要舞台、老有所学的重要课堂、老同志服务党和国家事业发展的重要阵地。要坚持"党建带关建"，加强班子、队伍建设和政治教育，因地制宜开展好"五好"创建活动，大力宣传先进典型事迹，完善表彰激励机制，以"五老"精神引领带动更多的老同志积极投身关心下一代工作。

习近平总书记在庆祝中国共产党成立 100 周年大会上的讲话中指出："一百年来，中国共产党弘扬伟大建党精神，在长期奋斗中构建起中国共产党人的精神谱系，锤炼出鲜明的政治品格。""五老"精神是伟大建党精神的传承弘扬，赓续了共产党人精神血脉，承载着共产党人初心使命，展现出党领导下的广大老同志的时代风采。在以中国式现代化全面推进强国建设、民族复兴伟业的新征程上，我们要大力弘扬伟大建党精神，传承红色基因，进一步全面深化改革，从"五老"精神中汲取丰富滋养，凝聚砥砺前行的磅礴力量，推动新时代关心下一代事业更好发展！

创新打造"五老"工作室
积极助力青少年健康成长

山东省济南市关心下一代工作委员会 ————————

一
初衷目的

习近平总书记指出，广大老干部、老战士、老专家、老教师、老模范等离退休老同志是党和人民的宝贵财富。我们要弘扬"五老"精神，尊重"五老"，爱护"五老"，学习"五老"，重视发挥"五老"作用，推动关心下一代事业更好发展。① 2021 年 12 月，中办、国办印发《关于加强新时代关心下一代工作委员会工作的意见》(以下简称《意见》)，要求充分发挥"五老"在教育引导和关爱保护青少年方面的优势作用，促进青少年成长，为培养德智体美劳全面发展的社会主义建设者和接班人贡献力量。

关心下一代工作是老干部工作的一项重要内容，市关心下一代工作委员会办公室，既是市关工委的办事机构，也是市委老干部局的内设处室，具体

---

① 《习近平就做好关心下一代工作作出重要指示强调 坚持服务青少年的正确方向推动关心下一代事业更好发展》，《人民日报》2015 年 8 月 26 日。

承担市关工委的日常工作。近年来，市委老干部局认真贯彻落实党中央关于关心下一代工作的决策部署和习近平总书记重要指示批示精神，以《意见》为遵循，积极发挥"五老"独特优势和重要作用，在教育、引导、关爱、保护青少年方面取得了显著成效。同时，在工作实践中，一些问题也日渐显现。一是"五老"人才资源相对分散。"五老"志愿者人数多，但力量松散，整合"五老"志愿者资源缺乏有效的平台，部分"五老"参与工作积极性不高、参与力度不强。二是教育活动形式较为单一。活动形式拘泥于作报告、送温暖等老路子、老方式，缺乏与时俱进的意识，对青少年的吸引力不强。三是品牌影响力还不够大。高质量主题活动不多，对老同志的示范带动作用不明显，产生的社会感召力还不够。工作实践中，我们发现，真正把"五老"聚起来，把关爱活动办起来，让"五老"能够开展服务，让青少年能够接受关爱，就需要一个面对面接触的载体和平台，这个载体和平台应该具备就近、方便、功能多样的特点，为此我们在全省率先进行了"五老"工作室建设的探索实践，有效整合"五老"专业人才和阵地资源，更好聚集关爱服务青少年的力量优势，努力打通服务青少年的"最后一公里"。

二

推进举措

立足"三个建强"，激发"五老"发挥作用新动能。一是建强工作阵地。依托党群服务中心、离退休干部党支部、农村党员活动室、学校心理活动室等公益阵地，按照以点带面、成熟一个挂牌一个的原则，先行试点成立了党史国史教育、法治宣传、非遗传承、特长指导等不同功能的"五老"工作室521个。比如，"青少年防溺水教育工作室"原是由莱芜区6位老党员发起的爱心组织，仅日常性地开展爱心巡河活动，在关工委的指导下，依托老年大学建立起工作室，参与"五老"志愿者人数扩展到150人，形成了"讲、阻、教、研、救""五位一体"的工作模式。共开展巡河876次，发放倡议书7000余份，举办防溺水讲座98次，劝离在危险水域的青少年480余人，获得社会各界的广泛赞誉。二是建强工作队伍。按照人才资源共享和属地化管理的要求，打破"五老"原来所在单位的隶属关系和行业界线，采取以组织荐"五老"、以工作邀"五老"、以"五老"聚"五老"等方法和途径，依托"五老"工作室把驻地的省、市和部队等单位的离退休老同志广泛动员和吸纳到关心下一代工作中来，使原本分散的"五老"人才资源充分发掘、聚集，实现了"五老"人才资源的合理配置，极大地方便了"五老"就近就地就便开展工作。同时，培树一批政治素养高、组织能力强、社会影响大的工作室领头人，达到"选准一人、引领一群、带动一片"的效果，"五老"骨干达9000余人。三是建强工作制度。印发《关于进一步加强"五老"工作室建设的意见》和《示范"五老"工作室评定实施标准》。明确"六有"标准（有功能、有场所、有队伍、有活动、有制度、有影响），要求详细掌握志愿者特长、个人意愿以及身心健康等情况，建立管理台账，实时掌握"五老"志愿者数量和活动开展情况等信息，为"五老"工作室常态长效运行提供坚实的保障。

坚持"四个聚焦"，拓展"五老"发挥作用的新领域。一是聚焦培根铸魂，传承红色基因。以各类"五老"工作室为支撑，以"传承红色基因，争做时代新人""爱党、爱国、爱市、爱家"等主题教育为抓手，与党史国史教育、时事形势教育有机结合，着力推动培根铸魂、立德树人工程走深走实。组织老教师精心编撰蕴含泉城红色文化的《家住济南府》《印象·泉城》，在全市中小学中进行配发赠送。组织"全市立德树人宣讲团"走进学校，用孩子们喜闻乐见的形式和通俗易懂的语言开展宣讲，开展各类活动3190场，举办大讲堂、报告会100余场次，受教育青少年达18万人次。二是聚焦以文化人，增强文化自信。突出文化的立心立魂立德功能，以尊重传统、继承传统、弘扬传统为工作理念，不断厚植青少年的家国情怀和强国之志，使中华优秀传统文化播撒在每一个孩子心中。市中区舜耕街道开办"七彩阳光大课堂"，组织辖区内几十位具有专长的"五老"志愿者，在中小学生放学、放假期间为孩子们开设书法、绘画、戏曲、剪纸等传统特色课程，深受社区居民和青少年欢迎。历下区"李其仁泥塑工作室"以"捏"泥塑、"演"故事、"讲"道理的方式组织附近学校和社区青少年"沉浸式"体验学习，开展优秀传统文化宣讲活动50余场，参与青少年达1000余人次。三是聚焦关爱帮扶，守护困境儿童。探索打造"五老"工作室＋青年志愿者＋其他社会关爱力量"三核驱动"新模式，针对社会散居孤儿、事实无人抚养儿童、重点困境儿童进行"扶心、扶志、扶智、扶技"式帮扶，让志愿者与孤困儿童组建"长期家庭"，给予孩子们"家长式的陪伴"和"正规化的教育"。目前，全市共组建"关爱孤困儿童工作室"61个，招募志愿者3000余名，其中"五老"志愿者820名，累计摸排村（居）2185个，一对一结对帮扶孤困儿童882名。筹集各类捐助资金319.1万元，资助困境青少年4778人。四是聚焦学农助农，助力乡村振兴。依托青少年农业科普基地，打造农业"五老"工作室51个，持续开展农业科普活动，年均接待青少年近8万人次。历城区蔬菜局退休技术员王芳德牵头成立"芳德工作室"，长年深耕于农业技术科普，累计举办讲座和现场会90多次，受训青年农民达8000多人次。

　　突出"四个注重"，构建"五老"发挥作用新格局。一是注重科学谋划。在调研分析研判的基础上，根据工作室实际和青少年需求，坚持高起点定位，高标准谋划，做到有方案、有步骤、有措施，力争建成一个、活跃一个、推广一个。持续做好工作室运行的动态评估和分类指导，对活动机制健全、发挥作用明显的，给予重点扶持。对活动开展不经常、运行不规范的进行整改，切实擦亮"五老"工作室品牌。同时，探索联建、共建、依托建等形式，吸纳社会组织和企业参与其中，推动"五老"工作室不断扩面增量。二是注重典型培育。每季度召开1次"五老"工作室建设推进会，及时掌握各区县工作开展情况，加大"五老"工作室品牌选树力度，积极挖掘不同特色的先进典型。完善工作室建设激励机制，将"五老"工作室建设和活动开展情况纳入各级关工委年度重点工作和"示范工作室"评价体系。三是注重示范引领。在全市范围内评选示范"五老"工作室，对有特殊贡献、特殊专长、特殊技能的27个示范"五老"工作室进行命名，一批可看、可学、可推广的"五老"工作室成为关爱青少年的新高地。组织120名"五老"到市中区现场观摩了"速成工作室""吴国良漫画之家"等5处示范工作室，引领带动广大"五老"向品牌看齐，推动更多彰显地域特色、独具品牌效应、辐射带动力强的"五老"工作室落地见效。四是注重宣传推广。充分运用报纸、电视、广播、新媒体等，大力宣传示范"五老"工作室和影响力人物，吸引和带领更多老同志继续发光发热、服务社会。将全市"五老"先进事迹汇编成《爱洒明天》《薪火永续》合辑，传颂"五老"先进事迹，不断提升"五老"工作室的知名度和美誉度，让"五老"更有地位、更有影响、更有威信。

三

取得的成效

"五老"队伍人才逐步集聚壮大。"五老"工作室的创建畅通了"五老"参加关心下一代工作的途径，建成了一支素质优良、人数众多、覆盖面广、结构合理的"五老"队伍，全市"五老"志愿者总数由 5.6 万人增加到 8.9 万人，"五老"人才资源覆盖思政教育、传统文化、法治教育、农业科普、安全防护等 20 余方面，先后组建宣讲队伍 87 支、结对帮扶队伍 42 支，为关心下一代工作人才培养、队伍建设、活动策划、典型选树提供了有力支撑。

"五老"工作室"1+12+N"阵地体系日趋完善。目前，工作室已由最初试点的 4 类，发展到 8 个类目，涵盖了法治、教育、医疗、农业等领域，基本实现了场地、人员、活动、保障"四落实"，已初步构建起市关工委牵头抓总、12 个区县分块指导、521 个工作室具体落实的"1+12+N"阵地建设体系，推动形成了市、区县、镇（街）、村（社区）四级协调联动的生动局面，有效促进了社会化关爱教育机制的形成和家庭学校社会协同育人的开展，多方关爱青少年的社会氛围更加浓厚。

关心下一代工作的品牌效应不断显现。"五老"工作室的影响力、号召力不断增强，"一室一特色""一室一品牌"的良好局面已经形成。"关爱孤困儿童工作室"突破传统帮扶模式，实现了从分散帮扶到统筹集中帮扶的组织创新、从偏重物质帮扶到注重精神帮扶的内容创新、从单枪匹马帮扶到"五老"与青年志愿者携手帮扶三个方面的创新。"天天向上网络工作室"，实行每月一主题机制，邀请知名专家和优秀"五老"在线直播授课，举办专题直播 20

场，观看人数 200 余万人次。

青少年健康成长得到更好守护。"五老"工作室的打造，进一步提高了学校课堂、社会课堂、家庭课堂的协同育人效应。广大"五老"充分发挥优势特长，开展理想信念教育宣讲 1430 场次、"爱党、爱国、爱市、爱家"主题教育专项活动 1560 场次、爱国主义和革命传统教育活动 1200 场次、"扶贫助孤"行动和夏（冬）令营等活动 560 场次，累计受益青少年 120 余万人次，争取各类捐款捐物 600 余万元。同时，法治教育、安全防护、预防未成年人犯罪等活动广泛开展，多方配合关心关爱青少年的成效更加显著。

全市关心下一代工作的创新实践，得到了各级领导的充分认可和肯定。中国关工委主任顾秀莲批示，"济南市关工委工作内容丰富全面，工作思路很开阔，创新亮点多"。她在章丘三涧溪村调研时指出，"三涧溪村坚持'以党建带关建'，积极发挥'五老'优势作用，帮青少年办实事解难事，为助力乡村振兴、服务三农发展做出了贡献"。省关工委主任高新亭批示，"济南市关工委贯彻落实省关工委关于'五老'工作室创建工作的有关要求，结合当地实际，建成一批特色鲜明、成效明显、深受青少年欢迎的'五老'工作室，为青少年健康成长作出积极贡献。希望你们认真总结经验做法，推进创新实践，为'五老'关爱帮扶青少年提供更多阵地平台，推动全市关心下一代工作不断取得新成绩"。济南市委常委、组织部部长陈阳批示，"市关工委、市委老干部局大力推进关心下一代工作，创新打造'五老'工作室、有效整合'五老'专业人才和阵地资源，发挥了'五老'在教育、引导、关爱、保护青少年方面的独特优势和重要作用，延伸了老同志服务关爱青少年的手臂，值得充分肯定。望进一步总结经验，完善机制，围绕市委中心工作做出积极贡献"。

全市打造"五老"工作室，助推老干部工作创新发展的有关经验做法被人民网、光明网、中国新闻网、中国网、中国日报中文网、凤凰新闻网、大众网及《中国老年报》《中国火炬》《关爱》《山东老干部之家》《济南日报》等多家媒体宣传报道。市关工委连续 6 次被评为"全国关心下一代工作先进集体"，"五老"工作室带头人刘永海、王速成被评为"2024 年度全国离退休干部先进个人"，市委老干部局先后两次被评为"全省关心下一代工作先进集体"。

关工委的工作方法初探

湖南省关心下一代工作委员会 ——————————————

　　工作方法是指人们在实践过程中为达到一定目的和效果所采取的办法和手段。科学的方法是人们分析问题和解决问题的"钥匙"。恩格斯在写给韦尔纳·桑巴特的信中精辟地指出："马克思的整个世界观不是教义，而是方法。它提供的不是现成的教条，而是进一步研究的出发点和供这种研究使用的方法。"毛泽东主席把正确的思想方法和工作方法视为领导工作顺利推进的关键。他曾经形象地把"过河"比喻为目的和任务，把解决"桥"和"船"的问题比喻为方法和途径。习近平总书记针对方法问题作出一系列重要论述和指示。科学的方法论犹如一根红线，贯穿于习近平新时代中国特色社会主义思想之中。

　　关心下一代工作是一项开创性工作。用什么样的方式方法，使我们所做的工作特别是思想政治工作，能够走进青少年、打动青少年，为他们所接受，产生同频共振效应，收到"春风化雨"的效果，这是一门大学问。这些年来，我们针对相当一部分"五老"在做关心下一代工作时常常面临"老办法不行、新办法不明"的情况，致力于用心研究和大力改进关工委工作的方法，主要是在以下几个方面进行了有益探索。

一
平常工作以活动牵引

落实关心下一代工作的目标任务，要靠有效的抓手。关工委作为党领导下的群众性工作组织，硬性的抓手不多，最大的也最有效的抓手就是开展活动。活动是把广大青少年凝聚起来的纽带，是使青少年在轻松愉悦的气氛中接受教育和洗礼的平台。关工委开展的活动，既要内容严肃健康，又要形式生动活泼。也就是说，要把有意义的活动搞得有意思，有意思的活动搞得有意义。为此，在具体活动的谋划设计中要注意这样几条：一是最能表现积极向上内容、发挥正确的价值引领作用的；二是创新性强、时代性强、可操作性强的；三是青少年参与度高、接受度高的。这些年来，我们正是按照这样几条原则，组织开展了一系列活动，取得了明显成效。

二
重点工作用典型带动

抓关心下一代工作和其他任何工作一样，既要系统推进，统筹兼顾，又要全力抓主要矛盾，扭住重点集中突破。重点工作一般难度都很大，需要付出加倍努力才能抓好。关工委抓重点工作硬招不多，最有效的办法是靠典型带动。典型就是榜样。榜样具有很强的示范性和说服力。抓典型要有敏锐的眼光和满腔的热情，在策划、发现、培养、提高、总结、推广上下功夫。抓典型的方式主要有两种。一是目标任务确定以后，选择一两个有代表性的地方（单位）先行一步作试点。二是及时发现基层典型，大力度向面上推广。实践告诉我们，高手在民间，基层出经验。全省关心下一代工作的经验，大都来自基层。我们正是在总结运用这些经验的基础上，取得了一项项重点工作的突破。

三

正确引导先摸准脉搏

射箭要看靶子，弹琴要看听众。关工委作为青少年思想政治上的引路人，要实施正确的引导，首要的前提就是读懂被引领者，摸准他们的脉搏，了解他们的所思所盼。

读懂被引领者，首先要从总体上读懂当代青少年。当代青少年生活在一个更加开放、更加富裕、有更多选择的环境之中，生活在国内意识形态多样、世界百年未有之大变局加速演进的大背景下，且一出生，便与互联网信息时代无缝对接。其思想观念、行为方式不可能不被打上时代的烙印。一方面，他们有与新时代同向同行、共同前进的一面，比如自信开放、思想活跃、敢于创新；另一方面，也存在一些不足，比如"佛系思想""躺平心态""饭圈文化""网瘾少年"等现象也不同程度地存在。这些都是时代变化的产物。要读懂当代青少年，就必须用时代的眼光、辩证的思维，切忌用传统的眼光去看待当代青少年，用主观的好恶来衡量当代青少年，持一元思维去审视多元社会环境中成长起来的青少年。只有建立在这样的思想认识基础上，才能获得正确引导当代青少年的主动权。

读懂被引领者，还要读懂每个具体的工作对象。青少年在不同的成长阶段，有不同的认知习惯、思维方式、性格癖好，即使在同一个年龄阶段，由于所处环境、家庭背景的不同，也有不同的心理状态以及对人生不同的理想期盼。一些有不良行为的孩子，其产生的原因也是不一样的，有家庭不健全或发生变故，从小缺爱失教的因素；有学校管理不到位，长期受校园欺凌的因素；有交友不慎，或者受社会特别是互联网负面宣传影响的因素；有承受多方面过大压力，导致心理不健康的因素；等等。基于此，在对青少年进行引导时，务必摒弃简单化、采用一个模式的做法，坚持"一把钥匙开一把锁"。要耐心倾听每一个孩子的内心想法，详细了解每一个孩子的基本信息，细心观察每一个孩子的喜怒哀乐，时刻洞察每一个孩子心理的微妙变化，根据每个孩子的具体情况，有针对性地开展工作，做到靶向施策、精准施教。

四
思政教育重方式创新

抓好青少年思政教育，用习近平新时代中国特色社会主义思想铸魂育人，是关心下一代工作的首要任务。思政教育的本质是讲道理，但道理不会因其科学性而自动被人接受。面对思想活跃、个性独立、掌握大量信息、接受能力和思维能力普遍提升的青少年，要想我们讲的道理被他们接受、认同，最重要的就是要创新教育思维、改进教育方式，致力于把道理讲深、讲透、讲活，把鲜活的思想讲鲜活，把抽象的教育形象化、具体化，把有意义的讲得有意思。这些年来，全省各级关工委在这方面下了很大功夫，逐步找到了一些有效办法。比如，变干巴巴、冷冰冰的说教为有温度、青少年乐于接受的教育；变单纯的讲道理为情、义、理的有机结合；变"大水漫灌"为"精准滴灌"；变青少年作为单纯的受教育者为既是受教育者又是教育者；变单纯的"面对面"教育为同时注重"键对键"教育；变单纯的思想道德教育为与心理健康教育有机结合；变单纯的思想道德教育为与实践养成紧密结合；变"你讲我听"的单向教育为互教互学、共同提高的双向教育；等等。

五
工作有位凭有为赢得

关心下一代工作要有效推进，离不开党的领导，离不开党政重视。那么，如何赢得党政的重视支持？关键取决于我们在实践中彰显的作为和发挥的作用。人们常说，有为才有位，有位更有为。这是对主体和客体良性互动辩证关系的生动诠释和高度概括。我们的工作要得到党委、政府更多的支持，在社会上有更高的地位，起决定性作用的就是把工作做得更好，靠"有为"去争得"有位"，用"有为"去赢得"有位"。为此，要注重在"三个善于"上下功夫：一是要善于谋划。关工委工作的方针是"坚持急党政所急、想青少年所需、尽关工委所能"，排在首位的就是"急党政所急"。这就要求关工委的所有工作必须在大局下行动，谋划和开展工作，一定要紧贴中心，服务大局，与党委、政府的中心工作"对上眼""合上拍"，把党委、政府最牵挂的事、青少年最期盼的事、对推动全面工作最有意义的事，作为工作重点。二是要善于操作。目标任务一旦确定，就要选择那些最有效、能有事半功倍之效的载体和抓手，全力组织实施。三是要善于落实。对看准了、确定了的事，要一抓到底，遇到再大的阻力和困难，也要以敢啃硬骨头的精神全力突破，干出实实在在的成效。只有这样，我们的工作才能彰显出特有的价值，党委、政府才会感到关工委组织不是可有可无的，而是做青少年工作的重要参谋助手。

六
工作合力靠协调形成

关心下一代工作是全党全社会的工作。涉及的主体众多，多种资源分散在不同的部门和单位。有效整合各类主体和各种资源，共同发力、形成合力，推动关爱服务体系和服务能力现代化，是关心下一代工作需要解决的一个突出问题。作为关工委来讲，就是要充分发挥主观能动性，主动做好协调工作。除了积极推动落实关工委成员单位联席会议制度，促进构建党政带动、关工委主动、部门联动的工作格局外，还可以采取这样的一些形式。一是采取嵌入的方式，主动参与有关部门开展的青少年工作。二是主动商请有关部门参与关工委开展的重要工作和重要活动。三是与有关部门联手开展关心下一代工作。这种形式主要适用于基层。目前，全省基层单位的关工委主任一般由所在单位的党支部书记或退休党支部书记兼任。很多地方利用这一有利条件，把党支部、妇联、共青团、老科协等力量整合起来，共同谋划关心下一代工作，既发挥各个主体的优势和长处，又实现资源共享、活动共办、工作共进。这是一种非常好的形式。

协调，对于关工委领导来说，既是一种工作艺术，也体现为一种思想境界。很多关工委负责人，曾经担任过一个地方或部门、单位的领导。为了动员各方面的力量，为关心下一代事业共同发力，不少同志坚持"摆正位子、放下架子、不惜面子"，主动到有关部门和单位去汇报工作，协调相关事宜。这是我们关工委领导应有的高风亮节。许多地方的实践证明，正是这种高风亮节，赢得了各有关部门的支持，使关心下一代工作的合力不断增强。

七
整体工作倚特色出彩

关心下一代工作要彰显作为、出彩出色，最根本的途径就是要抓特色。所谓特色，就意味着与众不同，具有独特性和独创性，或者说叫"人无我有"。"人无"是发展的起点、创新的空间。"我有"，则是立足自身特点，把优势不断放大。"我有"不是简单地追求"我有你没有"，而是锚定"我有你比不了的"去发力，打造具有鲜明特色的品牌。抓特色，关键在于找准特点、选准项目。我们在研究确定关工委的工作目标任务和具体项目时，一定要用心研究自身优势，在"人无"处开拓，在"我有"处深耕，在凸显并放大特色上下功夫。具体来说，要把主要着力点放在这样一些重要工作和项目上。一是青少年成长过程中最期盼、最需要解决的问题，而解决这些问题本地本单位又最具优势，包括资源优势、人才优势和职能优势等；二是当地党政大局工作中急需解决、对当地发展能起积极推动作用的项目；三是关心下一代工作急需解决的短板；四是能够填补全省乃至全国空白的项目。这些年来，我们开展的很多工作都是具有湖南特色的。

关于广东推进民营企业关工委建设的调研报告

广东省关心下一代工作委员会 ————————————

根据中国关工委关于加强新时代企业关工委建设的工作部署，广东省关工委组成调研组，以民营企业（以下简称"民企"）关工委建设为专题，深入珠三角和粤东粤西粤北地区进行调研。调研组采取召开座谈会、汇报交流情况、实地考察和查阅资料案例等形式，认真总结经验，分析现状，针对现存问题和发展需要，研究加强民企关工委建设的措施办法，以更好地发挥民企关工委和"五老"优势作用，促进全省关心下一代工作高质量发展。

一
广东民企关工委建设取得长足进步

广东民企是全省经济社会高质量发展的主力军。省统计局、省市场监督管理局的统计数据显示，广东民企总量居全国第一，全省登记在册民企突破1700万户（含个体工商户），占全省经营主体总量的96%以上。以2023年为例，全省民营经济完成增加值73339.17亿元，占全省增加值的54.1%。

民企税收完成 15636.51 亿元，同比增长 10.3%，增幅比全省高 7.9 个百分点，占全省税收的 61.4%。民企进出口总额完成 50370.58 亿元，其中出口总额 34573.88 亿元，增长 8.3%，比全省高 5.8 个百分点，占全省出口总额的 63.6%。根据全国工商联发布的《2024 年中国民营企业 500 强排名榜》，广东有 50 家民企进入全国民企 500 强，列全国前四位。

为主动适应广东经济社会发展要求，省关工委一直把民企关工委建设作为全省关心下一代工作的重点工作。早在 2006 年，东莞、深圳等市率先在全省建立民企关工委。2010 年，广州、佛山、中山等市相继试点，探索在民企建立关工委的路径和方法。2016 年，省关工委在深圳市龙岗区召开现场会，总结推广民企关工委建设的先进经验。2020 年，全省关工委工作会议进一步强调，大力推进民企关工委建设，对外来务工人员及其子女提供有针对性的关爱服务。2022 年，为认真贯彻落实中办、国办印发的《关于加强新时代关心下一代工作委员会工作的意见》和省委办、省府办印发的《关于加强新时代关心下一代工作委员会工作的实施意见》，按照中国关工委提出的"努力实现哪里有党组织和青工，就把哪里的关心下一代工作开展起来"的目标要求，各级关工委坚持以"党建带关建"，采取单独组建、区域组建、联合组建等模式，持续推动民企关工委建设迈出了新步伐。目前，全省组建民企关工委共 4295 家，其中单独组建 3398 家，商会组建 496 家，行业协会组建 127 家，区域联建 101 家，科创园区、大厦楼宇等其他类型组建 173 家，全省民企关工委建设工作取得了明显成效。

（一）制发文件提供有力支撑

各级关工委主动争取党委组织部和有关部门支持，把推进民企关工委建设作为新时期关工委工作重点任务进行规划部署。比如，深圳市委组织部、市关工委联合印发《关于加强我市企业关心下一代工作的通知》；佛山市南海区关工委印发《关于南海区（各镇街）总商会成立关工委的工作指引》，顺德区两新组织党工委、区关工委联合印发《"两新"组织关工委成立指南》；中山市关工委、市民政局、市工商联联合印发《关于加强商会协会等社会组织关心下一代工作的意见》；茂名市关工委印发《关于进一步加快民营企业关工委组织建设的通知》；惠州、汕尾等市关工委联合市工商联、民政局等单位也制发了加强民企关工委建设的文件。这些政策性文件的出台实施，从加强党的领导、健全组织体系、创新方式方法、解决实际问题、强化社会责任等方面作出明确规定、提出具体要求，有力推动民企关工委建设迈出坚实的步伐。

（二）探索多种组织设置路径

一是推动党组织健全、基础条件好的民企单独组建。如广州、深圳、佛山、中山等市关工委积极争取企业党委或属地街道党工委、社区党工委支持成立关工委，实现关工委工作与党建工作同部署、同谋划、同考核、同落实，并实行"双主任"制，由老同志和企业党组织负责人共同担任关工委主任。其中，广州市番禺区在全市率先实现商会党组织和关工委组织两个100%全覆盖。二是探索按行政区域组建或商会协会、产业园区联合组建。如佛山市以企业商会、产业园区为平台，大力推进民企关工委建设，全市建立民企关工委392个，其中南海区实现区、镇（街）两级总商会关工委组织全覆盖，顺德区建立关工委组织的民企达到120家。茂名市统筹民企和"引进来"、"走出去"的商会组建关工委，近几年全市成立民企关工委95家。三是推进在商圈街巷、街道社区和其他经济组织建立民企关工委。如深圳市在街道社区、产业集群、商圈、商业楼宇和其他经济组织，采取"组团式"联合成立关工委，并以此为"枢纽"，带动"圈内"关工委工作。目前深圳市组建民企关工委1102家，工作覆盖超15万家民企。

（三）为青年职工成长成才及其子女健康成长提供关爱服务

各地关工委围绕立德树人根本任务，着力推动民企关工委为青年职工及其子女成长成才做好事、办实事、解难事，进一步增强企业的凝聚力。一是加强青年职工的思想政治引领。各地民企关工委选择"学雷锋活动月""爱国主义教育月""法治教育月""国际禁毒日"等节点，开展丰富多彩的主题教育。揭阳市动员刚从企业退下来的厂长（经理）、企业骨干、德高望重的老党员参与关工组织，组成"五老"宣讲团，深入各个企业与青年职工深入交流，关心他们的成长和发展，在企业和青工中产生良好的影响。二是依托各种教育基地和载体提升关爱服务活动效能。珠三角多地民企关工委拓展各类教育基地和载体，推动企业建立爱国主义教育、科普教育、非遗文化教育、职业技能培训、劳动实践等基地，进一步提升了针对企业青工及其子女的教育服务水平。譬如，佛山市民企关工委普遍利用各类基地载体，分期分批举办员工子女夏令营和周日亲子活动、青年员工技能培训、中小学生扶贫助困、禁毒教育和急救培训等特色实践活动，增强了青工对企业的认同归属感。三是发挥民企关工委与商会、协会以及各类公益组织的集聚效应。如广州市增城区发挥企业"爱心联盟"的集聚效应（该联盟由 140 多家民企与公益组织组成），坚持开展"圆梦助学"系列活动，共举办公益活动 125 场次，捐赠书籍 28800 册，筹募捐款 265 万元，帮助青年职工的留守儿童和困境儿童继续学业、健康成长。

（四）党群企联动实现共建共治共享

各地关工委积极争取当地党委、有关部门和群团组织的支持，引导民企关工委和企业履行好社会责任。譬如，广东东菱凯琴集团关工委探索"党建＋团建＋工建＋妇建"的模式，使企业关工委工作不断向新领域拓展和延伸。他们长期坚持与社区党工委、中小学校等结对开展共建共治活动，使企业员工素质培养和员工子女的教育帮扶工作开展得有声有色。中山完美（中国）有限公司董事长、关工委主任古润金，近十年带领企业累计参与或自办希望工程、"母亲水窖"、华文教育、禁毒帮教、校园安全等 180 多项社会公益项目，捐款超 9 亿多元。茂名市关工委积极为民企、商会、行业协会牵线搭桥，解决急难愁盼问题，充分调动起企业支持关心下一代工作，履行社会责任。该市耀明集团是一家大型民企，于 2021 年成立关工委，由董事长陈耀明兼关工委主任。几年来，该集团关工委在企业内部和社会各界开展助孤、助残、助困公益活动，资助金额 1000 多万元，共资助 136 名困境青少年走出困境、成长成才。

（五）总结推广典型经验

各地关工委重视总结民企关工委建设的典型经验，打造工作品牌。中山市广东熊猫体育文化产业有限公司关工委，成功打造了中山市青少年爱国主义教育基地、青少年实践教育基地、粤港澳台侨青少年交流活动基地等特色品牌。2022年该公司所属基地东升初级中学被中国关工委列入第一批"中国关心下一代教育基地"。2023年中国关工委在该基地举行了"爱接棒·中山行"青少年棒球运动交流活动启动仪式，中国关工委常务副主任吴德刚参加并作讲话。珠海市关工委每年都召开一次民企关工委工作座谈会，邀请优秀企业代表和民企关工委主任介绍组织建设、员工关爱、社会公益等方面的经验做法，树立先进标杆，促进民企关工委之间的经验交流。近几年，汕尾市关工委每年都与市工商联联合开展评选表彰企业关工委工作示范单位活动，探索形成推动民企关工委建设的激励机制。

二

进一步加强民企关工委建设是推动关心下一代工作高质量发展的需要

各地关工委多年来的实践经验为我们提供的启示：加快推进民企关工委建设，对于充分利用好、发挥好企业的资源优势，促进民企青年人才培养和经济发展，扩大关工委组织的覆盖面和社会影响力，实现关工委工作高质量发展，具有重要的意义。

有利于发展组织网络。关工委组织是一个网络体系，需要具备完整的政治功能、组织功能和发展功能，调查结果显示，目前民企关工委组织覆盖面不大，直接影响到整个关心下一代工作的整体发展。近几年，许多地方关工委为适应新形势新要求，坚持把民企关工委建设作为加强基层关工委组织建设工作的重点任务，切实推进民企及各类社会组织组建关工委，这对完善优化基层组织结构、扩大关工委组织覆盖面具有重要作用。佛山、中山、汕尾、惠州等市关工委推动民企关工委建设的基本特点就是与"两新"组织党工委、工商联、民政局等单位紧密配合，形成合力，共同推进。深圳市关工委结合特区民企的实际，采取统筹规划、分类实施、重点覆盖的办法，着力推进产业集群、街巷社区、商圈、商业楼宇和各类非公经济组织关工委建设，为全省提供了很好的经验借鉴。

有利于提高关工委工作的社会化水平。社会化是解决关工委本身的资源条件有限问题的重要路径。而民企是关工委工作社会化的重要载体。民企特别是规模企业和商会、行业协会等枢纽型民企，各方面构成人员多、功能齐全，有丰富资源和社会影响。通过在民企建设关工委，可以争取企业人力、物力、财力的支持，为关工委开展活动提供支撑保障。可以拓展服务青年职工的工作领域。民企青年职工是支撑企业发展的主体，但民企关工委建设推进力度不够大、发展还不充分，导致关爱服务工作存在盲区，需要继续拓展和延伸新的工作领域。当前企业面临激烈的竞争和严峻的挑战，最重要的是提升青工的整体思想文化素质，关心关爱他们及其子女成长成才，解决他们的后顾之忧，增强企业的凝聚力，助推企业经济发展。可以形成协同推进、共建共享工作新格局。通过推进民企关工委建设，能够加强与企业和基层党群组织、学校、社区等的紧密合作，利用社会团体、慈善机构、志愿者协会等社会力量，整合资源，完善机制，共同举办公益项目，做好对企业青工和特殊困难青少年群体的关爱帮扶工作。总之，推进民企关工委建设，是新时期关工委扩大工作领域、创新服务载体、提高社会化水平的实际需要。

有利于更好地围绕中心、服务大局。2023 年以来，国家相关部门陆续出台促进民企发展壮大的政策措施，广东省委提出"锚定一个目标，激活三大动力，奋力实现十大新突破"的"1310"具体部署。关工委要体现先进性，彰显更大作为和良好形象，就需要围绕中心、服务大局，通过组建民企关工委开展更多关爱下一代活动，助力青年职工成长成才和企业发展。要发挥关工委和"五老"的优势作用，加强调查研究，向党委、政府提出科学的意见建议，及时回应企业和青年职工关切的利益诉求；结合企业发展需求，联合人社、科技等部门，为青年职工提供专业技能、管理知识和科技创新培训，帮助青年职工搭建成长平台；通过主流媒体和关工委自办媒体，集中宣介参加光彩事业的民营企业家先进典型，引导青少年培育和弘扬企业家精神，积极参与粤港澳大湾区建设和乡村振兴、应急救灾、慈善捐献等公益事业。

三

推动民企关工委建设上新水平的对策建议

广东省关工委将继续深入学习贯彻党的二十大和二十届三中全会精神，深入贯彻落实习近平总书记关于关心下一代工作的重要指示批示精神，聚焦实施省委"1310"具体部署，按照中国关工委关于企业关工委建设的要求，围绕立德树人的根本任务，坚持"党建带关建"，继续探索和推进民企关工委建设，为助力民营经济发展壮大、推动关工委工作高质量发展发挥更大作用。

（一）坚持"党建带关建"，形成民企关工委建设浓厚氛围

要充分发挥各级关工委的主观能动性，积极争取当地党委、政府和民企经营者的支持。聚焦重点难点问题，修订完善组建民企关工委开展关心下一代工作的制度措施，构建在党委领导下由关工委负总责，政府有关部门、企业、学校、乡镇（街道）、社区和各类社团组织多方参与，共建共治共享的合作机制。加强对民企关工委参与关心下一代工作先进集体和典型人物的宣传报道，营造浓厚的社会氛围。

（二）加强整体设计，统筹推进民企关工委建设

目前，民企关工委建设工作还缺乏整体设计和科学谋划，缺少明确规范指引和强力推动。各级关工委要深刻认识搞好民企关工委建设对于推动关心下一代工作高质量发展的重要性，加强顶层设计，统筹协调，多措并举，大力推进民企关工委建设。要深入调查研究，针对各地民企关工委建设中存在的问题，做好与有关企业的沟通协调工作，按照因势利导、因企制宜、循序渐进的原则，实施分类指导，全面有序推进。要认真借鉴运用各地区、各企业的成功经验，努力推动"两新"组织实现党组织建到哪里、关工委就建到

哪里，哪里的企业条件成熟就把哪里的关工委建立起来，不断扩大关工委工作的覆盖面。要总结推广先进典型，努力打造更多的民企关工委工作品牌，发挥示范引领作用。

（三）强化需求导向，提高民企关工委工作实际效能和社会影响力

切实加强青年职工的思想政治教育，围绕立德树人主题，以需求为导向，开展红色基因传承、党史国史、企业文化、法治宣传等教育活动。着力推动民企关工委在帮助青工岗位成才、关爱帮扶青工子女健康成长等方面办实事、做好事、解难事，助力企业构建和谐劳动关系。持续开展"双关爱"和传、帮、带活动，完善传帮带制度，培育和弘扬劳动精神、工匠精神、企业家精神。组织发动"五老"和青年职工为企业发展献计献策，营造关心促进民企发展壮大氛围。进一步发挥规模民企关工委和"枢纽型"关工组织的优势作用，不断扩大社会影响力。

（四）加强自身建设，提升民企关工委工作活力

围绕构建关工委工作发展新格局、推动高质量发展的目标，进一步探索完善民企关工委的工作机制和活动阵地等基础建设。适应企业发展新要求，健全培训制度，加强学习培训，提高民企"五老"的政治理论水平和综合素质。优化民企关工委的人员组成，按照本人有意愿、热爱青少年、有"导师"能力的原则，发动更多的"五老"加入民企关工委队伍。推广广州、深圳、佛山、中山等地的模式，创建"五老"工作室和各种活动阵地、载体，推进民企关工委工作创新发展。建立完善的评选表彰制度，完善民企关工委典型案例归集和通报，激发民企关心下一代工作的活力。

适应人口老龄化客观要求
推动关工委"五老"队伍建设高质量发展

广东省广州市关心下一代工作委员会 ————————————

　　人口老龄化是当前以及今后很长一个时期我国社会的一个重要特征。联合国《世界人口展望2022》中对中国人口的预测显示，到2050年，我国60岁及以上老年人口规模将超过5亿人，占比38.81%。党的二十届三中全会明确提出，积极应对人口老龄化，完善发展养老事业和养老产业政策机制。发展银发经济，创造适合老年人的多样化、个性化就业岗位。为此，关工委"五老"队伍建设必须顺势而为、应时而动，着力在队伍建设的供给端、输出端、保障端布局突破。

一

在队伍建设的供给端，着眼人口老龄化发展的大趋势，下好"先手棋"，确保将银发人才吸收到"五老"队伍中

　　在顶层设计上，努力争取将"五老"队伍建设上升为党委政府工程。各级关工委组织应积极争取本级党委、政府支持，汇报清楚三个基本问题。一是讲清楚习近平总书记一直以来对"五老"队伍建设非常关心，把"五老"队伍建设好、作用发挥好是各级党委、政府的重大政治责任。二是讲清楚在未来的老龄化社会中，"五老"队伍是老龄群体的重要引领力量，加强"五老"队伍建设很有必要、非常紧迫。三是讲清楚在未来的银发经济发展大潮中，"五老"队伍既是享受服务和受益的主体，也是参与和主动作为的重要群体。因此，各级党委、政府应该将"五老"队伍的建设发展纳入本地区人才队伍建设"总盘子"，同步规划、同步实施、同步推进。

广州已将"大力发展银发经济"正式写入中国共产党广州市第十二届委员会第七次全体会议决议。2022 年 10 月，粤港澳大湾区首个银发智库——广州市越为银发活力研究院挂牌成立，迄今，已吸纳广州乃至全国的科技、教育、经济和人文等领域高端银发人才 1276 名（含院士 41 名），对接各行业需求项目 202 项。

在人才开发上，努力把银发人海中的"人尖"吸收进"五老"队伍。"塔尖"端，即全市各级关工委领导班子成员，主要是把各级行政部门中具有丰富管理经验和综合协调能力、热心公益事业的离退休党政领导干部吸收进来。"塔腰"端，即全市各级"五老"骨干队伍，主要是把与青少年教育培养相关的各个行业的离退休专家学者、名师名家、典型模范等吸收进来。"塔基"端，即各级各类基层"五老"，主要是把分布在企业、学校、镇村、街道、社区等的热心关心下一代事业的老同志吸收进来。

广州市关工委正按照"三塔"模式构建"五老"人才动态管理数据库，区分思政、教育、法律、科技、文化、艺术、农业、医疗（心理）、国防、其他等 10 个类别，设定领军人才、专家骨干、一般人才等三个等级，分别遴选入库。

在制度机制上，努力构建"五老"人才选、用、育、评、退等全流程管理体系。国家卫生健康委发布的《2023 年我国卫生健康事业发展统计公报》显示，我国人均预期寿命已达到 78.6 岁。在可预见的未来，随着人均寿命越来越长，老年群体服务社会发挥作用的时间和空间也逐渐拓展。据此，应站到银发人才"二次开发"的高度，着力改变对"五老"队伍发挥作用单纯鼓励缺乏量化评价、队伍机制不健全、学习培训不系统、激励保障措施不到位等现状，逐步制定相应的管理办法和措施，对"五老"队伍的准入、培训、履职、评价、激励等全流程全要素进行必要的明确。

下一步，广州将研究制定关心下一代"五老"管理暂行办法，明确"五老"队伍管理的各项标准，努力提升队伍管理的科学化规范化水平。

二

在队伍建设的输出端，把"五老"工作室建设摆在重要位置，推动其成为关工委"五老"作用发挥的孵化器和加速器

明确职能定位。广东省关工委对"五老"工作室的定位是：由专业带头人领衔、相关"五老"参与、大家相互取长补短的实践共同体，是通过开展文化传承、思想教育、心理咨询、技能培养等方面的活动为青少年成长服务的专业型组织形态。对照这一标准，下一步，各级关工委在"五老"工作室的建设上应实现"三个转变"：一是在运维人员上，实现由个体到群体的转变，将工作室打造成为团队共建性质的共同体；二是在输出内容上，实现由单一内容到综合内容的转变，在关爱服务项目的体系化专业化上下功夫；三是在功能作用上，实现由单纯的服务阵地到综合性的学习、培训和服务阵地的转变。

加强专业建设。采用"工作室＋"的模式赋能。一是"工作室＋名师"。比如，思政工作室，引入专事青少年思想政治教育的名师大家；传统文化工作室，引入非物质文化遗产传承人、粤剧粤绣大师名家等，使工作室更具专业性、权威性。二是"工作室＋专业机构"。与青少年关爱服务有关的专业机构建立长期的战略合作关系，准确掌握青少年的所急、所需、所求，增强服务内容的及时性、有效性。三是"工作室＋联系点"。在青少年相对集中的学校、企业园区或社区等建立相应的联系点，定期调查研究，及时校正服务"靶向"。

形成星团效应。一方面，要"出星"，运用"压强"原则，集聚财力、

物力、人力等资源，在全市每个行政辖区、每个类型的关工委组织重点打造若干个"五老"示范工作室。另一方面，要"聚团"，各区、镇（街）、村（社区）和企业、学校等关工委组织参照示范工作室，建设具有本区域本单位特点的"五老"工作室。

全市共有45个"五老"工作室，不同程度存在资金来源不足、建设标准不一、服务内容单一、对青少年关爱服务能力有限、社会影响力不够等问题。下一步，广州市关工委将按照上述三项原则，统一规范工作室的功能、类型、标识、品牌生成与服务输出等要素，区分不同专业领域和城乡不同特点，在每个区重点打造1~2个"五老"示范工作室。同时，实施"织网工程"，指导各区关工委和部分社会组织关工委在本级行政区域和本行业内建设一批高质量"五老"工作室，以点带面，纵横贯通，努力将"五老"工作室打造成为输出关爱服务的枢纽站、日常学习交流的聚集地和共同提高能力素质的能源池。

三

在队伍建设的保障端，不断完善多方参与、协同联动的社会化项目化运行模式，为"五老"关爱服务青少年持续赋能

近年来，广州市关工委探索社会化项目化方式组织穗港澳三地青少年开展交流活动，围绕"我和我的祖国"主题，以研学交流为主要载体，先后举办"老少颂党恩　喜迎二十大""湾区同心　逐梦未来""绿美广东　老少同行""祖国好　湾区美"等系列主题活动。其间，关工委牵线搭桥、协调各方，统战、港澳办、宣传、文明、教育、文旅、共青团等多个职能部门共同参与，社会团体负责活动创设，主流新闻媒体负责研学实践课程开发及成果展示，爱心企业进行社会化运作，遴选优质研学基地串联成多条研学线路，开发一日游、周末游、夏令营、冬令营等产品和系列文创产品，投放市场社会化运作。三地研学交流活动共发团342批次，参与的湾区青少年1.1万人次，取得了良好的社会效益。

　　从 2025 年开始，广州开始按照"关爱服务项目化、力量投放编组化、开展活动阵地化、舆论宣传大众化"的原则，实施"银乐羊城五老说"志愿宣讲项目。在全市范围内遴选优秀"五老"人才，分别编成红色基因宣讲团、国防教育宣讲团、文化传承宣讲团、法护成长宣讲团、科创未来宣讲团、阳光护航宣讲团等 6 个宣讲团；将每年的宣讲任务细化、分化到各个宣讲团，利用周六日、开学季、寒暑假、节假日等开展常态化宣讲；在市委老干部活动中心设立志愿宣讲总站，在全市范围内分别遴选、打造一批青少年党史国史、国防教育、文化艺术、普法教育、科技、生态、家庭教育等宣讲阵地，逐步形成宣讲矩阵；广泛联动市委宣传部、市委社会工作部、市教育局、市广电局、市体育局、团市委、市妇联等单位，借力使劲，将宣讲活动有机嵌入"激情全运会，活力大湾区""英雄花开英雄城""穗港澳三地青少年交流"等大项活动，延伸到青少年群体相对集中的领域和地带；与广州日报社、广州广播电视台等主流媒体沟通协调，确保"有宣讲即宣传"，扩大志愿宣讲活动的社会影响力。总之，就是通过规模化、项目化、组织化的力量投放，不断提升关爱服务的整体势能。

　　下一步，将着力构建"关工委＋联席会议机制单位＋社会资源＋专业智库＋新闻媒体"的社会化项目化联动运行模式：关工委主要是发挥好联系沟通各方、统筹盘活资源的牵头作用；联席会议机制单位主要是按照各自的职能任务，对口做好相关活动的联动配合工作；在充分利用社会资源方面，发动和吸收更多的公益组织和爱心企业助力，在人力、财力、场所等方面给予支持，同时，在合作过程中，让他们有所回报；在专业智库建设方面，采取合作联办的方式逐步建立青少年研究专业机制；在新闻媒体方面，建立与主流新闻媒体的合作机制，讲好关工故事，传播关工声音。在关爱共同体的合作过程中，让关联各方能够充分释放自身的活力，合力打造关爱服务"生态链"和"聚能环"。

深圳市企业关工委建设工作的探索与思考

广东省深圳市关心下一代工作委员会

为深入学习贯彻习近平总书记关于关心下一代工作的重要指示批示精神，认真落实《中国关工委关于加强新时代企业关工委工作的意见》，推动企业关工委高质量发展，深圳市关工委结合工作实际开展企业关工委建设工作。全市共成立企业关工委 1152 家，覆盖企业超 15 万家，在强化组织建设方面积累了宝贵的经验，在完善体制机制方面进行了有益探索，在服务青年职工和企业发展方面取得了一定成效。

一

深圳企业关工委工作的主要做法

根据第七次全国人口普查数据，深圳青年常住人口超 800 万，占全市常住人口的 45.66%，常住人口平均年龄 32.5 岁。庞大的青年创业者、建设者群体是深圳繁荣发展的坚实根基。深圳始终把青工作为关心关爱的主要对象，秉持有利于企业健康发展、有利于青工成长成才、有利于"五老"发挥独特优势的原则，先行起步，积极探索，走出一条具有深圳特色的企业关工委建设之路。

（一）积极主动担当，探索特色发展模式破局出新

确立"成熟一个、建立一个，先行试点、以点带面，统筹规划、分类推进"的原则，重点抓好"六个建"。推动党建工作扎实、基础条件好的国企示范建，打造企业关心下一代工作新样板；推动会员企业多、影响力大的社会组织、行业协会牵头建，辐射带动会员企业关心下一代工作蓬勃开展；推动产业集聚、青工集中的工业园区组团建，扩大产业园区关工工作覆盖面；推动新业态新就业群体相对集中的商圈联动建，构建关工和群团工作联动的"关工联盟"；推动中小微企业、青年创业人群扎堆的楼宇共同建，让"邻里"企业的青工就近参与关工活动；推动原村办集体企业改制而来的股份合作公司普遍建，助力"村二代"向"创二代"转变。从 2000 年建立第一家企业关工委至今，深圳企业关工组织覆盖面横向扩大、纵向延伸，形成各类型关工委立体发展新格局，打造"全体系"规划、"全链条"培养、"全方位"关怀的企业关心下一代工作新模式，工作覆盖企业已超 15 万家。

（二）坚持规划引领，带动企业关工工作先行示范

2021 年，深圳首次编制《深圳市关心下一代事业发展"十四五"规划和二〇三五年远景目标》，把"青工奋进"列入七大工程，深刻回应新时代企业关心下一代工作干什么、怎么干。通过编制规划推进企业关心下一代工作理论创新、制度创新、工作模式创新、方式方法创新。同年 8 月，深圳市委组织部、市关工委联合印发《关于加强我市企业关心下一代工作的通知》，推动工作规范、科学、合理、有效。通知明确要求必须坚持党建引领，在企业党委或属地街道党工委、社区党委指导下企业成立关工委并开展工作；关工工作与党建工作同谋划、同部署、同落实；鼓励企业关工委实行"双主任"制，由老同志和企业（党组织）负责人共同担任关工委主任。在此之后，各区相应出台企业关工委工作细则、指南和指引等文件，基层关工委在制度框架下

积极开展探索和尝试。街道、社区关工委建立"五老"资源库，通过内部选、上级派、社会聘等方式，将优秀"五老"资源输送到企业关工委，有效解决企业"五老"资源少的难题；积极整合各方社会资源，打造社区关工委与辖区企业关工委工作联动、活动联办、资源联享、品牌联创的"四联"工作模式，形成互联、互动、互补、共享的"三互一共"工作格局，有效解决企业关工委工作经验不足、资源有限、阵地缺乏等难题。企业关工委工作坚持以"党建带关建"为统领、以街（社）加企业为抓手，持续推动企业关心下一代的工作范围和内涵不断拓展和延伸，让企业关工委"建得起、立得住、有效果"。

（三）围绕中心大局，靠前服务助力企业稳健发展

深圳市关工委主动融入组织工作服务推动高质量发展总体部署，紧密围绕经济建设中心工作和高质量发展首要任务来谋划和推进企业关工工作。企业关工委紧紧围绕服务青工成长成才、助力企业高质量发展开展工作，团结动员"五老"积极为企业发展建言献策，发挥余热助力创新攻关，弘扬传承拓荒精神、"劳模"精神、"工匠"精神；企业关工委联合工青妇等组织，面向青工开展思想引领，传授经验技艺、分享生活智慧、丰富青工生活，实现青工成长和企业发展双向奔赴。企业关工委还立足深圳实际，利用自身优势，积极发挥作用。针对深圳毗邻港澳，深港澳青年交流密切的情况，企业关工委以文化为媒、交流为介，组织港澳青年开展参观、学习、培训等活动，开展形式多样的爱国主义教育和中华优秀传统文化教育，不断增强港澳青年的向心力、凝聚力。龙岗区联创公司关工委自2009年起，与香港教育总署、香港青年联合会举办"今日中国制造"爱国主义教育实践活动，累计邀请4000余名香港青少年来深。针对外来青工多，每年寒暑假有大量青工子女从全国各地来深与父母团聚的情况，企业关工委通过开设"小候鸟"夏（冬）令营、开设假日学校等形式，组织"小候鸟"畅游大湾区、参观研学、体验父母的建设成果，提升青工的归属感和"小候鸟"的幸福感，拉近青工与企业间的距离，增强企业凝聚力、促进社会和谐稳定。宝安区艾美特公司关工

委连续 15 年举办深"艾"小候鸟驿站暑期班活动。28 名曾经的"小候鸟"长大后自愿回到驿站守护下一代"小候鸟"。针对深圳"原住民"在集体经济快速发展富了口袋之后缺少对孩子的陪伴等情况，大力探索在农城化集体股份公司成立关工委，罗湖、南山、宝安等区均实现社区股份合作公司关工委全覆盖，企业关工工作覆盖面持续扩大。积极开展老青结对、家风传承、孝老敬贤、捐资助学等活动，教育引导"村二代""股二代"富而思源、富而思进，传承弘扬敢闯敢试、敢为人先、埋头苦干的特区精神，续写更多"春天的故事"。

二
存在的问题及原因分析

深圳企业关心下一代工作积极先行先试，特别是近年来锐意创新，主动作为，整体呈现出蓬勃发展的良好态势。与此同时也存在一些不足，比如，企业关工委起步虽早，但总量偏少；全市"叫得响""拿得出""传得开"的企业关工工作品牌不多，典型不突出；部分企业关工委"只挂牌，不活动"；有的企业关工委"重关爱，轻引领"。具体原因有以下三点。

联系指导不深。街道、社区关工委与企业、青工接触不深、沟通不多，与工会、企业服务等部门协作不够密切，未能形成工作合力。未建立挂点联系、定期指导机制，有的甚至在推动挂牌后长期不联系，企业关工委工作存在成立之后未充分发挥作用的情况。

品牌挖掘不足。许多企业关工委的资源整合、利用不充分，品牌建设基础较为薄弱，未充分挖掘企业关工委的典型经验、文化内涵，缺乏工作品牌的核心价值与特色，未能形成强大的品牌影响力。

宣传力度不够。未能深入研究和展示关工品牌背后的文化和社会价值，对于企业关心下一代工作的宣传新颖性和创新度有待增强、深度和广度有待拓展。

三

新形势下做好企业关工委建设工作的对策建议

（一）统一思想提高站位，充分认识企业关工委建设的重要性和必要性

一是始终坚持把学习贯彻习近平新时代中国特色社会主义思想作为企业关心下一代工作最根本的政治任务和政治责任，深刻认识到做好企业关工委工作的重要性，加大宣传贯彻力度，推动关心下一代工作不断向更多企业、更广大青年员工延伸。二是借鉴利用深圳基层关工委工作规范化建设的成功经验，积极争取各级党委、政府重视，把企业关工委建设列为各级关工委重点工作。努力在两新领域实现党组织建到哪里，关工委就建到哪里，关工委的桥梁纽带作用就体现到哪里，不断提高关工工作的覆盖率。三是发挥典型引路作用，发掘企业关工委优秀事例，利用主流媒体宣传企业关工委建设中涌现的先进典型、优秀事迹、特色经验，展示企业关工委在关心关爱青年员工及其子女、助力企业发展方面的重要作用和独特优势，扩大企业关工委工作的影响力。

（二）健全完善制度机制，努力提升企业关工委建设的规范性

一是启动"十五五"规划编制工作，充分调研、提前谋划，将加强新时代企业关工委工作纳入全市关心下一代事业发展"十五五"规划课题研究。二是试点在区关工委成立企业关心下一代工作专门工作组，由一名区关工委副主任牵头，邀请老科学家、老专家、老劳模、老工匠等"银发人才"共同参与，提高企业关心下一代工作的精准度和有效性。三是研究健全园区、商圈、楼宇等组团建立关工委的机制，立足工作实际，细化设立流程、组织架构、工作职责和保障措施，带活企业关工委建设。

（三）分类指导整体推进，以点带面提升企业关工委覆盖率

一是对现有企业关工委，分门别类、分层分级进行梳理，摸清底数，把握特点，掌握规律，及时总结经验，推进企业关工委建设。二是加强挂点指

导，市、区关工委班子成员分别挂点 1~2 个重点企业、园区、行业协会，做好跟踪联系，协调解决企业关工委在建设和发展中遇到的问题。三是重点突破，集中力量在大型国有企业、本土知名企业中打造一批具有深圳特色的企业关工委品牌和较为成熟、可供参观学习的示范点，发挥龙头作用，增强示范带动效应。

（四）深入开展理论研究，为推动企业关工委建设贡献深圳经验

立足企业关工委工作实际，着眼企业关工委工作的内在需求和规律，聚焦新时代企业关工委助力青工成长成才、青工子女关爱、企业人文关怀等课题开展调查研究，为企业关工委建设提供智力支撑、决策参考。开展企业关工委理论研究，推进理论创新，围绕组织建设、党史学习教育、青工教育等主题提炼经验，促进企业、行业关工委之间的交流与合作。坚持理论和实践相结合，不断增强理论自觉、理论自信，注重将理论成果转化为解决实际问题的制度和规定，为新时代企业关工委工作提供新思路、新方法，助力企业高质量发展。

主动适应新时代
借助 AI 技术创新服务关工委工作

四川省成都市关心下一代工作委员会

当今，人工智能正以前所未有的速度和力度重塑着世界，深刻改变着人们的生产生活方式和社会发展的各个领域。我们身处其中，既惊叹于人工智能带来的巨大变革，也深知这是一场关乎未来的深刻革命。而我们从事的关心下一代工作，恰是关乎国家未来、民族希望的崇高事业。关工委历经 35 年的发展，积累了丰富的经验和做法，从最初的探索实践到逐步完善，始终坚持为青少年的成长保驾护航，取得了显著的成效。如今，站在人工智能时代的浪潮之巅，我们不禁要思考：如何让人工智能赋能关工委工作，增强"为基层关工委服务、为广大'五老'服务和为全市青少年服务"意识，全面提升办公室政治能力、业务能力和作风建设，助推关工委工作高质量发展？

一

办公室人员要率先学会运用人工智能

当下，你是不是已经用 AI 代替搜索引擎了？ AI 不只是检索信息，回答你的问题，还能发挥创造性，提供文字和图片等内容。对大多数人而言，这是对 AI 最直观的感受。不过 AI 的背后，从国内人工智能发展重点来看，下一步将会孕育出全新的产业。但对于关工委而言，AI 不仅是技术的进步，更是服务青少年健康成长的强大工具。面对这一新兴技术，我们办公室人员和老同志一样，都会感到陌生甚至有些无所适从，所以关工委办公室人员有责任、有义务率先熟悉并运用人工智能，共同推动关工委工作迈向新的高度。

为此，成都市关工委 2025 年计划：开展专题讲座，普及人工智能知识，打破人工智能的神秘感，激发办公室人员和老同志对新技术的探索欲望；组织实践体验活动，增强直观感受，亲身体验人工智能技术带来的便利和高效；老青结对，办公室人员辅助老同志掌握一些基本的人工智能工具和应用的操作方法；融入关工委工作场景，利用 AI 写作助手、AI 绘画工具、AI 视频编辑工具，为关工委工作注入新的活力。总之，办公室人员与老同志熟悉并运用人工智能是长期而系统的过程，让我们一起跨越技术鸿沟，更好地适应新时代对关工委工作的要求。

二

探索运用人工智能提升工作效能

在成都市关工委的档案室内，那一柜柜、一排排整齐的档案静静地记录着 30 多年来关爱青少年成长的点点滴滴。这些资料就像一座宝藏，里面藏着无数的故事、经验和智慧，如何让这些宝藏"活"起来，真正为孩子们服务呢？

想象一下，这些资料通过 AI 语言处理技术，被赋予"智慧"。它们就像一个勤快的图书管理员，自动分类、整理，把每一本书都放在最合适的位置。当需要查找某个主题时，系统就像一个贴心的助手，瞬间就能从海量资料中精准地找到相关内容，甚至还能提炼出关键信息，生成一份简洁明了的报告。最重要的是，通过大数据分析和区块链技术，可以帮助我们了解青少年成长中的趋势性问题，建立青少年成长轨迹、心理咨询、职业规划数字档案，就像一位经验丰富的"老关工"，用智慧的眼光洞察一切，为我们的决策提供科学依据，实现关爱服务的精准匹配。

三

探索人工智能赋能关工委工作品牌建设

多年来，成都市关工委打造了众多促进青少年健康成长的品牌。如何使人工智能赋能这些品牌，是当前我们面临的一个重要课题。

"老关小爱"品牌，创新了青少年学习教育方式，受到广大青少年的欢迎。下一步，我们将探索用人工智能技术，通过智能语音交互，让青少年与"老关小爱"进行亲切对话。人工智能不仅让"老关小爱"的形象更加生动可爱，更能丰富充实教育功能，成为青少年成长路上的贴心守护者和智慧引路人。

成都市关工委"五老"用经验、智慧和爱心，积极参与基层社会治理，为社会的和谐稳定发展贡献了力量。想象一下，下一步"五老"微网格员通过人工智能工具，实时显示村（社区）的动态信息，从环境监测数据到居民的需求反馈，一目了然。这种"人数一体"的工作模式，不仅让微网格员们如虎添翼，也让基层社会治理变得更加精准、高效，为居民们打造了一个充满智慧与温情的家园。

2025 年，在中国关工委、教育部和四川省关工委的指导支持下，成都市关工委承办"第五届全国青少年科技教育成果展示大赛四川省区域赛"，为广大青少年搭建学习科技、交流成果、展示技能的舞台，为学校和教师提供学习交流、探讨提升的契机，为科技企业和机构创造展示、合作的平台。同时，关工委也将积极探索融入科技元素，拓展人工智能等前沿技术的应用范围。在广阔天地里，AI 正如同一位充满智慧的"魔法师"，正悄然改变和融入我们工作生活的日常。我们要积极探索 AI 在关工委工作中的应用，为培养德智体美劳全面发展的社会主义建设者和接班人提供助力，不断推动关工委工作与时代同步，与青少年同心，与科学技术发展同进。

坚持"三个导向" 强化团队建设
推动新时代关心下一代工作高质量发展

——西安市关工委"五老"工作团队建设的实践探索与理论思考

———————————— 陕西省西安市关心下一代工作委员会

近年来，西安市关工委坚持"三个导向"，强化"五老"工作团队建设，在构建团队新格局、彰显团队核心功能、提升团队发展效能等方面积极探索，为新时代关心下一代工作高质量发展提供了实践样本与理论参考，有力推动了政府、社会、家庭协同育人的青少年成长支持体系建设。

一

坚持组织建设导向，构建"三化""五老"工作团队发展新格局

优化队伍结构，实现团队建设专业化。人才是团队建设的核心要素。西安市关工委创新"头雁引领 + 骨干支撑"模式，精心打造高层次、专业化"五老"工作队伍。2019 年成立"五老"报告团、家庭教育委员会、书画委员会、艺术委员会、爱心志愿者服务团，经调整壮大，将法治报告团单列出来，针对当前青少年面临的突出心理健康等问题，在家庭教育委员会加挂青少年心理健康指导中心牌子，采用"两块牌子、一套人马"的运行模式，吸

纳社会爱心志愿者加入心理健康指导中心，协同开展青少年心理关爱工作。目前，形成了6个工作团队。在团队负责人选聘方面，邀请知名专家、教授和艺术家担纲，动员全国、省、市道德模范、三八红旗手、五一劳动奖章获得者加入，吸纳青年志愿者、专业社工等新生力量，形成老中青人才梯队。目前，各团队汇聚了国家级模范先进6人、全国知名艺术家3人、知名专家11人、省级模范30人、市级先进68人，涵盖思想教育、法治宣传、家庭心理健康教育、科学技术、传统文化、艺术美育等多个方面，形成结构合理、专业全面的人才矩阵，为团队发展奠定坚实的人才基础。

夯实阵地基础，实现阵地建设标准化。阵地是工作团队开展活动的重要依托。西安市关工委按照团队专业化发展要求，建设90平方米"五老"示范工作室、60平方米书画工作室、1000平方米家庭教育和心理健康教育工作室。依托西安小天鹅艺术团壮大艺术委员会，实现了艺术资源和育人功能的融合。通过阵地共建、资源共享，形成"1个市级平台+N个基层站点"的全域覆盖格局。让"五老"工作团队能够深入基层，贴近青少年，为常态化、规范化工作提供了有力保障。

完善协同机制，实现团队运行资源集约化。高效协同机制是团队良好运行的关键。西安市关工委建立"关工委主导、团队运作、社会参与"的协同工作机制，制定《团队管理办法》《团队工作职责》，明确团队职责与运行流程。吸纳社会组织、公益机构参与青少年服务项目。如爱心志愿者服务团整合慈善会、企业资源，建立常态化帮扶机制，为困境青少年提供物质、精神帮助，实现了团队效能最大化。形成"政府搭台、'五老'唱戏、社会助力"的良性互动格局，为"五老"团队持续发展注入了强大动力。

二

坚持实践育人导向，搭建"5+""五老"工作团队协同育人体系

思想引领筑牢信仰根基。思想引领是关心下一代工作的首要任务。"五老"报告团以学习宣传习近平新时代中国特色社会主义思想为主线，创新

"理论宣讲＋情景教育"模式。组建专家宣讲团、英模报告团，深入学校、社区开展"党史理论进校园""讲好毛泽东的故事""革命事迹报告会""讲好科学家的故事"等活动，将党的重要会议精神、党史知识融入青少年喜爱的教育场景。2023年以来，各级"五老"报告团累计开展宣讲活动3000余场次，覆盖青少年30余万人次。在青少年党史学习月，开展"讲英模故事　传家国情怀"系列活动，"五老"和青少年讲党史、国史故事，录制《两弹元勋邓稼先的故事》等62个红色教育音视频，在中国关工委平台播放量达30万次，形成"线上＋线下"立体式思想教育矩阵，筑牢了青少年理想信念根基。

法治护航构建防护屏障。法治教育对于保障青少年健康成长而言至关重要。法治报告团团长、全国最美"五老"陈静，带领团队30年如一日宣讲《宪法》《未成年人保护法》《预防未成年人犯罪法》《爱国主义教育法》等，打造"节点化宣传＋案例式教学"普法模式，在国家宪法日、开学季等关键节点，深入开展"关爱明天、普法先行"青少年法治宣传教育系列活动。2024年开展宣讲316场次，覆盖全省37个区县，惠及30余万青少年。法治专家翟学荣整理900余个典型案例，制作500幅法治挂图，形成"以案说法、以图释法"特色教学方法，年均宣讲100余场次，为青少年营造了良好的法治环境。

校家社共育搭建服务网络。家庭教育和心理健康教育是青少年成长的重要环节，也是社会关注的焦点。家庭教育委员会通过"调研—试点—推广"路径，积极构建科学化、系统化家庭教育服务体系。联合教育、妇联部门对9所中小学开展心理健康调研，制定《家庭教育工作实施方案》，2023~2025年，在全市开展家庭教育三年试点工作，设立178个试点单位，成立专家组、讲师团。编印家教理论书籍，举办家庭教育论坛、推进会、讲师培训班、家庭教育宣传周系列活动，线上线下开展家庭与心理健康教育报告1000余场次，惠及青少年30万人次。坚持"以心育人"，联合教育等15部门印发《全面加强和改进新时代西安市中小学生心理健康工作专项行动计划》。自2018年起，开展"青少年心理教育流动课堂"活动，动员从事心理教育工作的"五老"和社会爱心人士组建心理教育志愿服务队，每年设计系统心理教育课，定期为乡镇中小学生无偿开展心理教育。

美育润心促进全面发展。青少年美育教育是关工委工作的重要内容。艺术委员会、书画委员会发挥文化育人功能，打造"艺术展演＋公益实践"品牌，积极参与中国关工委、省关工委青少年文体展演、重阳节"五老"关爱、才艺展示等活动，推动"五老"团队与关心下一代工作融合。每年举办"六一文艺演出""老少书画展"等活动，特别是 2023 年举办的"花开新时代，快乐向未来"六一文艺演出，得到顾秀莲主任的高度评价。在西安易俗社等机构建立传统文化教育基地，在市青少年活动中心建立艺术教育基地，将非遗传承、儿童剧、戏曲融入美育实践，促进青少年全面发展。

扶贫扶志倾情关心关爱。爱心志愿服务团创建"物质帮扶＋精神关爱"机制，整合各类资源开展帮扶活动。2024 年联合慈善会、爱心企业募集资金 110 万元，资助 6000 余名孤残儿童；发起"为爱阅读""童心启程"公益项目，为山区学校捐赠 10 万元文体用品。联合西安电视台为山区 60 名困境学生和特殊儿童资助 10 万元助学金。每年举办老少书画展，通过书画义卖、企业赞助筹集资金，连续三年共资助 70 多名困境大、中、小学生 30 余万元。2024 年发起"老少牵手　结对帮扶"三年行动，1012 名"五老"、志愿者和 900 余名困境青少年结成帮扶对子，发放资助金共计 61.9 万元。

三

坚持机制创新导向，激活"三力"协同"五老"工作团队运行动能

培育特色品牌，强化示范带动能力。实施"一区县一品牌"工程，鼓励支持基层创建特色"五老"工作团队。打造"向日葵政法关爱团""魏奶奶春雨关爱团""老园丁之家"等 500 余个团队，培育 14 个市级工作品牌。创建长柞工委纪念馆等 49 个国家、省市爱国主义和法治教育等教育基地，形成品牌集群效应。开展品牌评选、经验交流，将基层创新成果转化为工作亮点，实现"点上突破、面上提升"，为整体工作提供了经验、模式借鉴。

创新激励机制，激发团队内生动力。建立"荣誉表彰＋人文关怀"双轨

激励体系。在重阳、春节等节日对"五老"骨干慰问，营造尊崇"五老"的良好氛围。每年对表现突出的团队、个人表彰，授予"最美五老""先进工作者"等荣誉称号，增强他们的荣誉感和成就感。在《中国火炬》等媒体上大力宣传"五老"先进事迹，扩大社会影响力，激发"五老"的工作热情。

探索"互联网+"模式，释放创新发展活力。创新发展是"五老"工作团队适应新形势、新要求的动力。西安市关工委注重引导"五老"积极融入网络，利用微信、短视频、新媒体微视频等，创新服务模式，运用数字化手段搭建线上服务平台，探索"家庭教育视频课""专家微课堂"等新媒体产品和服务方式。同时还注重加强与高校、科研机构的合作，开展理论研究，为团队发展提供智力支持，增强发展韧性和创新能力。

四
经验启示与未来展望

（一）经验启示

一是坚持党建引领是根本保障。只有在党的领导下，才能把握正确方向，凝聚各方力量。二是资源整合是重要途径。通过整合政府、社会、家庭等多方资源，构建协同育人格局，提升工作的质量和效率。三是创新驱动是发展动力。不断创新工作理念、方法和模式，更好地适应青少年需求和时代变化。

（二）未来展望

未来，西安市关工委将进一步推动"五老"队伍建设的制度化、规范化。完善队伍选拔、培训、管理、考评等制度机制，确保"五老"队伍的稳定性和专业性。深化"五老+"协同育人模式，加强与更多社会力量的合作，拓展工作领域和服务范围，推动关心下一代工作与社会治理创新、乡村振兴战略等深度融合。加大对"五老"团队的支持力度，加强理论研究和实践探索，总结推广先进经验，推动新时代关心下一代工作迈向更高质量发展阶段。

甘肃省关工委基层建设情况调研报告

甘肃省关心下一代工作委员会

为全面贯彻习近平新时代中国特色社会主义思想和党的二十大精神，深入落实习近平总书记关于关心下一代工作的重要论述，进一步推进新时代全省关心下一代工作高质量发展，甘肃省关工委围绕基层建设这一工作主题，先后深入全省14个市（州）、30个县（市区）和部分镇村、学校、社区、企业和教育基地，通过实地察看、听取汇报、查阅资料、座谈了解和个别访谈等方式开展专项调研，并形成调研报告。

一

工作开展情况及经验做法

各级关工委围绕中心、服务大局，扩大组织覆盖面、完善工作机制、壮大"五老"队伍、丰富活动内容，拓展服务领域，基层关工委建设得到了全面加强。

一是党委、政府高度重视。各级党委、政府高度重视并支持关心下一代工作，主要领导亲自过问、听取汇报，对关工工作作出指示批示，分管领导亲力亲为，指导各项工作任务落实，支持帮助解决工作中的重大问题。坚持"党建带关建"，把关工委工作纳入党建大格局进行安排部署、检查落实，有力地保障了关工委工作的高质量发展。

二是工作机制健全完善。中办、国办《关于加强新时代关心下一代工作委员会工作的意见》和甘肃省委办、省政府办《关于加强新时代关心下一代工作委员会工作的实施意见》（以下简称《实施意见》）下发后，各市州高度重视，全面抓好学习贯彻落实，出台了实施意见或具体方案，县（市区）以及基层关工委也结合工作实际，出台了贯彻落实的若干措施和办法。"党建带关建"机制建立健全，各级党政领导同志和有关部门负责同志参与关工委工作已成常态化，组织联体、工作联系、资源联用、优势互补的工作格局已逐步形成，在引领青少年成长成才中的作用更加凸显。

三是基层组织扩大巩固。按照哪里有党组织、有老同志和青少年，就在哪里建立关工委组织的原则，各地进一步健全完善市、县（市区）、乡镇（街道）、村（社区）、学校、企业组织网络体系，基本实现了市、县（区）、乡镇（街道）、村（社）四级关工组织网络全覆盖。各级关工委对标对表"五好"基层关工委创建标准，充实"五好"基层关工委的具体内容，明确创建责任，建立科学考评机制，较好地激发了创建工作的热情。积极打造心理辅导、文化传承、法律援助、爱心帮扶和矛盾调解等方面的"五老"工作室30个，建成"五老"工作室6个、家庭教育指导室6个、"儿童之家"6个。

四是骨干队伍发展壮大。各地及时把新近退出领导岗位、身体健康、热爱青少年工作的老同志充实到关工委领导班子，形成了由核心层、骨干层和志愿者组成的关心下一代工作队伍。金昌市依托离退休干部工作服务管理平台，建立"五老"关爱团3个、志愿服务团队16个，"五老"骨干达到1665人。渭源县清源镇君山社区组建"五老"服务志愿队，依托"五点钟课堂""心理咨询室""五老调解室"等平台发挥作用。宕昌县新城社区将60多名"五老"志愿者融入网格化管理，开展"1+1+1"关爱留守儿童活动，颇具特色。

五是平台载体形式多样。许多地方基层关工委工作已经实现由阶段性活动向常态化活动转变，由单纯组织活动向老少互动、老少共进转变，由思想道德教育向知行统一转变，由活动形式单一向多种形式相结合转变。金川区新华路街道昌都里社区，开设的"护航驿站""未成年人点亮心灯"工作室、"戎耀老兵集结号"退役军人志愿服务队等平台，特色突出，充分发挥了"五老"作用。

二

存在的问题和不足

一是思想认识不够到位。部分地方基层党政领导对关工工作的重要性认识不到位，"党建带关建"的主体责任未得到落实，活动开展受到不同程度的影响。

二是工作发展不够平衡。县市之间、城乡之间关工委发展不平衡，学校、社区关工委工作明显相对较好，同时与有关部门协作配合不够，联动合力需要进一步提升。

三是制度机制不够健全。有些地方组织机构不健全，工作的长效机制和经常性的工作还没有完全开展起来，特别是偏远地区关工工作的针对性和实效性有待进一步增强。

四是队伍建设不够完善。一些基层关工委班子配备不强不齐，"五老"队伍出现断层，工作活力不足，有的班子成员年龄偏大，存在断档、青黄不接现象，影响了关工工作的持续发展。

三

对策和建议

一要提高思想认识，切实增强做好基层关心下一代工作的责任感和使命感。党的十八大以来，习近平总书记从党和国家事业全局出发，坚持将青少年发展作为社会发展进步的基础性、战略性工程，对关心下一代工作作出了一系列重要论述。这些重要论述从政治方向、时代主题、使命任务、动力源泉、依靠力量、根本保证、领导责任等方面，为新时代关心下一代事业指明了前进的方向、提供了根本遵循。习近平总书记明确指出，祖国的未来属于下一代。做好关心下一代工作，关系中华民族伟大复兴。①我们必须提高政治站位，从事关党和国家长远发展的高度，深入思考关工工作面临的新形势新任务，充分认识到做好关工工作是伟大中国梦顺利实现的基础保障，是保持社会稳定的重要工作，是广大青少年健康成长的现实需求，切实增强做好关心下一代工作的使命感和责任感。

二要抓好创建工作，切实提升基层关工委建设水平。做好基层工作，"五好"关工委创建是抓手。2022年，《实施意见》将"五好"关工委标准纳入其中，"五好"关工委标准涵盖了基层工作的主要内容，贯穿于基层思想建设、组织建设、作风建设、制度建设、活动创新等各个方面。全面加强基层关工委组织建设，拓展"五好"基层关工委创建活动的广度和深度，结合当地实际，加强对"五好"基层关工委创建工作的督促和指导，对达到"五好"标准的，要进一步深化提升，对未达到"五好"标准的，要督促尽快开展创建活动或帮助找出未达标原因，制定整改措施。要聚焦中心工作抓创建，找准"五好"基层关工委创建融入经济社会发展的结合点，使创建工作与大局工作同频共振。要深入调研交流，找出工作上的差距和"短板"，尤其是制约基层组织发展的制度机制方面的问题，探索提出破解的思路和办法，从根本上推进基层关工委工作创新发展。

三要坚持因地制宜，切实增强基层关工委建设的针对性和实效性。工作有针对性，才能取得成效。县（区）级关工委是承上启下的关键环节，既要贯彻落实上级关工委的重要指示精神，又肩负着对基层关工委具体指导甚至直接组织开展活动的职能，要充分发挥县（区）级关工委的组织、协调、指导、推动作用，巩固和拓展组织体系，促进乡镇农村、街道社区、学校、机关事业单位、企业等不同领域基层组织结合实际切实承担各自的重点任务。要结合当地的特点和人员分布情况，在农村，坚持强镇带村，通过加强乡镇关工委建设，带动村级关工委组织建设。在街道社区，要充分发挥街道党工委的作用，以培育、打造、联系各类青少年服务阵地的方式，组建关工委组

---

① 《习近平：坚持服务青少年的正确方向 推动关心下一代事业更好发展》，新华网，2015年8月25日。

织。对于民办院校，地方关工委与教育系统关工委要密切配合，进一步健全民办院校关工委组织。对于行政机关单位，各地要注重总结和推广以往建立关工委的经验，在有需要有条件的单位建立关工委组织。同时，要立足当地实际，适时推进商务楼宇、各类园区、商圈市场和互联网、人工智能等新兴领域的关工委组织建设，坚持区别对待、分类设置，先易后难、以点带面，有效扩大基层关工委的覆盖面。

四要突出"党建带关建"，切实完善基层关工委各项机制。各级关工委要认真落实《实施意见》中关于加强党的领导、健全工作机制、加强基层关工委组织建设的要求，坚决把各项决策部署落实好。"党建带关建"是加强基层关工委建设的重要原则，要总结和推广建立关心下一代工作目标责任考核机制、在离退休干部党支部建立关工委等经验，争取地方党委进一步把关工委建设纳入党的建设总体部署，完善"党建带关建"制度机制。要进一步推进"四纳入、四同步、四到位"的领导体制和工作机制建设，建立关工委成员单位联席会议制度，健全保障体系等各项制度，探索形成组织健全、制度完善、管理规范、活动经常、品牌创新、作用突出的"党建带关建"长效机制，推动基层关工委组织建设在规范化、制度化、科学化的轨道上高质量发展。

五要搭建平台载体，切实壮大基层关工委"五老"骨干队伍。2022年5月，中办印发《关于加强新时代离退休干部党的建设工作的意见》，鼓励和支持离退休党员干部积极参加关心下一代工作，组织引导老同志为党和国家事业作出新贡献。我们要紧紧依靠各级党委、政府，配齐配强关工委领导班子，建设一支素质优良、人数众多、覆盖面广、结构合理、扎根基层、富有活力的"五老"队伍。要探索设置"五老"关心下一代工作岗位，为"五老"发挥特殊优势和重要作用提供平台。要认真解决"五老"队伍在开展工作中的实际问题，为"五老"发挥作用创造条件。要积极适应信息化发展趋势，推行线上线下相结合的培训模式，使"五老"不断拓宽视野，提高"五老"队伍综合素质。要善于挖掘和总结推广典型，主动将关工委宣传工作融入主流媒体，推出一批站得住、立得起的先进典型和先进经验，指导和带动整体工作的有效开展。

打造关工品牌　助力培养时代新人

教育部关心下一代工作委员会 ——————————————

品牌建设始终是教育部关工委推进工作的重要抓手。在中国关工委的指导和教育部党组的领导下，我们围绕党和国家中心工作，充分发挥教育系统"五老"独特优势，有效结合青少年新情况、新特点，主动作为、创新实践，打造了一批富有时代气息、符合关工特质、深受青少年喜爱的工作品牌，形成了"五老"育人的生动实践，为助力培养时代新人作出独特贡献。

一

精耕细作、守正创新，在拓展和提升活动覆盖面和有效性上下功夫

遵循"贴近中心、贴近青少年、贴近实际"的工作原则，我们更加注重拓展品牌活动内涵，提升品牌活动质量。一是坚持常态化，扩大活动覆盖面。以会议推动、示范带动、展示促动等方式，上下贯通、一体推进"新时代好少年"主题读书、"读懂中国"等品牌活动。仅2024年，61万余名中小学生在央视影音上传读书作品、近2600万名青少年参与线下读书活动，近千所高校、12 万余名大学生访谈 2.69 万名"五老"，开展"院士、杰出老校友回母校""劳模（大国）工匠进校园"活动 4400 余场次，受益学生约 510 万人次。二是坚持高标准，拓展老品牌育人功能。邀请知名专家与各领域"五老"走进中小学校、博物馆、文化古迹等，通过与青少年代际互动、共读经典的创新形式开展阅读实践活动，持续提升读书活动的育人功能。成立教育部关工委"五老"报告团，打造共享共用高端专家库，为各地各校提供"菜单式"宣讲服务。首批聘请 35 位专家，涵盖两院院士、全国劳动模范、时代楷模等，聘任仪式后 8 位专家就地赴大中小学开展宣讲，形成集中造势氛围，将有深度、有温度、高质量、高水平的报告送进校园。三是坚持时代性，创新孵化新品牌。联合中国科学院科创中心举办"弘扬科学家精神　点亮科学梦想"主题教育活动，重点讲述钱学森、邓稼先、郭永怀等老一辈科学家感人故事，使在场的几百名中小学生为之动容，立志传承科学家精神，决心为科技强国刻苦学习。北京教育系统关工委在 24 所高校建立 38 个科普教育基地，创新开展百校中小学生科普教育高校行、百场科普教育讲座等活动，让科普走到学生身边、走入学生生活。

二

重点打造、共享共用，在巩固深化活动成果上下功夫

如何更好地运用好"五老"资源，最大限度地发挥其育人价值，是品牌建设工作的出发点和着力点。在指导各地各校将"五老"红色资源广泛用于新生入学教育、青年教师培训、党课团课等的基础上，重点做了以下三方面工作。一是聚力打造关工"大思政课"。举办全国大学生"读懂中国"活动 5 周年优秀作品展演，从历年优秀作品中精选 11 个人物进行重新创编，以"思政＋艺术"的方式生动展示了"五老"在党的百年奋斗历程、中国特色社会主义新时代、脱贫攻坚和全面建设小康社会中的感人故事，现场观众纷纷表示"这是一堂生动、深刻、别开生面的大思政课"。二是聚力建设关工优质资源库。2023 年我们启动了教育系统关工委优质思政教育资源库建设工作，将"读懂中国"活动 6 年累计的 5800 多件作品作为第一批资源纳入资源库，"院士回母校"、"五

老"报告等资源将陆续遴选入库，供各地各校开展思政教育、课堂教学等使用。三是聚力出版关工系列书籍。联合广西师范大学出版社等，编辑出版《院士说》《工匠志》《老校长工作日志》，将活动成果转化为书籍发放至各省级教育系统关工委和部分学校作为教育资源，让更多青少年从院士们一生无怨无悔、与时代同行的动人故事中，从工匠们精益求精、耐得住寂寞的求艺经历中，从老校长们"一个人被需要才是幸福"的教育情怀中，受教育、长才干、作贡献。

三

数字赋能、多维宣传，在提升活动传播力和影响力上下功夫

主动适应新媒体时代，坚持品牌活动多形式呈现、多平台传播、多角度报道，力求宣传效果最大化。一是注重运用新媒体技术，提升关注度。更多运用互联网、多媒体手段，采用"网络直播""互动墙""热门话题"等青少年喜闻乐见的方式，增强活动的吸引力、感染力、号召力。2024 年开始，我们将活动精彩片段、嘉宾金句等，以更加适合融媒体传播的短视频形式重新剪辑推出，获得高转发、高点赞。二是注重借助新媒体平台，提升传播力。依托中国网络教育电视台、央视影音、"学习强国"教育频道、新华网公益频道、中国大学生在线全媒体平台等，线上展播家庭教育公开课、"读懂中国"和主题读书活动作品，点击量累计 1.5 亿余次。教育部关工委微信公众号用户量达 497.1 万，10 万 + 推文 135 篇，大力推动活动传播。三是注重依靠主流媒体，提升影响力。仅 2024 年，央视新闻联播、新华社、新华网等媒体报道教育部关工委品牌活动 50 余次，《教育要情》刊发"读懂中国"活动助力大学生思想政治工作情况，《一起读书，好少年》等 5 个品牌在中国教育电视台、央视频、人民网 + 等平台播出，受到广泛关注。

展望未来，教育部关工委将始终坚持以习近平新时代中国特色社会主义思想为指导，深入贯彻落实党的二十届三中全会和全国教育大会精神，在中国关工委的关心指导下，以更加挺膺担当、奋发有为的姿态，做强活动品牌，强化思想引领，为新时代立德树人工程和教育强国建设作出新的贡献。

关于新时代国有企业关工委
助力支持企业高质量发展的思考

—————— 中国石油天然气集团有限公司关心下一代工作委员会

在以习近平同志为核心的党中央深刻践行为中国人民谋幸福、为中华民族谋复兴的初心使命，带领全党全军全国各族人民奋进新时代的伟大征程中，中国石油天然气集团有限公司（以下简称"中国石油"）坚持以习近平新时代中国特色社会主义思想为指导，深入贯彻习近平总书记关于关心下一代工作的一系列重要论述和重要指示批示精神，坚决落实党中央、中国关工委决策部署，积极领导中国石油关工委以立德树人为根本任务，坚持服务青少年的正确方向，坚持"急党政所急，想青少年所需，尽关工委所能"的工作方针和"围绕中心，服务大局，积极配合，主动作为"的工作定位，聚焦国之大者、企之要事，团结带领广大"五老"和关心下一代工作者不断为党的事业和企业发展增添正能量，赓续石油精神血脉、扛稳能源报国红旗，在促进青年职工成长中助力企业发展，在助推企业发展中拓展青年职工成长舞台，以"老"之"精气神"养"青"之"风貌颜"，献企之"智力能"助国之"稳富强"。新时代，国有企业关心下一代工作更要站位大局、融入全局，围绕核心、突出中心，勇于担责、履职尽责。

一

以"一颗红心永向党"的政治坚定，把稳思想之舵，凝心铸魂强根基

2016 年 10 月 10 日，习近平总书记在全国国有企业党的建设工作会议上的讲话指出，坚持党的领导、加强党的建设，是我国国有企业的光荣传统，是国有企业的"根"和"魂"，是我国国有企业的独特优势。中国石油关工委始终牢记习近平总书记的重要指示精神，把"五老"和青年职工的思想政治引领工作作为首要任务，年复一年开展"老少同声颂党恩、携手奋进新征程"主题教育、"党史学习月"等活动，在保持老同志和在职职工队伍纯洁性、先进性等方面发挥了至关重要的作用。

面对新形势，还要充分发挥关工委的思想"领航"功能，持续实施红色基因传承工程，确保"五老"和青年职工始终听党话、跟党走。一是要强化政治引领，用党的初心使命凝心铸魂。坚持组织"五老"和青年职工学习习近平新时代中国特色社会主义思想、党的路线方针政策，丰富载体引导他们深刻领悟"两个确立"的决定性意义，增强"四个意识"，坚定"四个自信"，做到"两个维护"；发挥"五老"报告团、宣讲团作用，开展爱党爱国爱企教育，不断增进政治认同、理论认同、思想认同、情感认同，确保他们做政治上的清醒人、明白人，积极投入全面建设社会主义现代化国家和推动企业高质量发展的火热实践。二是要强化学史增力，用党的历史积淀凝心铸魂。从引导"五老"和青年职工正确认识"过去"、坚持立足"现在"、着眼开创"未来"的角度，认清以古为镜、以史鉴今的重要意义和深刻内涵，大力涵养不忘苦难辉煌、无愧使命担当、不负伟大梦想的良好情操，讲好党的红色故事、企业发展故事，从党的辉煌成就、艰辛历程、历史经验、优良传统中汲取智慧和力量，用中国共产党人的精神谱系激励他们赓续血脉、薪火相传，筑牢信仰之基、补足精神之钙。三是要强化观念根植，用党的价值体系凝心铸魂。贯彻落实《新时代公民道德建设实施纲要》《新时代爱国主义教育实施纲要》，大力弘扬党的光荣传统、中华优秀文化，努力把社会主义核心价值观融入关心下一代工作的各方面，以"五老"和青年职工价值体系建

设的持续巩固，助推国有企业文化"软实力"的持续提升。同时，积极传承劳动精神、劳模精神、工匠精神和科学精神、企业家精神，引导青年职工树立正确的发展观、奉献观、业绩观，助力企业加强文化建设、做好文明传承，协同增强中华民族共同体意识。

二

以"我为祖国献石油"的情怀坚守，把稳实践之舵，育才强企聚力量

2016 年 10 月 10 日，习近平总书记在全国国有企业党的建设工作会议上的讲话强调，国有企业是中国特色社会主义的重要物质基础和政治基础，是我们党执政兴国的重要支柱和依靠力量。中国石油关工委始终坚守企业核心理念，牢记中国石油为保障国家能源安全而"生"、为中国式现代化建设而"强"的主旨思想，把团结"五老"老有所为、发展"后辈"接续力量作为中心任务，长期坚持弘扬传承石油精神、"五老"精神，关爱青年职工和职工子女健康成长，为中国石油培育一代代敢担当、有作为的合格"接班人"作出了积极努力。

面对新征程，还要充分发挥关工委的实践"护航"功能，持续实施"五老"关爱下一代工程，不断把党和企业对青年职工及职工子女的关爱关怀、支持帮助转化为他们成长成才的保障力、忠诚奉献的内生力。一是要坚持以德为先，涵养新风正气。以企业核心精神和文化为重点，充分挖掘、发挥"五老"的独特优势和作用，抓好精神传承这件大事、作风传承这件要事、家风传承这件实事，让企业独有的精神、传统和文化在继承中发展，在发展中创新，始终维系国有企业独特的血缘命脉，以同根同源的脉络滋养企业发展、壮大接续队伍，促进青年职工始终牢记合格党员标准、合格员工标尺，让爱党爱国、忠诚敬业的理念深深烙印在"骨子里"。二是要坚持育人为本，培养可用之才。紧扣国有企业改革和高质量发展的时代命题，围绕主责主业、聚焦经营管理、覆盖本部基层，弘扬"五老"精神，积极有效探索发挥"五老"独特优势和作用的方法举措，持续深化"五老"传帮带；围绕经验传承、

技能传授，拓深度抓好"银发智库"赋新能、拓外延抓好"银龄专家"有作为，大力培养青年职工中的新一代大国工匠、企业巨匠、能工巧匠，促进提升企业核心竞争力，突出关心下一代工作的"培养皿"和"大熔炉"作用。三是要坚持关爱为重，强化权益保护。坚持以青年职工和职工子女的实际需求为导向，有的放矢加大健康关怀、困难帮扶、捐资助学、普法教育等工作力度，高度关注残疾青工、困难学生等特殊群体，通过建"库"、结"对"等方式，长期开展关爱工作；高度重视职工的所需所求所盼，探索靠务实举措有效缓解职工子女放学看护等实际困难，下力气与政府部门、街道社区、学校机构联合开展"净网"、网吧义务监督等活动，切实让企业发展成果惠及青年职工和职工子女，为他们健康成长营造良好环境，体现国有企业的责任担当。

三

以建设"五好"关工委的方向坚持，把稳发展之舵，夯基固本创新为

习近平总书记指出，做好关心下一代工作，关系中华民族伟大复兴。[①]各级党委和政府要加强对关心下一代工作的领导，支持更多老同志参加关心下一代工作，使广大"五老"在关心下一代的广阔舞台上老有所为、发光发热，为培养社会主义建设者和接班人作出新的更大贡献。[②]这充分说明了关心下一代工作的重要性、长久性。中国石油关工委始终保持战略定力和发展信心，不断完善落实关心下一代工作制度机制，积极推动特色品牌和工作阵地建设，努力加强工作队伍建设，以"十年树木、百年树人"的视角，谋定久久为功抓基础的发展思路。

---

① 2015 年 8 月 25 日，在纪念中国关心下一代工作委员会成立 25 周年暨全国关心下一代工作表彰大会召开之际，中共中央总书记、国家主席、中央军委主席习近平作出重要指示。

② 2020 年 11 月 17 日，在纪念中国关心下一代工作委员会成立 30 周年暨全国关心下一代工作表彰大会召开之际，中共中央总书记、国家主席、中央军委主席习近平作出重要指示。

面对新使命，还要充分做好关工委的发展"远航"功课，持续以"五好"关工委建设为目标，做足保障、协调、搭台三篇文章。一是坚持"党建带关建"，抓好组织保障。加强党组（党委）对关工委工作的集中统一领导，将关工委工作纳入重要议事日程；建强建优各级关工委领导班子，落实中国关工委关于企业关工委由"五老"和企业经营管理者、群团组织代表等共同组成的具体要求；建立健全"五老"常态化补充机制，做好尊重爱护"五老"的服务工作，动员更多"五老"参加志愿服务工作，推动关心下一代工作与"银龄行动"深度结合；积极组织关心下一代工作者参加培训、调研等活动，提高综合素养；深化关工委工作经费保障、年度会议等各项机制，坚持合法依规、勤俭节约等原则。二是坚持同频共振，抓好联动协调。探索单企组建、多企联建、园区共建、系统创建、地企合建等多种方式，构建关工委工作"矩阵"，结合企业退休人员社会化管理实际，加强与政府部门、街道社区的沟通协调，努力向活动联办、资源联用、协调发展的方向打通渠道；进一步增强各级关工委成员和有关部门之间的协同配合，发挥关工委的资源整合、功能融合、力量聚合特点，突出"以点带面"的牵引作用。三是坚持品牌建设，抓好平台搭建。创新载体引导"五老"发挥独特优势和作用，建立集工作、学习、活动、志愿服务等功能于一体的综合型"五老"工作室，以及特色鲜明、作用显著的个性化"五老"工作室，做到"点面结合"；进一步加快关心下一代教育基地等阵地建设，鼓励支持"五老"依托传统和新兴教育阵地发光发热；用好用精《中国火炬》等媒体平台，依托企业内外部各级各类传统和网络新媒体，大力宣传关工委工作成果、"五老"事迹，传播正能量、展示好风采，打造舆论宣传"窗口"品牌。

退休人员社会化管理后企业关工委工作的探索与实践

中国石油化工集团有限公司关心下一代工作委员会 ——————

    在中国共产党第十九次全国代表大会上习近平总书记指出："青年一代有理想、有本领、有担当，国家就有前途，民族就有希望"。国有企业是中国特色社会主义的重要物质基础和政治基础，是党执政兴国的重要支柱和依靠力量。中国石化作为国有重要骨干企业，35岁以下青年员工数占员工总数的20%以上，是企业生产建设的生力军。培养教育青年员工尽快成长成才，对推进企业高质量发展、为中国式现代化贡献石化力量具有重要意义。

    一直以来，中国石化关工委以习近平新时代中国特色社会主义思想为指导，深入贯彻习近平总书记对关心下一代工作的重要指示批示精神，坚持围绕企业中心任务，组织发动广大"五老"扎实工作，为培养青年员工成长成才、促进企业高质量发展作出了积极贡献。特别是企业退休人员社会化管理后，我们紧紧依靠党的领导，积极顺应新形势，不断探索实践，努力推动企业关心下一代工作持续发展。

一

统一思想认识，做到"三个坚持"，
不断增强做好新形势下企业关工委工作的责任感使命感

2020年国有企业退休人员社会化管理后，中国石化党组从有利于培养石油石化事业接班人和促进企业改革发展稳定的高度考虑，决定继续开展企业关心下一代工作。关工委坚决贯彻党组决定，充分认识到，面对新形势新任务新要求，必须提高政治站位，统一思想认识，做到"三个坚持"，才能使企业关心下一代工作始终保持正确方向。一是坚持党的领导。要自觉把党的领导贯穿于工作全过程各方面，深刻领悟"两个确立"的决定性意义，切实做到"两个维护"，坚定不移地在思想上、政治上、行动上同以习近平同志为核心的党中央保持高度一致。要坚持和完善"党建带关建"工作机制，主动配合企业各级党组织将关心下一代工作纳入党建工作规划，统一部署、推动和检查，使关工委工作更好地融入党的事业，焕发出持久的生命力。二是坚持围绕中心、服务大局。要紧密围绕企业高质量发展中心任务，立足培养石油石化事业接班人目标，把教育引导青年员工成长成才作为工作重点，积极配合、主动作为，找准工作的结合点和着力点，努力为企业改革发展稳定助力添彩。三是坚持发挥"五老"优势作用。要树立"不求所在、但求所用"理念，在退休老同志移交社会的情况下，通过思想引领、情感联系、关心关爱等方式，继续发动广大"五老"参与企业关工委工作，大力弘扬"忠诚敬业、关爱后代、务实创新、无私奉献"的"五老"精神，尊重"五老"，爱护"五老"，学习"五老"，努力使关工委组织成为老有所为的重要舞台、老有所学的重要课堂、促进青年员工健康成长的重要阵地。

二

突出固本强基，建好三个体系，
夯实新形势下企业关工委工作基础

新形势下，要推动企业关心下一代工作顺利开展，必须要在固本强基上

下功夫，着力建好三个体系，推动关心下一代工作行稳致远。一是巩固组织体系。在实践中，我们努力保持集团、直属企业、二级单位、基层单位四级关工委组织架构，结合实际调整组织设置。共有86家直属企业成立关工委，实现企业基层和青年员工全覆盖。同时，要着重抓好关工委班子建设，及时调整充实关工委班子，增强关工委工作活力。要稳固扩大"五老"队伍，建立健全党务工作、专家人才、技能特长、先进典型和志愿服务等工作队伍，更好凝聚"五老"力量。二是完善运行体系。要坚持党委统一领导、党政齐抓共管、关工委主动作为、有关部门积极支持、各方面广泛参与的工作机制。要做好顶层设计，每年及时制定集团公司关心下一代工作要点，明确年度重点工作，指导企业关工委结合实际贯彻落实。通过多种媒体大力宣传企业关工委工作和"五老"先进典型，不断扩大关工委工作的影响力。坚持每年开展调查研究和片区研讨交流工作，研究新问题、探索新方法、推广新经验，持续推进关心下一代工作高质量开展。三是健全制度体系。要进一步加强制度建设，修订完善企业关心下一代工作规则，建立健全关工委会议、工作通报、请示汇报、调查研究、学习培训等一系列工作制度，促进关工委工作制度化规范化。

三

发挥"五老"优势，实施三项工程，
在助力企业高质量发展和促进青年员工成长成才上展现作为

广大"五老"亲历了企业艰苦奋斗、勇于开拓的创业历程，具有深厚的石油石化情怀和关心下一代的独特优势。企业关工委要有所作为，必须为"五老"发挥作用搭建好平台。在实践中，我们大力实施三项工程，组织引导"五老"发挥自身优势，推动关心下一代工作取得实效。一是实施传承红色基因工程。充分发挥"五老"政治优势，以党史国史教育、爱国主义教育、社会主义核心价值观教育为重点，不断完善工作机制，构建教育网络，丰富教育内容，深入实施传承红色基因工程。要充分发挥"五老"报告团、宣讲团

作用，深入青年员工和青少年中讲好红色故事。要加强教育阵地建设和红色教育资源利用，组织青年员工和青少年瞻仰参观革命博物馆、纪念馆、党史馆、烈士纪念设施，开展读书、征文、演讲等形式多样的实践教育活动，引导青年员工和青少年继承革命传统，传承红色基因，听党话、跟党走。二是实施"传帮带"工程。充分发挥"五老"经验优势，大力传承石油精神、弘扬石化传统，持续实施"传帮带"工程，教育引导青年员工立足岗位成长成才。要围绕中国石化青年精神素养提升工程，配合有关部门在青年员工入厂教育、员工培训、榜样宣传等方面发挥"五老"独特优势，讲好石油石化故事，教育青年员工继承发扬石油石化优良传统，牢记"爱我中华、振兴石化"初心使命。要围绕人才强企战略，紧贴青年员工成长成才需求，配合有关部门对青年员工开展"传帮带"活动，通过宣讲报告、座谈交流、导师带徒等形式向青年员工传思想、传作风、传技能，促进青年员工立足岗位成长成才。要坚持企业所需、青工所想、关工委所能相结合，不断拓宽工作思路，创新工作方式方法，积极探索实践，在安全生产、"三基"工作、技术攻关、技能创新等方面为企业献智助力，更好为企业中心工作服务。三是实施"五老"关心下一代工程。充分发挥"五老"威望亲情优势，利用"五老"生活在地方街道社区的便利条件，积极探索开展企地关工委联建共建，广泛参与社会基层治理，进一步深化"五老"关心下一代工程。要深入开展"关爱明天、普法先行"青少年普法教育，帮助青年员工和青少年提升法治观念。认真贯彻《家庭教育促进法》，开展"'五老'弘扬好家教好家风"活动，对青年员工和青少年言传身教，涵养好家风，宣扬好家训，传承好家规。深化关爱帮扶活动，结合实际开展青少年心理咨询、课外辅导、文体活动、社会实践等活动，为青少年健康成长营造良好社会环境。

正确认识和处理铁路关心下一代工作的几个关系

全国铁路关心下一代工作委员会 ——————————————

今年重阳节到来之际，习近平总书记给"银龄行动"老年志愿者代表回信说："希望广大老年朋友保持老骥伏枥、老当益壮的健康心态和进取精神，既要老有所养、老有所乐，又要老有所为，为推进中国式现代化贡献'银发力量'。"[①] 习近平总书记的回信，就像是专门对关工委讲的。我们把企业的"五老"组织起来，发挥他们的作用，正是为了让老同志在国铁企业现代化建设中贡献"银发力量"。我们从习近平总书记的回信中体会到，随着老龄化社会的到来，"银发力量"逐渐成为推动社会发展进步的重要力量之一。我们要学习贯彻落实习近平总书记对于关工委、离退休管理和"银龄行动"等涉老工作的一系列重要指示批示精神，进一步增强搞好关心下一代工作的自信心和责任感。下文是对铁路关心下一代工作几个关系的思考和认识。

---

① 《习近平回信勉励"银龄行动"老年志愿者代表 既要老有所养老有所乐又要老有所为 为推进中国式现代化贡献"银发力量"》，《人民日报》2024年10月11日。

一

正确认识和处理依靠党的领导和独立自主开展工作的关系

加强党对关工委工作的领导，是关心下一代事业在正确道路上长足发展的根本保证。近年来，我们通过全面调研摸底后得出结论：国铁集团各单位及其所属站段党委对关心下一代工作高度重视，对关工委非常支持，对广大"五老"十分关心，这是主流。国铁集团党组书记和分管副书记亲自做批示、提要求，安排全路关工委参加重要会议，关工委的重要会议和活动由党组研究审批，经费由国铁集团预算保证。国铁集团所属各单位党委能够及时组建、调整、完善关工组织，把关工委工作摆上议事日程，研究解决关工委建设中的重大问题，批准关工委年度重点会议、人员培训和重大活动计划，有的单位还把关工委工作纳入单位一体化考核；各单位党委书记能够抽出时间听取关工委工作汇报、作出批示，有的亲自参加关工委组织的活动；全面落实党委副书记兼任关工委主任的制度，绝大多数关工委主任认识到位、责任到位、工作到位，既代表党委对关工委实施具体领导，又代表关工委向党委反映和协调解决关工委建设中的问题，发挥着承上启下的作用；绝大多数单位关工委的组成部门齐全，工作正常；多数单位关工委领导班子健全、工作部门明确，配备了适应工作要求的工作力量；2022 年以来，大多数单位党政印发了相关文件，明确了关工委建设的重大问题，为关工委的长远发展提供了制度保障。这些都是健全党委领导的具体体现。关工委必须牢固树立党领导关心下一代工作的意识，坚决服从党的领导，积极争取党的领导，主动依靠党的领导。同时，要在党组织的领导下，依靠关工组织自身的活力，充分发挥主观能动性，创造性地开展工作。开展任何工作，主动比被动好，创新比守成好，深入比肤浅好，关工委工作也是如此。一个单位的关工委工作做得如何，除了党组织的领导和重视之外，关键是看有没有各尽其责的组成部门，有没有得力的领导班子和常务队伍，有没有力量充足的办公部门，有没有宏大的"五老"骨干队伍。面对时代之变、铁路之变、青工之变，铁路关工委一定要变被动为主动，变守成为创新，积极主动地策划和开展工作，使工作常做常新，从而推动这项已有近 35 年历史的伟大事业不断发展进步。

二

正确认识和处理关心下一代工作与企业中心工作的关系

关工委是党组织批准成立和领导下的以热心关心下一代工作的离退休老同志为主体、党政有关部门和群团组织负责人参加的，以教育、引导、关爱、保护青少年健康成长为目的的群众性工作组织，是党和政府联系青少年的桥梁和纽带。作为铁路企业关工委，既有全国关工组织的共性，又有企业关工组织的个性。如果忽视关工组织的共性，我们就不会对"我是谁、我从哪里来、我到哪里去"这几个终极问题作出正确答案，就会迷失方向，就不能很好地贯彻落实习近平总书记的重要指示批示回信精神和中办、国办的《关于新时代加强关心下一代工作委员会工作的意见》，甚至背离党中央 35 年前创建关心下一代事业的初心。如果忽视铁路企业关工组织的个性，关心下一代工作就没有具体的对象、目标、任务和动力，就会失去根本依托，也就没有存在的必要。企业关工组织的个性，决定于党对企业的全面领导、企业的属性、组织结构、生产经营目标、文化和愿景等。企业是关工委存在的根基，企业与关工委的关系，就是皮与毛的关系、大局与局部的关系。如果说国铁企业是一列动车组，关心下一代工作就是列车上的一个零部件或一个助力系统，关工委的任务和作用是让动车跑得更快更稳。综上所述，我们植根于企业也为了企业，因企业而兴，以企业为荣，一定要增强大局意识，一切工作从企业发展大局出发，为大局服务，在大局中检验，绝对不能脱离企业中心工作和职工队伍现状搞封闭运作、自我循环。

三

正确认识和处理发挥委员会集体决策作用和发挥"五老"主体作用的关系

所谓关工委，是指一个以党委领导同志为首的委员会，而不仅仅是常务人员或者"五老"队伍。国铁企业关工委，是由办公、组织、宣传、人事、劳资、职教、财务、工会、共青团、离退休管理等部门和组织所组成的群众性工作组织。而广大"五老"包括常务人员，是关工队伍的主体力量。我们应当首先发挥好委员会的作用，包括委员会集体决策作用，也包括组成单位方方面面的支持作用。委员会每年都应当召开全体会议，由关工委常务副主任汇报工作，听取意见建议，讨论决定重大事项，对重点难点问题进行集体研究，找到解决的办法。在日常工作中，关工委常务人员还要与组成单位负责同志保持联系，了解中心工作情况，听取意见建议，协调解决具体问题。同时，要把广大"五老"作用发挥好。以往，有的单位年度统计报的是"神仙数据"，根本经不起较真。落实到人头以后可以看出，一些单位"五老"骨干队伍数量太少，与中心工作的需要、青年职工队伍数量和本单位离退休人员队伍状况不匹配。习近平总书记要求"支持更多老同志参加关心下一代工作，使广大'五老'在关心下一代的广阔舞台上老有所为、发光发热，为培养社会主义建设者和接班人作出新的更大贡献"。① 按照习近平总书记的要求，我们还需要进一步动员广大老同志出来做工作，根据情况，可以采取入驻"五老"工作室、撰写回忆文稿、讲红色故事、贡献历史文物、上台演讲、为青工授课、与青工结对子、到现场传授独门绝技、走进社区学校、帮助青工解决急难愁盼问题等形式，助力下一代的成长进步。

四
正确认识和处理政治上关心和工作生活上关心的关系

梳理关工委工作，我们围绕着立德树人这个根本任务，对青少年的关心，不外乎政治和工作生活两个方面，关心下一代的目的就是让广大青少年更好地学习、更好地工作、更好地成长。我们要贯彻落实"急党政所急、想青少年所需、尽关工委所能"的工作方针，在青年职工成长的方方面面发挥"五老"作用，主要包括：以培育和践行社会主义核心价值观为主线，以理想信念、思想道德、传统文化、科技素养和法治教育为重点，充分发挥"五老"

---

① 《习近平就做好关心下一代工作作出重要指示强调 支持更多老同志参加关心下一代工作 为培养社会主义建设者和接班人作出新的更大贡献》，《人民日报》2020 年 11 月 19 日。

在教育引导和关爱保护青少年方面的优势作用，促进青少年成长成才，为培养德智体美劳全面发展的社会主义建设者和接班人贡献力量。青年职工成长的方方面面，包括思想政治和工作生活。国铁集团各级关工委在理想信念、思想道德、传统文化、科技素养和法治教育五个方面，都有很多好的做法和经验，应继续坚持和发扬光大。我们抓工作不能平均用力，而要扬长避短、突出重点、做出特色。比如红色教育资源丰富的，可以在传承红色基因、赓续红色血脉上多下功夫，让广大青年职工在政治上更好地成长。讲历史、讲传统是"五老"的长项，在政治上关心下一代成长，发动广大"五老"进行传承红色基因、发扬传统文化和遵纪守法教育，大有可为。同时，我们不能忽视从工作上、生活上关心青年职工。这方面可做的工作有很多。比如，建设"五老"工作室、两代人活动站，签订师徒合同，讲好"入路"第一课、参与举办青工技术业务演练比赛等等，都是很好的载体。只要我们坚持从青工成长的需要出发，认真思考和设计，会有十分宽广的工作领域，完全可以大有作为。

五

正确认识和处理工作中尽力而为和量力而行的关系

"尽力而为"强调的是尽最大的努力去做事，"量力而行"强调的是根据力量多少去做事，换言之就是适可而止。一方面，各级关工委常务人员，都是党组织信任和依靠的老同志。到关工委这个岗位上发光发热，我们肯定都会有强烈的责任感和使命感，都想在这个光荣的岗位上使我们的人生追求、人生价值在下一代身上得以延续，都想把工作做好，不辜负党组织的重托和青年职工的期盼。正因如此，许多老同志念兹在兹、夙夜在公、忘我无我，在高强度工作中享受着奉献的快乐。各单位关工委常务人员尽力而为、无私奉献的精神，令我们非常感动，也激励着我们全路关工委的同志们尽力多做工作、做好工作，为大家提供好服务、创造好条件。另一方面，关工委毕竟不是机关的正式编制，关工委的主体队伍毕竟是从工作岗位上退下来的老同志，我们没有与企业建立劳动关系，而是志愿服务，关工委的工作毕竟是补充和助力，没有资源和能力包打天下。要围绕中心服务大局，发挥好辅助、促进作用。要量力而行尽力而为，坚持急党政所急、想青少年所需、尽关工委所能的方针，不缺位、不越位。要结合老同志特点和优势，多干力所能及、拾遗补阙又不可或缺的工作。要发挥老同志阅历丰富的优势，多从思想上、政治上关心关爱广大青年职工和青少年，帮助他们系好人生第一粒扣子，树立正确的价值观、人生观、世界观，助力他们健康成长努力成才，从而为国铁企业高质量发展贡献力量。

加强党的领导篇

加强新时代关工委工作是
实现中国式现代化的制度性安排

天津市关心下一代工作委员会

关心下一代工作委员会（以下简称"关工委"）是具有中国特色的一项制度性安排，是中国特色社会主义事业的重要组成部分，是我们党发挥老干部、老战士、老专家、老教师、老模范（以下简称"五老"）优势作用，加强青少年思想政治工作的一个创举。关工委作为党领导下的群众性工作组织，以"五老"为主体、党政有关部门和群团组织负责人参加，以教育、引导、关爱、保护青少年健康成长为目的，是党和政府联系青少年的桥梁和纽带，通过制度化的组织形式和资源整合，运用非行政化手段激活社会内生资源，以柔性的文化力量支撑现代化的硬性发展目标，巩固扩大党执政的青少年群众基础，助推中国式现代化行稳致远。

一

新时代关工委工作与中国式现代化战略目标深度契合

中国式现代化具有人口规模巨大、全体人民共同富裕、物质文明和精神文明相协调、人与自然和谐共生、走和平发展道路等五个特征。新时代关工委工作聚焦青少年群体，通过思想引领、道德教育、关爱帮扶等方式，助力青少年成长成才，服务于现代化建设的人才储备和可持续发展，与中国式现代化战略目标深度契合。

（一）服务人才成长

中国式现代化强调"人的全面发展"，需要一代代青少年具备理想信念、创新能力和责任担当。天津市关工委汇聚"五老"群体 51898 人、"五老"团队 1836 个。在教育、引导、关爱、保护青少年方面，充分发挥"五老"群体不可替代的独特优势，向青少年传播党的理论和路线、方针、政策，以培育和践行社会主义核心价值观为主线，以理想信念、思想道德、传统文化、科技素养和法治教育为重点，为青少年提供思想引领、实践教育和社会支持，引导青少年增强"四个意识"、坚定"四个自信"、做到"两个维护"，抵制不良思想的侵蚀，确保青少年坚定不移听党话、跟党走，为中国式现代化培养可靠的建设者和接班人。

（二）传承红色基因

中国式现代化强调"物质文明和精神文明相协调"，坚持中国特色社会主义方向。天津市关工委组织编写"金色的信念——社会主义核心价值观读本"系列丛书，向全市幼儿园、小学、"五爱"教育阵地、乡村少年图书室发放；会同市委宣传部等部门推动"润园"、吉鸿昌故居、张伯苓故居等一批爱国主义旧址的修缮和纪念展陈工作，向青少年开放；全市由中国关工委命名的爱国主义、国史教育基地 6 个，由市区两级关工委命名的爱国主义、雷锋精神、文化传承、生态文明等教育基地 800 多个，充分利用红色资源，开展组织化、常态化的红色教育，强化青少年的价值认同，教育引导广大青少年坚定理想信念，厚植爱国主义情怀，确保党的历史经验和精神谱系代代相传，为中国式现代化提供强大的精神动力和道德支撑。

（三）助力社会治理

党的二十届三中全会通过的《中共中央关于进一步全面深化改革　推进中国式现代化的决定》，对健全社会治理体系作出专门部署。天津市关工委动员组织"五老"深入社区、乡村和学校，在青少年心理健康、家庭教育、留守儿童关爱、法治教育等领域，实施"五老"关爱下一代工程，关心关爱青少年弱势群体，深化"关爱明天、普法先行"青少年法治宣传教育活动，持续推进"青少年零犯罪、零伤害"社区建设，教育引导青少年尊法学法守法用法，促进青少年健康成长和社会公平正义，助力减少社会矛盾，维护社会和谐稳定，填补公共服务短板，形成"共建共治共享"的社会治理格局，为中国式现代化营造良好的社会环境。

二
新时代关工委工作与中国式现代化制度设计深度契合

推进社会治理现代化，是完善和发展中国特色社会主义制度、推进国家治理体系和治理能力现代化的重要内容。关工委具有广大的"五老"队伍支撑、全覆盖的组织网络、协调联动的社会机制、"思想育人"与"服务育人"相结合等独特优势，这种"非权力化"的工作方式，注重价值观塑造与社会资源整合，更易获得青少年的情感认同，与中国式现代化制度设计深度契合。

（一）"党建引领"与"社会参与"的多元协作

天津市各级关工委始终坚持在各级党委领导下开展工作，各级党委、政府高度重视关心下一代工作，把关心下一代工作纳入议事日程、纳入经济社会发展总体规划、纳入社会主义精神文明建设内容，形成了"党委领导、部门配合、社会参与"的多元协作模式。关工委依托各级党组织建立工作网络，在全市成立关工委组织 4834 个并全部建立功能性党组织，覆盖城乡基层社区农村；与宣传、教育、社工、公安、体育、民政、司法、检察、工会、妇联、共青团、科协等部门相互支持、通力合作，共同为青少年健康成长创造良好社会环境，实现了政策资源的高效整合，既保证了政治方向，又增强了社会动员能力。

（二）"低成本"与"高效能"的资源整合

天津市关工委在助力学校教育、配合家庭教育、开展社会教育中积极发挥作用，充分利用社区、农村党群服务中心，建设爱祖国、爱人民、爱劳动、爱科学、爱社会主义（以下简称"五爱"）教育阵地1859个，实现全市社区全覆盖，采取党史国史宣讲、诵读经典、书画观影、歌舞表演、手工制作、参观研学等多种形式，广泛吸引孩子们参与，受益青少年百万人次。通过组织动员"五老"参与志愿服务，深入社区、家庭，开展传统教育、"一对一"帮扶、"心连心"关爱，实施德智双助，由单纯的物质帮扶向理想信念引导、心理疏导、学业辅导、精神抚慰、权益保护等多举措帮扶拓展，打造紧贴时代、特色鲜明、具有广泛社会影响的"五老"工作室品牌，形成"家庭—学校—社会"协同育人机制，有效填补公共服务盲区。

（三）"德治"与"法治"的双向互补

关工委的工作以道德教化、情感关怀为主，天津市关工委组织"五老"参与预防、减少青少年违法犯罪工作和未成年人司法保护工作，发挥其在帮教失足青少年工作中的独特优势，既通过法治教育增强规则意识，又通过心理疏导和家庭关爱化解潜在风险。依托8890青少年服务热线，义务为青少年提供心理咨询服务，每年接收来电咨询700余次、线下接访400余人次，调解家庭矛盾，减少未成年人犯罪诱因，反馈满意率达到100%，体现了"枫桥经验"式的综合治理思维，实现"柔性治理"与"刚性制度"的互补。

三

新时代关工委工作与中国式现代化特殊挑战深度契合

中国式现代化的核心是"人的现代化"，在中国式现代化进程中，青少年面临着价值观碰撞、数字技术影响、心理健康、社会压力等多重挑战。关工委工作积极回应中国式现代化进程中的特殊挑战，既传承中华文明"为党育人、为国育才"的历史传统，又创新现代化条件下社会治理的实践路径。

（一）助力解决现代化进程中的代际矛盾

在快速现代化转型中，青少年面临价值观多元化、网络文化冲击、代际沟通弱化等问题。天津市关工委着眼少年儿童的全面发展，精心打造平台、设计载体，形成了科技教育成果展示大赛、少年无人机大赛、少儿夏季和冬季体育节、国际少儿艺术节、少年警校、少年农场等一系列各具特色的工作品牌，具有良好的示范引领作用。华夏未来教育集团经过 20 年的发展，已成为集国际性、教育性、知识性、趣味性、参与性于一体的现代化少年儿童教育品牌。这些品牌贴近实际，贴近青少年，具有典范性和普遍指导性，通过系统化、前瞻性的育人实践，实现关爱工作的"多维赋能"，得到各级党委、政府的肯定和大力支持，得到社会各界的热烈欢迎和一致好评。

（二）助力"一老一少"问题的统筹解决

中国老龄化与少子化并存，关工委强调"老有所为"与"幼有所育"相结合，将传统文化中的尊老爱幼美德转化为制度化的代际互助，既缓解老龄化压力，又为青少年成长注入精神养分。动员、组织"五老"参与关心下一代工作，既为老龄群体提供了社会参与渠道（应对"精神养老"需求），又促进了对青少年的关怀，实现"一老一小"双向赋能，形成"老有所为、少有所成"的良性互动。实施"五老"关爱工程，通过微信群向"五老"提供疾病风险信息预报，定期邀请知名医疗专家为"五老"开展义诊活动，对就医困难的"五老"帮助协调就医及入院治疗等，为"五老"发挥作用提供有力保障。

（三）助力文化传承和意识形态安全

天津市关工委工作通过红色基因传承、改革开放教育等活动，组织"五老"讲述革命历史故事、改革开放故事，强化青少年对中国特色社会主义的认同，推动社会主义核心价值观落地生根。通过爱国主义教育、中华传统文化教育等，增强青少年对中华文化、社会主义制度的认同，增强青少年文化自信，防范西方价值观渗透，维护国家意识形态安全。针对"躺平""佛系"现象，通过红色教育基地实践、劳模精神宣讲等活动，引导青少年树立奋斗价值观，推动筑牢中国式现代化的文化根基。

四

新时代关工委工作与中国式现代化创新发展深度契合

创新是中国式现代化的鲜明底色。中办、国办《关于加强新时代关心下一代工作委员会工作的意见》等文件，进一步明确了关工委的政治地位和资源保障，为加强新时代关工委工作创新提供了制度基础。新时代关工委工作必须适应中国式现代化的发展要求，不断改革创新，积极完善工作体系，进一步提升新时代关工委工作的主动性、前瞻性和创造性，更好肩负起党和人民赋予的使命任务。

（一）推动传统方法与现代技术结合——实现数字化转型

天津市关工委加大人工智能应用力度，实现数字化赋能。建立市关工委手机报和微信群，建立青少年心理问题动态监测系统，开发线上"五爱"教育阵地，建立红色教育资源库，利用线上平台开展"云课堂""红色直播""网上老年大学"等，扩大教育覆盖面。着手建立"五老"+ 人工智能平台，完善"五老"动员组织、登记注册、评价激励、荣誉表彰、关心关爱等现代化管理体系，探索"时间银行""志愿服务积分"等模式，吸引更多"五老"人才加入。

（二）推动思想引领与问题解决相结合——实现精准化服务

天津市关工委加大与企业、公益组织合作力度，打造"关工委 +"资源整合平台和品牌项目，推动成立全市青少年体育联合会，动员团结一切可以联合的力量，服务、引导、推动更多少年儿童参与体育、热爱体育。从 2025 年起分别成立老干部、老战士、老专家、老教师、老模范工作委员会和社区建设工作委员会，更好地发挥"五老"的优势作用。为解决"五育"并举工作中的场地问题，除社区"五爱"教育阵地外，联合有关部门建立少年警校 17 所、确定少年农场 12 个，策划建立少年科技基地，确保少年儿童活动有场地、有经费、有计划、有保障。为加强理论研究，聘请 20 名特约研究员、建立研究员智库。为更好地关爱"五老"，聘请 36 位专家为"五老"开展保健服务。

（三）推动本土经验与国际话语结合——实现国际化合作

天津市关工委紧紧围绕国家对外交流政策，精心策划一系列富有创意和实践性的青少年交流品牌，构建"中国故事"的叙事体系，加强中外青少年联谊，积极开展境内外青少年交流活动。积极发挥华夏未来少儿艺术中心的阵地示范作用，成功举办 2024 年天津国际少儿艺术节，来自 40 个国家和地区的 1300 余名少年儿童齐聚津门，通过 60 场精彩的文艺演出和多种艺术形式，共同呈现了一场国际文化的交流盛会，推动共建"一带一路"青少年人文交流，增强青少年的民族认同感和国家自豪感，促进民间外交开展，助力中国对外交往。

总之，天津市的实践充分证明，在实现中国式现代化的进程中，加强关工委工作，是对青少年成长成才的关怀，更是对国家和民族未来发展的深谋远虑。这一制度安排，将持续凝聚各方力量，推动关心下一代事业蓬勃发展，为中国式现代化建设注入强劲动力，让中华民族伟大复兴的中国梦在一代又一代青少年的接力奋斗中变为现实。

探索"党建带关建"工作的有效途径
推动新时代关工委基层建设和发展

浙江省杭州市关心下一代工作委员会 ————————————

　　关工委是在新中国改革开放中顺应时代发展而产生的，是在党的领导下，以离退休老同志为主体，开展关心下一代工作的群众性工作组织，是党联系青少年的桥梁和纽带，是发挥离退休老同志作用的重要平台。关工委成立三十多年来，党中央非常重视，习近平总书记对关心下一代工作作出了一系列重要指示。为贯彻落实杭州市委办公厅、市政府办公厅《关于进一步加强新时代关心下一代工作委员会工作的实施意见》（以下简称《实施意见》），我们采取实地察看、召开座谈会、访谈、调查问卷等形式，对全市区县（市）、镇（街）和部分企事业单位进行调研，进一步探索"党建带关建"工作的有效途径，完善机制，推动新时代关工委基层建设和发展。

一

"党建带关建"主要做法及成效

　　近年来，全市各级通过建立和完善"党委统一领导、党政齐抓共管、关工委主动作为、有关部门积极支持、社会广泛参与"的关心下一代工作机制，大力推进"党建带关建"的落实，有效地促进了基层关工委的建设和发展。

一是党委重视，加强基层关工委班子建设。杭州市历届党委高度重视关心下一代工作，安排一名常委领导兼任关工委主任，负责关心下一代工作。市关工委班子中始终保持6名左右市级老领导参与，并由1名老同志主持日常工作。2021年市关工委补充了市文明办、市教育局、杭报集团、市文广集团分管领导兼任市关工委副主任，增强了市关工委领导班子力量。各区县（市）和镇（街）建立了由1名党（工）委领导负责、3名左右老同志参与的关工委领导班子，明确关工委日常工作由1名老同志主持。各地党（工）委坚持每年听取关工委的工作汇报，帮助解决实际困难和问题，有效地促进了基层关工委组织建设。目前，全市区、镇（街）乃至社区（行政村）行政系统有5300多个基层党组织已建立关工委组织，基本形成了横向到边、纵向到底的组织网络。

二是党建引领，为新时代基层关工委建设提供根本保障。各级党组织坚持"五位一体"推进党建统领落实，把"党建带关建"作为"党建带群建"的重要内容，积极引导关工委认真学习贯彻习近平新时代中国特色社会主义思想和党的路线、方针、政策；把"党建"与"关建"工作同部署、同检查、同考核、同落实，为关工委建设提供了根本保障。各级关工委始终把服从党的中心工作作为先导，把"服务青少年"作为根本目标，在党和青少年之间发挥纽带作用，在全市青少年中广泛开展"传承红色基因""党史国史学习""法治宣传"等社会主义核心价值观教育，引导广大青少年听党话、跟党走。

三是党员示范，带动"五老"队伍建设。各级党组织充分发挥老党员模范作用，采取表彰先进激励一批、党员模范带动一批、召开会议发动一批、登门拜访邀请一批、亲情关怀感化一批等办法，动员组织老战士、老专家、老教师、老模范、老干部等离退休老同志参与关心下一代工作。据统计，全市有2.1万余名骨干"五老"志愿投身关心下一代工作，形成了一支人数较多、素质较高、覆盖面广、精力充沛的关心下一代工作队伍。

四是加强服务，推动关爱青少年健康成长。各级党组织始终践行把服务群众作为第一工作目标任务，形成以关工委为主导、全社会关心青少年健康成长氛围。全市建立了青少年关心下一代教育基地225个，开辟了"第二课堂"326家（个），有效地促进了社会主义核心价值观的宣传教育。现有"五老"关爱团81个，结对帮扶青少年5834名。近年来，各级关工委动员社会各界参与"阳光护苗""奋飞助学"、困难帮扶、心理健康教育等活动，累计发放助学资金8000多万元，资助了困难青少年30余万人次。近年来，全市各级关工委每年暑假都开办"假日学校"，参与学生每年达20万人次，基本实现了全市镇（街）全覆盖。

五是普法教育，促进青少年学法守法用法。全市各级关工委积极响应依法治国，建设"法治浙江、法治杭州"的战略要求，举办"关爱明天、普法先行"活动。组织政法"五老"进学校、进社区、进企业，宣讲法治，帮教失足青少年，建立"双零创建""阿普说法""少年警校""新航驿站"等青少年法治帮教品牌，带动广大青少年学法懂法守法，有力推动《未成年人保护法》《预防未成年人犯罪法》的落地落实。特别是近年来，全市以杭州市"阿普杯"普法创意大赛、杭州市中小学生宪法主题艺术品展等活动，创造性地将青少年的普法教育和艺术学习紧密结合，让孩子们在学习法律知识、提高艺术水准方面有了更强的主动性、知识性、趣味性、参与性，在杭州广大中小学生、老师和家长中引起积极反响。

二

开展基层关工委建设存在的问题

近年来，全市基层关工委建设取得了一些明显成绩，但也存在以下问题和不足。

思想站位不够高。有的单位对开展"党建带关建"工作的重视程度不高，工作动力不足，精力投入少；有的领导把关工委组织等同于社会团体，没有将关工委建设纳入党建统领，关心少、过问少。一些企事业单位的领导对关工委工作领导不力，缺乏"带"的意识，只要求一般性完成任务就行。

人员配备未到位。根据《实施意见》,"配强工作力量,确保事有人干、责有人负"。一些单位班子还不稳定,经常变动,影响到关工委工作的有效提升。目前,区县(市)配备的关工委"专职副主任"身兼数职,难以专心做好关工委工作。大多数镇(街)关工委办公室没有专职工作人员,工作人员身兼多职,工作任务繁重,无法专心开展关心下一代工作。

工作机制不完善。长期以来,全市关心下一代工作遵循党对群团工作的要求,着力推动将关工委工作纳入党建内容和总体部署,推动"党委统一领导""党建带关建"的格局形成。但是,有的单位党建"怎么带、带什么"的机制尚未建立和完善。有的区和一些镇(街)未将关工委工作纳入党政工作议事日程、精神文明建设目标、新农村建设整体规划;没有做到与党政其他工作统一部署、统一检查考核、统一表扬鼓励;有的单位没有完整的工作制度和经费保障机制,办公场所和工作设施较欠缺等。

组织建设有差距。全市关工委组织建设与中国关工委提出"哪里有党组织和青少年、哪里就有关工委组织"的要求还有较大差距。有的机关事业单位既有党组织又有"五老"和青少年,但仍未建立关工委组织。有一些非公企业前几年建立了关工委组织,由于企业经营受挫,已建立的关工委名存实亡,还有的企业建立了关工委组织后,重形式、轻实效,未能处理好与生产经营的关系,影响了关工委组织作用的发挥。

"五老"队伍后续力量不足。针对《实施意见》中提出的"鼓励退居二线的同志加入关工委工作队伍",各地各单位执行情况有一定差距,"五老"队伍新陈代谢的机制尚未建立,存在年龄偏大、结构单一、后继乏人的问题。在尊重"五老"、爱护"五老"、关心"五老"、为"五老"开展关心下一代工作提供必需的保障方面做得还不够。

三

加强基层关工委建设的意见

关工委建设离不开党的领导,只有在各级党组织的统一领导下,坚持

"党建带关建"，认真贯彻落实好《实施意见》，才能推进新时代关心下一代基层建设和各项工作的创新发展。

进一步深化认识，提高政治站位。习近平总书记强调，各级党委和政府要加强对关心下一代工作的领导，支持更多老同志参加关心下一代工作，使广大"五老"在关心下一代的广阔舞台上老有所为、发光发热，为培养社会主义建设者和接班人作出新的更大贡献。①《实施意见》为新时代关心下一代工作指明了方向，为加强"党建带关建"工作提供了基本遵循。各级关工委要通过定期召开党群工作会议、关工委工作专题会议、举办理论培训班等形式，充分认识到坚持"党建带关建"是贯彻落实党的二十大和二十届二中、三中全会精神的重要举措，把"党建带关建"工作作为一项政治任务，作为基层关工委建设的灵魂，真正形成党委领导、政府支持、各方配合、上下联动的关工委工作格局。

切实加强领导，配强工作力量。各级党组织要健全"党建带关建"工作责任制，明确党组织主要领导是第一责任人、分管领导是直接责任人、关工委主任是具体责任人。区县（市）党委每年不少于1次、镇街党工委每年不少于2次听取关工委工作情况汇报。坚持把配强关工委班子作为"党建带关建"的重中之重，适时调整、充实、健全各级关工委领导班子，把那些热心青少年工作、无私奉献、勇于担当的老同志充实到各级关工委领导班子中，补充新鲜血液；尤其要把党性强、素质好、作风正的老领导推举为关工委主任和副主任，通过选好配优关工委专职副主任，不断增强关工委组织活力。基层党组织对"党建带关建"工作要精心组织、分类指导、积极推进；定期召开专题工作例会，谋划"带"的举措、探讨"建"的新路径。同时，按照市委文件精神的要求，各区县（市）要完善关工委办公室机构设置，配强办公室工作力量，确保事有人干、责有人负。镇（街）及企事业单位关工委，结合实际，可与群团融合，保持关工委有领导分管、有专职工作人员从事日常工作。

---

① 《习近平就做好关心下一代工作作出重要指示强调 支持更多老同志参加关心下一代工作 为培养社会主义建设者和接班人作出新的更大贡献》，《人民日报》2020年11月19日。

完善工作机制,扎实推进关工委建设。实施"党建带关建"是一项系统工程,牵涉党委、政府各个部门和社会各个方面。一是要建立"党建带关建"的工作责任制度。按照《实施意见》要求,结合关心下一代工作职能,制定关心下一代工作规则,明确在党组织的领导下,关工委牵头,成员单位一起参与的工作机制。二是要坚持"党建带关建"的成员单位联席会议。由党组织牵头、关工委负责、成员单位参加,每年定期召开联席会议,部署、检查、总结"党建带关建"工作,切实形成职责明确、相互配合的工作机制。三是建立工作培训制度。各区县(市)关工委要建立和完善学习培训制度,把学习贯彻落实习近平总书记对关心下一代工作重要指示作为长期培训学习的重要内容,学深学透,指导关心下一代工作者。通过每年定期培训学习,使广大关心下一代工作者(包括"五老")进一步明确工作方向、工作内涵、工作重点,创造性地做好新时代关心下一代工作。四是落实保障制度。各级党组织要建立和完善关工委工作经费保障机制,根据当地关心下一代工作需要,为各级"五老"开展关心下一代工作提供适当经费补助,体现组织上对老同志的关心。

扩大组织覆盖面,深化基层全面建设。加强关工委基层组织建设,是"党建带关建"核心。各级党组织要按照有利于增强自身活力、有利于联系青少年、有利于整合力量的原则,在机关及基层企事业单位成立关工委组织。对党组织健全且基础较好而未建立关工委组织的企事业单位,要积极做好多层面的宣传教育工作,引导单位党组织建立关工委组织,并指导规范运行、提升工作水平;加强"一老一小"融合发展,探索在离退休干部党支部成立关工小组,做到党支部书记、关工组长"双职合一"。各地党组织要坚持把开展"五好"关工委创建活动,作为"党建带关建"、深化新时代基层关工委建设的重要抓手,通过深化"五好"创建活动,不断规范基层关工委工作,解决基层关工委组织"干什么、怎么干、干啥样"的问题。

优化"五老"队伍,提升"五老"工作活力。"五老"是关工委工作的主体,各级党组织要充分发挥离退休党员的模范带动作用,引导广大老同志志愿加入关心下一代工作中来,把发挥"五老"作用与离退休干部"银龄助力争先工程"相结合、相协调，建设一支充满活力的"五老"队伍。一是形成强有力的"五老"核心层。党委组织部要及时把新退出领导岗位、身体健康、热爱青少年工作的老同志充实进关工委领导班子，增强关心下一代工作领导力。二是建设服务型"五老"专业团队，形成活跃有效的"五老"骨干层。根据新时代青少年成长的特点和需求，建设一支具有专业优势和工作特长的"五老"骨干队伍，开展红色宣讲、思想道德教育、心理健康指导、法治宣传和维护未成年人合法权益、青年创新创业、帮扶困难青少年、帮教失足失范青少年等工作。三是组建和扩大"五老"志愿服务队伍。各地关工委要引导有兴趣爱好、乐意为青少年服务的"五老"，作为志愿者参与关心关爱青少年的各项活动，形成关心下一代工作的"五老"队伍基础层。四是坚持"五老"进出有序的原则。根据《关于加强新时代关心下一代工作委员会工作的意见》精神，充分发挥老同志的作用，适时调整关工委"五老"成员。各级要在大力弘扬"五老"精神的同时，关心关爱"五老"同志，为"五老"开展工作提供必要的帮助和服务。

促进关心下一代事业高质量发展

安徽省关心下一代工作委员会

经党中央、国务院同意，2021年12月，中央办公厅、国务院办公厅印发《关于加强新时代关心下一代工作委员会工作的意见》（以下简称《意见》）。这在中国关工委三十多年的发展历史上是第一次，《意见》充分肯定关工委和广大"五老"在党的关心下一代事业中的独特优势和重要作用，指明了新时代关工委工作的总体要求和重点任务，对推进关工委建设，强化组织保障提出了具体要求，充分体现了党中央、国务院对关工委工作的高度重视和殷切期望，是关工组织立身发展的政策依据和关工事业担当作为的工作指南，对于推进新时代关工委工作高质量发展具有重大历史意义和深远现实意义。

2022年4月，省委办公厅、省政府办公厅印发了《关于加强新时代关心下一代工作委员会工作的实施意见》（以下简称《实施意见》）。三年多来，我们从深入贯彻习近平新时代中国特色社会主义思想、全面落实习近平总书记对关工委工作一系列重要指示批示的高度出发，在省委的坚强领导和中国关工委的有力指导下，紧密结合安徽实际，狠抓《意见》的传达贯彻，促进《意见》的全面落实，取得了明显成效。

一

进一步加强政治引领

各地高度重视，采取有力有效措施持续推进关心下一代工作。一是明确方向。坚持用习近平新时代中国特色社会主义思想武装头脑、指导实践、推动工作。深入学习贯彻习近平总书记关于关心下一代工作的重要指示批示精神，把学习贯彻《意见》同全面贯彻党的二十大精神结合起来，同学习贯彻习近平新时代中国特色社会主义思想主题教育结合起来，坚持党对一切工作的领导，坚持"急党政所急、想青少年所需、尽关工委所能"的工作方针，坚持服务青少年的正确方向，坚持立德树人的根本任务，坚持服务党和国家工作大局的重要原则，切实增强关工委组织的政治性、先进性、群众性，使关心下一代工作始终充满生机活力。二是高位推动。各市、县委副书记或党委组织部部长分管关工委工作，政府负责同志联系关工委工作。关工委年度工作要点以党委名义转发。关工委召开年度工作会议，党委或政府负责同志出席并讲话。党委常委会及时听取关工委工作汇报，研究重要事项。部分市、县委把关心下一代工作纳入重要议事日程，纳入经济社会发展总体布局，纳入党建工作总体部署和目标责任考核体系，纳入社会主义精神文明建设总体规划。三是广泛宣传。高度重视关心下一代工作宣传，不断强化对重要工作、重要活动、重要会议和重要经验的宣传报道。大力宣传关心下一代工作的模范人物和先进典型，为关心下一代事业发展营造良好氛围。

二

进一步加强联动共建

各地形成了党委统一领导、党政齐抓共管、关工委主动作为、有关部门积极配合、社会各界广泛参与的关心下一代工作机制。一方面，建立健全"党建带关建"的制度机制。如合肥市坚持党建引领，健全党政领导机制，实现党政重视常态长效；健全组织建设机制，实现关工网络有效覆盖；健全队伍建设机制，实现关工队伍做活做强；健全互联共建机制，实现职能部门之间有效联动；健全工作考评机制，实现工作活力有效激发。如宿州市规范"五带"工作机制，突出从思想上"带"，着力做好关工委班子的思想政治教育培训；突出从组织上"带"，着力完善党组织领导下的关工组织体系；突出从队伍上"带"，动员更多老同志参与关心下一代工作；突出从制度上"带"，把关工队伍纳入党建考核体系；突出从活动上"带"，引导各级关工委积极服务工作大局和中心任务，推动实现高质量发展。另一方面，建立健全联席会议制度。定期召开联席会议，交流研究工作，充分发挥各成员单位职能作用，形成共同支持关心下一代工作的良好氛围。有的市、县委明确由分管负责同志兼任联席会议召集人。芜湖、亳州等市每年在联席会议上分解年度重点工作，并明确牵头和配合单位，共同抓好任务落实。

三

进一步强化工作保障

一是健全组织体系。截至 2024 年底，全省关工组织数 4.45 万个，其中县级以下 2.92 万个；关工会员数 73.1 万人，其中县级以下 47.3 万人，全省关工组织数和会员数实现"双提升"。支持学校、机关、村（社区）、企事业单位和新社会组织、新经济组织等建立关工委。如马鞍山市推行"社区有网、网中有格、格中有人、人负其责"的网格化管理，共建立村（社区）关工小组 6565 个。二是加强队伍建设。坚持把发展壮大老干部、老战士、老专家、老教师、老模范（以下简称"五老"）队伍作为贯彻落实《意见》的一项基础性工作，通过采取组织号召发动一批、登门拜访邀请一批、亲情关怀感化一批、开展活动带动一批、表彰先进激励一批等措施，吸纳更多老同志在关心下一代的广阔舞台上老有所为、发光发热。有的市、县以党委和政府名义，对作出突出贡献的"五老"给予表彰奖励，激发了广大"五老"发挥余热、奉献社会的积极性。蚌埠市"五老"总数从 2021 年的 24738 名增加到 2024 年的 32837 名。高度重视关工委领导班子建设，及时把新退出领导岗位、身体健康、热心青少年工作的老同志充实进关工委领导班子。各市、县（市、区）关工委办公室归口同级党委老干部局或组织部管理，县级以上关工委办公室专职工作人员不少于1名。有的乡镇（街道）关工委办公室配备了专兼结合的"一秘两员"。2021~2024年，全省各级关工委办公室工作人员增加3632名。三是增强经费保障。各地将关心下一代工作经费列入财政预算，实行专款专用，且建立了经费增长机制。

经过各地各部门共同努力，全省关心下一代工作取得新进步。一是"五教"工作统筹推进，协调发展。思想道德教育方面，举办"放飞中国梦·传承红色基因"主题教育，组织"五老"、先进典型、思政名师讲述红色故事，宣讲创新理论。法治教育方面，举办"关爱明天、普法先行"青少年法治宣传教育活动，开展普法宣传，弘扬宪法精神。积极争创全国青少年法治安全教育先进学校、乡村（社区）。科技教育方面，召开全省关工委科技教育工作经验交流会，对先进集体和先进个人进行表彰。开展第五届"科技点亮未来"青少年科普教育活动，吸引6000多名中小学生和群众参加。文化教育方面，中国关工委主要负责同志出席安徽省第十二届"党是阳光我是苗"少幼儿书画大赛总结颁奖展览活动并作出肯定批示。家庭教育方面，举办"弘扬好家风·五老育新人"活动，深入宣传贯彻《中华人民共和国家庭教育促进法》和《安徽省关于指导推进家庭教育的五年规划（2021—2025年）》精神。二是"乡村振兴·关工助力"工作务实创新，成果显著。紧紧围绕"三求一能"（即党委要求、群众需求、青少年诉求和关工委所能），精心实施"五参五助四行动"。2021年以来，各级关工委累计开展宣讲报告23884场次，捐资助学总额3.5亿元，惠及37.8万名学生，共有34.6万名"五老"结对关爱56.9万名留守儿童和困难儿童。省关工委助力乡村振兴经验做法在全国农村关心下一代工作座谈会上作交流。三是教育基地建设抓在实处，走在前列。16个基地被评为"全国关心下一代党史国史教育基地"，在全国并列第一。各级关工委和广大"五老"充分发挥基地的铸魂育人作用，广泛开展浸入式、体验式"四史"学习和爱国主义教育活动，引导广大青少年了解党的历史、从党史中汲取智慧和力量。四是品牌建设守正创新，巩固提升。巩固提升"双创"（即关工委组织创"五好"、"五老"人员创先进）品牌，并结合"双十佳""最美五老"评选和先进典型、特色工作经验的宣传推广，不断赋予其新内涵。创新打造"三会"（即关工委年度工作"精彩汇"交流会、"江淮五老情"报告会、"三基行"现场会）品牌，推动制度化、常态化、长效化。目前，全省关工委共有3个全国性工作品牌、6个全省性工作品牌，其中，"党是阳光我是苗"少幼儿书画大赛、"双创"等品牌已有20多年历史。

在充分肯定成绩的同时，也清醒地看到工作中还存在一些差距和不足。从调研情况看，个别地方、单位学习贯彻《意见》精神的过程中存在工作不够扎实等情况；有的基层关工委存在班子难配强、"五老"难发动、活动难开展的"三难"现象；一些基层关工委办公室存在缺人、缺编、缺经费、缺场地等实际困难。下一步，各地各单位要坚持问题导向和效果导向，强弱项、补短板、扬优势，奋力推动关工委工作高质量发展。

一是持续强化理论武装。加强对《意见》精神的再学习再宣传再贯彻，确保认识到位、学习到位、贯彻到位。健全培训轮训制度，把学习成果转化为推动关心下一代工作的强大力量。广泛组织老同志学党史、讲党史、感党恩，青少年学党史、知党史、跟党走，持续掀起党史学习教育热潮。继续办好"放飞中国梦·传承红基因"等重点活动，发动江淮"五老"报告团等走进青少年、走进关工委，讲述党史故事，传承红色基因。

二是持续夯实基层基础。巩固拓展组织体系，在"五老"和青少年集中的活动场所深化党的组织和工作覆盖，充分发挥基层关工委特别是村（社区）关工组织作用。加强"五老"队伍建设，建立健全"五老"常态化退出和补充机制，努力建设一支素质优良、人数众多、覆盖面广、结构合理、扎根基层、富有活力的"五老"队伍。继续开展"最美五老"和"双十佳"评选活动，进一步动员广大"五老"在关心下一代工作上老有所为、发光发热，把教育关爱保护工作做得更加出色、出彩、出众。配齐配强基层关工委班子。重点关注和解决少数基层关工组织工作经费不足、"五老"经费补助不到位、日常办事机构工作力量不够强等问题，充分调动基层关工组织和广大"五老"的积极性、创造性，奋力开创安徽省关工事业新局面。

三是持续做好重点工作。思想道德教育要坚持用习近平新时代中国特色社会主义思想铸魂育人，积极引导青少年培育和践行社会主义核心价值观。法治教育要加强未成年人保护法等普及宣传，教育引导青少年树立尊法、学法、守法、用法意识。科技教育要注重举办丰富多彩的科普科技活动，激发青少年科技兴趣和创新意识。文化教育要大力弘扬中华优秀传统文化，引导青少年感受中华文化魅力、传承中华传统美德。家庭教育要加强典型培育和宣传，助力构建家庭学校社会协同育人的工作机制。充分发挥各级关工委的组织优势和关爱基金作用，用心用情开展好助学、助困、助孤、助残、助业活动。继续推进"乡村振兴·关工助力"工作，带动各级关工委和广大"五老"关注乡村建设、助力乡村振兴。

新时代关心下一代工作的福建实践与机制探索

福建省关心下一代工作委员会

为深入贯彻落实中办、国办《关于加强新时代关心下一代工作委员会工作的意见》（以下简称《意见》）和中共福建省委办公厅、省政府办公厅《关于加强新时代关心下一代工作委员会工作的若干措施》（以下简称《若干措施》）精神，根据省委老干部局《关于大兴调查研究的具体方案》的统一安排，2023 年 5~6 月，省关工委组成 5 个调研组，深入各设区市、省直机关、省教育系统和部分县（区）、省直单位、高校关工委，采取面上铺开、专题研究、定点解剖和省市县三级联动等方式方法，对各地各单位贯彻落实《意见》和《若干措施》情况开展调研，现就调研情况报告如下。

一

基本情况

（一）党委、政府更加重视支持

一是组织领导进一步加强。2023~2024 年，省委书记周祖翼，省委副书记、省长赵龙，省委副书记罗东川等省委领导先后 10 次对福建省关工委工作作出批示肯定、提出明确要求，省委常委、组织部部长邢善萍在全省组织部部长会议暨老干部局长会议上对关心下一代工作作出部署。省委分管领导多次到省关工委调研，研究部署贯彻工作，推动出台《若干措施》，明确省关工委机构性质；坚持每季度听取关工委工作汇报，每周了解工作开展情况，加强工作指导，帮助协调解决问题。所有市、县均召开常委会会议或专题会议传达学习文件精神、研究贯彻落实措施，市、县两级党委主要领导对贯彻文件精神作出 212 次批示。各设区市、平潭综合实验区两办和省委教育工委，以及 73 个县（区）两办结合本地本部门实际印发了实施意见，并以贯彻两个文件精神为契机，不断完善制度机制。二是工作合力进一步形成。龙岩建立联席会议制度并明确由分管市领导担任联席会议召集人，石狮市采取"阵地联建、资源联享、活动联办、力量联动"的"四联"融合模式形成工作合力，省直各单位建立关工委与机关党委、老干处、工青妇组织等联合开展活动的"大关工委"工作机制。73 个省直单位、8 个设区市和 69 个县（区）建立了联席会议制度。三是工作保障进一步强化。9 个设区市、平潭综合实验区和 83 个县级、5 个经济开发区关工委，以及 913 个乡镇关工委工作经费列入财政预算；各设区市和 75 个县级关工委、953 个乡镇（街道）落实了关工委驻会老同志工作补助政策，为开展关工委工作提供有力保障。

（二）组织建设更加健全完善

一是创新组织设置。福州市晋安区 18 个离退休干部党支部全部建立关工委，由党支部书记兼任关工委主任；漳州推动市县工商联、商会全部成立关工委，全市建有党组织的民企组建关工委达 1012 家，有效扩大了组织覆盖面。截至 2024 年 12 月，全省建立关工委组织 26001 个，较 2021 年底增加 288 个，"五好"关工委达标率为 75.4%，比 2021 年提高了 3 个百分点。二是充实工作力量。县级、乡镇（街道）和绝大多数省直单位、高校关工委落实由分管领导（党委副书记或组织部部长）兼任第一主任，同级退休老领导担任主任的"双主任"制度。两年来，有 2 个设区市、23 个县级关工委调整了主要领导；同时，鼓励动员有教育、政法、宣传、文化、科技、网络工作经验及文体特长的优秀"五老"、企业家、专家学者充实到关工委队伍中，使骨干队伍的年龄、知识和专业等结构得到优化。三是拓展活动阵地。依托各类博物馆、纪念馆、展览馆、革命遗址、文物保护单位、名人故居、重大建设工作等场所挂牌成立关心下一代教育基地 2753 个；整合党员活动室、"四点钟学校"、校外辅导站、"五老"工作室等，打造基层"微阵地"；运用互联网，依托"福建老干部"App 建立"网上关工委"，各级关工委建立网站 22 个、微信公众号 45 个。

（三）关工组织更加主动作为

一是主题教育出新出彩。围绕立德树人根本任务，坚持用习近平新时代中国特色社会主义思想凝心铸魂，开展党的二十大精神宣讲和"大手牵小手，永远跟党走"主题活动，通过"说、讲、诵、观、演、赛、誓、践"等多种形式，教育引导青少年听党话、跟党走。两年来，全省共开展各类主题教育1.7 万场，25 万名青少年参加。二是关爱服务落实到位。坚持从精准、精细入手，针对读书难的孩子开展"助学行动"，近 20.3 万名贫困学子受益；针对农村留守儿童开展"关爱行动"，组织"五老"从学习、生活、情感上帮助他们解决实际困难和问题，开展"关爱成长微心愿"活动，帮助 34 所学校 1754 名家庭困难学生实现微心愿；针对城市流动儿童开展"共享行动"，拓展关爱进城务工人员子女"进企业、进学校、进社区"活动；针对问题和失足青少年开展"帮教行动"，深化"五老帮五失"关爱帮教和进监所帮教等活动。三是服务中心富有成效。打造农村青年致富"优质种子工程"，建立师资库，举办农村实用技术培训，组织参加省级评茶员、茶叶加工工和茶艺师职业技能竞赛，培育 10000 多名带头致富、带领农民致富的"双带"人才，带动辐射周边 5 万多户农民增收致富。积极参与社区网格化管理、创建"四零"社区学校，组织青少年参观法治教育基地、举办模拟法庭、开展法律知识竞赛等，助力推进更高水平"平安福建"建设。探索两岸融合发展新路，办好海峡两岸关爱下一代成长论坛、"海峡两岸青少年朱子文化研习营"和暑期夏令营、书画展演等活动，促进两岸青少年交流联谊、心灵契合。

二
存在的主要问题

（一）"党建带关建"主体责任还需进一步强化

有的地方基层党组织"带"的意识不强，没有真正把关心下一代工作提上议事日程，对关工委工作支持不够。一些地方虽然建立了成员单位联席会议制度，但作用发挥不够，联动配合不够经常、不够有力。部分县级关工委没有落实统一社会机构信用代码证书。部分县（市、区）关工委办公室编制、领导职数被取消或减少；借用或外聘人员工作不稳定、不安心，存在能力不足、标准不高等问题。

（二）"五老"队伍青黄不接

现有关工委"五老"队伍相对老化，据统计，市县两级关工委主任、常务副主任、副主任年龄在 60~70 岁的占比 30%，70~79 岁的占比为 60%，80 岁及以上的占比为 10%。随着社会经济发展，一些"五老"进城或定居异地与儿女同住，导致一些偏远乡村找不到"五老"。新退休人员因对关工委工作不了解、专职带孙辈、退出工作岗位后想做一些自己喜欢做的事等原因不愿参加关工委工作。有的地方把关工委视同于一般社团，将工作人员年龄设在 70 岁，一些身体健康、热心关心下一代工作的老同志因此退出关工委。

（三）组织建设与发展还不够平衡

一些乡镇、边远农村、企业、民办学校还存在空白点、空架子、空运转等问题。"五好"基层关工委动态管理机制还未建立，督促指导不够经常，部分"五好"基层关工委"含金量"不高。

（四）开展工作的针对性实效性有待加强

部分基层关工委工作缺乏创新和特色，对青少年的所需所想所盼研究得不够，在关心、教育青少年上依赖老办法，对青少年吸引力不强，活动效果不明显。有的基层关工委创新意识不强，主动性不够，只做"规定动作"，较少有"自选动作"。对基层经验总结、规律性探索不足，关心下一代工作理论研究深度广度不够。基层"五老"运用互联网技术和信息化手段开展教育关爱工作的意识和能力有待提升。

（五）关注支持关心下一代工作的氛围还不浓厚

社会上对关心下一代工作的意义和作用认识不足，有的部门对关工委工作不了解、关心支持不够，打击了关工委"五老"的积极性。关工委宣传力度不够，缺乏相对固定、专业的通讯员队伍，基层稿件质量不高、内容缺乏深度。宣传覆盖面不广，只在系统内宣传，利用系统外媒体开展宣传不够。

三

意见和建议

（一）坚持和加强党对关工委工作的全面领导，进一步落实"党建带关建"主体责任

一要提高思想认识，健全"党建带关建"工作机制。坚持和加强党对关心下一代工作的领导，始终围绕中心、服务大局，强化请示汇报，努力使关工委工作提上重要议事日程，实现"四纳入""四到位""四同时"，即纳入精神文明建设、纳入平安建设（综治工作）考评体系、纳入党建联席会议议事日程、纳入基层党建目标责任制考核体系，编制人员落实到位、办公场所和设施落实到位、工作制度落实到位、经费保障落实到位，与党政其他工作同部署、同检查、同考核、同表彰。要主动融入老干部工作大局，把关心下一代工作作为老干部发挥作用的重要平台，推动关工委工作与离退休干部党

的建设工作互融互促。二要加强沟通协调，完善部门联动机制。建立完善的关心下一代工作成员单位联席会议制度，明确职责任务，发挥职能作用，形成工作合力。加强与成员单位的沟通联系、协调配合，做到工作联动、阵地联建、资源联用、活动联办，不断完善"党委统一领导、党政齐抓共管、关工委主动作为、有关部门积极配合、社会各界广泛参与"的关心下一代工作机制。三要强化规范管理，健全工作保障机制。督促指导省直单位、基层关工委落实工作经费保障政策和驻会老同志的交通、通信等工作补助政策。参照省里做法，进一步推进基层关工委落实机构代码证工作，规范办公室机构设置、配齐配强工作力量，确保机构设置与承担职能、人员配备与担负任务相匹配，为"五老"开展关爱下一代工作提供更加有效的服务保障。

（二）大力推进"基层建设奋进年"活动，进一步建强关工委组织

强化政治建设。坚持用习近平新时代中国特色社会主义思想凝心铸魂，以政治建设推动关工委进一步坚持政治方向、提高政治站位，坚决拥护"两个确立"、增强"四个意识"、坚定"四个自信"、做到"两个维护"。坚持围绕中心、服务大局，进一步明确新时代关心下一代工作的地位作用、政治标准、主要任务、工作重点、依靠力量和根本保证，积极主动承担起引导青少年听党话、跟党走的政治任务。强化组织建设。探索社区辖区内相关单位和机构组建联合关工委，以城乡社区关工委为核心，有机联结学校、企业、行业及各领域关工委组织，实现组织共建、资源共享、功能优化，提升基层关工委建设的整体效应。对标对表新时代新要求，完善"五好"基层关工委创建标准，探索实行动态管理机制。强化队伍建设。积极争取党委组织部门支持，按照"有进有出、进出有序"的原则，充实基层关工委领导班子，特别是配齐配强"领头雁"。加强与组织、人事、老干等部门配合，探索离退休干部党组织与关工委组织融合发展模式，鼓励动员更多老干部、老党员参加关工委工作。健全分类分层次的培训体系，提升"五老"的政治素质、理论素养和业务能力；建立健全激励表彰机制，加大对"五老"队伍的关爱力度。强化阵地建设。按照《中共中央关于加强和改进党的群团工作的意见》中关

于"统筹基层党群组织工作资源配置和使用，基层党组织活动阵地、党员服务站点的规划建设应该考虑群团组织需要"的精神，建好关心下一代传承红色基因教育基地，以及"五老"工作室、青少年社会活动中心等教育阵地。积极推进网上关心下一代工作，建好用好"网上关工委""网络家长学校"、微信公众号、网站、视频号等信息化平台，打造线上线下有机结合、相互促进的关心下一代工作新局面。

（三）加强关心下一代工作规律性研究，进一步推进关工委工作高质量发展

一是加强理论研究。坚持问题导向、需求导向和结果导向，把调查研究贯穿于关工委工作的全过程，深入基层了解青少年所思所想所盼，研究评估涉及青少年发展的法律法规实施和政策执行情况，及时向党委、政府以及有关部门建言献策，推动解决青少年成长成才中面临的突出问题。同时，积极探索具有关工委组织特点的工作机制和活动方式，注重调研成果的转化运用，提升关工委工作的质量和水平。二是创新方式方法。针对全媒体时代青少年理论宣传、思想教育、舆论引导、道德熏陶和品性培养的特点、难点，突出青少年主体，坚持"五个结合"，即传承红色基因与弘扬中华优秀传统文化结合、"五老"讲与青少年讲结合、对青少年讲与对家长讲结合、思想政治教育与心理健康教育结合、大规模与小形式结合，进一步发挥"五老"作用，提升教育关爱的针对性、实效性。三是强化品牌建设。尊重基层首创，立足关工委的政治属性、工作定位和使命任务，探索一批可复制可推广的经验做法，深化"种子工程""关爱成长微心愿""五老帮五失"等品牌建设，以点带面推动关心下一代工作提质增效。四是加大宣传力度。加强宣传工作的统筹谋划，争取主流媒体支持，积极推介宣传"五老"先进典型和"五老"精神，展现关工委工作业绩和创新成果，提升全媒体时代关心下一代工作的思想引领力和社会影响力。积极拓展传播渠道，通过关工委门户网站、"网上关工委"、《成长》内刊、《福建老年报》关工专版等平台，全方位多角度宣传关工委工作，努力营造全社会共同关爱下一代健康成长的良好氛围。

新时代关心下一代工作高质量发展探析

山东省关心下一代工作委员会 —————————————

　　高质量发展是新时代的硬道理。党的二十届三中全会强调，高质量发展是全面建设社会主义现代化国家的首要任务。2021 年 3 月 7 日，习近平总书记在参加十三届全国人大四次会议青海代表审议团时强调，高质量发展不只是一个经济要求，而是对经济社会发展方方面面的总要求，是必须长期坚持的要求。关心下一代工作是培养德智体美劳全面发展的社会主义建设者和接班人的基础工程、战略工程，实现高质量发展是现实需要，更是时代要求。结合山东近年的工作实践和经验，我们认为实现新时代关心下一代工作高质量发展，要紧紧围绕加强党的全面领导、推动创新突破、完善工作体系等关键环节，持续用力、久久为功。

一

加强党的全面领导是新时代关心下一代工作高质量发展的根本保证

　　关心下一代工作是党在新形势下思想政治工作的创新和发展，是党的事业的重要组成部分。政治性是关心下一代工作最鲜明的特征。进入新时代，关心下一代工作创新发展取得的显著成绩，根本在于以习近平同志为核心的党中央对关心下一代工作的高度重视和大力支持，关键在于各级党委、政府和有关部门深入贯彻落实习近平总书记关于关心下一代工作重要指示批示，以实际行动和具体措施关心支持关心下一代工作。实现新时代关心下一代工作高质量发展，必须把党对关心下一代工作的全面领导这一基本原则贯穿于关工委工作全过程、各方面。始终坚持以习近平新时代中国特色社会主义思想为指导，把习近平总书记关于关心下一代工作的重要指示批示精神作为根本遵循，不忘初心、牢记使命，自觉提高政治站位，强化责任担当，示范带动广大老同志深刻领悟"两个确立"的决定性意义，进一步增强"四个意识"，坚定"四个自信"，做到"两个维护"，保证关心下一代工作始终沿着正确方向前进。始终坚持把全面落实中央和省两办文件精神作为长期政治任务抓紧抓实。紧紧依靠和主动争取党委政府的重视支持和有关部门的协调配合，聚焦重点任务查缺补漏，紧盯短板弱项聚力攻坚，逐步健全完善新时代关工委工作的制度保障体系，不断夯实关工委工作的政治保障和物质基础。始终坚持为党育人、为国育才，落实立德树人的根本任务，坚持不懈用党的创新理论铸魂育人，抓住青少年成长的关键时期，充分发挥关工委和"五老"的独特优势作用，传承红色基因、赓续红色血脉，帮助青少年扣好人生"第一粒扣子"，教育引导他们从小坚定听党话、跟党走理想信念。始终坚持服务党和国家工作大局，围绕各级党委政府的重点任务，找准切入点和发力点，组织引导广大"五老"展其所长、尽其所能，更好地在党建引领基层治理、促进青少年健康成长方面展现银龄担当，继续为党和国家中心工作助力添彩，为推进中国式现代化贡献"银发力量"。始终坚持发挥"五老"独特政治优势、经验优势、威望优势和重要作用，大力发扬忠诚敬业、务实创新、关爱后代、无私奉献的新时代"五老"精神，不断提升关爱服务青少年的能力和现代化水平，用心用情用力为青少年健康成长提供更多、更精准、更优质的教育保护，推动关心下一代事业发展再上新台阶。

二

推动创新突破是新时代关心下一代工作高质量发展的必然要求

只有坚持与时俱进、改革创新，新时代关心下一代工作才能始终充满生机与活力。推动关工委工作实现创新突破，需要在求新、求实、求深三个层面狠下功夫。一是求新，就是要创新，打造亮点。一要有工作理念的更新，正确认识和准确把握关工委的组织性质和运转模式，下大气力改观念、转方式、换作风。二要有工作方法的创新，坚持日常工作抓活动、重点工作抓典型，抓活动办实事，不断扩大关工委的影响力；抓典型带全局，以点带面，推进均衡发展，把关工委工作搞得更加丰富多彩、生动活泼。三要有工作内容的创新，要紧跟时代发展步伐和青少年现实发展需要，不断拓展关工委和"五老"发挥作用的空间领域。山东好多工作都是从无到有、从小到大。比如青少年党史国史教育、老年大学关工委、企业关工委、"五老"助健康等，这些工作都是在基层实践中创造和培育的工作亮点。还要做到"人有我新"。比如，山东在落实中国关工委部署推进的春苗营养厨房工作中，把握时机，结合山东实际，联合省教育厅统筹推进全省中小学厨房（食堂）建设，让孩子们在学校都能吃上热汤热饭；待全省中小学厨房（食堂）应建尽建任务完成后，及时将关工委的工作重心转移到中小学厨房（食堂）食品安全义务监督上来。二是求实，就是要务实，不务虚功。努力让青少年在关工委开展的各项工作中受教育、得实惠，着力办好党委政府重视的、群众关注的、青少年健康成长所需的、关工委力所能及的事情。比如，我们在全省推广临沂市孤困儿童心理辅导志愿服务的经验做法，在党委、政府和有关部门支持下，关工委牵头动员广大"五老"、志愿者和社会各方力量结对帮扶困境青少年，实现扶困扶心扶志扶智有机结合，有效地帮助孤困青少年解决实际问题，达到帮助一个孩子、影响一个家庭、温暖一座城市的效果。这项工作也得到了中国关工委的大力支持。同时，实事求是，不搞"一刀切"。山东区域经济社会发展不平衡，青少年面临的问题不尽相同、需求也不同。我们要求各地在工作的把握中，坚持"少数集中、多数放开"原则，鼓励各地在抓紧抓好中国关工委和省关工委部署的重点工作的同时，从本地本单位实际出发，因地制宜、因时制宜、因人制宜，创造性开展工作。比如，一些沿黄流域城市在暑期来临前都会组织动员"五老"开展暑期阻泳活动，避免溺水事故发生；还有的地方组织"五老"参与家庭婚姻调解工作，为青少年提供健全完整的成长环境，这些都是很接地气、深受社会欢迎的实事好事。三是求深，就是要深入，保持生命力。当下，青少年生活在社区、"五老"生活在基层，关工委开展工作就要更加深入基层。要多开展调查研究，多下基层、多到青少年和"五老"中去，倾听他们的意见建议，摸清他们所思所想所盼，保证关工委的工作有的放矢。近年来，山东加大对"五老"工作室的推进力度，就是希望把关工委工作更好地向社区、向学校等基层单位和青少年、"五老"身边延伸。同时，以"五老"工作室为载体平台，组织动员和汇聚吸引更多有特长、有热情、有爱心、有情怀的老同志参与到关心下一代事业中来。此外，做好关工委工作还要有理论的深度和思想的高度，要对新时代关工委工作深入思考，对关工委的工作规律有深刻把握，对本地工作情况有清醒认识，对制约工作创新发展的矛盾问题有思路对策，推动工作要有章法、有节奏。要高度重视调查和理论研究工作，集中专业力量，及时将实践中的成功经验转化为制度成果，不断深化对关工委工作规律的把握，提高工作科学化规范化水平。

三

完善工作机制是新时代关心下一代工作高质量发展的有力支撑

关心下一代工作是一项系统工程，是全党全社会的共同责任。要不断健全工作机制、夯实基层基础、坚强工作力量，把更多的资源投入关心下一代工作中去，让更多老同志在关心下一代工作的时代舞台上老有所为、发光发热。一是完善"党建带关建"工作机制。依靠机制保证党委、政府把关工委工作提上重要议事日程，经常听取汇报，研究解决实际困难和问题。进一步健全以党建带动关工委的政治、思想、组织、队伍、阵地等方面的制度机制，为关工委基层组织和"五老"队伍建设提供有力保障。二是发挥关工委议事协调机构作用。用好联席会议制度，主动协调配合，及时通报情况，实现资源联用、活动联办、优势互补，更好发挥关工委成员单位职能作用，汇聚形成工作合力。三是注重加强自身建设。关工委工作力量来源于强有力的组织。要不断完善覆盖广泛、富有活力的组织体系，以"五好"基层关工委建设为抓手，巩固和拓展大中小学、农村、城市社区、企业和社会组织等领域关工委组织，实现有形覆盖和有效覆盖，使关工委组织更好地扎根在基层、活跃在基层、作为在基层。要建强充满热情、积极有为的"五老"队伍。选好班长、配强班子是组织建设的关键环节。要在党委政府领导和组织、老干部等部门支持下，把那些有威望、有影响，"想干事、能干事、干成事"的老同志吸纳进关工委领导班子。建立健全"五老"调整补充机制，按照尊重意愿、发挥特长的原则，探索分领域组建专业服务队伍，提高发挥作用的针对性、实效性。四是注重保护"五老"工作积极性。坚持依靠和用好制度政策关心爱护"五老"，及时总结推广"五老"先进事迹，表扬激励和走访慰问优秀"五老"，帮助他们解决实际困难，把尊重、爱护、学习"五老"的要求落到实处，让"五老"有更多的荣誉感、获得感和幸福感。五是注重加强宣传舆论工作。充分利用主流媒体和网络、公众号等新媒体，线上线下宣传好党和国家的政策文件精神，宣传好关工委的经验做法和工作成绩，宣传好"五老"的先进事迹，为关心下一代工作高质量发展营造更加良好的社会舆论氛围。

微光成炬　星火燎原[*]

——河南关心下一代工作发源发展 40 年实践探索

2018 年 7 月 3 日习近平总书记在全国组织工作会议上指出，实现中华民族伟大复兴，坚持和发展中国特色社会主义，关键在党，关键在人，归根到底在培养造就一代又一代可靠接班人。这是党和国家事业发展的百年大计。关心下一代工作发源于河南、源点在安阳。2024 年是中国第一个关心下一代组织成立 40 周年。河南关心下一代工作起步早、探索深、工作实、效果好，积累了坚持以习近平新时代中国特色社会主义思想为指导，坚持党的领导、坚持"五老"为主体、坚持服务青少年、坚持时代主旋律与省情相结合、坚持调查研究等宝贵经验。40 多年来，河南以星火发源的荣光为鞭策，始终保持对关心下一代事业的热度和温度，在做好关心下一代工作方面积极探索、勇于创新、成效显著。

---

* 先后在《中州学刊》（2024 年第 12 期）、《河南日报》（理论版，2025 年 2 月 5 日）刊登。

一

关心下一代工作在河南的发源发展

2015 年 12 月，在纪念河南省关工委成立 30 周年暨全省关心下一代工作表彰大会上，中国关工委主任顾秀莲指出，河南是关心下一代工作的发源地，为全国关心下一代事业点燃了关爱之火，作出了奠基性的贡献。广大"五老"是党和国家的宝贵财富，是加强青少年思想政治工作的重要力量。1982 年 2 月，《中共中央关于建立老干部退休制度的决定》指出，老干部利用一切适合于自己情况的方式参加各种社会活动，对于青少年的教育具有巨大而深远的意义。1984 年 2 月，安阳市袁觉民、马驰等 6 位老红军、老干部倡议建立老同志关心下一代协会，从而更好地把离休老干部组织起来，协助做好青少年培养教育工作。同年 3 月 18 日，全国第一个以离休老同志为主体的关心下一代协会在安阳正式成立。1985 年 2 月，河南省省会老干部关心下一代协会（以下简称"省会关协"）经省委批准成立，下设 5 个分会。同年 5 月，中组部、团中央有关同志到河南调研，撰写《关于河南省安阳市"关心下一代协会"工作情况的调查报告》，并将河南经验、安阳经验转发全国，号召各地各级老干部工作部门组织离退休老干部开展关心下一代活动。此后，关心下一代组织在全国各地相继建立。

1990 年 5 月，中共中央批准成立中国关心下一代工作委员会。同年 10 月，全国关心下一代工作经验交流会在河南召开。会后，省会关协班子研究认为，亟须成立一个全省关心下一代工作组织，有效指导全省关心下一代工作。1991 年 3 月，河南省委印发《关于成立河南省老干部关心下一代工作委员会的通知》，省会关协更名为河南省老干部关心下一代工作委员会。2004 年，中共中央、国务院印发《关于进一步加强和改进未成年人思想道德建设的若干意见》，明确提出要加强老干部、老战士、老专家、老教师、老模范"五老"队伍建设，重视关心下一代工作委员会的工作。鉴于工作主体规模扩大，以及与中国关工委称谓的一致性，河南省老干部关心下一代工作委员会更名为河南省关心下一代工作委员会（简称为

"省关工委"），并带动、指导全省各级关心下一代工作组织相继完成更名工作。

二
河南"一带一创"工作法高质量推进

40多年来，河南立足全省实际，树牢全局意识，创新思路方法，逐步探索实践出科学有效的"一带一创"工作法。"一带"指以党的建设带动关工委建设；"一创"是按照"五好"标准创建关工委。其中，"带"是关键，"建"是根本，"创"是举措，"好"是目标。2022年，省委办公厅、省政府办公厅印发《关于进一步加强新时代关心下一代工作委员会工作的实施意见》（以下简称《实施意见》），为新时代更好地实施"一带一创"工作法强化领导力量、制度支撑和政策支持。

（一）"党建带关建"，建强领导班子

2023年2月，省关工委印发《关于启动基层关工委建设三年行动计划的意见》，先后建立各级党委定期听取关工委工作汇报制度，把关心下一代工作纳入党建目标责任制考核体系和精神文明建设规划，建立完善关工委成员单位联席会议制度，建立健全组织建设、干部培训、宣传工作、工作保障等机制。坚持由主要领导或分管领导任关工委主任，提倡离退休干部党组织书记担任执行主任，并把新退出领导岗位、能力强、身体好、热爱关心下一代事业的老同志充实到关工委领导班子。2025年4月，省委组织部将关心下一代工作情况纳入省管领导班子年度考核正负面清单。

（二）宣教带思想，发挥"五老"作用

通过成立省级青少年德育研究指导中心，组建青少年德育宣讲团，发挥"五老"队伍的政治、经验、威望优势，以宣讲团、报告团等形式释放"五老"宣教能量；通过举办家长培训班、组建报告团、成立帮教小组等渠道，发挥"五老"的教育帮扶作用；通过动员"五老"积极投身经济建设、社会公益、社会治安管理、矛盾纠纷化解等领域，为下一代健康成长营造良好的环境；通过强化政治引领、理论武装，搞好先进模范、典型经验等宣传报道，在春节、重阳节等传统节日看望慰问"五老"，帮助解决实际困难。根据"五老"队伍的新特点和新变化，进一步摸清"五老"底数，建立"五老"资源库，通过配套学习制度、培训制度、调研制度等，帮助老同志及时"充电"，推动广大"五老"以更好的状态积极参与关心下一代工作。

（三）管理带落实，健全执行制度

1988 年，省关工委与省委老干部局联合下发《关于建立健全关心下一代组织的通知》，对各地成立关心下一代组织的时间、筹备工作等作出明确规定。2001 年，省委办公厅、省政府办公厅印发《关于进一步加强关心下一代工作的意见》，明确关工委是在党委和政府领导下的群众性工作组织，为全省关心下一代工作经常化、规范化、制度化推进奠定了制度基础。进入新时代，在顶层设计层面，贯彻落实中央办公厅、国务院办公厅《关于加强新时代关心下一代工作委员会工作的意见》，制定出台河南《实施意见》，迈出河南关心下一代工作里程碑式的一步；在压实责任方面，印发《关于在省直单位建立关心下一代工作委员会的通知》《关于做好新时代企业关工委工作的通知》，促进关心下一代工作"有效覆盖"；在汇聚多元力量方面，修订《河南省关心下一代工作委员会成员单位联席会议制度》，不断优化党委统一领导、党政齐抓共管、关工委主动作为、有关单位积极配合、社会各界广泛参与的体制机制；在阵地建设方面，出台《关于在全省青少年中进一步加强党史学习教育的意见》《河南省关工委教育基地建设管理办法》，对青少年党史学习教育作出安排，对教育基地的建设、管理、使用进行明确规范。

（四）线上带线下，探索创新方法

坚持时代主旋律与省情相结合是做好关心下一代工作的有效切入点。一方面，主动适应新形势，树立"互联网＋"工作思维，建设网上关工委，着力探索基层关工委组建和运行新模式，运用现代化传播媒介，创新联系、关爱下一代的方式和路径。另一方面，立足河南实际，从农业大省的省情切入，做好农村关心下一代工作，服务乡村振兴。

（五）阵地带品牌，丰富活动效果

在关爱品牌方面，大力实施"五老"关爱下一代工程，深入开展"关爱明天、普法先行"青少年法治宣传教育等活动。在教育品牌方面，组织"五老"持续开展"四史"宣传教育，广泛开展"老少共筑中国梦""老少同声颂党恩　携手奋进新征程""传承雷锋精神　争做时代新人""红色夏令营""血脉传承——我的家风家教故事"等主题活动，引导青少年不断增强爱党爱国爱家情怀。在服务品牌方面，服务创新驱动、科教兴省、人才强省战略，深化"讲政治、育新人，学科技、促振兴"活动。坚持发展新时代"枫桥经验"，发挥"五老"独特优势，建设"五老"工作室，组织"五老"当好理论政策宣讲员、信访矛盾调解员、网络管理助力员，聚力激发基层社会治理活力。

三

河南关心下一代工作的原创性贡献

（一）开辟关心下一代工作新路径

中国共产党自成立之日起，就坚持用马克思主义政党理论指导自身发展，高度重视和关心下一代的选育成长问题。经过革命、建设、改革不同历史时期的探索发展，在组织育人的链条上，我们党形成了具有中国特色的党的建设、共青团建设、少先队建设一体化推进路径。关工委的建立，为老干部群体发挥余热提供了专属的组织平台，也为我们党以老同志、老干部为主体，广泛吸收社会各界人士开展关心下一代工作开辟了新路径。

（二）首创关心下一代工作新建制

中华人民共和国成立后，为织密少年儿童权益保障与促进发展社会网，政府有关部门、立法、司法、社会团体等都建立了相应的少年儿童工作机构，开展相关工作。整体上看，关爱教育下一代的社会责任主要还是由党政部门、群团组织、公检法等主体依据各自职能分别履行，相对独立分散，难免会出现工作重复或缺失现象。关工委组织的成立，开创性地赋予关心下一代工作独立而明确的工作建制，自此有了专门的组织机构、人员构成、职责划分、制度规则等，使老同志、老干部对下一代的关心关爱通过这一机构建制得以实现，为扎实有序有效地开展关心下一代工作提供了基础保障。

（三）建立关心下一代工作新机制

关心下一代是一项整体性、系统性工程，内容上涉及身心教育、权益保障、物质帮扶、司法保护等诸多方面，工作上涉及政策设计、组织实施、社会动员、监督保障等各个环节。关工委组织已经成为具有中国特色的一项制度性安排，是我们党发挥"五老"优势作用、加强青少年思想政治工作的一个创举。在实践探索中，建立了在党的领导下，以离退休干部为主体、有关部门积极配合、社会力量广泛参与的关心下一代工作系统化规范化新机制，体现了关心下一代工作的科学性和民主性，为各地开展关心下一代工作提供了可操作、可复制、可借鉴的经验。

四
进一步做好关心下一代工作的思考

把握时代脉搏，坚持关心下一代的大视野、大格局、大思路。一些基层单位勇于尝试，组建关心下一代志愿者服务指导中心等，优化人员结构、创新工作模式，吸收一批中青年专家、先进模范、企业家、社会爱心人士等加入关心下一代志愿者队伍。

（一）以建强网上关工委为抓手，推动关心下一代工作创新发展

建设集活动平台、宣传平台、管理平台于一体的智慧关工平台，实现关

工资源管理数字化和关工活动管理智能化，形成关心下一代工作一张网的工作格局。加强网络学习平台建设，持续加强对基层关工委组织成员和"五老"骨干队伍的网络技术培训，拓展线上活动形式和内容，在形式上强化"老少交互""老少共话"，在内容上因材施教、精准滴灌，增强网上思想政治教育的吸引力和传播力。

（二）坚持系统观念，构建家庭、学校、社会各尽其责、同心协力的高质量育人生态和教育共同体

在学校教育中，注重发挥老教授、老教师的指导督导作用，助力课程思政和思政课程。在家庭教育中，发挥省教育厅家庭教育指导专委会、省家庭教育讲师团作用，加强资源聚合能力。在社会教育中，充分发挥"五老"宣讲团、党史学习月活动和孝老敬贤月活动的作用。

（三）加强青少年关爱服务体系建设，营造保障下一代健康成长的良好社会环境

注重把推动乡村产业高质量发展与助力农村精神文明建设结合起来，把培养农村创业青年与组织老校长、老教师帮扶赋能农村教育结合起来，把关爱农村留守儿童与关爱进城务工人员随迁子女结合起来。进一步加强青少年法治宣传教育和权益保护，充分发挥"五老"普法工作室、"五老"关爱团、法治教育进校园活动等公益性普法教育平台的作用，推动青少年普法志愿服务常态化、制度化。围绕先进典型深化宣传，大力弘扬"五老"精神，引导全社会参与关心下一代事业。

推进新时代陕西关心下一代工作高质量发展

陕西省关心下一代工作委员会 ——————————————————

　　做好关心下一代工作，关系中华民族伟大复兴。2021年12月中央两办《关于加强新时代关心下一代工作委员会工作的意见》（以下简称《意见》）印发后，2022年4月，陕西省委、省政府印发了《关于加强新时代关心下一代工作委员会工作的若干措施》（以下简称《若干措施》），两个文件为新时代关心下一代工作作出了顶层设计，具有深刻的政治意义、时代意义和实践意义。陕西省关工委在贯彻落实中省文件、推进关工委建设方面进行了多方面探索。

一

主要做法

　　组织体系扎根"陕西基层"。一是加强基层关工委组织建设，主动与地市沟通协调建立关工委组织。全部地级市和县区、80%的乡镇（街办）、一半左右的行政村（社区）、部分大中小学校、党政机关、企事业单位、干休所等相继建立了2.3万个工作组织，参与的老同志及社会爱心人士达18.3万人。

二是拓宽组织覆盖面，制定了机关和企业关工委创建工作方案，在 29 个省级机关单位和部分国有企业及民企、商会、学会、协会等挂牌成立了关工委。三是建立联席会议制度，省委常委、省政府常务副省长为联席会议总召集人，省关工委主任为召集人，与关工委工作相关的 26 个省级部门作为联席会议成员单位，每年定期召开会议。形成党委统一领导、党政齐抓共管、关工委主动作为、有关部门积极配合、社会各界广泛参与的关心下一代工作机制。

品牌活动立足"陕西实际"。在传承红色基因教育方面，先后开展了"我和我的祖国"陕西省青少年合唱展演、"童诗心语歌百年"童谣征集、庆祝中国共产党成立 100 周年"在灿烂阳光下"大型文艺晚会、"唱响红色新童谣"少年儿童主题诵读、"唱支山歌给党听"陕西省青少年"全家总动员"主题展演活动等，通过演、诵、唱、写等形式，使青少年参与其中，提升宣教的效果。在关爱帮扶方面，关注农村欠发达地区和农村留守儿童，开展"老少结对"精准帮扶，以及"情寄留守、爱暖童心""爱牙日主题活动"困难儿童和留守儿童研学帮扶等活动。在法治宣传教育方面，持续开展"关爱明天、普法先行"法治巡讲，与司法、共青团等部门开展"法治教育第一课""美好生活·民法典相伴""红领巾法学院"等活动。组建省关工委法治宣讲团，2024年在全省中小学校和社区开展法治宣讲 306 场，受教育中小学生和听众达 20余万人。在助力青少年成长成才方面，关注青少年心理健康，受省委、省政府委托，联合省决咨委和省政府相关部门组织数十名专家学者完成全省青少年心理健康调研，全面梳理了青少年心理健康中存在的问题并提出对策建议。

阵地建设凸显"陕西特色"。发挥陕西丰富红色资源优势，印发了《陕西省关心下一代青少年教育实践基地创建方案》，创建了省级关心下一代教育实践基地 62 个、市县关工委挂牌教育活动基地 1800 多个，结合重要纪念活动、重大节庆、重要会议等，依托阵地开展红色夏令营、书画大赛、小小讲解员等特色活动。

理论研究采取"陕西团建"。联合省内高校组建研究中心，围绕破解关心下一代工作面临的问题和提升工作质效开展研究。一是联合陕西师范大学成立了陕西省关心下一代研究中心，依托高校人才科研优势，针对新时代青少年思想道德教育的特点规律和热点难点问题开展研究。二是联合西北工业大学成立陕西省关心下一代儿童青少年心理健康研究中心，探索研究关工委系统参与儿童青少年心理健康工作路径、机制和方法。截至目前，立项重大课题 8 项、重点课题 6 项、一般课题 10 项，其中编撰的《青少年党史教育指南》为基层"五老"宣教提供了标准的教材，在思德教育、家庭教育、法治教育等方面形成了有效对策建议。

宣传工作开辟"陕西窗口"。加强《陕西关心下一代》杂志、关工委网站和微信公众号的建设运营，同时进一步加强与省级主流媒体的合作，在省广播电台开设"心系下一代"新闻访谈节目，邀请各地"五老"代表做客直播间进行访谈。整理挖掘中国健在百岁老红军故事，邀请作家撰稿，出版编写适合青少年阅读的《老红军故事》。通过宣传提升了关工委组织在社会上的知晓率和影响力。

二

关工委工作所面临的问题

基层组织体系建设亟待进一步加强。目前，街镇、村社区一级关工委组织力量尚显不足，职能整合、人员配备等方面存在短板，这在一定程度上影响了"五老"队伍的动员和组织工作。同时，办公机构编制和人员配置存在不足，工作人员主要依赖借调和临聘人员。机关和企业关工委组织建设尚处于起步阶段，未形成显著的工作影响力。

工作队伍建设需要全面加强。"五老"的常态化退出和补充机制尚不健全，一些新退出领导岗位、身体健康、热爱青少年工作的老同志未能及时被吸纳到"五老"队伍中。工作力量仅靠"五老"显得单薄，尚未建立社会志愿者加入机制。

宣传教育的成效有待进一步提升。尽管已投入一定人力、物力、财力，并丰富了宣传模式，但宣传策划仍显薄弱，面向老中青少不同年龄段的宣传针对性还不够强，宣传成效尚需进一步提高。

三

创新推进新时代陕西省关工委工作高质量发展的对策

（一）持续强化思想理论武装

关心下一代工作具有深远的政治意义，提升政治思想素养，是开展关工委工作的关键基础。通过定期举办专题讲座、研讨会等学习活动，深入学习习近平新时代中国特色社会主义思想，贯彻落实习近平总书记对关心下一代工作的重要指示精神，坚决拥护"两个确立"、增强"四个意识"、坚定"四个自信"、做到"两个维护"，确保关心下一代工作始终同党中央保持高度一致。必须坚持学习贯彻落实中央两办《意见》和省两办《若干措施》的相关要求，务求实效，将学习成果转化为推进关心下一代工作高质量发展的强大动力，推动关工委工作向前不断发展。

（二）抓实基层组织建设

基层关工委是组织体系的神经末梢，是服务青少年的"最后一公里"，只有抓实基层组织机构建设，才能使基层关工委工作事有人干、责有人负。一要主动向党政主要领导汇报关工委工作和发挥服务青少年的优势作用，争取党委政府支持，保障人员经费，不断提升服务能力水平。二要落实"党建带关建"要求，把关工委组织建设纳入党建工作的总体部署，不断完善关工委成员单位联席会议制度、组织建设机制、工作保障机制等长效机制，为关工委工作的顺利开展提供保障。三要系统推进企业关工委组织建设，加强与国资委、工商联等涉企部门合作，做好对关工委的性质、宗旨和工作的宣传，围绕企业想做、青工所需、关工委所能进行沟通交流，增进企业对关工委工作的全面了解，支持建立关工委组织。

（三）建立多主体协作共育机制

关心下一代工作涉及多方面，不能仅仅依靠"五老"，工作力量应来自多方。应当以"五老"为主体，积极团结社会更多力量参与到关心下一代工作中，如社工、志愿者、专家等有意愿、有能力的社会人士和机构。多主体的参与在分担"五老"压力、扩充青少年教育关爱队伍的同时，使青少年更大程度地参与到活动之中。

（四）创新宣教的路径方式

宣教活动要适应新时代下青少年所思、所想、所需，提升宣教的吸引力。可采取线下和线上协同方式，将青少年喜闻乐见感兴趣的内容，线下通过宣讲团进校园、进社区，线上通过视频、微信公众号等进行宣传，扩大覆盖面。宣教活动应当注意结合地方历史文化、民俗文化、风土人情等资源，打造鲜明的本土教育特色和品牌，用身边的事教育青少年更能产生思想认同。注意青少年所处不同成长阶段，精确施策，采取不同方式，有针对性地开展宣传教育。

（五）继续提升自身建设

打铁还须自身硬，创新推进新时代陕西省关工委建设，需要加强自身建设和队伍建设，不断增强服务青少年、服务基层的本领。一是有针对性地开展理论培训，采取线上视频与线下讲座相结合的方式，针对"五老"骨干、地市、机关、企业等不同类型关工委人员，设置不同教学内容，提升培训的质量。二是加强五老队伍建设，建立"五老"人员选聘、管理、激励、保障等制度，增强关工委工作的使命感、荣誉感，提升工作的积极性。三是加强与宣传部门、媒体的沟通合作，广泛宣传"五老"的先进事迹，深化网上关工委建设，利用新媒体，不断提升宣传质量、效果。

创新实践多维协作不断拓展育人效能

宁夏回族自治区关心下一代工作委员会

宁夏各级关工委深入学习贯彻习近平新时代中国特色社会主义思想，深刻领会习近平总书记对关心下一代工作的重要指示和考察宁夏重要讲话精神，站在党的事业后继有人的高度，担起关心下一代工作责任，精耕细作，为培养社会主义建设者和接班人、能堪大任的时代新人，为推动关心下一代工作高质量发展，奋楫扬帆，笃行致远，谱写宁夏关心下一代工作的新篇章。

一

深入学习贯彻习近平总书记的重要指示精神，强化党的创新理论引领

习近平新时代中国特色社会主义思想，是党必须长期坚持的指导思想。党的十八大以来，习近平总书记多次对关心下一代工作和青年工作作出重要指示批示。特别是在中国关工委成立 25 周年和 30 周年之际，均对关心下一代工作作出重要指示和批示，充分肯定中国关工委团结带领广大"五老"在促进青少年健康成长中发挥的重要作用，阐明关心下一代工作的时代主题、

使命任务、动力源泉和根本保证，强调各级党委、政府要关心和支持关心下一代工作，支持更多老同志参加关心下一代工作，在时代的舞台上老有所为、发光发热。习近平总书记对关心下一代工作的重要指示批示是习近平新时代中国特色社会主义思想的重要组成部分，为新时代推进关心下一代工作现代化提供了根本遵循。习近平总书记四次来宁夏考察工作，特别是2024年来宁夏考察时发表重要讲话，为建设美丽新宁夏，奋力谱写中国式现代化宁夏篇章，擘画了宏伟的蓝图，对宁夏各方面的工作提出了新的要求。宁夏回族自治区各级关工委坚持把习近平总书记对关心下一代工作重要指示批示和来宁考察重要讲话精神，作为铸魂育人之基和行动指南，并贯穿于关心下一代工作的全过程各方面。一方面，采取多种形式和措施，组织广大"五老"深学细悟，吃透精神实质，把握核心要义，进一步坚定拥护"两个确立"、增强"四个意识"、坚定"四个自信"、坚决做到"两个维护"。另一方面，通过丰富的活动形式和载体架起党的创新理论通向青少年的桥梁，大力宣传习近平新时代中国特色社会主义思想，引导青少年坚定理想信念，坚决听党话、跟党走。

二

实施铸魂育人工程，落实立德树人根本任务

落实立德树人根本任务，其核心在于解决培养什么人、怎样培养人、为谁培养人的问题。这不仅是对教育引导青少年本质的深刻揭示，也是对新时代青少年成长成才规律的准确把握。我们要站在中国式现代化和中华民族伟大复兴全局的高度，认识关心下一代工作的地位和作用，坚持为党育人、为国育才，助力培养德智体美劳全面发展的社会主义建设者和接班人，培养能担当强国建设、民族复兴大任的时代新人，聚焦用党的创新理论铸魂育人，抓住传承红色基因工程这个根本，突出培育和践行社会主义核心价值观这条主线，以理想信念、思想道德、传统文化为教育重点，积极开展各项活动。

立德树人，铸就青少年精神之魂。育人的根本在于立德，要用党的创新

理论武装青少年，用党史、新中国史、改革开放史、社会主义发展史激励青少年，用中国共产党人的精神谱系引导青少年，用中华优秀传统文化润泽和涵养青少年，使他们从中汲取信仰力量，筑牢理想信念之基，铸牢中华民族共同体意识，扣好人生第一粒扣子。积极践行社会主义核心价值观，铸牢正确的世界观、人生观和价值观。宁夏各级关工委按照这样的要求和思路，通过实施传承红色基因工程和"老少同声颂党恩，携手奋进新征程"主题教育，铸魂育人。

充分发挥"五老"宣讲团作用，宣传党的创新理论，讲好红色故事。关工委宣讲团结合全区青少年主题教育、"青少年党史学习月"、"学雷锋日"等，加强与主流媒体的配合，联合电视台开设"成长帮帮堂"栏目，开展千场宣讲进校园，协助学校上好"大思政课"活动，线上线下相结合，面向广大青少年宣传、阐释、解读党的创新理论，宣传习近平总书记对关心下一代工作和对青少年工作的重要指示、历次考察宁夏的重要指示精神，讲清精神实质和核心要义，讲清习近平总书记对宁夏人民的似海深情、厚爱关怀和对宁夏发展、铸牢中华民族共同体意识一以贯之的高度重视，引导青少年坚定理想信念，以爱党报国之志，感恩奋进新时代。

充分运用节庆日、红色资源和各类教育基地，组织开展祭扫英烈、"唱响青春"、主题党/团/队大思政课、学习党史和国史等活动。开展"新时代好少年"评选学习宣传活动。加强文化引领，深入开展青少年读书活动和"五老"弘扬好家教好家风主题教育，持续开展"传承红色文化好家教好家风书画艺术进万家"、"孝老敬贤月"活动，举办"孝德文化节"。大力开展"全国规范化家长学校实践活动试验区"创建活动，推进家、校、社协同育人。

三

加强法治教育和心理健康教育，实施法律护航和青春护航行动

强化法治教育，增强青少年的法治观念。加强青少年法治教育关系到全面依法治国战略的实施，关系到青少年的全面发展和健康成长。宁夏各级关

工委一直高度重视抓好"关爱明天、普法先行"青少年法治宣传教育，并在实践中形成"党政主导、关工委牵头、部门联动、学校实施、家庭配合、社会参与"的普法教育工作机制。大力开展以《宪法》《未成年人保护法》《预防未成年人犯罪法》《未成年人网络保护条例》《民法典》为重点内容的青少年法律宣传普及活动。开展"零犯罪社区"、"零犯罪学校"、"平安校园"、青少年普法宣传示范区等创建活动。充分利用法治安全教育实践基地开展法律宣传普及、国防消防模拟演练、未成年人模拟法庭等活动。持续深入开展以法律援助、人民调解、社区矫正、少年法庭为主要内容的法律护航行动。联合有关部门印发在全区青少年中学习宣传贯彻《爱国主义教育法》的指导意见。并聘请国内部分高校教授、专家开展网上《爱国主义教育法》讲座。牵头协调成立"闽宁少年法学院"，开展常态化法治培训。借助腾讯99公益日网上募捐平台筹资实施"青少年法律援助行动"项目。持续多年组织"五老"义务监督员协助有关部门加强网吧和文化市场监督。

护航青春，加强心理健康教育。在调查研究的基础上，为促进青少年身心健康，宁夏关工委增设了卫生健康委员会，与宁夏教育、卫健等相关部门单位协作，有计划地开展心理健康教师培训，开展形式多样的心理健康教育，免费为适龄儿童口腔检查、沟窝封闭，开展青少年心理咨询，举办青少年近视防控线上讲座。会同自治区教工委、教育厅、宁安医院录制"全区中学生高考和中考前心理健康辅导大讲堂"课程，推送覆盖324所中学当年参加高考、中考的学生15.4万多人，对调整考前心态、有效预防心理危机起到指导作用，深受社会欢迎。在世界无烟日和世界精神卫生日，组织中小学校开展保护青少年免受烟草侵害宣传和心理健康咨询义诊等活动。

四

深入实施"五老"关心下一代工程，拓展关工委工作新内容

深入实施"五老"关爱下一代工程，是关工委关爱帮扶青少年题中应有之义，也是关工委拓展教育引导渠道和创新教育引领方式的重要载体。近年

来，随着形势的发展，关工委的帮扶活动从单一的帮扶贫困发展为助困与扶志扶智相结合、物质帮扶与提振精气神相结合，着力构建涵盖生活帮扶、情感关怀、心理疏导、社会融入、思想道德教育、家庭教育指导等内容的青少年关爱服务体系，关爱帮扶与教育引导相辅相成、相得益彰，取得良好的效果。宁夏各级关工委把农村青年和留守、流动儿童作为主要教育服务对象，并作为助力乡村振兴的切入点和结合点，充分发挥"五老"乡村振兴工作队和老科技工作者的作用，深入田间地头手把手教青年农民学习种植养殖技术，开展实用技术培训，提供信息和技术服务，并协同相关部门组织青年农民进城务工。对留守流动儿童开展帮困和贴心服务，打造了银川市关工委"讲政治、育新人，学科技、助振兴"的工作品牌，被中国关工委入编"助力乡村振兴优秀案例"。十多年来，宁夏关工委坚持每年邀请全国的院士、教授、专家来宁做科普讲座或开展义诊活动，深受青少年欢迎。充分发挥宁夏关心下一代基金会的作用，借助腾讯"99 公益日"网上募捐平台和中国下一代教育基金会、爱心企业等，筹措近 1 亿元，为留守、流动、困境儿童办实事、解难事，并举办乡村教师和心理健康教师培训班 7 期。此外，探索开展红色主题教育与发放爱心善款善物同步进校园活动，使宣讲更有感染力吸引力、慈善事业更具生命力影响力。

新疆生产建设兵团关心下一代工作
与离退休干部党建工作融合发展的实践与思考

新疆生产建设兵团关心下一代工作委员会 ————————

近年来，兵团关工委突出"党建带关建"，积极整合资源优势，在关心下一代工作与离退休干部党建工作融合发展方面进行了有益探索，取得了一定成效。

一

实践做法

2019年3月，兵团党委组织部、兵团党委老干部局、兵团关工委联合印发《党建带关建工作要点》，各师市、院（校）将关工委工作纳入党建工作总体部署，以党的建设带动基层关工委工作全面发展，通过组织建设融合、发挥作用融合、阵地建设融合、队伍建设融合等，进一步提升了各级关工委的凝聚力、创造力。

（一）组织建设融合

各级将基层关工委组织建设融入离退休干部党组织，依托离退休干部党组织，引导离退休干部党员持续发挥政治优势、经验优势、威望优势，积极开展关心下一代工作，最大程度把离退休干部党组织的组织力、凝聚力和号召力转化为关工委工作的优势。八师石河子市探索关工委、离退休干部党建工作指导委和"老党员银发工作室"融合的"三职合一"工作模式，做到"三块牌子、一套班子"，统筹资源、做强组织，为关工委工作与离退休干部党建工作融合发展奠定了坚实的组织基础。一师阿拉尔市 39 个基层关工委班子成员与离退休干部党（总）支部委员交叉任职，关工委的组织领导力进一步加强。

（二）发挥作用融合

各级依托老干部工作力量，找准离退休干部发挥优势作用与关心下一代工作的融合点，把关心关爱青少年，作为离退休干部发挥作用的重要平台载体，助力青少年成长成才，关工委服务青少年的平台更加丰富、活动载体更加多样，实现了离退休干部党的建设和关心下一代工作互促双赢。自 2018 年起，兵团广大离退休干部积极参与"五老"结对新职工行动，帮助连队青年职工强化"兵"的意识、提升"兵"的能力、提高"兵"的素质，助力连队青年职工稳得住、留得下、过得好。八师石河子市 12 名司法系统退休的老警察、老法官、老检察官，组建"老军垦法援工作室"，面向青少年开展法治教育、亲情感化和心理疏导，引导青少年维护自身权益，提高运用法律知识分析、解决实际问题的能力。

（三）阵地建设融合

各级将"老党员银发工作室"、老党员之家等党建活动阵地，作为关工委传承红色基因、加强青少年思想道德建设、关爱青少年健康成长的活动阵地，实现共建共享。2018 年以来，各级创建"老党员银发工作室"313 个，其中，活动内容涉及关心下一代的工作室占 90%。三师图木舒克市将 19 个"老党员银发工作室"全部作为关工委活动阵地，拓宽了新时代"五老"和离退休干部发挥作用的平台载体。

（四）队伍建设融合

各级积极组织离退休干部加入关工委宣讲团、关爱团等，为青少年健康成长护航。据统计，各级关工委班子成员与离退休干部党组织班子成员交叉任职的组织数量占 61.3%，关工委领导班子中的离退休干部党员占 75.6%，"五老"队伍中离退休干部占 68.2%，离退休干部党员已成为新时期关工委工作的重要力量。十师北屯市"向阳花"银发"五老"宣讲团成员，均是师市机关离退休干部党支部政治过硬、水平过硬、能力过硬的老党员。

二

新时期推动关心下一代工作与离退休干部党建工作融合发展的可行性、必要性

（一）政策上有依据

中办、国办《关于加强新时代关心下一代工作委员会工作的意见》（以下简称"中办、国办《意见》"）要求，与时俱进、改革创新，遵循青少年成长规律，积极探索适合关工委特点的方法路径，使关心下一代工作始终充满生机活力。2022 年 5 月，中共中央办公厅《关于加强新时代离退休干部党的建设工作的意见》（以下简称"中办《意见》"）指出，要组织引导离退休干部党员积极参加关心下一代等工作，为党和国家事业作出新贡献。这为推进关心下一代工作与离退休干部党建工作融合发展提供了根本依据和重要遵循。

（二）领导机制上有保证

从 2008 年起，兵团各级关工委主任由同级党委常委、副政委，组织部部长兼任，老干部局局长兼任关工委常务副主任，其他常务副主任或副主任由离退休党组织书记或有能力愿奉献的"五老"担任，全面加强了关心下一代和老干部工作的协同领导，推动关工委工作融入党建大格局，为活动统筹安排、资源协调分配、工作力量统一调配奠定了良好的基础。

（三）工作力量上有保障

兵团《关于加强新时代关心下一代工作委员会工作的实施意见》（以下简称"兵团《实施意见》"）明确，兵团、师市关工委的日常工作机构设在同级党委老干部工作部门，院（校）关工委的日常工作由负责老干部工作的机构承担。兵团关工委办公室挂靠在兵团党委老干部局，各师市关工委的日常工作均由老干部工作部门承担，团场均由党建办承担，老干部和关工委工作均由同一人负责，为推进关心下一代工作与离退休干部党建工作融合发展保障了工作力量。

三

兵团关心下一代工作与离退休干部党建工作融合发展的路径探索

新时期，老干部工作和关工委工作均面临新形势、新要求，推动兵团关心下一代工作与离退休干部党建工作融合发展模式，是贯彻落实中办、国办《意见》和兵团《实施意见》的具体举措，是发挥基层党组织政治优势、凝聚"五老"队伍力量、服务青少年健康成长、实现互促双赢的重要途径，是推动兵团关心下一代工作高质量发展的迫切需要。

（一）坚持高位推动，系统推进落实

深入学习习近平总书记关于关心下一代工作的重要指示批示精神，贯彻落实中办国办《意见》、中办《意见》和兵团《实施意见》，强化顶层设计，兵团各级老干部工作部门与关工委协同谋划融合发展工作，建立健全关心下一代工作与离退休干部党建工作融合发展工作机制，推动工作落地落实。

（二）推行交叉任职，配强领导班子

必须紧紧依靠离退休干部党组织建强关工委领导班子，推动离退休干部党组织书记兼任基层关工委常务副主任或班子成员交叉任职。抓住同级党政领导班子换届等契机，及时把新退出领导岗位、政治可靠、威望高、能力强、有奉献精神、热爱青少年工作的领导干部充实进关工委班子。离退休干部党组织换届时，关工委领导班子相应进行调整，确保选优配强关工委领导班子。

（三）统筹谋划部署，整合资源力量

着眼全局打"组合拳"，将关工委工作纳入老干部工作要点，做到两项工作同研究、同谋划、同部署。将关心下一代工作纳入兵团"六好"离退休干部党支部示范创建内容，作为离退休干部党员立足家庭、社区、社会发挥积极作用的重要渠道。将离退休干部党组织活动室、"老党员银发工作室"、老干部党校、老党员之家、老干部（老年）大学等阵地，作为关工委开展日常工作、教育引导关爱保护青少年健康成长的活动阵地，实现离退休干部党员和"五老"的工作场所、活动阵地共建共享。

（四）吸纳优势资源，壮大"五老"队伍

把关工委作为退休干部继续发挥作用的首选岗位，在干部退休前组织谈话时，动员其参加关心下一代工作。在为退休干部举办荣退仪式时，向自愿参加关心下一代工作的退休干部颁发"五老"证。将兵团"银龄人才库"中有教育引导关爱保护青少年方面专长的离退休干部，以及老干部党校、老干部（老年）大学、老年协会等涉老团体中的老同志，纳入"五老"队伍，动员他们积极参与关心下一代工作。

关工委成立的重大意义与成功实践

教育部关心下一代工作委员会

2025 年是中国关工委成立 35 年，总结 35 年来关工委建设经验，对于进一步贯彻落实习近平总书记关于关心下一代工作的重要指示批示精神、助力青少年全面健康成长，具有十分重要的意义。

一

关工委成立的重大意义

（一）具有中国特色的制度性安排

应对挑战，肩负使命应运而生。20 世纪 80 年代末，国际共产主义运动陷入低潮，如何引导青少年坚定理想信念，抵御西方意识形态侵蚀，成为时代课题。正是在这种背景下，中国关工委应运而生。1990 年党中央正式批准成立中国关心下一代工作委员会，明确将关工委定位为在党领导下的、服务青少年健康成长的群众性工作组织，标志着我国关心下一代工作进入一个新的发展阶段。各级关工委积极引导广大青少年坚定理想信念，为社会稳定和国家长治久安做出积极贡献。

不负重托，为下一代立德树人。2004年《中共中央　国务院关于进一步加强和改进未成年人思想道德建设的若干意见》提出，要重视关心下一代工作委员会的工作，支持他们为加强和改进未成年人思想道德建设贡献力量。各级关工委认真落实中央要求，以极大的热情助推青少年健康成长。进入新时代，百年未有之大变局加速演进，青少年成长环境更加复杂，新形势下如何引导青少年听党话、跟党走，成为一项紧迫任务。习近平总书记在中国关工委成立25周年之际，对关心下一代工作作出重要指示强调，祖国的未来属于下一代，希望关工委同志们坚持服务青少年的正确方向，团结教育广大青少年听党话、跟党走。习近平总书记的重要指示，寄予了对青少年无限希望，饱含着对关工委和"五老"殷殷嘱托。广大"五老"牢记党和国家赋予的时代重任，怀着对关心下一代事业的忠诚和对青少年成长的关爱，认真履行事关中国特色社会主义事业后继有人的神圣职责。

政策保障，形成长效制度机制。党和国家有关政策法律为关工委工作开展提供了基本遵循。《新时代爱国主义教育实施纲要》强调，要组织动员老干部、老战士、老专家、老教师、老模范等到青少年中讲述亲身经历，传承爱国传统。中办、国办《关于加强新时代关心下一代工作委员会工作的意见》（以下简称《意见》），系统部署新时代关工委工作的总体要求和重点任务，这是关心下一代工作的纲领性文件，具有里程碑意义。新修订的《未成年人保护法》将关工委职能嵌入该法，明确提出在青少年保护中配合开展法治教育、权益维护等工作。《预防未成年人犯罪法》也明确了关工委配合政府和司法机关保护未成年人的法定职责。《家庭教育促进法》明确关工委应当结合自身工作，积极开展家庭教育工作。

（二）党加强青少年思想政治工作的重要创新

聚焦根本大计，助力五育并举。各级关工委始终站在"薪火相传"高度，在服务青少年中展现政治担当。《中共教育部党组关于加强新时代全国教育系统关心下一代工作委员会工作的意见》提出，将关工委工作纳入德智体美劳

"五育并举"总体格局，纳入各级各类学校思政工作体系，纳入有关部门和学校的责任范围。这是落实立德树人根本任务、保障关心下一代事业持续健康发展的创新举措。通过"五老"传承红色基因，厚植爱国情怀，让关心下一代工作与学校主渠道相融合，思政教育与国家命运紧密相连，体现了前瞻性和全局性。

创新育人模式，形成独特优势。关工委依托"五老"群体独特政治经验和社会威望，贴近中心、贴近学生、贴近实际，创新内容、创新载体、创新形式，形成"以老带新"的代际互动机制。通过"五老"言传身教，将红色基因融入鲜活叙事，使青少年在革命故事、创业经历中感悟家国情怀，在真实故事和亲身经历中汲取养分。进入新时代，关工委在弘扬科学家精神、助力心理健康教育和构建协同育人"教联体"等方面又展现了"五老"时代价值，为青少年思想政治工作注入新活力。

推进多级联动，彰显综合效能。中办、国办《意见》明确提出，省级统筹资源、市级督导落实、基层精准服务，实现组织向社区、产业园区的全域覆盖。各类基层活动常态化开展，使多级联动体系既具制度刚性，又富实践活力。经过多年实践，形成了党委统一领导、党政齐抓共管、关工委主动作为、有关部门积极配合、社会各界广泛参与的常态化体制机制，为关工委工作提供了制度保障。中国关工委建立联席会议制度，将教育、司法、文旅等部门纳为成员单位，形成多方协同、资源融合模式，使青少年思想政治工作更加立体多元。

（三）群众路线同培养下一代优良传统相结合的创举

从群众中来，倡导首创精神。关工委成立是党在关心下一代工作领域贯彻群众路线的重大实践。河南安阳老同志 1984 年自发成立关心下一代协会，中组部和团中央在调查研究基础上，向全国转发了安阳的经验。党中央将这一群众首创经验提炼上升为全国性制度，形成"群众创造—党政赋能—制度固化"实践路径，体现了群众主体性与制度引领性深度融合，彰显了党在制度层面将群众智慧转化为治理效能的创新举措。

到群众中去，推动系统扩能。关工委在发展过程中，逐渐构建起群众路线实践的全周期链条，体现了"自下而上汲取智慧，自上而下系统推进"的实践路径。坚持以人民为中心，致力于群众关切的青少年教育问题，积极回应青少年成长成才方面的期盼诉求，让关心下一代工作在创新实践中不断发展。关工委组织已逐渐发展成为党服务群众、将党的正确主张转化为群众自觉行动的重要桥梁和纽带。

（四）推进国家治理体系和治理能力现代化的有益探索

服务中心工作，完善多元治理体系。关工委的工作方针是围绕中心、配合补充，主动作为、协同创新，立足基层、注重实效。在各级党委领导下，各成员单位发挥职能作用，加强对关工委工作的支持，有利于激活多元主体参与服务青少年成长，有利于治理手段创新融合，有效践行了党的十九届四中全会提出的"完善党委领导、政府负责、民主协商、社会协同、公众参与、法治保障、科技支撑的社会治理体系"要求，是国家治理体系现代化的重要实践探索。

激活银龄智慧，提升协同治理能力。"五老"队伍以独特的政治优势、经验积淀和群众基础，成为社会治理体系中不可或缺的重要力量。习近平总书记在给"银龄行动"老年志愿者代表回信中提到，"老年人是党和国家的宝贵财富，老年志愿者利用所学所长服务基层、服务群众，向社会传递正能量，展现了新时代中国老年人的精神风貌，为推进中国式现代化贡献了银发力量"。在给上海市杨浦区"老杨树宣讲汇"回信中鼓励老同志"积极参与城市建设和治理，共建和谐美丽城市，共创幸福美好生活"。"五老"积极参与社会治理，形成代际互助、经验传承的良性循环，推动治理效能与社会文明"双提升"。

（五）丰富中国共产党人精神谱系的创新实践

总结凝练，孕育"五老"精神。"五老"精神是老干部、老战士、老专家、老教师、老模范在长期从事青少年社会教育中形成的一种精神品质。中办、国办《意见》中将"五老精神"概括为"忠诚敬业、关爱后代、务实创新、无私奉献"。其中，"忠诚敬业"是广大"五老"的政治责任，体现出

"五老"对党和人民事业绝对忠诚。"关爱后代"是"五老"精神本质特征，诠释了共产党人的服务宗旨，关心青少年成长，确保党的事业后继有人。"务实创新"体现实事求是、与时俱进的作风，不断研究新问题、探索新规律、创造新经验。"无私奉献"彰显了"五老"高尚精神境界，体现出中国共产党人的奉献精神和崇高追求。

传承创新，丰富精神谱系。"五老"精神以伟大建党精神为源头，与井冈山精神、延安精神等红色基因一脉相承。进入新时代，广大"五老"积极发扬改革开放精神、劳模精神等，守护了中国共产党人的精神内核，也为培育时代新人、强化文化自信注入强大动力。"五老"精神是中国共产党人精神谱系在新时代的丰富发展，是中华民族精神历久弥新的生动体现。

二

关工委建设发展的成功实践

（一）坚持党的全面领导，健全"党建带关建"

中办、国办《意见》明确提出，坚持党对关工委工作的领导，自觉把党的领导贯彻到关工委工作全过程各方面。教育部党组分别于 2009 年和 2021 年两次出台加强教育系统关心下一代工作的意见，对党组织加强关工委领导和建设提出明确要求。各级关工委始终坚持把党的全面领导贯穿于关心下一代工作全过程，推进落实"党建带关建"制度，各地各校党组织普遍将关工委工作纳入议事日程，纳入党建工作规划和党建责任制督查考核内容。天津还在关工委建立了功能性党组织，工作制度和机制建设得到全面加强。

（二）聚焦立德树人根本，助推青少年全面发展

关工委始终锚定"培养社会主义建设者和接班人"的政治坐标，主动融入"大思政"教育体系，融入"五育"并举总格局。扎实开展"党史国史教育""老少共筑中国梦"等主题教育，打造"理论铸魂＋文化浸润＋实践砺

行"立德树人赋能体系。充分利用地方红色资源，编写爱国主义教育读本，扎实开展"传承红色基因，争做时代新人"活动。陕西省关工委组织编写《青少年党史教育指南》；天津教育系统关工委"夕阳红报告团"坚持十五年开展宣讲；贵州省铜仁市打造"百千万工程"道德教育品牌，到基层开展宣讲870场次，受众近35万人；各地涌现出"思政课教学督导员""五老说""青马工程"等一批鲜活教育形式，汇聚起青少年听党话、跟党走的强大正能量。

（三）丰富主题教育，形成一批有影响的育人品牌

教育系统关工委拓展基础教育领域"五大平台"，以及"五老报告团""青蓝工程"等高等教育领域"十大品牌"，创新开展"院士、杰出老校友回母校"活动，成为青年学生的"思政大课"，累计开展5.7万余场、受益学生3516.2万人次。"劳模、（大国）工匠进校园"活动，累计开展2.4万余场，受益学生1893.5万人次；"读懂中国"活动，全国千余所各级各类高校35万余名大学生着眼身边人身边事，采访8万余名"五老"，累计3000多万名大学生直接受益；"新时代好少年"主题读书活动，由"线下"到"线上线下"融合开展，覆盖全国31个省、自治区、直辖市中小学，累计受益学生超过5亿人次。

（四）积极参与社会治理，优化青少年健康成长环境

联合司法部门开展"关爱明天、普法先行"活动，各地相继开展"宪法伴我成长""青少年心理健康和法治教育社区行""向校园欺凌说不""无毒青春，健康生活"等法治宣传教育，有效提升了青少年法治素养。指导爱心企业建设帮教基地，推进"未成年人零犯罪零受害"社区（村）试点，参与青少年矛盾纠纷人民调解、网吧义务监督，以及禁毒防艾、防止溺水和心理健康服务，用爱心编织安全网、筑起防火墙。依托社会资源筹建留守儿童之家、四点半学校、校外辅导站、社亲园等阵地，为农村留守儿童和困境儿童提供课后辅导、生活救助、心理疏导、情感抚慰等关爱服务。

（五）主动融入中心工作，助力乡村振兴和家校社协同

各地关工委用心、用力、用情开展"五老"关爱行动，聚焦农村青年创业就业脱贫，举办实用技术和技能培训，培养了一大批新型农民，培育了重庆"授渔脱贫"行动、广西"五助一帮行动"、云南"关爱之星"行动、甘肃"双千工程"等群众欢迎的特色品牌。北京"老校长下乡支教团"，采用"活血"更新教育理念、"补血"填补学科空白、"养血"促进专业发展等举措，助力提升乡村学校办学水平。教育系统关工委积极参与家庭教育指导服务，推动家长学校建设，从 2020 年开始开设"家庭教育公开课"，总观看人数达1.5 亿人次。各地教育关工委还积极参与家长学校、家庭教育指导中心、家校社共育咨询室建设，开展"五老助双减""心理健康月"等活动，成为"教联体"中连接家校社的重要纽带。

（六）强化关工委自身建设，基础能力得到有效保障

加强制度建设，中国关工委修订工作规则，建立健全一系列制度体系。教育部关工委制定《全国教育系统关工委工作规程》，落实学习培训制度、年度会议制度和协作组制度，制度化、规范化水平不断提高。加强组织建设，基本实现省、地（市）、县（区）关工委组织全覆盖，基层关工委网络更加健全。截至 2024 年 8 月底，全国基层关工委已达到 107 万个。加强队伍建设，健全"五老"常态化退出和补充机制，吸引越来越多政治素质高、具有奉献精神的老同志参加到关心下一代事业中来。

三

关工委建设发展的宝贵经验

35 年来，各级关工委坚决贯彻党中央决策部署，充分发挥广大"五老"作用，形成了具有时代特征、关工特色、实践特点的宝贵经验。

（一）必须坚持党的全面领导

坚持党的领导是关心下一代工作最根本的遵循。党的领导既是关工委的政治生命线，更是其教育规律、组织规律、实践规律的综合体现，本质上是中国特色社会主义制度优势在关心下一代领域的创造性实践。

（二）必须坚持围绕中心、服务大局

关心下一代事业与强国建设、民族复兴伟业同频共振，只有在国家战略布局中谋划、在改革发展中推进，关心下一代工作才有强大生命力。各级关工委以全心全意为青少年服务为宗旨，急党政所急，想青少年所需，尽关工委所能，干到点子上、帮在关键处，在服务大局中实现自身价值和使命。

（三）必须坚持立德树人根本

这是关心下一代工作的立身之本。只有坚持以人民为中心，聚焦后继有人这个根本，坚守"五老"立德树人初心，关心下一代工作才具有坚实根基。多年来，各级关工委深入开展社会主义核心价值观教育，引导青少年坚定理想信念，听党话、跟党走，形成了新时代关心下一代工作鲜明优势。

（四）必须坚持发挥"五老"优势

"五老"是关工委的根基，是育人合力中不可或缺的重要力量。"五老"队伍作为承载历史经验与红色基因的特殊群体，队伍基础打得越牢，作用发挥得就越好，工作开展得越有成效。只有尊重"五老"，爱护"五老"，支持更多老同志老有所为、发光发热，关心下一代工作才能行稳致远、健康发展。

（五）必须坚持与时俱进、守正创新

改革创新是发展的不竭动力。只有把握时代脉搏，了解青少年所思所想、所需所盼，让关心下一代工作与时代同步、与青少年同心、与改革开放同进，才能取得理想教育效果。做好关心下一代工作，必须不断研究新情况、解决新问题、创造新经验，遵循青少年成长规律，使关心下一代工作始终充满生机活力。

（六）必须坚持抓基层打基础

这是关工委有效履行职能、发挥作用的必然要求。抓基层组织建设要持续用力、持之以恒、久久为功；要坚持依靠基层、服务基层，加强对基层关工委的分类指导；要与抓"五老"队伍建设结合起来，坚持党建引领，加强制度保障。

四

奋力开创新时代关心下一代工作高质量发展新局面

（一）深刻把握形势变化带来的新挑战

当前，世界百年未有之大变局加速演进，意识形态领域斗争复杂严峻。青少年成长环境越复杂，教育引导青少年听党话、跟党走的任务越艰巨。各级关工委必须保持政治清醒，毫不动摇地坚持党对关心下一代工作的领导，牢牢把握"为党育人、为国育才"政治方向，发挥好党和政府联系青少年的桥梁和纽带作用，助力思想政治教育和青少年全面发展。

（二）深刻把握强国建设提出的新任务

当前和今后一个时期是以中国式现代化全面推进强国建设、民族复兴伟业的关键时期。党的二十届三中全会提出，到 2035 年基本实现社会主义现代化，为到本世纪中叶全面建成社会主义现代化强国奠定坚实基础。这是党和国家工作大局，也是新时代关心下一代工作时代主题。各级关工委要从强国建设和民族复兴战略高度，充分认识到关心下一代工作的重要作用，进一步提高主动性、自觉性，增强前瞻性、预见性，以高度政治自觉，履行好关心下一代工作这一重大而光荣的政治任务。

（三）深刻把握新一轮科技革命提供的新机遇

新一轮科技革命既为青少年成长提供了技术赋能新机遇，也对其价值观塑造提出更高要求。各级关工委应紧跟科技变革步伐，着力推动关工委智能化发展，以"AI+"、数字化转型赋能工作创新。加快智慧关工平台建设，整合青少年成长、教育资源和"五老"队伍等信息，打造集需求分析、资源调度、成效评估于一体的数字化管理系统，助力思想政治工作和信息技术深度融合。

（四）深刻把握人口结构变化带来的新要求

人口老龄化是我国当前和今后较长一个时期的基本国情。关工委作为老有所为的重要平台，吸引更多"五老"参与关心下一代工作，既是破解关工委人员接续问题的现实需要，也是关工委为党中央应对人口老龄化作出的积极贡献。各级关工委应主动谋划、拓宽渠道，建立完善新时代"五老"队伍补充机制、保障机制、激励机制，着力打通基层老同志参加关工委工作的组织渠道，搭建更多"五老"工作平台，进一步增强队伍吸引力，提升老同志归属感，让老同志在奉献社会中充分发挥"银龄价值"。

后　记

　　三十五载栉风沐雨，三十五载薪火相传。当这本《理论与实践：关心下一代工作理论文集》付梓之时，我们仿佛看见一条由无数白发与童眸交织的光带，从1990年的春天一直延伸到今天。书中收录的70余篇理论文章，来自各省区市、副省级城市和部委、集团公司的关工委，是五年来近千万名"五老"在课堂、社区、田野、网络深处耕耘的思想结晶。它们或许没有高深的术语，却用质朴的语言讲述着"立德树人"的真理；它们或许没有宏大的篇幅，却在每一页都跳动着"为党育人、为国育才"的初心。

　　我们深知，关心下一代从来不是抽象的口号，而是把共和国一代代建设者的精神密码，悄悄写进孩子们的眼神与脊梁。从东海之滨到雪域高原，从粤港澳大湾区到东北老工业基地，这些文章像星火般散落在祖国的版图，终将汇成照亮民族复兴征程的磅礴星河。

　　谨以此书，向中国关工委成立35周年致敬，向所有把岁月化作春泥的"五老"致敬。愿我们此刻的纸墨，成为下一代心中的火种；愿未来的他们，在翻阅这些文字时，能听见历史深处传来的殷殷嘱托——"孩子，你怎样，中国便怎样。"

图书在版编目（CIP）数据

理论与实践：关心下一代工作理论文集 / 中国关心
下一代工作委员会主编 .-- 北京：社会科学文献出版社，
2025.9.--ISBN 978-7-5228-5648-3

Ⅰ .G775-53

中国国家版本馆 CIP 数据核字第 2025UL7532 号

理论与实践：关心下一代工作理论文集

主　　编 / 中国关心下一代工作委员会

出 版 人 / 冀祥德
责任编辑 / 吴　敏
责任印制 / 岳　阳

出　　版 / 社会科学文献出版社
　　　　　　地址：北京市北三环中路甲29号院华龙大厦　邮编：100029
　　　　　　网址：www. ssap. com. cn
发　　行 / 社会科学文献出版社（010）59367028
印　　装 / 三河市东方印刷有限公司

规　　格 / 开 本：787mm×1092mm　1/16
　　　　　　印 张：29.5　字 数：443千字
版　　次 / 2025年9月第1版　2025年9月第1次印刷
书　　号 / ISBN 978-7-5228-5648-3
定　　价 / 98.00元

读者服务电话：4008918866